KB037908

시로밤바

1915 유가시마

# 시로밤바

1915 유가시마

이노우에 야스시 장편소설

나지윤 옮김

학고재

**SHIROBAMBA**
**by**
**INOUE YASUSHI**

차례

## 등장인물

**고사쿠(고짱)** 주인공
**할머니** 고사쿠 증조외할아버지의 첩. 고사쿠를 데리고 '흙집'에 산다
**증조외할머니(큰할머니), 외할머니, 외할아버지** '큰집'에 사는 고사쿠의 외갓집 어른들
**사키코** 고사쿠와 나이 차이가 많지 않아 누나라고 부르는 이모
**교장** 고사쿠의 큰아버지
**어머니, 아버지, 사요코** 고사쿠와 떨어져 살고 있는 가족들
**란코, 레이코** 누마즈에 살고 있는 6촌 자매

1부

# 1장

1915~16년, 그러니까 까마득하게 오래전 일이다. 저녁 어스름이 깔리면, 조그맣고 희끄무레한 곤충들이 하나둘씩 모습을 드러내며 온 마을을 사뿐사뿐 날아다니기 시작했다. 마치 솜구름이 두둥실 떠다니듯이. 큰길가에 선 아이들은 약속이나 한 것처럼 시로밤바,[1] 시로밤바, 하고 불러 대며 그것을 쫓아 이리저리 뛰어다녔다. 맨손으로 움켜잡겠다고 다짜고짜 뛰어오르는 녀석이 있는가 하면, 노송나무 잔가지를 꺾어다 잎사귀로 때려 잡는다며 허공에 가지를 마구 휘두르는 녀석도 있었다. '백발의 할머니'라는 뜻의 시로밤바가 대체 어디서 날아오는지 아는 이는 아무도 없었다. 어둠이 내리면 시로밤바가 나타나는 건지, 시로밤바가 나타나면 어둠이 내리는지도 아리송했다. 하지만

---

1 しろばんば, 시로이(しろい)는 하얗다, 바바(ばば)는 할머니라는 뜻.

누구 하나 궁금해하지 않았다. 땅거미가 지면 어김없이 나타나는 희뿌연 곤충 무리를 아이들은 그저 당연하게 받아들였다. 밤이 되면 산마루 위로 두둥실 떠오르는 달처럼.

시로밤바는 본래 푸른빛을 띠었다. 눈부신 햇빛 속에서는 새하얀 먼지처럼 보이다가 산그늘이 내려올 무렵, 서서히 본연의 푸르스름한 빛깔을 드러내 보였다.

하얀 솜 무더기 사이로 푸른빛이 감돌기 시작하면, 여기저기서 귀가를 재촉하는 소리가 들려오기 시작했다.

"유키, 저녁 먹어라!"

"시게, 밥!"

"빨리 안 오면 국물도 없다!"

하나같이 끼니를 알리는 투박한 외침들. 그러면 어느새 유키오가 없어지고 시게루가 사라지고……. 아이들은 하나둘씩 자취를 감추었다.

헤어진다고 딱히 인사를 나누는 일은 없었다. 시로밤바가 살랑살랑 춤추는 어두컴컴한 공간을 누구는 한 발씩 콩콩 뛰며 돌아가고, 누구는 노송나무 가지를 오른손에 높이 치켜들고 개선장군처럼 위풍당당하게 달려갔다. 모양새는 제각각이지만 모두가 주문이라도 걸린 듯 각자의 집으로 스르륵 빨려 들어갔다.

마지막까지 자리를 지키는 건 언제나 고사쿠 몫이었다. 원래 저녁 식사가 늦은 편이기도 했으나 다른 아이처럼 집에서 그를 부르러 오는 일은 드물었다. 고사쿠는 동무들이 남김없이 사라질 때까지 홀로 시로밤바를 쫓아다니다 잿빛 어둠이 완전히 마을을 뒤덮은 뒤에야 비로소 할머니와 단둘이 사는 낡은 흙집으로 발걸음을 옮기곤 했다.

고사쿠는 큰길 좌우로 늘어선 집들에서 새어 나오는 등불을 멍하니 바라보았다. 마을 사람들이 '관청'이라 부르는 제실 임야 관리국[2]의 아마기 사무소 정문 앞은 아이들의 놀이터였다. 그곳에서 흙집까지 가는 길을 따라 자리한 가옥은 손에 꼽을 정도였는데, 그중에 고사쿠가 큰집이라 부르는 어머니 본가가 있었다. 관청 바로 앞에 있는 큰집에는 외할아버지 부부를 비롯해 어머니의 남동생과 여동생, 그러니까 고사쿠의 외삼촌과 이모뻘인 다이고와 미쓰가 살았다. 그중 가장 어린 미쓰는 고사쿠와 동갑내기였다.

큰집에서 밝은 등불이 비춰 들었지만, 고사쿠는 딱히 들어갈 마음이 들지 않았다. 낮에는 특별한 일이 없어도 수시로 드나들면서도 저녁에 새어나오는 불빛은 웬지 모르게 낯설었다. 마치 여기는 네 집이 아니다, 네 집은 저 아래 허름한 흙집이다, 라고 비웃는 듯했다.

간혹 큰집에 볼일이 생겨 어쩔 수 없이 저녁 식사 중에 얼굴을 비출 때도 있었다. 그럴 때면 외할머니는 입버릇처럼,

"고짱, 밥 먹고 가라."

하며 자리를 권했지만 그럴 때마다 고사쿠는,

"아니, 우리 집 가서 먹을래."

했다.

"여기도 네 집인데 무슨 말이야. 사양 말고 어서 먹고 가."

"아니, 괜찮아."

고사쿠와 외할머니가 가벼운 실랑이를 벌이는 사이에도 외

---

2  황실의 토지나 임야를 관리하는 관청.

할아버지를 비롯한 다른 이들은 아랑곳없이 각자의 조그만 앉은뱅이 식탁 위에서 태연히 젓가락을 움직였다. 무심하고 어찌 보면 냉랭하기까지 보이는 이들의 태도는 고사쿠를 잔뜩 위축시키곤 했다. 평소에는 자기 집처럼 마음껏 휘젓고 다녀도 아무렇지 않은데 식사 때만큼은 불청객이 된 기분이었다. 이럴 때마다 고사쿠는 짐짓 퉁명을 부리며 돌아서는 것이었다. 우리 집도 아닌데 여기서 밥 먹을 이유가 없다고 세차게 속으로 되뇌면서.

큰집 옆에는 조그만 골목을 끼고 잡화점이 하나 있었다. 비좁은 가게 안에는 온갖 철물류와 수만 가지 잡화가 토방³까지 빽빽했는데, 하나라도 잘못 건드리면 우르르 쏟아져 내릴 것 같았다. 마을에 있는 유일한 잡화점이자 철물점인지라 사람들은 철사나 못, 냄비, 식칼 따위를 사려면 모두 이곳을 찾았다.

그 옆은 오래된 농가가 있었는데, 주인네가 거주하는 본채에 딸린 외양간에는 소 두 마리가 노상 어둠 속에서 코를 벌름거렸다. 맞은편에는 날품팔이를 하는 40대 독신 사내가 사는 작달막한 집이 있었다. 그리고 그 옆이 마을에서 그나마 정원다운 정원을 갖춘 고사쿠 집이었다. 지금은 도쿄에서 온 의사에게 본채를 세주고 뒤뜰에 자리한 별채용 흙집에서 할머니와 단둘이 생활하는 신세였지만. 의사 부부는 아이가 없어 본채는 늘 쥐 죽은 듯 조용했다. 명색이 의사라지만 왕진을 가는 일은 손에 꼽을 정도였다. 마을 사람들은 죽을 고비에 이르지 않는 한 누구도 의사를 찾지 않았다.

---

3 집안에서 마루를 깔지 않고 신발을 신고 다니도록 바닥을 흙으로 다진 공간.

고사쿠는 길가에 늘어선 너덧 채 집안에서 새어 나오는 불빛을 힐끔거리며 집으로 향했다. 대문에 들어서서 본채 옆을 지나 뒤뜰의 다소 높은 대지에 세워진 흙집으로 들어갔다. 고사쿠가 돌아올 무렵이면 할머니는 여름이고 겨울이고, 흙집 1층에서 새어 나오는 등유 램프 빛을 의지하며 집 밖에서 식사 준비에 여념이 없었다. 노파와 아이의 식사라 퍽이나 소박한 상차림이었음에도 늘 식사 준비가 늦어지는 게 이상할 따름이었다.

"다녀왔습니다."

집에 들어가면서 이런 인사를 하는 아이는 마을에서 고사쿠밖에 없었다. 하지만 집에 돌아오면 반드시 인사를 하도록 할머니에게 귀에 딱지가 앉을 만큼 주의를 받았기에 어색하진 않았다.

고사쿠는 할머니와 등유 램프 아래서 늦은 저녁상을 들었다.

"아가."

할머니는 고사쿠를 이렇게 불렀다.

"오늘은 큰집에 몇 번이나 갔다 왔니?"

"두 번."

"자주 들락거림 못쓴다."

저녁 식사 때마다 두 사람은 정해진 일과처럼 이런 대화를 나눴다. 그럴 때마다 고사쿠는 대충 얼버무려 대답하곤 했다. 가지 않겠다고 약속할 수는 없는 노릇이었다. 아이들 놀이터인 관청 앞마당이 큰집 근처에 있으니 놀다가 갈증이라도 나면 물도 마시러 가야 하고 맛난 간식이라도 만드는지 고소한 냄새가 솔솔 풍기면 한입 맛이라도 봐야 하니까.

"가 봤자 뭐 좋은 일 있다고 거길 뻔질나게 들락거리냐. 다이고 그놈은 볼 때마다 어찌나 밉살스럽게 구는지 복장 터져 죽겠다. 길에서 만나도 모른 척 가 버리고…… 흥, 밴댕이 소갈딱지 같은 녀석. 미쓰도 그래. 예전엔 퍽 예의 바른 아이였는데 지금은 아주 못된 것만 배워 가지고 인사도 안 하고. 모르긴 몰라도 큰집 인간들한테 나쁜 물이 든 게 틀림없어."

고사쿠는 하루도 빠짐없이 저녁상에서 큰집 아이들 험담을 들었다. 할머니는 하나같이 버르장머리가 없다고 욕을 했지만 가만 들어 보면 내심 아이들의 부모, 그러니까 고사쿠의 외할아버지와 외할머니를 비난하려는 속내가 엿보였다. 하지만 할머니는 단 한 번도 그들의 이름을 입 밖에 낸 적은 없었다. 고사쿠는 어린 나이에도 왠지 할머니가 그러는 이유를 알 것 같았다.

"큰집 할아버지 꼴도 보기 싫다."

간혹 고사쿠가 외할아버지에 대한 험담이라도 할라 치면, 할머니는 실눈을 치켜뜨고 꿀밤이라도 놓을 기세로 바싹 다가와 꾸짖는 것이었다.

"할아버지한테 그런 말 하는 거 아냐! 설령 마음에 안 드는 부분이 있어도 절대로 욕하면 안 된다. 큰집 식구들이 속은 좁지만 근본은 착한 이들이니까."

고사쿠는 알고 있었다. 겉으론 자신을 타이르는 듯해도 실은 할머니 자신을 위로하기 위한 말임을.

고사쿠는 할머니를 기쁘게 해 주려고 종종 큰집 식구들에 대한 험담을 늘어놓았다.

꼬투리를 잡으려고 하면 트집거리는 얼마든지 있었다. 고사쿠는 또래 미쓰와 매일같이 놀았지만, 외할아버지 부부는 누가 봐도 손자 고사쿠보다 딸 미쓰를 더 귀여워했고, 그들이 원수처럼 여기는 할머니와 함께 산다는 이유로 자신마저 탐탁지 않게 보는 기미였다.

큰집에는 모두가 큰할머니라고 부르는 고사쿠의 증조외할머니도 살고 있었다. 원래 외할아버지의 양어머니로 큰집 식구들과 피 한 방울 섞이진 않았지만 집안에서는 상당히 존경받는 존재였다. 나이를 먹은 뒤로는 노상 안쪽 방에 틀어박혀 있는 듯 없는 듯 살아가고 있었는데 역시나 큰할머니도 고사쿠를 마뜩잖게 여기는 투였다. 언젠가 큰집에서 마주쳤을 때,

"딱한 놈. 속이 시커먼 요물한테 인질로 잡혀서는…… 너도 잘 되긴 글렀다."

라고 낮게 중얼거린 적이 있었다. 고사쿠는 쭈글쭈글한 살덩어리 속에서 조그만 입이 우물우물 움직이는 것을 물끄러미 바라보고 있다가,

"슬슬 죽을 때 되지 않았어? 큰할머니는 대체 언제 죽어?"

하고 불쑥 내뱉었다. 아닌 게 아니라, 고사쿠 눈에는 등이 휘다 못해 반으로 접히고, 흐물흐물해진 피부에 온통 주름살로 고랑이 파인 칠순 노파가 언제까지고 살아서 말을 하는 게 여간 신기하지 않았던 것이다.

예상치 못한 반격에 큰할머니는 눈을 희번덕거리며 더 이상 말을 잇지 못했다. 할머니와 자신에게 저주를 퍼부은 상대에게 되바라지게 맞받아친 고사쿠는 유유히 그 자리에서 빠져나왔다. 하루 종일 집안에 웅크리고 있는 오래되고 쓸모없는 가구 같은 존재를 뒤로하고.

흙집에 사는 할머니는 본래 고사쿠 증조외할아버지의 첩이

었다. 집안에서는 나름대로 이름이 알려진 의사였던 증조외할 아버지는 젊어서 시즈오카 현 가케가와 시 병원장, 시즈오카 현 니라야마 시 의국장, 미시마 사립 양화(養和)의원 원장을 역임 했다. 미루어 보건대, 그가 조금이라도 야망을 가진 인물이었다 면 결코 고향 이즈에 틀어박혀 말년을 보내지는 않았으리라. 하 지만 무슨 연유에선지, 한창 왕성하게 일할 30대 중반의 나이 에 그는 모든 공직을 훌훌 털어 버리고 이즈의 유가시마 산골 마을에 들어왔다. 자의로 시골 의사가 된 그는 누구보다 바쁘게 살았다. 가마를 타고 이즈 반도의 내륙 입구에 자리한 미시마 지역과 이즈 반도의 남단에 위치한 시모다 지역까지 그야말로 반도의 남북을 종횡무진하며 왕진을 나가곤 했으니 말이다.

'누이'라는 이름의 할머니는 증조외할아버지가 시모다 화류 계에서 몸값을 치르고 데려온 기생이었다. 안 그래도 폐쇄적이 고 좁은 마을에서 사람들이 할머니에 대해 얼마나 많은 뒷말을 해 댔을지 불 보듯 뻔했다. 할머니는 증조외할아버지가 쉰의 나이에 세상을 뜨기까지, 음으로 양으로 내조를 아끼지 않았다. 장례식을 치른 뒤에도 쑥덕거리는 사람들의 차가운 시선을 묵 묵히 받아 내며 마을에 정착한, 여러모로 의지가 강하고 독한 구석이 있는 억척스런 여인이었다.

증조외할아버지는 중년 이후 본처와 줄곧 별거 중이었다. 그 의 부인인 큰할머니는 누마즈의 야마모토라는 유력한 무사 집 안 딸로, 시집와서 단 한 번도 부엌에 들어가 본 적이 없다고 했다. 좋게 말하면 세상 물정 모르는 양갓집 규수요, 나쁘게 말 하자면 자존심만 살아서 생활력이라고는 찾아볼 수 없는 무능 력자였다. 혼례식 당시 예단으로 주황색 나무통 욕조와 무시무시한 검 두 개를 가지고 왔다는 얘기는 두고두고 마을 사람들 입방아에 올랐다.

증조외할아버지는 본처와 첩 사이에 모두 자식이 없었다. 그는 자기 형의 아들을 양자로 삼아 이제껏 살아온 집, 그러니까 지금의 큰집을 물려주고 자신은 근처에 병원 겸 집을 하나 지어 첩과 살림을 차렸다. 말년에는 큰 손주에게 이 집을 주기로 하는 대신 자신의 첩을 양아들의 큰딸, 그러니까 고사쿠의 어머니 나나에의 양어머니로 호적에 입적시켰다. 자신이 세상을 떠난 뒤 첩의 신분으로 서럽게 살아갈 할머니의 말년을 배려한 결정이었으리라.

한편, 고사쿠의 어머니는 군의관 남편을 따라 도요하시에 가정을 꾸렸다. 고사쿠가 부모의 품을 떠나 증조외할아버지의 첩에게 맡겨진 배경에는 퍽 복잡한 사정이 있었다. 실제로 큰할머니가 내뱉은 '인질로 잡혀서'라는 말이 전혀 틀린 말은 아니었다. 할머니가 고사쿠를 맡아 기른 배경에는, 호적상 이름을 올렸을지언정 자신을 눈엣가시처럼 여기는 가족들 속에서 한없이 위태로운 자신의 입지를 조금이라도 다지기 위한 것도 있었으니 말이다.

시작은 어머니 쪽이었다. 고사쿠를 낳고 얼마 후 딸 사요코를 출산하면서 아이 둘을 키우기에는 형편이 여의치 않자, 처음에는 몇 달만 할머니에게 고사쿠를 맡기기로 했다. 할머니 입장에서 보자면, 그야말로 호박이 넝쿨째 굴러들어 온 셈이었다. 뜻하지도 않게 자기 품에 굴러들어 온 보물을 한번 손에 넣은 이상, 순순히 내놓을 리가 없었다. 고사쿠는 고사쿠대로, 자신을 애지중지하는 할머니와 생활하면서 도요하시로 돌아갈 마음이 서서히 사라져 버리고 말았다.

요컨대, 고사쿠는 다섯 살부터 이즈 반도의 아마기 산골 마을에서 피 한 방울 섞이지 않은 할머니와 같은 지붕 아래 살게 된 것이다. 할머니와 큰집 식구들은 견원지간이나 다름없었다. 큰할머니 눈에는 자신의 남편을 빼앗아 간 악독하고 원망스러운 요물이었고, 외할아버지 눈에는 자신의 양아버지를 살살 꼬드겨 기어이 넓은 저택과 대지를 손에 넣고 자기 딸을 양녀로 삼은 것으로도 모자라, 지금은 손자 고사쿠마저 인질로 잡고 있는 탐욕스러운 여자였다.

큰집은 언제나 사람들로 북적였다. 평소에는 외할아버지 부부를 비롯해 고사쿠와 동갑인 미쓰, 세 살 많은 다이고, 그리고 큰할머니까지 다섯 명이 지냈지만 이외에도 두 명이 더 들락거렸다. 도쿄에서 중학교에 다니는 다이조와 누마즈에서 여학교에 다니는 사키코가 그들이었다. 다이조와 사키코는 방학 때는 물론이거니와 일요일과 휴일이 이어진 날에도 어김없이 돌아왔다. 정확히 말하자면, 고사쿠는 두 사람을 외삼촌과 이모라고 불러야 했지만 미쓰가 다이조를 오빠, 사키코를 언니라고 부르기에 고사쿠도 따라서 형, 누나라고 불렀다.

정월이나 봄방학, 여름방학 무렵이 되면 큰집은 눈에 띄게 와자지껄해졌다. 특히 식사 때는 그야말로 북새통이 따로 없었다. 온종일 안쪽 방구석에 틀어박혀 지내는 큰할머니조차 식사 때만큼은 무던히도 굽은 허리 탓에 흡사 머리로 다다미 바닥을 쓸기라도 할 듯한 모양새로 식탁이 있는 거실에 어슬렁어슬렁 모습을 드러냈다. 큰할머니, 외할아버지, 외할머니, 다이조, 사키코, 다이고, 미쓰까지 도합 일곱 명에다 집안일을 돕는 일손 한두 명까지 더해 다다미 여덟 장[4] 방은 금세 꽉 들어찼다.

외할아버지 부부는 슬하에 무려 여덟 명의 자식이 있었다. 위의 네 명 이외에, 고사쿠의 어머니인 큰딸 나나에, 그 아래로 미국으로 건너간 다이치, 만주에 있는 다이지, 이즈 반도 서해안에서 큰 농가를 가진 마쓰무라 집안에 양녀로 들어간 스즈에까지. 고사쿠는 이중 어머니를 제외한 세 명은 한 번도 얼굴을 본 적이 없었다. 그저 미쓰가 부르는 대로 덩달아 다이치 형, 다이지 형, 스즈에 누나라고 부르긴 했지만 말이다.

외할머니는 이따금 고사쿠가 미쓰와 같은 호칭을 쓰는 걸 보면,

"고사쿠는 다이치 외삼촌, 다이지 외삼촌, 스즈에 이모라고 불러야지! 형, 누나라고 부름 못써."

라며 핀잔을 주었다. 고사쿠는 그때마다 시큰둥한 반응을 보였다. 그렇다면 다이조 형도 다이조 외삼촌, 사키코 누나도 사키코 이모라고 불러야 하는 게 아닌가. 생각만으로도 낯간지러워 입이 떨어지지가 않았다. 더군다나 사키코 누나를 이모라고 부르다니 당치도 않았다.

언젠가 고사쿠는 장난기가 발동해 사키코를 존칭한 적이 있다.

"이모 아줌마!"

당시 여학생 사이에선 한창 양 갈래 머리가 유행이었다. 사키코는 어깨 앞으로 길게 땋아 내린 양 머리를 뒤로 휙 넘기며 앙칼진 목소리로 소리쳤다.

"그렇게 부르지 마!"

4 약 4평.

"이모 아줌마 맞잖아."

"나이 많은 사람 같아서 싫단 말이야!"

사키코는 새치름한 표정으로 하얗게 눈을 흘겼다. 고사쿠는 속으로 옳다구나, 했다. 그것 봐라, 사키코도 이모라는 호칭을 싫어하지 않나. 그렇다면 굳이 그렇게 부를 이유가 없었다. 고사쿠는 평소엔 다이고를 '곳짱'이라고 불렀고, 동갑내기인 미쓰는 '밋짱'이라 부르다가 싸워서 사이가 틀어졌을 때는 '미쓰'라고 불렀다.

할머니는 큰집 아이들을 직접 마주쳤을 때를 제외하고는 호칭 없이 이름만 불렀다. 심지어 악의 섞인 형용사를 붙이는 경우도 흔했다. '미련 곰탱이 미쓰', '천하의 멍텅구리 다이고', '골칫덩어리 사키코', '망나니 다이조'라는 식이었다. 그러나 어린 나이에 세상을 떠난 넷째 아들 다이시만은 예외였다.

"그 아인 제법 영특했지. 큰집도 이제 자식 덕 좀 보나 했더니만 그리 허망하게 죽을 줄이야. 하여간 운도 지지리도 없지 원. 뭐, 하긴 세상일이 그리 마음대로 되나."

칭찬 속에도 큰집에 대한 악담은 잊지 않았다.

할머니와 흙집에서 단둘이 지내는 생활은 그럭저럭 즐거웠다. 단조롭지만 평화로운 일상, 고사쿠는 떠들썩하고 활기찬 큰집이 그다지 부럽지 않았다.

고사쿠는 아침에 눈을 뜨면 이불 속에서 꼼지락거리며 할머니를 불렀다. 귀가 어두운 편임에도 할머니는 자신을 부르는 고사쿠 목소리만은 1층에 있든, 집 밖에서 허드렛일을 하고 있든 귀신처럼 알아들었다.

"할머니, 할머니!"

고사쿠가 이렇게 부르고 있으면 어김없이 영차, 영차, 하며 계단을 올라오는 소리가 들려왔다. 그리고 잠시 후 계단 끄트머리에서 구부린 등을 쭉 펴고 한숨을 돌린 할머니가 오냐, 오냐, 내 새끼, 하고 연거푸 대답하며 다가와서는 서랍을 열어 종이에 싼 과자를 꺼냈다.

"자, 오메자[5] 대령이요!"

할머니는 종이에 싼 과자를 고사쿠 손에 쥐어 주고는,

"아침밥 다 될 때까지 이거 먹으면서 조금만 기다려라."

하며 머리를 토닥이고 계단을 내려가는 것이었다. 어서 냉큼 일어나라는 둥, 세수를 하라는 둥 하는 잔소리는 일절 없었다.

종이 속에는 대개 흑설탕으로 만든 눈깔사탕이 들어 있었다. 고사쿠는 검은 구슬을 아기작아기작 깨물어 먹으며 입안에서 완전히 사라질 때까지 또다시 이불 속에서 빈둥거렸다.

흙집의 이 같은 아침 풍경을 큰집에서는 퍽 못마땅해하는 눈치였다. 보다 못한 외할머니가,

"고짱, 이도 안 닦고 눈깔사탕 같은 거 먹으면 이가 몽땅 시커멓게 썩어 버린다."

하고 으름장을 놓았지만, 고사쿠에게 이를 전해 들은 할머니는 잔뜩 성난 어조로 이렇게 씩씩거렸다.

"뭣이? 아가는 그 집 녀석들과 태생부터 다른 종자라 썩을 이 따윈 없다고 전해라!"

그렇게 큰집 식구들의 걱정에도 상관없이 고사쿠는 매일 아침 이불 속에서 흑사탕을 빨아 먹었다. 운이 좋으면 큼지막한

---

5 아침에 잠에서 깬다는 뜻인 '메자마시'에서 연유한 말로, 아침에 눈을 뜬 아이에게 주는 단 과자.

백설탕으로 만든 새하얀 수정 사탕을 받았는데 톡 쏘는 박하 맛이 일품이었다. 때론 콩강정이나 꽈배기 같은 과자를 받을 때도 있었다.

달콤한 과자가 입안에서 사라지면 고사쿠는 이불 속에서 다시 할머니를 찾았다.

"나 이제 일어나?"

"오냐, 할머니가 만든 따끈따끈한 미소시루 먹자."

할머니는 이렇게 말하며 분주하게 계단 위로 올라와 고사쿠에게 기모노를 입혀 주었다. 할머니가 기모노 허리춤에 달려 있는 끈을 단단히 조여 앞에서 묶는 동안 고사쿠는 조그만 철창 사이로 눈길을 던졌다. 창문을 가득 채운 석류나무 이파리 사이로 바깥 풍경이 내다보였다. 건너편 농가의 세 마지기 남짓한 논이 흙집보다 지대가 1미터쯤 더 높아 2층에 서 있으면 창문 너머로 널따란 들판이 한눈에 펼쳐졌다. 여름에는 푸른 벼가 촘촘히 모가지를 내밀고, 겨울에는 거무튀튀하게 말라붙은 벼 그루터기가 황량했다.

창가에 몸을 기대고 아래를 내려다보면, 느리게 비탈진 몇 마지기 논과 함몰된 터를 비롯해 맞은편에 있는 옆 마을 일부가 시야에 들어왔다. 언덕이 보이고, 농가 몇 채가 보이고, 수풀이 보이고, 희멀건 신작로가 보이고, 그리고 저 멀리 장난감처럼 조그맣게 보이는 후지 산.

기모노를 다 입으면 1층으로 내려가 앞마당 옆으로 졸졸졸 흐르는 도랑가에 주저앉아 얼굴을 씻었다. 도랑 건너편에는 흙으로 쌓아올린 1미터 남짓한 둑이 있고 그 위에 흙집 2층에서 보이는 논두렁이 광활하게 펼쳐져 있었다. 고사쿠는 손으로 물을 떠올려 입속을 두세 번 헹군 다음 얼굴을 씻었다. 고양이 세수지만 겨울철이면 도랑가 풀 한 포기마다 엉겨 붙은 고드름을 쥐어뜯거나, 언 땅에 던져 깨뜨리는 재미로 꾸물거리기 일쑤였다. 기다리다 못한 할머니가 모습을 드러내고 나서야 고사쿠는 집안으로 발걸음을 돌렸다.

두 사람은 계단을 올라가 남향으로 창이 난 2층 방에서 아침밥을 먹었다. 식단은 일정했다. 가끔 미소시루에 들어간 건더기나 채소 절임 종류가 계절에 따라 무나 가지, 오이로 바뀌는 정도였다. 미소시루와 채소 절임 이외에, 생강이나 염교와 긴잔지 미소[6]가 한결같이 식탁 위에 올랐다. 점심이나 저녁도 매한가지였다. 요리하기를 어지간히도 귀찮아하는 할머니는 생선이나 고기도 그다지 좋아하지 않아 하루 세끼의 식단 차이는 야채 조림이 추가되었는지 아닌가가 고작이었다.

이가 안 좋아 노상 미소시루에 밥을 말아 먹던 할머니는 고사쿠에게도 으레,

"아가, 뜨끈한 미소시루에 밥 한번 부어서 먹어 볼래?"

라든가

"밥에다 긴잔지 미소 올려서 녹차 부어 먹으면 꿀맛이다."

하면서 자기 식대로 먹어 보길 권하곤 했다.

아침을 먹고 있으면, 부근에 사는 유키오, 가메오, 요시에를 비롯한 동무들이 고사쿠를 부르는 소리가 들려왔다.

"고짱, 학교 가자, 고짱, 학교 가자!"

몇몇 아이들이 장단을 맞추어 흙집 앞에서 고사쿠를 부를 때

---

6 가지나 오이가 들어간 낟된장의 일종.

면 마치 '홍차 학교 가자'[7]처럼 들렸다. 등교 시간까지는 어림잡아 한 시간도 더 남았다. 게다가 학교까지는 달려서 5분도 안 되는 거리.

동무들이 부르는 소리에 남은 밥을 먹는 둥 마는 둥 하며 고사쿠는 교과서와 도시락을 황급히 보자기에 싸고 허겁지겁 계단을 뛰어 내려가는 것이었다.

"아가!"

할머니는 중요한 물건이라도 빠트리고 간 양 곱게 접은 손수건을 가지고 다급히 그 뒤를 쫓아 나왔다. 손수건을 가지고 가 봤자 쓸 일은 하나도 없고 거추장스럽기만 했다. 그러나 할머니는 다른 마을 아이들과는 태생이 다르다는 증표로 고사쿠에게 늘 손수건을 들려 주는 것이었다.

아이들은 마을을 돌며 동무들을 불러냈고 관청 옆이나 고사쿠네 집 건너편에 있는 논 볏가리 근처에 모여서 학교 가기 전까지 실컷 놀았다. 아이들의 집합 장소는 때때로 바뀌었다. 누군가 명령하는 건 아니고 그냥 자연스레 바뀌었다. 일단 장소가 정해지면 두 달이든 세 달이든 오로지 그 장소에만 모였다. 남학생과 여학생이 모이는 장소는 각기 달랐다.

아이들은 일단 한 가지 놀이를 시작하면 물릴 때까지 오로지 그것에만 열중했다. 그러다 완전히 싫증이 나 버리면 어느새 새로운 놀이를 시작하곤 했다. 그것이 또 오랫동안 유행처럼 번져서, 용케 질리지도 않는다 싶을 때까지 푹 빠져 지냈다. 한동안 딱지치기에 미쳐 지내다가, 다음에는 덫으로 참새 잡기에

---

7 홍차를 뜻하는 일어 '고짜'와 고쨍의 발음이 비슷함.

빠지다가, 다음에는 스모 선수들 순위표를 매일같이 갈아 치우며 노는 식이었다.

그렇게 정신없이 놀다가 누군가 문득 학교에 가야 한다는 사실을 깨달으면 모두가 우르르 학교 쪽으로 향했다. 그때부터 신작로나 옛길 곳곳에 진풍경이 펼쳐졌다. 여러 마을에 사는 아이들이 자기들끼리 떼를 지어 눈덩이처럼 학교 교문을 향해 와글와글 굴러가는 모양새가 제법 볼만했다.

아이들은 다른 마을에 대해 일종의 적개심을 지니고 있었다. 그들은 저마다 한껏 사나운 표정을 지으며 상대 무리를 경계하면서 교정으로 서둘러 들어갔다. 다른 마을 아이들끼리는 결단코 말을 섞지 않는 게 불문율이었다. 그뿐만 아니라 때로는 아무 이유 없이 상대에게 돌팔매질하는 일마저 심심찮게 있었다. 서로에 대한 적대감은 학교 정문을 입장해 마을별 무리가 뿔뿔이 흩어질 때까지 이어졌다.

조그만 학교에는 교실이 전부 여덟 개였다. 1년부터 6학년까지, 학년마다 교실 하나가 있고 고등과[8]와 재봉실 교실이 하나씩 있었다. 1학년은 대략 30명 정도. 단무지가 들어간 도시락, 혹은 매실 장아찌 주먹밥을 한 손에 들고 굵은 세로 줄무늬 기모노에 짚신을 신은 모습은 누구 하나 예외가 없었다. 숭숭 땜통이 드러난 밤송이머리에 땟물이 줄줄 흐르는 꾀죄죄한 몰골까지도.

교사는 모두 8명으로 한 명이 학년 하나씩 담당했다. 교사들은 걸핏하면 학생들 머리를 툭툭 때리고 꿀밤을 주었다. 그 때

---

8 당시 소학교는 6학년제 보통과와 졸업 후 진학하는 2년제 고등과가 있었다.

문에 교실 안에 들어선 순간, 아이들은 형무소라도 들어간 양 잠잠해지곤 했다. 특히 1학년 담임은 그중에서도 가장 엄하기로 소문이 자자해서 1학년 꼬마들은 내내 마음을 졸였다.

하루 수업이 끝나면, 아이들은 한걸음에 집으로 달려가 책과 도시락을 휙 던져 놓고 다시 놀이터에 집합했다. 먼저 하교 시간이 빠른 하급생들이 모이고, 점점 상급생들이 모여들면서 주렁주렁 매달린 호박처럼 시커먼 머리통이 늘어났다. 그렇게 일단 모이기만 하면, 산그늘이 먹물처럼 마을을 뒤덮고 시로밤바가 푸른빛을 반짝거릴 때까지 아이들의 놀이는 그칠 줄을 몰랐다.

# 2장

고사쿠가 2학년이 되고 맞이한 첫여름, 누마즈 여학교를 작년에 졸업하고 친척집에서 살림을 배우던 사키코가 큰집으로 돌아왔다. 고사쿠의 마음이 괜스레 부풀어 올랐다.

사키코가 있을 때와 없을 때의 큰집을 채우는 공기는 천지 차이였다. 여름방학이나 겨울방학 때 사키코가 유가시마에 돌아오면, 화려하고 커다란 장미가 활짝 핀 듯 햇살 한 줌 들지 않는 어두침침한 구석방마저 밝고 화사한 분위기가 감돌았다.

사키코는 유가시마의 젊은 여인네들과 달리 외모에서부터 퍽 도회적인 분위기를 풍겼다. 속발[9] 머리도 그렇거니와, 몸에 걸치는 기모노나 말투, 걸음걸이까지 세련된 신식 여성 같았다. 유가시마보다 번화한 누마즈에서 여학교를 졸업했다는 사실도

---

9 束髮. 동백기름을 사용해 머리를 위로 틀어 올린 서양식 머리 모양.

사키코의 지적이고 도시적인 모습을 부각시키는 데 한몫했다.

고사쿠는 사키코가 돌아온 뒤부터 부쩍 큰집에 가는 일이 늘었다. 딱히 볼일이 없어도 마냥 사키코 곁에 있고 싶었다. 하지만 할머니는 사키코를 여간 미워하는 게 아니었다.

"건방지게 거드름 피우는 꼴이 어찌나 아니꼬운지 몰라. 하는 일도 없이 놀고먹는 주제에, 흥!"

사키코 얘기만 나왔다 하면 할머니는 입버릇처럼 헐뜯기 일쑤였다. 사키코 역시 할머니를 싫어하는 건 마찬가지였다. 길가에서 마주치기라도 하면, 사키코는 어린 고사쿠조차 거북할 만치 싸늘한 냉소를 지었다. 할머니가 대놓고 적대감을 드러내며 으르렁거린 반면, 사키코는 태연한 얼굴로 아예 없는 사람 취급했다.

고사쿠는 할머니와 사키코 사이에서 슬금슬금 눈치를 보며 가슴 졸이는 일이 잦았다. 자기 딴에 나름대로 둘 사이를 중재해 보려 애써 봤지만 노력은 번번이 수포로 돌아갔다.

"지금, 할머니가……."

고사쿠가 이렇게 말을 꺼내면 사키코는 가차 없이,

"할머니는 무슨 할머니!"

하고 일갈하는 것이었다.

"……할머니 맞잖아."

"피 한 방울 안 섞인 사람이야. 알았어? 같이 살고 있다고 다 한 식구가 아니라고. 그 사람은…… 그래, 할망구가 딱이야."

만일 다른 사람이 그런 말을 했다면 고사쿠는 결코 용서하지 않았으리라. 그런데 웬일인지 사키코에게는 도무지 화가 나지 않았다. 참으로 모를 일이었다.

사키코가 유가시마에 돌아온 뒤로 고사쿠는 그녀와 함께 날마다 계곡에 있는 니시비라 온천탕에 다니기 시작했다. 사키코가 온천에 나갈 때면 늘 미쓰가 미리 고사쿠를 부르러 왔다. 고사쿠는 여자들과 온천에 가는 게 머쓱한 나머지 동무들을 불러냈다. 잡화점집 유키오, 소 키우는 집 가메오, 고사쿠와 먼 친척 사이인 양조장집 요시에. 유키오와 가메오는 고사쿠보다 한 살 어리고, 요시에는 동갑내기였다.

온천에 가는 채비는 지극히 간단했는데, 홀치기 염색한 오비[10]에 수건을 한 장 매달아 묶으면 그만이었다. 할머니는 철판 비눗갑을 가져가라고 노상 잔소리를 해 댔지만 고사쿠는 거치적거린다며 한사코 마다했다.

준비가 끝난 고사쿠 일당은 큰집 앞에서 사키코와 미쓰가 나오기를 기다렸다. 사키코는 집 앞에 놓인 돌계단을 사뿐사뿐 내려와서는 수건과 비누, 조그만 금속 대야 등을 싼 보자기를 쓱 내밀며,

"교대로 들고 가는 거야!"

하고 짐짓 명령조로 말했다. 같은 집안이란 이유로 고사쿠는 늘 처음 차례였다. 계집애처럼 보자기를 품에 안은 모양이 영 내키지 않았지만 고사쿠는 신줏단지라도 모시듯 행여나 떨어뜨릴까 양손으로 소중히 들어 안았다.

50미터 남짓한 거리에서 신작로로 들어섰다. 길 좌우로 가정집을 비롯해 게타[11] 가게, 이발소, 약국, 우체국, 과자 가게, 철물점, 옷가게 등의 점포들이 줄지어 늘어서 있었다. 가게 안은 지키는 사람 하나 없이 썰렁했다. 만약 물건을 사고 싶으면 가게

10 기모노를 입을 때 옷이 벌어지는 것을 막기 위해 매는 허리띠.
11 나무로 만든 굽 높은 나막신.

옆에서 뒷문으로 돌아가 집 안으로 들어가야 했다.[12] 대여섯 점포가 늘어서 있을 뿐인 거리였지만 아이들 눈에는 무엇보다 활기찬 번화가였다. 신작로로 나오기만 해도 촌구석에서 대도시로 나온 것처럼 기분이 설레었다.

신작로를 따라 늘어선 스무 채 정도의 가옥들은 백 미터가량 이어졌는데, 사람들은 이 구역을 슈쿠 마을이라 불렀다. 고사쿠의 흙집과 큰집을 포함해 열두서너 채 집들이 모여 있는 구역은 구보타 마을이었다. 두 마을 이외에도, 온천이 나오는 계곡 부근에 자리 잡은 니시비라, 아라주쿠, 세코노타키라는 마을 세 개가 있고, 산기슭 쪽에 나가노, 신덴 마을이 있었다. 요컨대 구보타, 슈쿠, 니시비라, 아라주쿠, 세코노타키, 나가노, 신덴이라는 일곱 개의 작은 마을이 유가시마라는 큰 마을을 이루고 있는 셈이었다.

유가시마 이외에, 가노 강가에 인접한 산골짜기에 산재한 몇몇 작은 마을이 더해져 가미카노 촌(村)을 이루었다. 가미카노 촌은 인구나 주택은 많지 않아도 제법 넓은 지역을 차지하고 있었고 그곳에 속한 마을 중에서는 유가시마가 가장 컸다.

고사쿠 일당은 슈쿠 마을에 들어서자 다소 긴장한 낯빛이 되었다. 사키코와 미쓰가 앞장서 걷고, 조금 거리를 두고 뒤따라 고사쿠가 보자기를 안고 걷고, 그 뒤에 유키오, 가메오, 요시에가 뒤따랐다. 그러면 어디선가 귀신처럼 이들의 등장을 알아차린 슈쿠 마을 아이들이 와르르 몰려들어 입을 모아 놀려 대는 것이었다.

"얼레리 꼴레리. 고쨍이랑 미쓰는 사귄대요!"

어이가 없고 분통이 터질 노릇이었다. 미쓰와 사귄다니 당치

---

12 당시 일본 상점가는 1층에 가게, 2층에 주인집이 사는 경우가 일반적이었다.

도 않은 일이다. 둘은 같은 학년에다 늘 붙어 다녔지만 함께 놀면서도 싸우는 게 태반이 아닌가. 슈쿠 아이들이 이렇게 놀려댈 때마다 고사쿠는 소중하게 들고 온 보자기를 한 손에 거칠게 쥐어 잡고는 가까이 다가오면 내치기라도 할 듯이 마구 휘둘러 댔다. 하지만 짓궂은 장난은 여기서 멈추지 않았다.

"유키짱은 어젯밤에 오줌 쌌대요!"

"머슴 짓 하시느라 수고한다, 이 멍청아!"

장단을 맞추어 밉살스럽게 놀려 대는 아이들에게 고사쿠 일당은 입도 뻥긋 못하고 걸음을 재촉했다. 요시에는 과묵하고 다소 굼뜬 구석이 있어 학교에서도 그다지 눈에 띄지 않았지만 유키오와 가메오는 장난기가 심하고 싸움도 제법 잘했다. 그럼에도 자신들이 사는 구보타 마을을 벗어나 타 지역에 들어서면 한없이 쪼그라들었다. 상대가 자기들보다 수도 많고 사키코와 미쓰가 있다는 사실도 이들을 한껏 기죽게 만들었다.

슈쿠의 길가를 벗어나자마자, 고사쿠 일당은 적진을 벗어났다는 안도감에 사로잡혀 다시 기세등등해졌다. 니시비라 온천을 가려면 슈쿠 마을을 벗어나 신작로 옆으로 빠져 계곡으로 난 오솔길을 내려가야 한다. 활기를 되찾은 고사쿠 일당은 사키코를 앞서거나 뒤서거나 하면서 방정맞게 걸음을 재촉했다.

"자, 이번엔 유키오 차례!"

사키코의 말에, 유키오는 왕의 명이라도 받드는 신하처럼 잔뜩 긴장한 얼굴로 고사쿠로부터 보자기를 넘겨받았다. 고사쿠는 막중한 임무에서 벗어났다는 해방감에 가메오나 요시에와 신나게 까불었다. 보자기를 드는 차례는 온천에 도착할 때까지, 가메오와 요시에에게도 공평하게 돌아갔다. 그들은 비누향 가득한 보자기가 마냥 싫진 않았다. 어떨 땐 은은하게 콧등에 스며드는 비누 향기에 취해 정신이 아득해지는 기분마저 들었다.

온천물은 계곡 세 군데서 콸콸 뿜어져 나왔다. 커다란 별장한 채와 여관 세 채, 공동 온천탕 두 곳이 계곡의 온천 물줄기를 따라 거리를 두고 흩어져 있었다. 공동 온천탕은 니시비라와 세코노타키 마을에 하나씩 있었는데 고사쿠 일당은 집에서 가깝고 양지바른 니시비라 온천을 좋아했다.

온천탕이라고 해 봤자, 욕조 위에 덮개를 쓱 씌우고 한쪽 구석에 대충 옷 벗는 공간을 만들어 놓은 게 고작이었다. 그러나 허름한 시설에 비해 온천물은 더없이 맑았고 큼지막한 욕조 속에서 하루 종일 뜨거운 온천이 흘러넘쳤다. 욕조 두 개 사이에 판자로 칸막이를 만들어 대충 남탕과 여탕을 구분해 놓았지만 어디가 남탕이고 어디가 여탕인지 따로 정해져 있지 않았다. 아이들은 아랑곳없이 마구 두 욕조 사이를 들락날락했다.

니시비라 온천을 택하는 이유는 또 있었다. 온천 바로 옆에 말 전용 목욕탕이 있어 운 좋으면 말의 목욕 모습을 구경할 수 있었던 것. 말이 들어가는 욕조는 직사각형 모양으로 사람들이 들어가는 욕조보다 훨씬 얕았고 덮개도 없었다.

온천탕에 도착한 고사쿠 일당은 앞다퉈 옷을 훌렁 벗어 던지고 욕조에 뛰어들어 장난을 치기 시작했다. 이내 거센 물보라가 사방에 튀었다. 미쓰도 뒤질세라 욕조에 뛰어들었다. 아이들은 물놀이하다 싫증이 나면 계곡에 내려가 큼지막한 돌을 가져와서는 욕조 속에 텀벙 던졌다. 한낮의 온천탕은 여유롭고 한가했다. 사람들로 북적이는 때는 하루 일과가 끝나고 피로를 푸는 저녁 무렵이었다. 사키코가 아무리 잔소리를 해도 짓궂은 물장난을 그칠 줄을 몰랐다. 뽀얀 물거품 사이로, 사키코의 새하얗고 풍만한 몸이 눈부시게 빛났다.

"고짱, 수건 갖고 왔지? 이리 가져와! 빨아 줄게."

사키코의 한 마디에 고사쿠는 군말 없이 욕조 밖으로 나갔다. 사키코는 미쓰와 고사쿠 몸에 비누칠을 해 준 다음, 나머지 아이들은 간장을 쏟은 듯 때에 찌든 수건만 씻어 주었다.

여느 때처럼 온천을 즐기던 어느 날이었다. 욕조에서 한창 물장난 치기에 여념 없는 아이들을 장난기 가득한 눈길로 바라보던 사키코가 입을 열었다.

"나 내일부터 너희들 학교 선생님이 되기로 했어. 앞으로 얌전히 굴지 않으면 아주 혼날 줄 알아!"

그 순간, 아이들은 일시에 동작이 굳었다.

"거짓말!"

유키오가 입을 뾰족이 내밀었다.

"어머, 내가 왜 거짓말을 하니? 내일 조례 시간에 교장 선생님이 무슨 말씀을 하는지 잘 들어 봐. 참말인지 아닌지!"

아이들은 여전히 믿어지지 않는다는 표정이었다. 교사들은 바늘로 찔러도 피 한 방울 안 나오는 무서운 사람들인데 사키코가 그 무리의 일원이 되다니, 가당치 않은 일이었다.

이튿날, 사키코 말은 거짓이 아님이 판명되었다. 조례 시간에, 교장이 그동안 3학년을 담당했던 젊은 교사가 피치 못한 사정으로 그만두고 이 학교 졸업생인 이가미 사키코가 교편을 잡게 되었다고 발표한 것이다. 이가미 사키코라는 이름이 교장 입에서 나오자, 미쓰와 고사쿠는 순간 몸이 뻣뻣하게 굳고 얼굴이 벌겋게 달아올랐다.

고사쿠는 사키코가 교사로 온 것이 기쁜 한편으로, 그녀가 과연 학생들 사이에 좋은 평판을 얻게 될지 이만저만 걱정이 아니었다. 그러나 뭐니 뭐니 해도 가장 신경 쓰이는 건 친척 사이라는 점이 알려져 학생들이 사키코가 미쓰와 자신만 편애한다고 생각하면 어쩌나 하는 것이었다. 사실 그렇게 따지자면, 학교에는 고사쿠 친척이 한 명 더 있었다. 바로 이시모리 모리노신 교장. 그는 고사쿠의 큰아버지였다. 그는 이시모리 집안의 장남으로, 유가시마에서 약 4킬로미터 떨어진 가도노하라 마을에서 대대로 살아오고 있었다. 차남인 고사쿠 아버지는 이가미 집안의 데릴사위로 들어갔지만, 나머지 형제자매는 이즈 반도 곳곳에 가정을 꾸리고 살았다.

까닭은 알 수 없지만 고사쿠는 유독 친가 쪽 사람들과는 왕래가 적었다. 볼에 살이 없고 턱이 뾰족한 교장은 근엄한 분위기를 풍기는 50대 남성으로 특별한 용무가 있지 않은 한 웃지도, 말하지도 않았다. 학생들이나 마을 사람들 사이에서 그는 무척 깐깐하고 사귀기 어려운 인물로 알려져 있었다. 고사쿠가 교장과 대화를 나눠 본 것도 손에 꼽을 만큼 적었다. 고사쿠에게는 큰아버지라기보다 무섭고 괴팍한 교장에 더 가까웠다. 따라서 두 사람 사이에 편애라는 단어는 애당초 생기려야 생길 수가 없었다. 다행히 교장이 고사쿠의 큰아버지라는 사실을 아는 아이는 아무도 없었다.

간혹 두 사람이 학교에서 우연히 마주칠 때면, 교장은 콧수염이 난 입 주변을 약간 씰룩이면서,

"공부는 하고 있나?"

하고 매서운 눈초리로 말을 건넸다.

"하고 있습니다."

고사쿠는 졸지에 뱀과 맞닥뜨린 개구리처럼 간이 콩알만 해져서 간신히 중얼거렸다.

"언제 한번 집에 들러라."

교장은 여전히 무뚝뚝한 표정으로 퉁명스레 내뱉고 돌아섰다. 고사쿠가 4킬로미터 떨어진 아버지 생가에 간 것은 딱 한 번이었는데, 친할아버지가 병에 걸렸을 때 큰집 외할머니 손에 이끌려 병문안을 간 일이었다.

교장의 발표가 있고서 이틀이 지난 뒤에, 사키코는 정말로 학교에 모습을 드러냈다. 그날 아침, 상급생 학생 한 명이 교정에서 고사쿠의 이마를 쿡쿡 찌르며 물었다.

"너희 집안 계집이 임시 교사[13]가 된다는데 사실이냐?"

"아니다, 선생님이 되는 거다!"

"선생도 두 가지가 있다는 거 모르냐? 그 계집은 진짜 선생이 아니고 무자격자라고, 이 멍청아!"

상급생의 이죽거림에 고사쿠는 자신이 모욕당한 양 벌컥 울화가 치밀었다.

그날 고사쿠는 하루 종일 불안과 기대로 가슴이 콩닥콩닥 뛰었다.

점심시간이었다. 고사쿠는 교무실 앞 복도에서 사키코와 마주쳤다.

"고짱."

주변에 다른 학생들이 있는데도 사키코는 평소대로 불렀다.

---

13  교원 자격 없이 학생을 가르치는 사람.

고사쿠는 창피한 나머지 못 들은 척 성큼성큼 걸어갔다.

"고짱!"

높고 날카로운 목소리가 고사쿠의 뒷덜미를 붙잡았다. 마지
못해 걸음을 멈추고 돌아보았다.

"집에 가서 내 도시락 좀 갖고 와."

다른 학생들 앞에서 거리낌 없이 심부름을 시키다니. 이날만
은 사키코가 얄미웠다.

하지만 아무리 얄미워도 명령을 거역할 순 없는 노릇이었다.
고사쿠는 큰집으로 달려가 도시락 보자기를 가지고 교무실로
갔다. 칙칙한 교무실 공기는 그날따라 유달리 밝았다. 창가 쪽에
자리한 사키코 책상 위에 빨간 꽃이 호리호리한 유리병에 꽂혀
있고, 그녀의 적갈색 하카마[14]가 화사한 분위기를 더하고 있었다.
창가 맞은편 쪽에는 사키코를 힐끔거리는 학생들로 북적였다.

불행 중 다행으로 사키코는 3학년 담임을 맡았다. 그러나 더
이상 사키코는 예전처럼 함께 놀던 다정한 누나가 아니었다.
교사의 위엄을 갖춘 것인지 눈매부터 사뭇 달라진 느낌이었다.
앞으로는 짓궂은 장난도, 뻔뻔한 말대꾸도 못할 것 같았다. 유
키오, 가메오, 요시에도 사키코 앞에만 서면 괜스레 쭈뼛거리며
슬그머니 꽁무니를 빼는 것이었다.

고사쿠 일당의 온천행도 흐지부지되었다. 사키코가 함께 가
자 권해도 온갖 핑계를 대며 마다했다. 그래도 "선생님 명령이
야!"라며 다그치면, 열에 한 번은 울며 겨자 먹기로 동행하지
않을 수 없었다.

---

14  격식을 차리고자 기모노 위에 덧입는 폭 넓은 바지.

사키코와 신작로를 걸어도 심술궂게 놀려 대는 아이들 목소리는 더 이상 들리지 않았다. 상황이 역전된 셈이다. 마을 아이들은 길가에서 무리 지어 놀다가도 사키코를 발견한 눈치 빠른 누군가가

　"왔다!"

　하고 낮게 외치면 이를 신호로 아이들은 무시무시한 괴물이라도 다가오는 듯 지금껏 하던 놀이를 뚝 중단했다. 그리고 너도나도,

　"왔다, 왔다!"

　하고 뇌까리며 큰길 위로 줄행랑쳤다. 퍽이나 겁먹은 모습이었다. 그 와중에 도망가는 행렬에서 뒤처진 1학년 빡빡이는 그대로 얼어붙었다.

　"뭐 하고 있었니?"

　사키코가 상냥하게 웃으며 말을 걸기라도 하면, 아이는 자신을 꾸중한다고 여긴 모양인지 십중팔구 울음보를 터트리고 말았다.

　그도 그럴 것이, 하급생에게 교사는 세상에서 둘도 없이 두려운 존재였다. 부모는 아이가 말을 안 들을 때면 으레,

　"자꾸 그러면 선생님한테 콱 일러 버린다!"

　하고 엄포를 놓곤 했다. 과연 이 말은 큰 효력을 발휘해, 아이는 꼼짝없이 고분고분해지는 것이었다. 어릴 적부터 아이들은 학교는 무서운 곳이며 교사는 무서운 사람이라고 세뇌를 받고 자랐다.

　아닌 게 아니라, 학교는 아이들에게 무던히도 매정한 장소였다. 칙칙하고 을씨년스러운 학교 건물은 밤이면 귀신이라도 나올 것 같았다. 낮이라도 따뜻한 구석은 눈을 씻고 찾아보려야

찾을 수가 없었다. 교실 문살에는 유리 대신 창호지를 발랐는데 1년에 한 번, 여름방학이 끝난 2학기 초에 고등과 여학생들이 대대적으로 창호지를 교체했다. 평소 학생들 실수로 창호지가 조금 찢어지기라도 하면 학교 측은 노발대발하면서 범인을 색출하느라 야단법석을 떨었다. 혹독한 조사 끝에 검거된 범인은 담임에게 눈물이 찔끔 날 만큼 머리통을 쥐어박히고 집에서 창호지를 갖고 와 티 안 나게 붙인 다음 검사를 받은 뒤에야 집에 갈 수 있었다.

교실 앞 복도 청소는 학생들 몫이었다. 날마다 수업이 끝나면 빗자루로 쓸고 양동이에 물을 담아 와 걸레로 구석구석 빠짐없이 닦았다. 담임이 끊임없이 감시를 하는지라 아이들은 행여나 트집이라도 잡힐까 고개를 푹 수그리고 쉼 없이 손을 움직였다.

무심코 동작을 멈추고 멍하니 있을 땐 가차 없이 불호령이 떨어졌다. 고사쿠는 청소 시간이 제일 싫었다. 2학년 담임은 6킬로미터 떨어진 산골에서 날마다 도보로 통근하는 괴팍한 노인이었는데, 교사 중 나이가 가장 많고 심보가 고약해 조그만 실수라도 결코 그냥 넘어가는 법이 없었다. 고사쿠도 1학년 때 크게 덴 적이 있었다. 처음 등교한 날이었는데, 교실에 들어가 무심코 자기 자리 책상에 가 앉았는데 의자에 엉덩이를 붙이기가 무섭게,

"야 이놈! 당장 나오지 못해!"

하며 벼락같은 불호령과 함께 다짜고짜 귀를 잡혀 복도로 질질 끌려 나왔다. 복도에는 고사쿠 말고도 아이 두 명이 더 있었다. 그들은 영문도 알지 못한 채 볼이 벌겋게 부풀어 오를 만큼 뺨을 얻어맞았다. 고사쿠가 태어나서 처음으로 세상의 부조리

를 느낀 날이었다.

운동장마저도 아이들에게 정다운 놀이터가 되지 못했다. 흙바닥 곳곳에 돌부리가 튀어나와 운동은커녕 가벼운 체조를 하기에도 위험하기 짝이 없었다. 이런 마당에 돌부리에 걸려 넘어지기라도 하면 끔찍한 상처를 입곤 했다. 설상가상으로 나무마저 적어 여름에는 조금만 걸어도 뙤약볕이 고스란히 내리쬐 비지땀이 흘렀고, 겨울에는 살점을 잘라 낼 기세로 몰아치는 북녘 바람에 오들오들 떨렸다. 저 멀리서 후지 산이 보인다는 것 외에 학교가 자랑할 만한 구석은 눈을 씻고 찾아봐도 없었다. 어른들은 학교에서 보이는 후지 산이 일본에서 가장 아름답다며 귀에 못이 박히도록 떠들어 댔고, 그것이 그나마 아이들 학교생활의 유일한 위안거리였다.

사키코가 교사로 임용되고 얼마 뒤 1학기가 끝났다. 성적표를 나눠 주는 학기 마지막 날이 되면, 할머니는 언제나 고사쿠에게 나들이용 기모노와 하카마를 정성스레 입히고 성적표를 싸 가지고 오라고 커다란 손수건을 고이 접어 건넸다.

학기말 성적표를 받는 날이면 고사쿠는 전날부터 잠을 뒤척였다. 그날 하카마를 입는 학생은 전교생 중 단 둘뿐이었다. 고사쿠와 미쓰. 때때로 아가미 사무소에 자녀가 있는 소장이 부임해 오면 그 아이도 하카마를 입는 경우가 있었지만, 고사쿠가 2학년 때는 소장에게 자식이 없어 역시나 하카마를 입는 이는 고사쿠와 미쓰뿐이었다. 고사쿠와 미쓰는 하카마를 입는 게 죽도록 싫었지만 어릴 적부터 규율처럼 정해져 있어 운명이려니 하고 체념할 따름이었다.

성적표를 받는 아침이 되면, 여자 아이들은 큰집에, 남자 아이들은 흙집에 모여들었다. 고사쿠가 잠자리에서 눈을 떴을 때, 드디어 내일부터 여름방학이라는 기대감과 오늘은 하카마를 입고 학교에 가서 놀림을 받아야 한다는 괴로움이 뒤엉켜 마음이 적잖이 심란해졌다. 어느새 갖다 놨는지 머리맡에는 기모노와 하카마가 가지런히 개어져 놓여 있었다.

고사쿠가 도랑에 나와 얼굴을 씻을 때부터 아이들은 하나둘 흙집 앞에 모여들기 시작했다. 그는 허둥지둥 집 안으로 들어가 밥을 몇 술 뜨는 둥 마는 둥 하고는 도살장에 끌려가는 소처럼 할머니 손에 이끌려 2층으로 올라갔다.

"나 하카마 입기 싫어."

고사쿠가 칭얼거리자 할머니는 자못 엄한 표정을 지어 보였다.

"그런 말 하면 못써. 아가는 증조외할아버지 뒤를 이어 훌륭한 사람이 될 몸이야. 이런 것쯤 불편해도 꾹 참아야지, 안 그래?"

할머니는 결코 고사쿠 아버지나 외할아버지를 입 밖에 내는 일이 없었다. 오직 증조외할아버지만이 할머니에게 절대적인 존재였고 그 후계자는 고사쿠 말고는 아무도 없다고 굳게 믿었다.

"하지만 하카마 입는 건 학교에서 나랑 미쓰뿐인 걸."

"그 미련 곰탱이야말로 하카마 입을 주제가 못되지. 유가시마에서 하카마를 입을 자격이 있는 건 아가뿐이야. 흥, 내버려 둬. 어차피 사키코한테 물려받은 거, 옆에서 보면 군데군데 헤져서 너덜너덜한 게 비렁뱅이가 따로 없을 테니까."

할머니는 미쓰가 하카마 입는 걸 아니꼽게 여기는 기색이 역력했다.

당시 아이들 집합소는 관청 정문을 들어가 좌측에 서 있는 벚꽃 나무 아래였다. 주변에는 제법 큰 공터가 있고 일부나마 잔디가 깔려 있어 놀이터로는 안성맞춤이었다. 아이들은 아침부터 시끄럽게 울어 대는 매미를 잡으러 나무 위를 기어올랐다. 고사쿠만이 거추장스럽기 짝이 없는 하카마 탓에 나무 아래 얌전히 서 있었다.

학교 정문에 들어가자, 고사쿠는 전교생들의 시선이 자신에게 일제히 꽂히는 것을 느꼈다. 미쓰는 종종걸음으로 교실 안으로 냉큼 들어가 버렸다. 조례가 시작되기 전까지 시간이 영원처럼 느껴졌다. 잠시 후, 나가노 마을에서 온 무리가 교문 안으로 들어왔다. 무심코 그쪽으로 시선을 돌린 고사쿠는 그 안에 지독한 장난꾸러기로 악명이 자자한 상급생 몇몇 섞여 있음을 눈치채고 등줄기가 서늘해졌다.

불길한 예감은 적중했다. 5학년 학생 세 명이 벚나무 쪽으로 어슬렁거리며 다가와 고사쿠를 둘러쌌다. 그중 한 명이 이죽거리며 시비를 걸었다.

"야! 그 치마 같은 거 벗어서 머리에 한번 뒤집어써 봐라."

"싫어."

말을 끝내기 무섭게 다른 학생 한 명이 거칠게 달려들었고 가슴을 가격당한 고사쿠는 뒤로 비틀거렸다. 기분 나쁜 감촉이 들었다. 누군가 자기 등속으로 모래를 집어넣은 것이다. 고사쿠는 입을 앙다문 채 눈에 힘을 잔뜩 주고 세 명을 노려보았다. 완력으로는 도저히 상대가 되지 않았다. 도리가 없다. 먼저 싸움을 걸지 않고 이대로 버티는 수밖에.

그때였다. 운동장 한쪽에서 난데없이 고함 소리가 들려왔다. 고사쿠는 그쪽을 보고 소스라치게 놀랐다. 하카마를 입은 학생이 교문으로 들어오고 있는 게 아닌가. 아이들 몇몇이 그쪽으로 달려갔다. 주인공은 아가미 고개 부근에 자리한 신덴 마을에서 다니는 아사이 고이치였다. 고사쿠와 같은 학년이었지만 말수가 적고 눈에 띄지 않아 말을 섞어 본 적이 거의 없었다. 고이치는 이제껏 한 번도 하카마를 입고 학교에 온 적이 없었기에 더욱 아이들의 흥미를 자극했다.

고사쿠를 둘러싸던 일당 중 한 명이 새로운 먹잇감을 발견한 듯 야릇한 웃음을 지었다.

"저 녀석도 끌고 와!"

그러자 기다렸다는 듯 나머지 두 명이 운동장 중앙으로 후다닥 달려갔다. 이윽고 고이치가 양손을 붙들려 질질 끌려왔다.

세 명은 고이치를 둘러싸고 심문하듯 다그쳤다.

"왜 그따위 옷을 걸치고 왔냐?"

고이치는 시선을 내리깐 채 묵묵부답이었다. 그러자 한 명이 고사쿠에게 했듯이 고이치 가슴을 사납게 밀쳤다. 고이치는 비척거리며 뒷걸음쳤다. 순식간에 다른 두 명이 고이치 몸을 뒤에서 강제로 부여잡고 역시 모래를 기모노 목뒤 옷깃 속으로 집어넣었다.

입을 굳게 다문 고이치는 몸을 버둥거리며 강하게 저항하다가 마침내 상급생 무리의 손아귀에서 빠져나왔다. 그러고는 발밑에 있던 모래를 움켜쥐고 자기 앞에 있던 상급생 한 명의 얼굴에 홱 뿌렸다. 예기치 못한 반격에 상급생들은 흠칫 놀라 뒤로 주춤했다.

그 순간을 놓치지 않고 재빨리 주변을 쓱 둘러본 고이치는 두 걸음 거리에 놓인 자기 머리통만 한 돌을 양손으로 번쩍 들어 올리며 이쪽으로 다가왔다. 벌겋게 핏발 선 눈이 번들번들 빛났다. 심상치 않은 그의 모습에 더럭 겁을 집어먹은 상급생들은 우물쭈물 대다가 꽁지가 빠져라 도망치기 시작했다.

고사쿠는 똑똑히 보았다. 고이치가 내던진 커다란 돌이 상급생 한 명의 발목 부근에 무서운 기세로 떨어지는 것을. 돌은 가까스로 발을 비켜 떨어졌지만 하마터면 끔찍한 사고가 날 뻔한 순간이었다.

거칠게 숨을 내쉬며 도망간 쪽을 노려보는 고이치의 모습을 고사쿠는 멍하니 바라보았다. 때마침 조례를 알리는 종이 울렸고, 교사 두세 명이 운동장으로 모습을 드러냈다. 싸움을 구경하던 아이들은 순식간에 뿔뿔이 흩어졌고, 고이치도 이내 정렬 장소로 발걸음을 옮겼다. 오직 고사쿠만이 하염없이 그 자리에 우뚝 서 있었다.

소름이 온몸을 휩쓸고 지나갔다. 부조리와 횡포에 의연히 맞서는 인간을 처음으로 목격한 순간이었다. 커다란 돌을 내던지려는 행위는 무모하기 짝이 없었지만, 위험을 무릅쓰고 과감히 악을 처단하고자 했던 과묵한 동급생의 행동은 감탄할 만한 것이었다. 그에 비해 비굴하기 이를 데 없던 자신의 모습은 어떤가. 고사쿠는 모닥불이라도 뒤집어쓴 듯 얼굴이 화끈 달아올랐다. 쥐구멍에라도 들어가고 싶은 심정이었다.

조례가 끝나고 1교시에 교사는 학생들에게 성적표를 나눠 주었다. 성미 고약한 늙은 교사는 성적표를 나눠 주면서 등수를 일일이 발표했다. 1등은 고이치, 2등은 고사쿠였다. 미쓰는 8등, 요시에는 끝에서 3등. 하지만 자기 등수가 알려졌다고 부끄러워하는 아이는 거의 없었다. 하나같이 태평한 얼굴로 부모에게 보고해야 될 자기 등수를 잊지 않도록 입속에서 몇 번이고 중얼거렸다. 꼴찌인 신덴 마을 나무꾼 아이는 자신만 숫자가 아니라 꼴찌, 라는 말을 듣자 얼떨떨한 표정으로 고개를 갸웃거렸다. 그는 앞뒤로 옆으로 방정맞게 고개를 돌려 대며 자기 등수를 물어보다가 기어이 교사에게 귀를 붙들려 일어나 뺨 두 대를 맞았다.

고사쿠는 복잡한 심경으로 성적표를 흰색 손수건에 쌌다. 1학년 때는 전 학기 통틀어 줄곧 1등이었는데 이번에 처음으로 추월당하고 말았다. 그것도 고이치에게.

고사쿠는 열패감에 사로잡혔다. 자신은 성적도, 폭력에 맞서는 태도도 그에게 상대가 안 되는 존재였다. 고사쿠는 성적표를 들고 곧장 집으로 향했다. 그날만은 다른 아이들도 놀이터에 모이지 않고 자기 집으로 돌아갔다.

흙집에 다다른 고사쿠는 때마침 문간에 서 있는 할머니를 발견하고는 흠칫 놀랐다.

"……다녀왔습니다."

고사쿠는 천천히 손수건을 건넸다. 보물처럼 정중히 받아 든 할머니는 허리를 구부려 2층으로 올라가 가미다나[15] 앞에 올려놓고는 고사쿠에게 돌아와 하카마를 벗겨 주었다.

"신덴 마을에 사는 고이치도 하카마 입고 왔어."

고사쿠가 짐짓 무심한 투로 중얼거렸다.

"하카마 입고 온 아이가 또 있었다고?"

할머니는 믿어지지 않는다는 표정이었다.

---

15  신을 모시기 위해 작은 신사 모형을 장식한 선반.

"뉘 집 자식인데?"

"신덴 마을 고이치."

"……흥!"

할머니는 어처구니가 없다는 듯 콧방귀를 뀌었다.

"사람이 모름지기 제 분수를 알아야지, 참말로. 아가, 괜찮다. 유가시마에서 하카마가 어울리는 건 우리 고짱뿐이니까."

할머니는 상대가 산골 촌아이라 마음이 놓인 탓인지 금세 밝아진 표정으로 하카마를 가지런히 개면서 이내 말머리를 돌렸다.

"고짱 증조외할아버지 살아 계실 때는 대단한 사람들이 얼마나 많이 찾아왔는지……. 그때마다 멋지게 하카마를 차려입고 손님을 대접하셨는데 그 덕에 할머니는 하루에 몇 번이나 하카마를 내었다 개었다 했는지 몰라."

할머니는 하카마를 갤 때면 정해진 듯 증조외할아버지 얘기를 꺼냈다. 하카마를 곱게 개어 낡은 옷장에 넣고서는 가미다나에 놓인 손수건을 집어 들었다.

"이제 동네방네 우리 아가 자랑 좀 하고 와야겠다."

고사쿠는 불안한 눈빛으로 할머니가 손수건을 조심스레 푸는 모습을 지켜보았다. 성적표를 꺼내 들고 북녘으로 난 창가에 갖고 간 할머니는 잠시 동안 종이를 뚫어지게 바라보다가 어리둥절한 낯으로 고개를 돌렸다.

"아가, 2등이라고 적혀 있는데?"

"1등은 고이치래."

"그럼 고이치가 1등이고 아가가 2등이란 말이야?"

"응."

"그럴 리가 없는데……."

"선생님이 분명 그렇게 말했어."

"고이치라는 놈, 아까 학교에 하카마 입고 왔다는 그 녀석 아니냐?"

"응."

"흠…… 그래?"

잠시 생각에 잠겨 있던 할머니는 성적표를 손에 든 채 벌떡 일어섰다.

"어림 반 푼어치도 없는 소리! 감히 이것들이 누굴 우습게 보고……."

고사쿠는 할머니의 주름투성이 얼굴이 흉하게 일그러지는 것을 겁에 질린 채 지켜보았다.

"당장 학교 가서 진상을 밝혀야지 안 되겠다!"

"할머니!"

고사쿠는 막무가내로 할머니 다리에 달라붙었다. 무슨 일이 있어도 할머니가 학교에 가는 것은 막아야 했다.

"보자 보자 하니까 사람을 바보 천치로 만들어도 유분수지, 어디서 허튼수작이야! 아가가 고분고분하니까 만만하게 보고 더러운 뇌물이나 갖다 바친 놈팡이 자식을 1등으로 만들어 줘? 어디 도적질이라도 한 돈으로 교사를 구워삶은 모양인데, 홍, 이대로 순순히 넘어갈 줄 알고! 천하의 날도둑놈 같으니라고!"

고사쿠는 그대로 주저앉아 와락 울음을 터트렸다. 그러나 할머니는 이에 아랑곳없이 쿵쾅거리며 계단을 내려가 눈 깜짝할 사이에 흙집을 빠져나가고 말았다.

고사쿠는 북쪽 창문 아래 우두커니 주저앉아 훌쩍거리기 시작했다. 그러다 불현듯, 여기서 이렇게 울고 있어도 소용없다는 걸 깨닫고는 후다닥 일어나 부랴부랴 큰집으로 달려갔다. 어떻게든 할머니의 난동을 말려 줄 사람이 필요했다.

다급히 큰집 대문에 들어서는 순간, 고사쿠는 멈칫했다. 이게 웬일일까. 학교에 갔으리라 생각한 할머니가 큰집 마룻귀틀에 앉아 고래고래 소리를 지르고 있는 게 아닌가. 상대는 학교에서 막 돌아와 적갈색 하카마를 입은 채 서 있는 사키코였다.

그런데 가만 보니 좀 이상했다. 분명 목에 핏대를 세우며 악다구니를 퍼붓는 사람은 할머니인데 묘하게도 수세에 잔뜩 몰린 기색이었다.

"귀하디귀한 이가미 집안 자식을 맡았으면 성적만은 착실히 신경 써야죠. 딴 건 바라지도 않아요. 그거 하나 못 해요? 그동안 한 번이라도 고짱 공부를 봐준 적이 있어요? 없죠? 공부 안 하면 성적 내려가는 건 당연한 거 아니냐고요!"

사키코는 무섭게 몰아세웠다.

"우리 아가가 어디 보통 아가인가? 워낙 머리가 비상해서 공부 같은 거 안 시켜도 원체 잘한단 말이지!"

"대체 그런 말이 어디 있답니까? 그리고 징그럽게 우리 아가라는 말 좀 그만해요!"

"우리 아가니까 우리 아가라고 하는 거지! 내가 뭐 틀린 말 했나!"

"이것만은 분명히 말해 두죠. 또다시 성적이 내려가는 날에는 우리도 고짱이 흙집에서 지내는 거 다시 생각해 보겠어요!"

"뭐? 지금 나한테 협박하는 거야? 한 번만 더 그따위 허튼소리 해 봤단 봐라. 내가 아주 사생결단을 낼 테니까!"

할머니는 얼굴이 붉으락푸르락해져서 씨근덕거렸다. 따지러

왔다가 도리어 추궁을 당하고 만 할머니는 결국 본전도 못 찾은 격이었다. 고사쿠는 살그머니 그곳을 빠져나와 뒷문으로 들어갔다. 부엌에는 외할머니가 안절부절못하며 사키코와 할머니가 있는 쪽을 힐끔거리고 있었다. 사키코가 매섭게 할머니에게 대들 적마다 외할머니는 하얗게 질려서는,

"사키코, 그만하지 못하겠니!"

라며 시름없는 소리로 중얼거렸다. 사키코가 있는 곳까지 들릴 리는 만무했지만.

"할머니."

고사쿠가 부르는 소리에 외할머니는 그제야 손자의 존재를 깨달은 눈치였다.

"응, 그래. 여기 잠깐만 있어라. 맛난 거 줄 테니까 여기 좀 있어. 응?"

외할머니는 이렇게 말하면서도 딱히 무언가를 줄 생각도 없어 보였다. 온순하고 유약한 품성에 나쁜 일이라도 생기면 스스로를 탓하며 어떻게든 일을 무마하려는 외할머니였다. 사키코와 할머니의 격렬한 말다툼에 외할머니도 어찌할 바를 모르고 발만 동동 굴렀다. 그러고는 흡사 세상에서 가장 비참한 일이 벌어진 듯이 더없이 참담한 표정을 지었다.

세상에서 가장 좋아하는 두 사람이 자신 때문에 싸우고 있다는 사실에 고사쿠는 몹시 슬펐다. 상냥한 외할머니를 슬프게한 것도 결국은 자신 때문이 아닌가.

울적한 마음을 참다못한 고사쿠는 큰집을 뛰쳐나왔다. 그냥 어디론가 도망치고만 싶었다. 잠시 어디로 갈까 망설이다가 가노 강 지류인 나가노 강이 흐르는 헤이부치 계곡으로 향했다.

마을 아이들 중 누군가 물놀이를 하고 있으리라.

물놀이 장소는 몇 군데 정해져 있었다. 가노 강 본류를 따라 오쓰케, 오부치 등 큼지막한 소(沼)가 있는 계곡이 몇 개 있는데 아이들은 따가운 햇볕이 이글거리는 여름철만 되면 그중 한곳에 모여들었다. 그런데 그해는 무슨 이유에서지, 3학년 아래 학생들은 헤이부치 계곡에 모였다. 여자 아이들도 원래는 본류에서 헤엄을 쳤는데 그때는 지류인 긴차쿠 계곡에 모였다.

헤이부치 계곡에는 이미 스무 명가량의 아이들이 커다란 돌 위에서 배를 깔고 납작 엎드려 있었다. 유키오, 가메오, 요시에의 모습도 보였다. 엔간히 미역을 감은 듯 입술이 자줏빛으로 변해서는 양지바른 돌 위에 엎드려 하나같이 비쩍 마르고 거무죽죽한 몸을 덥히는 참이었다. 강에서 물놀이로 태운 몸뚱어리는 얼룩덜룩한 게 몹시 지저분해 보였다. 바다에서 알맞게 그을린 반질반질한 초콜릿색 몸뚱어리와는 다르게.

고사쿠는 옷을 홀러덩 벗어 던지고 곧바로 수심 깊은 웅덩이에 첨벙 뛰어들었다. 유키오와 요시에도 뒤따라 뛰어들었다. 그들은 헤엄을 치다가 몸이 차가워지면, 햇빛이 비치는 작은 바윗돌에 기어 올라가 말리기를 반복했다. 이처럼 바윗돌 위에서 몸을 따뜻하게 덥히는 것을 일명 '등딱지 말리기'라고 했다. 동화 속에 갓파[16]가 등딱지를 말리는 모습과 흡사했기 때문이다.

슬슬 물놀이에 질린 고사쿠 일당은 여학생들을 습격하기로 작당했다. 그들은 기세 좋게 바윗돌을 뛰어넘으며 긴차쿠 계곡를 향해 돌진했다. 바윗돌 사이가 제법 떨어져 있어 자칫하면

---

16  일본 민담에 나오는 상상 속의 요괴.

보기 흉하게 물속에 자빠지곤 했다. 5분 만에 도착한 긴차쿠 계곡에는 수건을 뒤집어쓰고 몸을 말리는 여학생들이 보였다. 둘둘 말아 올린 수건만이 여자아이와 남자아이를 구별하는 유일한 표시였다.

"우와! 당장 저 계집애들을 쫓아내라!"

커다란 돌을 머리 위에 들어 올린 유키오의 고함을 신호로, 그들은 일제히 작은 돌을 계곡에 쉴 새 없이 던져 대기 시작했다. 암컷 갓파들은 기어이 올게 왔군, 하는 태도로 자갈밭 위에 올라가 황급히 철수하기 시작했다. 딱히 무서워서 피하는 건 아니었다. 짓궂은 어린 폭군들 앞에서 응당 그렇게 해야 한다는 듯 오히려 나약한 자신들의 처지를 은근히 즐기는 눈치였다.

벌거숭이 여자아이들이 기모노를 들고 큰길로 난 좁은 비탈길을 허둥지둥 올라가는 모습은 여간 재미난 구경거리가 아니었다. 언덕에는 희고 커다란 백합꽃이 흐드러지게 피어 있고 잠자리가 무리 지어 팔랑팔랑 날아다녔다.

그곳에서 다시 시간 가는 줄 모르고 놀던 고사쿠 일당은 이윽고 해거름 녘 따스한 햇빛이 사라지고 더 이상 등딱지를 말릴 수 없게 되고서야 돌아가야 될 때가 왔음을 알아차렸다. 어슴푸레한 불빛이 하나둘씩 켜지기 시작한 큰길에 들어섰을 때, 고사쿠는 깡그리 잊고 있던 사키코와 할머니의 다툼을 떠올렸다. 그 뒤로 어떻게 되었을까.

고사쿠는 흙집에 들어섰다. 연분홍색 백일홍이 퍽 오랫동안 꽃을 피우고 있는 뜰 앞에서, 할머니는 카레라이스를 만드는 중이었다. 안 그래도 본채 앞뜰을 지나올 때부터 강한 향신료 냄새가 코끝을 찌르는가 싶더니만.

성적표를 받아오는 날이면, 할머니는 언제나 솜씨를 발휘해 카레라이스를 만들었다. 할머니와 카레라이스를 먹는 시간이 고사쿠는 더없이 즐거웠다.

"아가, 한 입 먹어 봐. 어이쿠, 맵지? 눈에서 눈물이 쏙 나오지?"

고사쿠는 자신을 배려해 따로 만들어 준 순한 맛 카레를 먹으면서도 으레 한 입 넣자마자 아유, 매워! 하며 얼굴을 잔뜩 찡그려 보였다.

"그래, 그래. 카레라이스는 원래 매운 거야. 증조외할아버지도 생전에 어찌나 매운 걸 잘 드시던지 할머니는 한 입만 먹어도 속에서 불이 날 지경이었지 뭐냐."

할머니 얼굴에 흡족한 미소가 퍼졌다. 할머니가 만든 카레라이스는 무척이나 맛있었다. 당근, 콩, 감자를 네모나게 숭덩숭덩 썰어서 밀가루와 카레를 섞고 마지막에 쇠고기 통조림을 넣고 자작하게 끓였는데 뭐라 말하기 어려운 참으로 독특한 맛이었다. 큰집에서도 어쩌다가 한 번씩 카레라이스를 만들었는데 할머니가 해 준 것과는 맛이 전혀 달랐다.

언젠가 고사쿠는 큰집에서 사키코가 만들어 준 카레라이스를 먹고,

"할머니가 만든 카레가 훨씬 더 맛나다."

라고 해서 타박을 당한 적이 있었다.

"말도 안 되는 소리! 이게 바로 진정한 카레라이스야. 내가 유명한 요리 선생님한테 제대로 배운 거라고. 고짱이 흙집에서 먹는 건 카레도 아냐. 그건 그냥 이것저것 다 집어넣고 끓인 잡탕이지."

아무리 맛이 다르다고 주장해도 고사쿠에게는 할머니와 단

둘이 흙집에서 먹는 것이 진짜 카레라이스였다. 사키코가 하는 말을 무엇이든 믿었지만, 카레라이스에 대해서만큼은 예외였다. 큰집에서 만든 카레라이스는 그냥 다른 요리였다.

칠흑 같은 어둠이 내려앉은 밤, 은은한 빛을 비추는 남포등 아래서 두 사람은 1년에 몇 번 없는 특별한 식사를 즐겼다. 할머니가 보기에, 카레라이스란 맑은장국만 있으면 몇 그릇이고 거뜬히 해치울 수 있는 음식이었다.

"아가, 어서 먹어라. 배부르면 잠시 드러누워서 훌떡 소화시킨 다음에 또 먹음 되니까."

그날 밤도 할머니는 큰집 식구들 험담을 퍼부었다. 낮에 날카로운 실랑이를 벌인 일도 있어, 비난의 화살은 사키코에게 집중되었다. 할머니는 분을 삭이지 못하고,

"멍청하고 괘씸한 것!"

이라든지,

"아무짝에도 쓸모없는 염병할 계집!"

이라는 등 험한 소리를 마구 내뱉었다.

"화장을 그리 떡칠을 하고 학생들 가르치는 선생이 세상천지에 어디 있다냐. 그런 계집애한테 배우는 학생들이 불쌍하지."

라고도 했다. 평소대로라면 고사쿠는 사키코를 두둔했겠지만, 이날만은 잠자코 듣기만 했다. 오히려 사키코를 헐뜯으면 헐뜯을수록 고사쿠는 할머니가 안쓰러웠다. 큰집에서 얼마나 수모를 겪었는지 드러내는 것 같았기에.

저녁상을 물리자 낮에 동무들과 물놀이한 피로가 물밀듯이 밀려왔다. 고사쿠는 곧바로 잠자리에 들었다. 할머니는 머리맡에 앉아 바느질하면서 앞으로 하게 될 세 가지 일을 알려 주었

다. 첫째는 다음 학기부터 교사네 집에 가서 매일 한 시간씩 공부해야 한다는 것이었다.

"아가는 대학까지 가서 출세할 몸이니 더욱 열심히 공부해야 한다. 한 달만 굳게 마음먹고 공부하면, 그깟 멍청한 사키코는 코가 아주 납작해질걸."

할머니는 낮에 당한 봉변이 떠오르는 듯 마지막 소절에서 한층 열을 내며 말했다.

둘째는 내일 교장이 집으로 마중 나올 테니 함께 가도노하라 집에 가서 하룻밤 묵고 오라는 것이었다.

"모처럼 그쪽에서 초대했으니 아무리 구두쇠 영감이라도 아가 입맛에 맞는 밥 한 끼 정도는 해 주겠지. 혹시라도 돼먹지 않은 말 늘어놓거들랑 귀마개 챙겨 줄 테니 꼭 끼고 있어라."

"가도노하라에서 자기 싫단 말이야."

고사쿠는 시무룩하게 대꾸했다. 아무리 큰아버지라지만 좋아하지도 않는 호랑이 교장 집에서 하룻밤을 묵어야 한다니 눈앞이 캄캄했다.

"그런 말 하지 마. 아무리 그래도 고사쿠 아버지가 태어난 곳이니 군말 말고 갔다 와."

할머니는 자못 훈계조로 타이르면서, 마지막으로는 자신과 함께 8월에 부모가 있는 도요하시에 갔다 와야 한다고 덧붙였다.

"이것도 약속한 거니 싫어도 어쩔 수 없어. 할미랑 마차도 타고, 경편(輕便) 열차[17]도 타고 또 더 큰 기차도 타고. 그리고 딱 두 밤만 자고 오는 거야. 걱정할 거 없다. 엄마가 더 있으라고

---

17  운행 거리가 짧고 차량이 작은 철도.

잡으면 이 할미가 가만있지 않을 테니."

정말로 가만있지 않겠다는 듯, 할머니는 돌연 바느질하던 손을 멈추고 여느 때보다 무서운 표정으로 두 주먹을 불끈 쥐는 것이었다.

이튿날 오후 3시쯤, 동무들과 흙집 앞마당에서 매미 잡기에 한창이던 고사쿠 눈에 본채 옆을 돌아 마당으로 뚜벅뚜벅 다가오는 교장의 모습이 보였다.

"앗, 교장이다."

무심코 고사쿠가 내뱉은 말에, 속나무 위를 기어오르던 유키오의 얼굴이 금세 흙빛으로 변해서는,

"뭐? 교장?"

하고 낮게 외쳤다. 고사쿠는 마지못해 나무 아래로 내려와 자석에 끌려가듯 이시모리 교장 쪽으로 스르륵 다가갔다. 뱀과 마주친 개구리가 반대편으로 도망칠 엄두도 못 내고 오히려 뱀이 있는 쪽으로 자기도 모르게 끌려가는 것처럼.

"준비는 다 됐나?"

큰아버지는 예의 근엄한 얼굴로 고사쿠를 보며 입을 열었다. 생김새는 그의 아버지와 비슷했지만 콧수염 때문인지 훨씬 무섭고 어딘가 화난 사람처럼 보였다.

"……네."

기가 죽은 고사쿠는 몸을 잔뜩 움츠리며 간신히 대답했다.

"할머니는?"

그 말을 듣자 고사쿠는 뱀에게 풀려난 개구리처럼 흙집 안으로 후다닥 뛰어 들어갔다. 그리고 1층에서 다급한 목소리로 할

머니를 불러 댔다.

곧이어 할머니가 나와 굳은 표정으로 이시모리와 집 앞에서 잠시 이야기를 나누었다. 말하는 건 주로 할머니였고 교장은 입을 굳게 다문 채 미간을 잔뜩 찌푸리고 묵묵히 들을 따름이었다.

이윽고 이야기가 끝난 모양인지 할머니는 고사쿠를 2층으로 데리고 올라가서 나들이용 기모노로 갈아입혔다.

"하룻밤만 꾹 참아."

할머니가 부드럽게 달래듯이 말했다.

"아가도 이제 어엿한 사내대장부니까 이 정도는 누워서 떡 먹기지? 귀신이 잡아먹는 것도 아니고."

"나 정말 가기 싫단 말이야."

고사쿠는 원래도 가기 싫었지만 할머니의 다정한 말에 괜스레 설움이 복받쳤다.

"싫어도 가야 해. 세상에는 어쩔 수 없이 해야 하는 교제라는 게 있는 거다."

할머니는 종이에 싼 수정 사탕을 몇 개 집어서 고사쿠 품속에 집어넣고는, 오늘 다 먹지 말고 내일 아침에 '오메자'로 쓰라고 다짐하듯 일렀다. 아울러 선물을 받을 때 쌀 커다란 보자기를 접어서 손수건과 함께 오비에 달아 주며 말했다.

"만약에 그쪽에서 옥수수 주거들랑, 찰옥수수면 받고 아니면 필요 없다고 해라."

할머니는 쫀득쫀득한 찰기를 지닌 찰옥수수 이외에는 일절 옥수수로 인정하지 않았다. 찰옥수수만 사람이 먹는 거고 다른 옥수수는 가축들이 사료로 먹는 거라면서.

흙집을 나온 고사쿠는 밖에서 기다리는 교장이 있는 쪽으로 갔다. 문득 아까부터 속나무 위에 올라가 있는 유키오가 생각 나 그쪽으로 눈을 돌렸다. 유키오는 속나무 속에서 가장 튼튼 해 보이는 나무줄기를 단단히 붙잡고는 교장에게 발각되지 않 도록 몸을 옹송그린 채였다. 짙은 녹색 잎사귀 사이로 살짝 그 의 등이 내비쳤다.

고사쿠는 교장과 할머니와 함께 흙집을 나와 본채 옆으로 돌 아가는 찰나에 속나무 쪽을 뒤돌아보았다.

"유키짱, 갔다 올게!"

고사쿠는 마지막 문장을 또박또박 힘을 주어 발음했다. 속나 무 속에선 아무 대답도 들려오지 않았다. 할머니는 대문에 서 서 교장을 바라보며 깍듯이 고개 숙여 인사했다.

"그럼, 잘 부탁합니다."

"그럽시다."

그는 무표정한 얼굴로 고개만 까딱하고는 고사쿠를 바라보 았다.

"가자."

그러고는 할머니에게 짧게 눈인사를 건네고 성큼성큼 앞장 서서 걸음을 옮겼다. 고사쿠는 터벅터벅 뒤따라 걸었다. 대문 앞으로 완만하게 비탈길이 나 있고 그 밑에는 마차 정류장이 있었다. 비탈길 도중에 고사쿠는 흘깃 뒤를 돌아보았다. 할머니 는 문 앞에서 이쪽을 하염없이 바라보고 있다가, 고사쿠와 눈 이 마주치자 무슨 일인가 싶어 부리나케 내려오기 시작했다.

머쓱해진 고사쿠는 고개를 돌려 짐짓 모른 척 걷기 시작했다. 그러나 할머니는 구부정한 자세로 휘적휘적 뛰어 내려와서는 숨을 거칠게 내쉬며 큰 소리로 외쳤다.

"왜, 왜, 그래. 아가!"

"암것도 아냐."

하지만 할머니는 용건이 있든 없든 그런 건 아무래도 좋다는 표정으로 고사쿠에게 신신당부했다.

"아가, 내일 눈 뜨면 바로 돌아와야 해, 알았지? 하룻밤만 자는 거야. 할미 혼자 외로우니 가도노하라에서 괜히 꾸물거리지 말고 아침에 눈 뜨면 후딱 돌아와!"

교장은 비쩍 마른 몸을 꼿꼿이 세우고 이미 저만치 멀리 앞서 가고 있었다. 고사쿠는 할머니를 남겨 두고 종종걸음으로 비탈길을 내려갔다.

정류장 앞을 빠져나가서 50미터 남짓 걸어가자 이치야마 마을과 경계를 이루는 스노코 다리가 나왔다. 아이들은 이 다리를 건널 때마다 적진에 발을 들여놓는 것처럼 잔뜩 경계 태세를 갖추곤 했다. 하지만 이날만은 달랐다. 교장의 뒤를 따라 걷는데 누구도 자신을 해코지할 리 없을 터였다.

이치야마 마을의 한가운데를 지나쳐서 시모다 도로에 들어섰다. 교장은 변함없이 신경질적인 표정으로 묵묵히 걸음을 재촉했다. 걸을 때는 결코 옆으로 시선을 두는 법이 없었다. 고사쿠는 그에게서 서너 걸음 떨어진 뒤에서 조금이라도 간격을 좁히고자 거의 뛰듯이 했다. 말 한마디 없이 앞만 응시한 채 뚜벅뚜벅 걸어가는 교장의 걸음에는 한 치의 흔들림도 없었다. 흡사 경보 선수 같았다. 이렇게 날마다 아침저녁으로 가도노하라에서 유가시마까지 4킬로미터 가까운 거리를 걸어 다니는 걸까.

인가가 나올 때마다 고사쿠는 가슴을 졸였다. 그날따라 신기하게도 마을 아이들은 한 명도 얼씬거리지 않았다. 평소라면 다른 마을 냄새를 재빨리 맡아 내고 순식간에 길을 막아 돌을 던지거나 놀려 댈 텐데 오늘은 쥐죽은 듯 조용하기만 했다.

그러나 왠지 뒤통수가 따가웠다. 도로를 따라 펼쳐진 주택 옆이나, 메밀잣밤나무가 무성하게 우거진 길섶 풀밭, 논둑 건너편 등등. 도로 끄트머리에서 불쑥 뒤를 돌아본다면 장담하건대 호기심 가득 찬 눈동자들을 마주하리라. 고사쿠는 돌아보지 않았다.

이치야마 마을을 빠져나오자 사가사와 다리가 나왔다. 이 다리를 건너면 드디어 가도노하라 마을이었다. 고사쿠에게 가도노하라 마을은 완전히 다른 타국처럼 낯선 곳이었다. 유가시마와 함께 가미카노 촌에 속해 있었지만, 이 마을 아이들은 행정적인 조처로 아랫마을인 나카카노 촌의 소학교에 다니고 있었다. 그러므로 고사쿠는 가도노하라 마을 아이들과는 태어나서 한 번도 마주친 적이 없었다.

두 사람은 사가사와 다리를 건너기 시작했다. 교장은 중간께 처음으로 다리를 멈추고는 다리 아래 흐르는 시냇물을 힐끗 내려다보더니 지극히 무덤덤한 어조로 이렇게 중얼거리는 것이었다.

"네 아버지가 오래전 이 다리 아래 떨어져 죽을 뻔했다."

고사쿠는 교장의 시선을 따라 짙푸른 색을 띠는 시냇물을 물끄러미 내려다보았다. 가노 강은 유가시마 마을에 있을 때보다 폭도 넓고 물줄기도 거셌다.

"딱 너 정도 나이였지. 수영도 못하면서 다짜고짜 뛰어들어서는, 하여튼 철딱서니 없는 녀석이었어."

그렇게 내뱉고는 교장은 다시 성큼성큼 걷기 시작했다. 냉기가 서린 무표정한 얼굴에서 어떠한 감정도 찾을 수 없었다. 화가 나서 한 말인지, 농담 삼아 한 말인지 종잡을 수가 없었다. 여하튼 4킬로미터 가까운 길을 걷는 동안 이것이 그의 입에서 나온 유일한 말이었다.

마을 한가운데 위치한 집 뒤로 조그만 산이 병풍처럼 둘러싸고 있었다. 고사쿠는 교장 뒤에 찰싹 붙어서 논 중앙으로 가로지르는 길을 걸었다. 길이 끝나는 지점에 집이 있었다. 예전에 한 번 온 적이 있었지만 기억이 가물가물했다. 집 주위를 야트막한 돌담이 빙글빙글 둘러싸고, 애기동백꽃이 어지럽게 돌담 뒤를 뒤덮고 있었다. 길에서 조금 오르막인 대지의 좌우로 본채와 창고용 별채가 보였다. 고사쿠가 본채 앞마당을 지나치려는 순간,

"어이구, 고짱 왔냐!"

하는 소리와 함께 40대가량의 늙수그레한 여성이 본채에서 불쑥 모습을 드러냈다. 작달막한 체격과 무뚝뚝해 보이는 얼굴, 큰어머니였다. 예전에 왔을 때 한 번 본 적이 있었지만 그다지 좋은 인상으로 남아 있진 않았다. 그녀는 고사쿠를 반갑게 맞이하는 시늉을 하면서도 입으로는,

"별 볼일 없는 촌구석이라 실망했지? 귀하디귀한 도련님이 무슨 바람이 불어 이런 누추한 곳까지 행차를 하셨을꼬."

하고 말했다.

그러고는 도깨비탈 같은 얼굴에 시커멓게 물들인 치아[18]를 드러내며 히죽 웃고는, 오른손으로 고사쿠 어깨를 툭 치는 시

---

18 에도 시대에 결혼한 여자는 이를 검게 물들이는 풍습이 있었다.

능을 했다. 고사쿠는 소스라치게 놀랐다. 환영해 주는 인사치고
는 왠지 모르게 섬뜩했다.

"고짱, 여기서 좀 놀고 있어라. 슬슬 도짱이 올 때가 됐는
데……."

그렇게 말하고는 그녀는 다시 본채 속으로 쓱 들어가 버렸다.
놀고 있으라는데 뭘 하고 놀라는지 알 수가 없었다. 널찍한 마
당에 홀로 남겨진 고사쿠는 주변을 찬찬히 둘러보다가 별채 쪽
으로 발걸음을 옮겼다. 별채 앞에 가도 딱히 재미있는 건 없었
다. 별수 없이 다시 앞마당으로 돌아와 대문 밖에 섰다. 고사쿠
는 푹 한숨을 쉬었다. 이런 데 와서 대체 뭐 하고 있는 거람.

그러자 큰어머니가 다시 불쑥 나와서는,

"고짱, 장난치지 말고 얌전히 좀 있어라. 큰엄마는 고짱이 와
서 오늘 아주 정신이 없다. 모처럼 먼 걸음 했는데 뭐라도 해서
먹여야지 나 몰라라 할 순 없잖아, 안 그래? 쫄쫄 굶기면 할머니
가 나를 얼마나 저주하겠냐. 안 그래도 아까부터 고짱 주려고 큰
엄마가 솜씨를 발휘해서 팥 경단 만드는 중이니 좀만 참아라."

라고 말하고는 다시금 검은 이를 드러내며 히죽 웃어 보였다.
대체 자신이 무슨 장난을 쳤다는 건지 고사쿠는 어이가 없었다.
큰어머니는 또다시 어딘가로 모습을 감췄다가 다시 돌아와서
는 아까처럼 고사쿠 어깨를 툭 치는 시늉을 하고는,

"고짱, 뱃가죽이 등에 달라붙을 때까지 아무것도 먹지 말고
참아라. 가도노하라 팥 경단은 맛있기로는 일본 최고야. 평생
잊을 수 없는 기똥찬 맛이라고. 고짱도 한 번 맛보면 더 이상
유가시마 팥 경단 따위 평생 쳐다도 안 볼걸?"

하고는 다시 본채 안으로 바쁘게 걸음을 재촉했다. 얼마나 대

단한 팥 경단을 만들기에 저리 생색을 내는지. 고사쿠는 상대가 유가시마 팥 경단을 깎아내리자 빈정이 상했다. 유가시마 팥 경단이 여기보다 백배는 더 맛나다고 맞받아치고 싶은 걸 꾹 참았다.

고사쿠는 문간에 서서 저 멀리 펼쳐진 논을 하릴없이 내려다보았다. 꽤나 지루했다. 그럭저럭 하는 사이에 이번에는 교장이 대문 앞에 나와 그를 위아래로 쓱 한번 훑더니,

"이런 데 서 있지 말고 저쪽에 가서 놀아라."

라고 퉁명스레 내뱉고는 그대로 휙 길가로 걸어갔다. 고사쿠는 혼이 난 건지, 명령을 받은 건지 몰라 어리둥절했다. 논 가운데 난 길을 저벅저벅 걸어가는 교장의 모습이 점점 작아져 어느 농가에 가려 더 이상 보이지 않게 되었다. 고사쿠는 할머니가 보고 싶었다. 이대로 흙집에 돌아가 할머니와 저녁밥을 먹고 싶었다.

얼마 뒤 '도짱'이라는 아들이 모습을 드러냈다. 고사쿠와 동년배인 도헤이였다. 그는 자기 머리통보다도 큰 수박을 양손에 들고 걸어오더니 가자미눈으로 고사쿠를 잠시 쏘아보다가 본채로 휙 들어가 버렸다. 저 수박은 손님 대접한다고 부모님이 사 오라고 시킨 것이리라.

안에서 큰어머니 목소리가 들려왔다.

"도짱, 어서 고짱이랑 놀아."

"싫어!"

"모처럼 먼 데서 왔는데 같이 놀아줘."

"싫다니까!"

"얘가 왜 이리 고집을 부리나!"

두 사람의 대화를 듣고 있자니, 유가시마 흙집에 돌아가고 싶은 마음이 한층 강렬해졌다.

고사쿠는 살그머니 길가로 나왔다. 그리고 큰길을 향해 난 논 가운데 길을 무작정 걷기 시작했다. 그 길로 발걸음을 한번 내딛자, 돌아가고자 하는 마음은 걷잡을 수 없이 확고해졌다. 그는 이내 유가시마 쪽을 향해 달리기 시작했다. 할머니를 애타게 외치면서. 사가사와 다리에 다다른 순간, 숨이 턱밑까지 차올라서 잠시 속도를 늦췄다. 한여름의 작열하는 태양이 산마루 아래로 물러가는가 싶더니 이내 붉은 석양빛이 하늘을 물들이기 시작했다.

고사쿠는 달리다 쉬고 달리다 쉬면서 이치야마 마을 정중앙을 통과하는 기나긴 길을 지났다. 도중에 날은 저물어 완전히 캄캄해졌다. 더럭 겁이 났다. 가도 가도 끝이 보이지 않았다. 어디까지 가야 하나. 정신이 아득했다. 그렇다고 돌아갈 수는 없는 일. 고사쿠는 주문처럼 할머니를 부르며 정처 없이 걷고 또 걸었다.

스노코 다리 부근에 이르자 고사쿠는 그제야 안도의 한숨을 쉬었다.

그때였다. 등 뒤에서,

"고사쿠!"

하고 자신을 부르는 소리가 들렸다. 아뿔싸! 교장이었다. 고사쿠는 가슴이 덜컹 내려앉았다. 뒤도 안 돌아보고 냅다 뛰었다. 잡히면 큰일이었다. 거푸 자신의 이름을 부르는 소리가 들려왔지만 고사쿠는 정신없이 마차 정류장까지 내달려 흙집으로 이어진 비탈길을 단숨에 올라갔다. 옆구리가 미친 듯이 아파 왔지만 신경 쓸 겨를조차 없었다.

고사쿠는 흙집의 무거운 미닫이문을 있는 힘껏 열고는,

"할머니! 할머니!"

하고 고래고래 소리를 질렀다. 할머니가 계단을 삐걱거리며 내려오다가 고사쿠를 발견하고는 두 눈이 휘둥그레져서 부랴 부랴 달려왔다.

"고짱! 어떻게 된 거니. 이게 대체 무슨 일이냐."

할머니의 목소리를 듣는 순간, 격렬하게 요동치던 가슴에 고 요한 안정이 찾아왔다. 곧이어 교장이 들이닥쳤다. 할머니는 뭐 가 뭔지 모르겠다는 표정으로 교장과 함께 문밖으로 나갔다. 고사쿠는 좁고 어두컴컴한 계단 아래 몸을 숨기고는 귀를 쫑긋 세웠다. 문밖에서 두 사람의 대화가 소곤소곤 들려왔다.

"아이고, 저런."

"세상에, 고생 많으셨네요."

"아직 어린애이니 너그러이 봐주세요."

할머니의 목소리만 간간이 들려왔다. 이윽고 뚜벅뚜벅 돌아 서는 발소리가 들리고 할머니가 들어왔다.

"세상에 교장 선생님이 팥 경단을 이렇게나 많이 주셨다. 가 도노하라에서 여기까지 따라와서 말이야. 이제 알겠지? 교장 선생님이 고짱을 얼마나 챙기는지…… 응?"

할머니는 이렇게 말하며 헤벌쭉 웃었다. 흐뭇한 기색이 역력 했다. 두 사람은 2층에 올라가 교장이 갖고 온 팥 경단을 나눠 먹었다.

할머니는 이부자리를 펴서 고사쿠를 재우고는,

"식기 전에 큰집에 가서 팥 경단 나눠주고 와야겠다."

하고는 남포등을 끄고 계단 아래로 내려갔다.

흙집에 홀로 남겨졌지만 고사쿠는 외롭지도 무섭지도 않았다. 할머니가 자릴 비워도 어디선가 쥐가 나타나 베개 근처를 서성거리곤 했던 것이다. 그날 밤도 마찬가지였다.

"할머니 없음 쥐가 아가를 지켜 줄 테니까 걱정일랑 하지 마라."

할머니는 종종 이렇게 말했는데, 고사쿠는 정말로 쥐가 자기 곁에 놀러 오는 거라 철석같이 믿었다. 그래서 쥐가 조금도 무섭거나 징그럽지 않았다. 할머니는 밤에 고사쿠를 혼자 두고 외출할 때면 으레 베개에서 조금 떨어진 곳에 쥐가 먹을 과자를 종이 위에 올려 두고 나가곤 했다. 그러면 쥐가 그를 괴롭히지 않을 거라며. 실제로도 그랬다. 베개 근처를 빙빙 돌거나 이불 위로 휙 날아오른 적은 있었지만 고사쿠를 물거나 긁은 적은 한 번도 없었다. 아무리 쥐가 요란을 떨어도 고사쿠는 스르르 단잠에 빠져들곤 했다.

하지만 이날 밤은 가도노하라에서 도망쳐 왔다는 사실 때문에 고사쿠는 늦게까지 잠을 이루지 못했다. 교장의 무서운 얼굴, 큰어머니의 사나운 표정과 시커먼 이, 도헤이의 심술 가득한 눈초리가 끊임없이 눈앞에서 아른거렸다.

이튿날 아침에 고사쿠가 큰집에 들어서자,

"고짱, 가도노하라에서 도망쳤다며? 어이구, 맙소사. 큰아버지께서 일부러 마중까지 오셨는데…… 이게 무슨 실례냐."

곤란한 일이 생길 때마다 짓는 특유의 슬픈 얼굴을 하고서 외할머니가 고개를 절레절레 흔들었다. 외할아버지 역시 노발

대발하며,

"남의 집에 가서 아무 말도 없이 돌아와 버리는 놈이 어디 있더냐. 바보 같으니!"

하며 호통을 쳤다.

사키코만은 달랐다. 그녀는 고사쿠를 보자,

"한 방 먹였네, 고짱!"

하며 슬쩍 눈을 흘기더니 자못 재미있다는 듯 까르르 웃는 것이었다.

그날 고사쿠와 미쓰는 사키코와 함께 오랜만에 니시비라 온천으로 향했다. 누군가 먼저 와서 온천탕에 몸을 담그고 있기에 내다보니 5학년 담당을 맡고 있는 나카가와 모토이였다. 그는 도쿄에 있는 대학을 졸업했다는 사실 때문에, 마을 사람들에게 특별한 대우를 받고 있는 28세의 임시 교사였다. 옆 마을 나카카노 촌에 개업한 의사의 아들로, 학교를 졸업한 뒤 집에서 빈둥거리다 교사 수가 부족하다며 관청에서 의뢰가 들어와 2년 전부터 유가시마 소학교에서 교편을 잡고 있었다.

고사쿠는 나카가와 선생이 마냥 좋았다. 운동장에서라도 마주치면 반가운 마음에 그의 다리에 찰싹 달라붙었다.

"어이, 고짱!"

그럴 때마다 젊은 교사는 마을 형처럼 허물없이 대하며 양손으로 그를 번쩍 들어 올려 목말을 태우곤 했다. 비단 고사쿠뿐만 아니라 모든 학생들이 나카가와 선생을 발견하면 일제히 주위를 에워쌌다. 그는 학생들 모두에게 인기가 많았다.

"앗, 나카가와 선생님이다."

고사쿠가 말하자, 사키코는 자못 뜻밖이라는 표정으로,

"어머나, 선생님."

하며 수줍은 듯 다소곳이 그를 불렀다.

"우리 차례니까 이제 그만 나와 주세요."

나카가와 선생이 싱긋 미소를 지었다.

"오케이, 그럼 전 계곡물에서 헤엄치고 오겠습니다."

그러고는 고사쿠를 바라보며,

"고짱! 숙녀분들은 여기다 두고 선생님이랑 헤엄치러 가자."

했다. 마다할 이유가 없었다.

팬티 한 장만 달랑 걸친 나카가와 선생은 벌거숭이 고사쿠와 돌 위를 훌쩍 뛰어넘으며 약 50미터 하류에 있는 오부치 계곡으로 향했다. 이미 그곳에서 와글거리며 물놀이를 즐기던 아이들은 나카가와 선생을 발견하자 우와 하고 함성을 내질렀다.

열화와 같은 환호 속에 그는 커다란 바위 위에 올라섰다. 두 손을 모으고 머리를 숙이며 풍덩 물속으로 다이빙했다. 더없이 깨끗한 포즈였다. 이윽고 수면 위로 얼굴을 내민 그는 양팔로 번갈아 물살을 가르며 멋지게 헤엄을 치기 시작했다. 아이들은 누구 할 것 없이 바위 위에 올라가 젊은 남교사의 모습을 동경의 시선으로 바라보았다. 고사쿠 눈에도 그의 날렵하고 싱싱한 몸동작은 눈이 부실 만큼 멋졌다.

30분가량 물장난을 치고 등딱지를 말리기를 수차례, 나카가와 선생은 일어서서 고사쿠에게 외쳤다.

"고짱, 돌아가자!"

온천탕에 도착했을 무렵, 사키코와 미쓰는 이미 욕조에서 올라와 기모노를 갈아입고 두 사람이 오기를 기다리고 있었다. 목욕을 마치고 화장을 한 사키코의 얼굴이 무척이나 고왔다.

집으로 돌아오는 길에 미쓰와 고사쿠가 함께 걸었고, 사키코와 나카가와 선생이 함께 걸었다. 사키코는 무엇이 그렇게 즐거운지 연신 웃음을 터트렸다.

시모다 도로에 들어서자, 사키코가 대뜸 논두렁을 건너서 신사에 들렀다가 가자고 제안했다. 고사쿠는 날도 더운데 그늘 한 뼘 없는 논두렁을 건너서 멀리 돌아가는 게 못마땅했지만, 나카가와 선생이 냉큼 찬성을 표했기에 마지못해 따라갔다.

신사 입구에 다다르자 사키코와 나카가와 선생은 경내로 들어갔다. 미쓰와 고사쿠도 쫄래쫄래 두 사람의 뒤를 따라 경내 숲 속으로 향했다. 제사를 지내는 의례 이외에는 마을 사람들이 신사를 방문하는 일은 거의 없었다. 그래선지 온갖 잡풀이 무성한 경내는 적막에 휩싸여 있었고 매미들만 요란스럽게 울어댔다.

사키코와 나카가와 선생은 낡아빠진 본전[19] 테두리를 길게 둘러싸고 있는 복도 난간에 나란히 걸터앉아 다리를 흔들며 두런두런 얘기를 나누었다. 미쓰와 고사쿠는 나무에 매달린 매미를 잡으려고 돌을 던지며 시간을 보냈다. 문득 고사쿠는 슬슬 돌아갈 시간이 됐다는 생각에 본전 쪽으로 시선을 돌렸다. 여전히 두 사람은 같은 자세로 한창 이야기꽃을 피우는 중이었다. 고사쿠는 몇 번이고 뒤를 돌아보았다.

그때였다. 고사쿠는 까닭 모를 질투심에 사로잡혔다. 자기와 미쓰는 안중에도 없는 사키코와 그녀가 하자는 대로 무조건 따르는 나카가와 선생. 고사쿠는 그들이 미웠다.

영원히 끝나지 않을 것 같던 두 사람의 이야기는 미쓰가 벌

---

19  신사에서 신령을 모시는 전당.

에게 물려 큰 소리로 울음을 터트린 뒤에야 중단되었다. 두 사람은 놀라서 이쪽으로 달려왔다.

"이거 보통 벌이 아닌데. 어디 보자. 이런, 말벌한테 쏘였네."

나카가와 선생은 이렇게 말하며 미쓰의 상반신을 일으키고는 터질 듯이 부풀어 오른 이마에 입술을 대고 빨기 시작했다. 그러자 사키코는 묘한 시선으로 그 모습을 바라보며 유난스러우리만치 야단스럽게 나카가와 선생의 시중을 드는 것이었다.

# 3장

가도노하라에서 냅다 줄행랑을 치고 사나흘이 지난 아침이
었다. 고사쿠는 할머니와 도요하시에 사는 부모님을 보기 위해
떠날 채비로 분주했다.

진즉에 할머니가 여기저기 도요하시 행을 떠벌리고 다닌 탓
에, 마을 사람들은 고사쿠를 보기만 하면 으레 인사말을 건넸다.

"고짱, 좋겠네. 두 밤만 자면 도요하시 구경 간다며?"

"조심해 고짱. 기차 타고 한참이나 가야 되는데, 까딱 잘못하
다 돌아오는 길 잊어 먹어 미아 될지도 몰라."

심지어는,

"이참에 아예 돌아오지 말고 도요하시에 눌러앉지그래? 고
짱도 부모님이랑 같이 사는 게 더 좋지?"

라며 진심인지 농담인지 알 수 없는 말을 하는 이조차 있었다.
고사쿠는 개의치 않았다. 유가시마와는 비교도 안 되게 큰 도시

인 도요하시에 가는 일이 마냥 설레고 기쁠 따름이었다. 어른들이 해 주는 말도 그저 자신의 여행을 축하하는 소리로 들렸다.

고사쿠가 할머니와 한집에서 살기 시작한 건 아버지가 시즈오카에 있는 연대에 근무하던 시절로 거슬러 올라간다. 이후 아버지는 15사단이 위치한 아이치 현 도요하시로 전근을 가게 되었다. 고사쿠는 시즈오카의 마을에 대해서는 아무런 기억도 없지만 예전에 잠시 살았던 곳이라는 것 때문인지 다소 친숙한 마음을 갖고 있었다. 그에 비해, 도요하시는 그야말로 미지의 장소였다. 현(縣)도 다른 데다 시즈오카보다 멀리 떨어져 있고 사단의 소재지라는 사실만으로도, 도요하시는 시즈오카보다 훨씬 거대한 도시로 다가왔다.

출발하기 전날, 고사쿠는 할머니와 니시비라 온천탕을 찾았다. 평소에는 말 상대가 오기를 기다리며 욕조 턱에 끈덕지게 앉아 있던 할머니도 이날만은 고사쿠의 몸을 구석구석 씻기느라 여념이 없었다. 발가락 하나하나 정성 들여 비누질하고 때밀이로 박박 밀고 발뒤꿈치 껍질이 벗겨질 정도로 속돌로 밀고 또 밀었다. 한참을 그렇게 유난을 떤 뒤에야 할머니는 자신의 야윈 몸을 땅에 구부려 머리를 감고, 왼손에 든 작은 거울을 흘깃거리면서 오른손으로 솜씨 좋게 일자형 면도기로 목덜미 언저리를 깎았다. 그러면서 입으로는 연신,

"도요하시 한 번 가는데 신경 쓸 게 한두 가지가 아니네, 참말로."

하고 중얼거렸다.

그날 밤 고사쿠는 여느 때보다 일찍 잠자리에 들었다. 하지만 가슴이 콩닥거려 좀처럼 잠이 오지 않았다. 밤새 잠을 뒤척

이던 그는 수도 없이 일어나 앉아 동이 터 오는지 보려고 창밖을 기웃거렸다.

"고짱, 아직이야."

그럴 때마다 할머니는 옆에서 바느질을 하다가 손을 멈추고 돋보기안경 너머로 달래듯 말했다. 하지만 그 뒤로도 고사쿠가 몇 번이고 일어나 앉아 주변을 기웃거리자 할머니는 이내 한숨을 쉬며 바느질을 멈췄다.

"우리 고짱이 먼 길 떠나려니 도통 잠이 안 오나 보구먼. 그럼 이 할미가 잠 솔솔 오는 주문 걸어 줘야겠네."

그러고는 선반에서 매실 장아찌를 하나 꺼내어 안에 씨를 빼고 고사쿠 이마에 붙였다.

"이러면 틀림없이 잠이 올 거다."

주문이 효력이 있었는지 고사쿠는 이내 마음이 진정되어 어느새 새근새근 잠이 들어 버렸다.

다음 날 아침 눈을 떠보니, 할머니는 머리맡에서 나들이용 기모노를 입는 중이었다.

"할머니, 잤어?"

고사쿠가 부스스 일어나 앉아 말을 건네니 할머니는,

"그럼. 안 자면 힘들어서 도요하시까지 어떻게 가냐. 어차피 거기 가면 잠자리 불편해서 하루도 편하게 못 잘 텐데. 이제 할미도 몸이 예전 같지 않네."

했다. 내심 도요하시 부모님을 비꼬는 어투였지만 특별히 악감정이 담겨 있진 않아 보였다. 할머니도 도요하시 여행을 앞두고 설레고 있으리라. 산골 마을을 벗어나 큰 도시로 나가는 것은 할머니에게도 실로 몇 년 만의 일이었으니까.

도랑에서 얼굴을 씻고 있는데 외할머니가 찾아왔다. 평소에는 볼일이 있어도 흙집 안으로는 좀처럼 들어오는 일이 없는데 오늘 아침에는 무슨 바람이 불었는지 2층까지 올라와 식사 준비를 돕거나 고사쿠에게 나들이용 기모노를 입혀 주는 등 바지런히 일손을 도왔다. 얼마 후 외할아버지, 사키코, 미쓰도 모습을 드러냈다.

오전 10시 마차 시간이 되기 한 시간 전부터 흙집 주변으로 마을 어른들이 하나둘씩 모여들기 시작했다. 보따리나 종이 봉지 한두 개씩 손에 들고. 아무래도 도요하시 부모님께 무언가 부탁할 게 있나 보다. 팥, 말린 표고버섯, 와사비 따위가 대부분이었다. 전부 가지고 갈 수는 없는 노릇이라, 할머니는 그중 일부를 보따리 속에 넣고 다른 건 선반 속에 차곡차곡 넣어 두었다.

아이들도 모여들었다. 그들은 하나같이 먼발치서 이쪽을 뜨악하게 바라보았다. 큰 도시를 구경하러 가는 동무에 대한 선망과 질투가 뒤섞인 묘한 감정이 그들을 선뜻 다가서지 못하게 하는 것이었다.

"슉, 슉, 터널 빠져나가면, 어라, 시커메졌다!"[20]

대뜸 유키오가 서투른 가락으로 노래를 흥얼거리기 시작했다. 그러자 아이들 모두 입을 모아 엉터리 음절로 따라 불렀다. 기차가 슉, 슉 증기를 내뿜으며 터널을 빠져나가면, 그 매연으로 얼굴이 시커멓게 그을린다는 뜻이었다.

출발하기 30분 전, 고사쿠와 할머니를 앞세운 무리는 고개를 내려가 마차 정류장으로 향했다. 역에는 마부 로쿠 씨가 말 옆

20 메이지 시대 활동했던 일본 가수 소에다 아젠보가 부른 노래 중 한 소절.

에 서서 당장이라도 출발할 것처럼 모든 준비를 마친 상태였다.

정류장에 오면 아이들은 언제나 그렇듯 로쿠 씨 주위를 빙 둘러싸고는 가만히 그의 기색을 살폈다. 나팔을 한번 불어 볼 수 있지 않을까 기대하면서. 늙은 마부는 어쩌다 한 번 기분이 좋은 날에는,

"자, 한번 불어 봐라!"

하며 인심 쓰듯 나팔을 내어 주는 경우가 있었다. 하지만 그런 일은 손에 꼽을 만했고 대개는 마차에 얼씬거리는 아이들을 향해 거칠게 손을 휘저으며,

"저리 가, 이놈들아, 저리 가!"

하고 고함을 치고는 마부석에 휙 올라타 버리는 경우가 태반이었지만. 그가 차양에 걸린 나팔을 자기 입으로 가져가면 아이들은 나팔 불기를 포기하고 달리는 마차를 뒤쫓는 걸로 위안을 삼곤 했다.

이날 아침 승객은 고사쿠와 할머니 이외에, 옆 마을에 가는 남자 둘뿐이었다. 총 정원이 여섯 명이라 네 명이라면 여유롭게 앉을 수 있었다. 배웅 나온 근처의 아낙네들은 자기 일처럼 잘됐다, 잘됐다, 하고 입을 모았다. 승객이 꽉 차면, 성냥갑 같은 마차 속에서 서로 무릎을 맞대고 가야 했기에 여간 불편한 게 아니었으니.

이날 할머니는 고사쿠 눈에도 무척 기품 있어 보였다. 도시 사람과 견주어도 결코 뒤지지 않아 보였다.

"이래 봬도 소싯적에 1년에 서너 번은 도쿄에 연극을 보러 다닌 몸이다. 돈을 가방에 가득 채워서 펑펑 써 댔는데 안 해 본 사람은 그 기분 모르지."

마차가 출발하기를 기다리는 사이에, 할머니는 자랑하듯 말했다. 실제로 그러했을지도 모르지만 상대 입장에서는 과히 듣기 좋은 말은 아닐 터였다. 아낙네 몇몇은 일제히 얼굴을 돌려 버렸고 다른 한 명은 이맛살을 찌푸리며 혀를 쑥 내밀었다. 외할머니만이 부처님처럼 인자한 얼굴로,

"정말 그렇겠네."

라든지

"그래, 그래."

하고 맞장구를 치며 기분을 맞춰 주었다.

드디어 마부의 나팔이 길게 울려 퍼졌다. 고사쿠는 서둘러 1등으로 마차에 올라탔다. 자리에 앉기 무섭게 유키오가 따라 올라와 그의 몸을 쿡쿡 찌르고 마부석 옆으로 도망갔다. 유키오는 그런 장난을 두세 번 반복하다 로쿠 씨에게 머리를 한 대 콩 쥐어박힌 뒤에야 잠잠해졌다.

두 번째 나팔이 울리고, 어른들이 올라탔다. 사키코가 창밖에서 인사를 건넸다.

"고짱, 기차도 타 보고 좋겠다! 도요하시 가서 숙제도 안 하고 놀기만 하면 안 돼. 2학기에는 다시 1등 해야지?"

순간 할머니는 표정이 굳어졌지만 이내 못 들은 척했다. 그러고는 고사쿠의 어깨를 잡아끌어 마을 사람들을 향해 나란히 섰다.

"자, 그럼 여러분……."

자못 벅찬 얼굴로 마지막 인사를 건네려는 찰나, 마차가 덜커덩 움직이기 시작했다. 그 바람에 두 사람은 크게 휘청거렸다. 할머니는 양손을 크게 휘저으며 쓰러질 뻔했으나 남자 승

객이 붙잡아 준 덕분에 용케 우스운 꼴은 면했다.

아이들의 함성이 마차가 굴러가는 바퀴 소리에 섞여 커다랗게 울려 퍼졌다. 어른들은 손을 흔들었고 아이들은 마차 뒤를 따라 달렸다. 선두에 선 유키오는 이를 악물고 스노코 다리까지 마차 뒤에 바싹 따라붙었지만 다리 입구에서 마차와의 경주를 그만두고 말았다. 고사쿠의 시야에서 어른들의 모습은 점점 작아졌다.

로쿠 씨는 스노코 다리를 건너는 30미터 남짓한 거리를 호기롭게 나팔을 불어 재끼며 채찍질을 하다가 다리를 전부 건너자 나팔을 놓고 말고삐를 느슨히 쥐었다. 다리를 건너자마자 마차는 크게 방향을 틀었고 이치야마 마을 들머리에 이르자, 사람들의 모습은 까만 점이 되어 버렸다.

방금 전 유키오의 강렬한 표정……. 고사쿠는 형용하기 힘든 벅찬 감정의 물결에 휩싸였다. 목구멍에서 뜨거운 것이 차올랐다. 흔들리는 마차 뒤로 배웅하는 사람들 모습에서 잠시도 눈을 뗄 수가 없었다. 외할머니도 사키코도 미쓰도 유키오도 누가 누군지 더 이상 얼굴을 분간할 수가 없을 정도로 작아졌지만 언제까지나 그곳을 바라보았다. 두세 개의 손이 올라간 것을 마지막으로 사람들 모습은 시야에서 완전히 사라졌다. 마차는 이치야마 마을 가운데를 관통하는 시모다 도로의 비스듬한 경사를 힘차게 내달렸다.

마부석 뒤에 앉은 고사쿠는 말의 뒷모습을 신기하게 쳐다보았다. 연신 근육을 씰룩거리는 탄탄한 엉덩이와 좌우로 흔들흔들 춤추는 탐스러운 금빛 꼬리. 이따금 마부가 휘두르는 채찍이 엉덩이를 철썩 때리며 내려오면서 나팔꽃 덩굴처럼 허공에 큰 동그라미를 그렸다.

"고짱, 편하지? 걷지 않아도 말이 척척 데려다 주니 참말로 좋구나."

할머니는 이렇게 말하면서도 마차 천장에 매달려 있는 밧줄을 양손으로 꽉 부여잡는 것이었다.

마차는 눈 깜짝할 사이에 이치야마 마을을 통과하고 가도노하라 마을에 진입했다. 아버지가 물에 빠져 죽을 뻔했던 사가사와 다리 초입에 이르자 고사쿠는 심장이 벌렁거리기 시작했다. 산기슭 너머로 교장의 집 뒷산과 별채가 보이기 시작할 무렵, 어느 아낙네 하나가 큰길가로 불쑥 튀어나와 양팔을 쩍 벌렸다. 마차가 화들짝 놀라며 급정거했다.

큰 입을 벌려 시커먼 이를 드러내고 헤벌쭉 웃는 모습은 틀림없는 큰어머니였다. 마차 창문을 향해 고짱! 하고 외치며 다가와서는,

"고짱, 며칠 전엔 욕봤지? 한데 큰어머니도 만만찮게 욕봤다. 도요하시 가서 어머니 젖 많이 먹고 철들어 와라. 응?"

하고는 할머니 쪽을 바라보며,

"딱히 드릴 게 없는데 빈손으로 오기도 뭐해 이거나 갖고 왔습니다. 풍족하신 살림에 입에 맞으실지 모르겠네요. 고짱! 맛없으면 그냥 쓰레기통에 버려라."

하며 종이 꾸러미를 건넸다.

마차는 다시 덜컹거리며 움직이기 시작했다. 할머니는 꾸러미를 손 위에 올리고 무게를 재는 듯 두세 번 위아래로 움직인 다음,

"흠, 메밀가루, 2백 돈. 고짱, 나중에 적어 둬야 되니까 잘 기

억해 둬."

했다.

"메밀가루? 어디, 어디."

좀 전에 할머니의 몸을 부축했던 남자가 이리 줘 보라는 듯 손을 내밀었다. 그러고는 할머니처럼 손에 올려 위아래로 이리 저리 움직여 보다가,

"햅쌀 가루, 1백 50 돈! 2백 돈은 턱도 없지."

했다.[21]

메밀가루든 햅쌀 가루든 무슨 상관이람. 고사쿠는 큰어머니가 모처럼 가져다준 선물을 깎아내리는 남자가 못마땅했다.

마차는 가도노하라를 지나 대나무 숲 사이로 난 오솔길을 덜 그럭거리며 쓰키가세 마을로 진입했다. 아버지의 누이, 그러니 까 고사쿠의 고모가 이 마을 농가에 시집와 살고 있다고 했다. 마차가 큰길을 지날 때, 고모로 보이는 키 큰 여인이 길가에 서 있다 이쪽을 보고 힘껏 손을 흔들었다.

고모는 마차 속에 고개를 집어넣으며,

"고사쿠, 아버지랑 어머니한테 안부 전해 줘, 응?"

하고는 할머니를 향해,

"아유, 고생 많으십니다."

하며 가볍게 머리를 숙였다. 고사쿠는 떨떠름한 시선으로 고 모를 바라보았다. 고작 한두 번 본 사이면서 가까운 척하다니. 말이 걸음을 옮기기 시작하자, 고모는 보란 듯이 마부석 앞으 로 가서,

---

21  메밀가루가 햅쌀 가루보다 갑절 이상 비싸다.

"고사쿠, 이거 가져가!"

하며 흰색 종이에 싼 꾸러미 하나를 내밀었다. 이윽고 말이 달리기 시작했을 때 고사쿠는 묵묵히 그것을 할머니에게 건넸다.

"10전인가."

할머니의 말에 이번에는 다른 남자 승객이,

"5전!"

하고 말했다. 열어서 세 보니 10전이었다.

"고짱, 나중에 적어 둬야 하니까 잘 기억해 둬."

할머니는 아까와 똑같은 말을 반복하고 10전 동전을 지갑에 넣었다.

마차는 가노 강을 따라 달리다 아오하네 마을에 들어섰다. 창밖으로 소학교와 우체국이 보였다. 두 개의 건물만으로도 왠지 문화적 정취가 가득한 곳처럼 여겨졌다. 유가시마에는 없는 자전거 수리소와 정육점까지 있었다. 괜스레 기가 죽었다. 마차는 아오하네 거리를 천천히 지나가다가 마을 경계를 벗어나자마자 속도를 내기 시작했다.

다음 마을인 데구치 역까지 마차는 쉬지 않고 내달렸다. 역에 도착하자 마부는 처음으로 말을 멈추게 한 다음 마부석에서 내려 말에게 물을 먹였다. 기다렸다는 듯 노파 하나가 쟁반 위에 찻잔과 주전자를 올려놓고 다가왔다. 그러고는 부지런히 막과자가 올라간 또 다른 쟁반을 날랐다. 승객들은 차를 홀짝이며 막과자를 집어 들었다. 이윽고 로쿠 씨가 마부석에 올라가 자리를 잡자, 남자 둘과 할머니는 각각 동전 두세 닢을 쟁반 위에 올려 두고 마차에 따라 올라갔다.

이후부터는 고사쿠가 들어본 적 없는 마을들이었다. 큰길 왼편에 끝없이 흐르는 가노 강은 유가시마 때보다 갑절은 폭이 넓어졌고 자갈밭이 양쪽으로 널찍하게 펴져 있었다. 하지만 고사쿠는 커다란 돌이 이리저리 굴러다니는 유가시마의 가노 강이 훨씬 좋았다. 드디어 마차가 종점 오히토 마을에 들어섰다. 마을 어귀에 있는 오히토 다리가 보였다. 숱한 사람들이 죽으려고 몸을 날린다는 다리. 고사쿠는 다리를 건너며 슬쩍 아래를 내려다보았다. 바닥이 보이지 않는 검푸른 강물 속에 무엇이 있을까. 괜스레 등골이 으스스했다.

오히토 마을은 영락없이 딴 세상이었다. 유가시마와는 비교도 안 될 만큼 활기가 넘쳤다. 끝도 없이 이어진 번화가에 상점마다 힘차게 펄럭이는 오색찬란한 깃발들. 영화관도 보였다. 고사쿠는 거리를 활보하는 아이들을 놀라움 섞인 눈빛으로 바라보았다. 유가시마에서는 본 적도 없는 반듯한 얼굴 생김새와 말쑥한 옷차림을 한 그들이 신기하기만 했다.

이윽고 마차는 오히토 역에 멈췄다. 여기서부터는 경편 열차를 타고 이즈 반도에서 육지로 들어가는 미시마 정(町)으로 들어가야 했다. 승객들은 흐느적거리며 마차에서 내려와 좁다란 대합실 벤치에 털썩 걸터앉았다. 4시간가량 끊임없이 덜컹거리는 마차에 몸을 맡긴 탓에 완전히 녹초가 되어 누구 하나 입을 열려고 하지 않았다.

"아가, 도시락 먹을래?"

게타를 벗고 벤치에 길게 드러누운 할머니가 문득 생각난 듯 입을 열었다.

"아니."

고사쿠는 도리질했다.

"그럼, 경편 열차 안에서 먹자. 할미는 속 좀 달래야겠다. 아이고, 로쿠네 마차는 타기만 하면 멀미한다더니 참말이네. 말 모는 솜씨가 저래서야 어디 쓰겠니. 이제 경편 열차 탈거니까 편해질 거다."

할머니는 멀미가 났는지 안색이 정말로 창백해졌다. 남자들도 속이 거북한 듯 벤치에 반듯이 누워 있었다. 다행히 경편이 출발하기까지 두 시간 남짓 남은지라 한숨 돌릴 여유가 있었다.

하지만 고사쿠는 조금도 피곤하지 않았다. 공복을 느끼지 않는 건 피로해서가 아니라 경편 열차가 다니는 도회지에 왔다는 흥분 때문이었다. 고사쿠는 대합실 출구에서 역전 광장 너머에 즐비한 상점가를 넋 놓고 바라보거나, 대합실 밖 좌측에 늘어선 나무 울타리로 쪼르르 달려가 논밭을 가르며 끝도 없이 늘어선 철로를 하염없이 응시했다.

경편 열차의 출발을 알리는 기적이 울렸다. 아름다운 여행지를 떠나야만 할 때 느끼는 절절한 아쉬움과 사무치는 그리움이 가슴에 파고들었다. 오히토 역에도, 역원에게도, 나무 울타리에도, 그 사이로 엿보이는 오히토 아이들에게도, 심지어 경편 열차에 오르는 승객들에게마저도 묘한 애정이 샘솟았다.

"아가, 배 안 고프냐?"

할머니는 의자에 앉자마자 집에서 만들어 온 김초밥을 꺼내 얇은 무늬목으로 된 도시락 상자 위에 가지런히 나열했다. 그러고는 가장 끄트머리에 있는 김초밥 하나를 젓가락으로 집어서 그에게 내밀었다.

"어서 먹어."

고사쿠는 고개를 흔들었다. 열차 안에서 음식을 먹는 사람은 아무도 없는데.

"왜, 영 입맛이 없어? 아침 먹고 쭉 빈속일 텐데 왜 이러냐."

할머니는 고사쿠 이마에 손을 댔다.

"아이고, 큰일 났다. 이상하다 싶더니 열이 있네!"

고사쿠는 할머니 무릎을 베개 삼아 옆으로 길게 누웠다. 바깥 경치를 보지 못하는 건 못내 아쉬웠지만 그렇게 누워 있자니 잠이 솔솔 오기 시작했다. 그는 꾸벅꾸벅 졸면서도 정차할 때마다 역원이 역 이름을 외치는 소리를 들으며 간간이 눈을 뜨고 장소를 확인했다.

어느새 창밖에는 해가 뉘엿뉘엿 기울고 있었다. 불현듯 갈증이 났다.

"할머니, 나 물."

"물?"

할머니 얼굴에 잠시 난감한 빛이 스쳤지만 이내 고개를 끄덕였다.

"좀만 기다려, 응?"

경편 열차가 다음 역에 정차하자, 할머니는 창문 밖으로 고개를 내밀어 큰 소리로 역원을 불렀다. 수많은 승객의 시선이 두 사람을 향했다. 누군가 물 주전자를 갖고 왔다. 할머니는 후다닥 주전자를 받아 들고는,

"아가, 아가, 물!"

하며 고사쿠를 일으켜 앉히고 주전자를 기울여 입에 대 주었다. 맥이 풀려 버린 고사쿠는 물을 벌컥벌컥 들이켜고는 깊은 잠에 빠져들었다. 이른 아침부터 지속된 흥분으로 완전히 식욕을 잃은 데다 열까지 솟았던 것이다.

얼마나 시간이 흘렀을까. 고사쿠는 여관방에서 천천히 눈을 떴다. 자기 옆에 곤히 잠든 할머니를 보고는 여기는 대체 어디지, 벌써 도요하시에 도착했나, 하는 생각에 주변을 두리번거렸다. 부스스 일어나 앉자 할머니가 이내 눈을 떴다.

"할머니 나 배고파."

참을 수 없을 만큼 허기가 졌다. 할머니는 고사쿠 이마에 손을 얹고 열이 가라앉은 것을 확인한 뒤에야 경편 열차 안에서 낮에 내밀었던 김초밥을 꺼냈다.

고사쿠는 침대 위에 앉은 채로 김초밥을 허겁지겁 먹어 치웠다.

"할머니, 여기 어디야?"

"누마즈."

"도요하시 아니고?"

"눈알 튀어나올 만큼 비싸게 기차 삯을 내고 이리 빨리 도착하면 돈 아까워서 쓰겠니?"

할머니는 히죽 웃었다.

슬슬 배가 불러왔다. 고사쿠는 일어서서 창가로 향했다. 위아래로 열고 닫는 서양풍 창문에 드리워진 하얀 커튼을 젖혔다. 유리창 너머로 어둠이 켜켜이 내려앉은 역전 광장이 보였다. 쥐죽은 듯 고요한 적막 속에서 어디선가 기차의 증기 소리가 희미하게 들려왔다. 광장 건너편에 보이는 썰렁한 기차역을 바라보며 고사쿠는 속으로 중얼거렸다. 이곳은 누마즈다. 유가시마보다 사람들이 훨씬 많이 사는 곳이다. 지금은 늦어서 모두 집에 돌아가 버려 아무도 없을 뿐.

"고짱, 밤낮이 바뀌면 할미가 힘들다. 어서 자자."

할머니의 말에 고사쿠는 이내 잠자리로 돌아갔다. 할머니는

이불 속에서 고사쿠 이마를 만져 보더니,

"아이고, 또 열이 나네."

했다.

고사쿠는 그날 밤새도록 기차의 증기 소리를 들었다. 그러면서 여기는 누마즈고 사람이 많이 사는 곳이고, 지금 나는 하루에 몇 번이고 기차가 출발하는 커다란 역 앞의 여관에 있다고 몇 번이고 되뇌었다.

이튿날, 고사쿠는 아침 8시에 눈을 떴다. 할머니는 머리맡에 절도 있게 앉아 장죽 끝에 살담배를 눌러 담아 맛나게 피우는 중이었다. 담뱃잎을 빨아들일 적마다 입과 코에서 연기는 솔솔 새어 나왔다. 할머니는 이불을 덮어 주며 기차 시간이 아직 남았으니 좀 더 자라고 말했지만 담배통에 재를 탁탁 터는 소리가 거슬러 영 잠을 이룰 수가 없었다.

몇 번이나 뒤척이다 이내 잠자기를 포기한 고사쿠는 벌떡 일어나 창가로 가서 밖을 내다보았다.

어젯밤 개미새끼 한 마리 안 보였던 역전 광장은 수많은 인파로 가득했다. 어른도 많고 아이도 많았다. 손 주머니를 든 아저씨, 아기를 업은 아주머니, 유모차를 미는 여인, 자전거를 타는 사내 등등. 광장 모퉁이에 빽빽이 늘어선 열 대가량의 인력거도 보였다.

고사쿠는 신기한 구경이라도 난 듯 창밖 풍경을 바라보느라 여념이 없었다. 할머니가 와서 1층에 내려가서 얼굴을 좀 씻고 오라고 거푸 물어도 묵묵부답. 하는 수 없이 할머니는 대야에 뜨거운 물을 담아 방으로 들어왔다. 고사쿠는 양치질을 하고 입안의 물을 지붕 위에 퉤 하고 뱉었다. 그리고 한 손으로 대야 물을 퍼서 두세 번 얼굴을 닦았다.

젊은 여종업원이 아침 식사를 내 왔다. 고사쿠는 자기도 모르게 꿀꺽 침을 삼켰다. 달걀부침, 말린 생선, 김……. 보기에도 먹음직스럽고 푸짐한 상차림이었다. 예쁜 그릇 속에서 김이 모락모락 나는 미소시루도 가져왔다. 뭐부터 먹어야 할지 몰라 젓가락이 허공에서 빙빙 헤맬 지경이었다. 고사쿠는 진수성찬 앞에서 눈 하나 깜짝 않는 할머니에게 새삼 감탄했다. 어떻게 저렇게 태연히 젓가락질을 할 수가 있담. 고사쿠는 아주 오랫동안 아침밥을 먹었다. 네 그릇째 밥을 먹으려 하자, 할머니가 제지했다.

"이제 그만!"

"하지만 달걀부침이 남아 있는걸."

"그럼 달걀부침만 먹어. 어제 쫄쫄 굶었다고 오늘 허겁지겁 먹다가 배탈이라도 나면 큰일이야."

하는 수 없이 밥은 포기하고 아쉬운 대로 달걀부침만 먹고 젓가락을 내려놓았다. 배가 터질 것 같아 벌렁 뒤로 드러누웠다. 할머니는 출발하기 전에 미리 편지로 누마즈에 온다고 알렸음에도 근방에 사는 친척 중 누구 하나 코빼기도 안 보인다며 잔뜩 약이 오른 눈치였다.

어느 정도 배가 꺼지자, 고사쿠는 여관 밖으로 나갔다. 큰길 여기저기에 빈틈없이 주택이 즐비했다. 이따금 아이들이 고사쿠가 서 있는 여관 앞을 지나갔다. 하나같이 비싸 보이는 기모노를 차려입고 게타나 조리를 신고 있었다. 고사쿠도 나들이용 게타를 신었지만 새 신발이라 그런지 금세 발가락이 욱신욱신

아파 왔다. 역시 짚신이 편하다. 여기 아이들은 평소에도 나들
이용 신을 신고 다니다니 참 신기하기도 하지.

아이들이 지나갈 적마다 고사쿠는 점점 고개가 수그러들었
다. 얼굴 생김새, 옷차림새, 걸음걸이 모든 게 자신보다 뛰어나
보였던 것이다. 또랑또랑한 말투와 명확한 발음, 낭랑한 목소리
는 또 어떤가. 완전히 주눅이 들어 버린 고사쿠는 얼른 여관으
로 들어가 버렸다. 방문을 열어 보니 할머니는 모르는 손님과
이야기를 나누는 중이었다. 상대는 근사하고 값비싼 기모노를
걸친 서른대여섯 무렵의 마른 여자였는데, 고사쿠가 들어오는
인기척에 뒤를 돌아보았다.

"어머, 네가 바로 고짱이구나."

차분하고 나긋나긋한 목소리였다.

"응."

고사쿠는 방금 전에 본 아이들이 떠올라 괜히 퉁명스레 대답
했다. 그러자 할머니가 타이르듯 말했다.

"고짱, 이모할머니네 따님이셔. 이모님이라고 불러야지."

여자는 보라색 비단 보자기에서 큼지막한 오동나무 과자 상
자를 꺼냈다.

"도요하시 가족들에게 안부 전해 주세요."

"아이고, 뭘 이런 걸 다…… 네, 잘 전달해 드릴게요. 괜히 신
경 쓰시게 해서……."

할머니는 유난히 상대에게 굽실거렸다. 화려한 차림에 기가
죽은 걸까. 그러나 손님이 떠나자 언제 그랬냐는 듯 평소 모습
으로 돌아와서는 잔뜩 흉을 보기 시작했다.

"흥, 돈 좀 있다고 저리 씀씀이가 헤퍼서야 원."

하고는 진지한 표정으로 덧붙였다.

"고짱은 절대 저런 여자 신부로 맞이하면 안 된다. 알겠지?"

"신부? 방금 그 아주머니를?"

"지금은 아줌마지만 저래 봬도 예전에는 꽃다운 처녀였을 거 아니냐. 겉만 번지르르하고 실속은 쥐뿔도 없어 가지고는. 저러다 조만간 집안 재산 몽땅 거덜 내고 말 것이다. 두고 봐라."

한창 날 선 독설을 쏟아 내고 있는데 이번에는 중년 부부 한 쌍이 문을 두드렸다. 고사쿠와는 일면식도 없는 사람들로, 할머니의 먼 친척뻘 된다고 했다. 여자는 고사쿠를 고짱이라고 불렀지만 남자는 아가라고 불렀다. 남자가 자신을 그렇게 부르는 건 처음이어서 왠지 얼굴이 근질거렸다.

부부가 포장지 속에서 과자 상자를 꺼내자, 할머니는 가도노하라 큰어머니가 준 선물을 그들에게 내밀었다. 돈도 종이에 싸 주었다. 부부는 선물은 받았지만 돈은 극구 사양하다 결국 가벼운 실랑이 끝에 남자가 고개를 깊이 숙이고는 공손히 받아 기모노 품 안에 얼른 집어넣었다.

한 시간쯤 지난 뒤, 할머니와 고사쿠는 여관을 나와 기차역으로 향했다. 부부가 역 플랫폼까지 배웅하려는 모양이었다. 고사쿠는 역에 들어섰을 때부터 기차를 타 본다는 기대로 가슴이 두근두근했다. 할머니나 부부가 뭐라 말을 했지만 기차에 정신이 팔린 나머지 아무 말도 귀에 들어오지 않았다.

저 멀리서 고래처럼 거대한 물체가 육중한 소리를 내며 플랫폼으로 유유히 들어왔다. 할머니는 고사쿠 손을 꼭 잡고 무슨 일이 있어도 자기 옆에서 떨어지지 말라고 신신당부했다. 부부는 창밖에서 짐을 넣어 주겠다고 말했지만 말하는 폼이 좀체

미덥지가 않았다. 고사쿠는 할머니 손에 이끌려 기차에 올라타는 와중에도 짐이 제대로 있는지 신경을 쓰느라 승강구 발판에서 발을 헛디뎌 무릎을 찧고 말았다. 기차에 올라타 자리를 잡고 나자 할머니는 고사쿠가 발을 다치지 않았는지 이리저리 살펴보다가 눈이 휘둥그레졌다.

"고짱, 게타는?"

그 말을 듣고 보니 양쪽 모두 맨발이 아닌가.

할머니는 황급히 창밖으로 고개를 내밀어,

"게타! 고짱 게타가 없어졌다!"

하고 냅다 소리를 질렀다. 고사쿠는 얼굴이 화끈거렸다. 도회적인 느낌을 풍기는 승객들이 일제히 호기심 어린 눈길로 이쪽을 힐끔거리고 있지 않은가. 이윽고 부부가 허둥대며 고사쿠의 게타와 짐을 창안으로 밀어 넣었다. 한 짝은 플랫폼에 다른 한짝은 승강구 발판에 떨어져 있었다면서.

"어휴, 다행이다. 자, 여기."

고맙다는 말도 없이 게타와 짐을 받아 든 할머니는 허리를 굽혀 고사쿠 발치에 게타를 놓았다. 그러고는 의자에 앉아 자신의 신을 벗고는 어이구, 하고 한숨을 돌리며 옷깃을 헐겁게 풀어헤친 다음 부채질을 하기 시작했다. 그러고는 창밖에 서 있는 부부에게 시선을 돌렸다.

"싸우지 말고 인내하고 또 인내하면서 사는 거다. 알겠니?"

그러자 여자가,

"그렇고말고요. 여보, 잘 들었죠? 인내 또 인내!"

하면서 남자를 바라보며 깔깔거렸다.

무안해진 듯 남자는 머리를 긁적이고는 슬쩍 혀를 내밀며 여자의 허리를 쿡 찔렀다.

"어머나!"

여자는 과장되게 놀란 척하며 하얗게 눈을 흘기고는 남자를 때리려고 했다. 남자는 재빨리 물러서며 여자의 공격을 피하는 자세를 취했다. 웃음을 흘리며 티격태격하는 부부의 모습이 묘하게 야릇한 구석이 있었다. 고사쿠는 다시금 얼굴이 화끈거렸다.

기차가 움직이기 시작하자 플랫폼에선 부부와 거리가 벌어졌다.

"어휴, 저것들은 언제쯤 철이 들라고……."

할머니는 이렇게 중얼거리며 창밖으로 손을 내밀어 손수건을 흔들었다. 한참을 그렇게 흔들고 있다가 손을 거두고는 손수건을 접어서 자기 목덜미에 둘렀다.

"휴, 고짱. 이제 고생 끝이다. 여기서 가만히 앉아 있으면 기차가 도요하시까지 훌쩍 데려다 줄 거야. 세상 참 좋아졌지?"

한결 홀가분해진 어투였다. 고사쿠도 의자에 앉았다. 기대한 것만큼 안락하진 않았지만 그러려니 했다. 서로 마주 보는 2인용 기다란 좌석은 제법 빈 곳이 많았다. 할머니는 짐을 그물 선반 위로 올리지 않고 옆자리에 털썩 놓았다.

"고짱, 여기까지 오는데 힘들었지, 응?"

달리 말 상대가 없어 심심해진 할머니가 고사쿠에게 건성으로 말을 건넸다. 그러고 보니 참으로 긴 여정이었다. 유가시마를 출발한 건 어제 아침이었는데 며칠은 훌쩍 지난 듯한 기분이었다. 큰집 식구들, 그리고 동무들과 보낸 시간이 까마득한 추억처럼 가물가물했다.

고사쿠는 이런저런 상념에 빠져 있다가 문득 창밖을 바라보고 두 눈을 동그랗게 떴다. 후지 산이었다. 유가시마에서 보던 장난감 같은 모습이 아니었다. 눈앞에 한가득 우람한 모습을 드러낸 거대한 후지 산.

"우와! 후지 산이다!"

흥분한 고사쿠는 자기도 모르게 소리쳤다. 주변에서 호호 웃음소리가 들렸다. 통로를 사이로 맞은편에 앉은 젊은 여자 넷이 이쪽을 바라보며 웃고 있었다. 머쓱해진 고사쿠는 얼른 창가로 얼굴을 돌렸다. 왜 웃지. 말투가 우스꽝스러웠나.

할머니는 한시도 가만있지 않았다. 팔락팔락 부채질을 하고 뻐끔뻐끔 담배를 피우고, 창문에서 날아오는 매연을 휘휘 저어 몰아내고, 고사쿠 기모노에 내려앉은 매연을 수건으로 털어 주기도 했다. 반면에 고사쿠는 미동도 하지 않았다. 창가에 몸을 찰싹 달라붙어 눈앞에 펼쳐진 낯선 풍경을 넋 놓고 바라보았다. 아무리 봐도 질리지가 않았다.

기차가 역에 정차할 적마다 할머니는 조그만 수첩과 연필을 꺼내 들고는 역 이름을 적으라고 했다. 고사쿠는 하라, 스즈카와 등등 간판에 적힌 역명을 하나하나 적어 나갔다. 강 이름도 적었다. 유가시마에 있을 때부터 밤마다 할머니에게 줄기차게 들었던 강. 도요하시에 도착할 때까지 네 개의 큰 강을 건넌다고 했는데, 후지 강, 아베 강, 오이 강, 덴류 강이 그것이었다. 고사쿠는 강이 실제로 얼마나 클지 직접 눈으로 확인할 생각에 가슴이 두근거렸다.

첫 번째는 후지 강이었다. 강의 폭은 넓었지만 양쪽으로 자갈밭이 대부분을 차지한 터라 물이 흐르는 부분은 극소수였다. 적잖이 실망스러웠다. 뭐야, 별거 없잖아. 벌거벗은 아이들이 물장구를 치고 있는 모습에 고사쿠는 연방 코웃음만 쳤다.
가노 강의 헤이부치 소나 오쓰케노 소에서 노는 자기들이 훨씬
폼 난다고 느꼈다.

"애개, 후지 강이 고작 저렇게 얕다니……."

고사쿠가 시큰둥하게 말하자,

"무슨 소리, 얕긴 뭐가 얕다고 그래."

할머니는 자못 나무라는 투로 말했다.

"헤이부치 소가 훨씬 더 깊다."

약이 바싹 오른 고사쿠가 입을 비죽대며 대꾸했다.

"바보, 후지 강에 비하면 가노 강은 발톱 끄트머리에나 끼겠
니. 다음번에 오이 강 나오면 똑바로 봐 둬."

하지만 아무리 기다려도 오이 강은 좀처럼 모습을 드러내지
않았다. 그도 그럴 것이, 기차는 여간 늑장을 부리는 게 아니었
다. 역마다 느릿느릿 정차하고 지루하리만치 길게 멈춰 섰다가
타지 못한 승객이 없음을 일일이 확인한 뒤에야 심드렁한 기적
을 내뿜으며 굼뜬 몸뚱이를 움직이는 것이었다.

시즈오카 역에 들어가자, 갖가지 주전부리를 담은 상자를 든
판매원이 플랫폼을 어슬렁거렸다. 할머니는 판매원을 불러 도
시락과 차를 샀다. 고사쿠는 시즈오카에서 보낸 1년 반에 대한
기억이 전혀 없음에도 왠지 애틋한 감정이 들었다. 간식 판매
원조차 친숙해 보일 지경이었다.

고사쿠는 수첩에 '시즈오카'라고 적고, 그 아래 '아베카와모
치'[22]라고 적었다. 아베카와모치는 시즈오카의 특산물이다. 이

22 콩고물을 묻힌 떡.

왕 온 김에 맛보고 싶었지만 할머니는 유가시마에 돌아갈 때 사 준다며 지갑을 열려 하지 않았다.

출발하는 기차 안에서 고사쿠가 도시락을 열려는 찰나,

"아베 강! 고짱, 저기 아베 강."

할머니가 외쳤다. 기차는 요란한 소리를 내며 철교 위를 달리는 중이었다. 아베 강도 가노 강에 비해 별반 대단한 구석은 없어 보였다.

"봐라, 봐라. 참말로 크지."

할머니는 이렇게 말하며

"까먹기 전에 얼른 적어 둬라."

하고 채근했다. 고사쿠는 수첩을 펼쳐 '시즈오카' 옆에 '아베 강'이라고 썼다. 도시락을 다 먹은 할머니는 매연 때문인지 수건으로 얼굴을 반쯤 덮었다.

"할미는 눈 좀 붙이련다."

고사쿠는 혼자서 계속 역 이름을 수첩에 적어 나갔다. 졸음이 몰려왔지만 꾹 참았다. 이제 창밖 풍경을 바라보아도 더 이상 별다른 감흥은 없었다. 똑같은 들판과 언덕이 똑같은 간격을 두고 저쪽에서 달려와 쉭쉭 지나쳐 사라졌다. 시즈오카 이후엔 죄다 작고 시시한 마을뿐이라 역 이름을 적는 데도 신물이 나기 시작했다.

가케가와 역에서 포동포동한 중년의 여성이 할머니와 고사쿠가 차지한 4인용 자리에 비집고 들어왔다. 그녀는 의자 위에 놓인 고사쿠 짐을 그물 선반 위로 올리고는 자기 짐을 바로 옆에 놓았다. 고사쿠는 잔뜩 경계하는 눈초리로 모르는 사람이 마음대로 자기들 짐을 옮기는 모습을 바라보았다. 혹시 소매치기면 어쩐담. 도리가 없다. 할머니가 정신없이 곯아떨어져 버렸으니 자신이 감시하는 수밖에.

"애, 이거 받으렴."

의자에 앉은 여자가 미소를 지으며 종이로 싼 과자를 건넸다. 고사쿠는 잠자코 그것을 받았지만 먹을 마음은 조금도 들지 않았다. 혹시 독이라도 들어 있으면 큰일이었다. 그렇지 않으면 생판 처음 보는 사람이 이런 걸 줄 이유가 없지 않은가.

"괜찮아. 먹어도 돼."

여자가 다정하게 말했지만 고사쿠는 경계의 눈길을 거두지 않았다. 계략에 말려들까 보냐. 그녀는 고사쿠가 자기 말에 대답도 안 하고 뚱하게 있자, 하는 수 없다는 듯 창밖으로 얼굴을 돌렸다. 그러다 이윽고 그녀도 꾸벅꾸벅 졸기 시작했다. 매끈한 이마와 주름이 가득한 토실토실한 목덜미에 땀방울이 가득 맺혔다. 고사쿠는 여자의 얼굴을 하나하나 뜯어보다가 자기도 모르게 곤한 잠에 빠져들고 말았다.

"아가, 어서 일어나, 덴류 강! 덴류 강이다."

할머니 목소리에 고사쿠는 번쩍 눈을 떴다. 과연 기차는 막 덴류 강 철교를 건너려는 참이었다. 황급히 창가에 바싹 붙었다. 폭은 가노 강의 몇 배는 되어 보이지만 푸른 물결은 드넓은 자갈밭 가장자리를 가느다란 띠처럼 흐르는 게 고작이었다. 고사쿠는 이번에도 유가시마의 가노 강이 훨씬 더 크고 깊은 게 분명하다고 속으로 되뇌었다.

더 이상 바깥 풍경에 흥미를 잃은 고사쿠는 하품을 늘어지게 하며 창안으로 시선을 돌렸다. 할머니는 어느새 무릎 위에 과자 꾸러미를 펼치고 센베이 하나를 으드득 씹고 있었다. 무언가 심상치 않은 기분이 들었다. 고사쿠는 얼른 주위를 돌아보았다. 여자에게 받은 과자가 없어졌다. 심지어 할머니는 여자와 언제 친해졌는지 사이좋게 센베이를 나눠 먹으며 수다를 떨고 있는 게 아닌가. 고사쿠는 서둘러 그물 선반 위를 올려다보았다. 다행히 짐은 그대로 있었지만 아직 의심을 풀긴 일렀다.

"할머니, 그거 내가 아까 받은 거야?"

"그래, 아가도 어서 먹어 봐."

고사쿠는 절레절레 고개를 돌리며 과자 봉지를 내쳤다. 당장이라도 센베이에 독이 들어 있을지 모른다고 할머니에게 알려 주고 싶은 마음이 굴뚝같았지만 여자가 바로 눈앞에 있으니 그럴 수도 없고. 고사쿠는 이러지도 저러지도 못하고 발만 동동 굴렀다.

"그거 안 먹는 게 좋을 텐데…… 안 먹는 게 좋을 텐데……."

고사쿠는 그저 주문을 외듯 겨우 이 말만 되풀이했다.

다음 역에 기차가 정차한 순간, 고사쿠는 역 이름을 적기 위해 수첩을 펼쳤다. 잠든 사이에 몇 정류장이나 지나쳤는지 모르지만 일단 칸을 띄우고 적자는 생각이었다. 그런데 수첩에는 다른 사람의 필체로 역명이 적혀 있었다. 할머니 글씨였다.

기차가 하마나 호수를 건너자,

"애야, 이제 거의 다 왔다"

하고 여자가 말했다. 아마도 할머니에게 자신들이 내리는 역을 들은 모양이었다. 두 사람은 여전히 센베이를 나눠 먹으며 이야기꽃이 한창이었다. 여자는 가방을 그물 선반에서 내리고는 그 안에서 담배 두 갑을 합친 크기의 하트 모양 상자를 꺼내 고사쿠에게 내밀었다.

"이거 줄게."

투명한 상자 속에 내용물이 훤히 비쳤다. 빨간색, 파란색, 알록달록하고 길쭉한 알갱이가 가득했다.

"젤리빈이야. 먹어 보렴. 맛있어."

고사쿠는 난생처음 보는 과자를 의심스럽게 바라보았다. 왜 자신에게 자꾸 이런 걸 주는지 모를 일이었다. 고사쿠는 과자 상자를 할머니에게 건넸다가 혹시 먹을까 봐 냉큼 도로 뺐었다.

다음 역에서 여자는 내릴 채비를 했다. 그녀는 할머니에게 정중히 인사를 건네고 고사쿠 머리를 살짝 토닥인 다음 가방을 들고 자리를 일어섰다. 고사쿠는 여자가 나가자마자 얼른 자기 머리를 다시 매만진 다음,

"저 여자 나쁜 사람일지도 모른다."

하고 자못 심각한 표정으로 속삭였다.

"그게 무슨 말이냐. 이렇게 아가한테 좋은 선물도 줬는데."

할머니는 나무라듯 말하고는 고사쿠 손에서 과자 상자를 집어 들어 찬찬히 뜯어보았다.

"고짱, 먹어 볼래?"

"아니."

할머니는 손 주머니에 과자 상자를 넣었다. 고사쿠는 수상한 여자가 내린 역 이름을 수첩에 적었다. 와시즈 역. 이제 슬슬 기차 여행이 지겨워지기 시작했다. 좀이 쑤셨다. 고사쿠는 지루함을 참다못해 통로를 걸어 다니고 건너편 빈자리에 앉아 보는 등 부산을 떨었다. 그러다 기차가 정차하면 창밖으로 목을 길게 내빼고 두리번거렸다. 그리고 기계적으로 수첩에 역 이름을 적어 넣었다.

와시즈에서 두서너 역을 지나고 기차는 다시 정차했다. 플랫폼의 표지판이 고사쿠 창가 옆에 섰다.

도요하시.

"할머니! 여기 도요하시래."

고사쿠가 할머니를 흔들어 깨웠다.

"응? 어디, 어디."

할머니는 얼떨떨한 표정으로 창가로 고개를 돌리고는,

"어이구, 도요하시 맞네!"

하며 기겁을 하며 일어났다.

부리나케 짐을 챙기고 흐트러진 옷매무새를 다듬느라 허둥대는 할머니 모습을 보다 못한 승객 두 명이 엉거주춤 일어나 짐을 내려 주고 게타도 찾아 주었다.

온갖 야단법석을 부린 끝에, 두 사람은 플랫폼에 내려섰다. 인산인해 속에서 여자 두 명이 그들을 향해 천천히 다가왔다. 고사쿠는 자신도 모르게 숨을 죽이며 할머니 등 뒤로 물러섰다. 어머니였다.

동지인지 적인지 분간은 할 수 없지만, 좌우지간 자신에게 특별한 사람인 것만은 확실했다. 본능적으로 느낄 수 있었다. 고사쿠는 할머니 등 뒤에 숨은 걸로도 모자라 더욱 완벽하게 숨을 수 있는 곳이 있는지 황급히 주변을 두리번거렸다.

"잘 오셨어요. 오느라 힘드셨죠?"

"아니."

"그 깊은 산골짜기에서 몇 년 만에 나온 건데 오죽 큰일이지 않고요."

"아니."

엷은 미소를 머금은 여유로운 어머니와 달리, 할머니의 낯빛에는 적지에 한 발자국 내디딘 긴장과 경계심이 스쳤다.

"고짱은 좀 어때?"

어머니가 고사쿠에게 시선을 돌린 순간, 그는 순식간에 자기 옆을 지나치는 한 무리 승객들에 휩쓸려 그대로 그곳을 떠밀려 벗어났다. 차라리 잘 됐다 싶었다. 안 그래도 어머니 눈길이 닿지 않는 곳으로 멀리멀리 가 버리고 싶었는데. 어머니와 말하는 것도, 눈을 마주치는 것도 어색해서 견딜 수가 없었다. 멀리 떨어진 곳에 몸을 숨기고 어머니의 모습을 무작정 지켜보고 싶었다.

"고짱!"

얼마 후, 할머니의 울부짖는 듯한 외침이 플랫폼에 날카롭게 울려 퍼졌다. 고사쿠는 사람들 틈새를 뚫고 더욱 앞으로 걸음을 재촉했다. 인파 사이에 꼼짝없이 낀 그는 거대한 무리를 이루며 개찰구를 벗어났다. 누마즈 역전 광장보다 훨씬 널따란 광장이 시야에 펼쳐졌다. 개찰구에서 꾸역꾸역 쏟아져 나온 사람들은 광장에 이르러 각자의 방향으로 이리저리 흩어졌다.

어느덧 광장은 붉은 노을에 젖어 들기 시작했다. 광장 한구석에 늘어선 몇몇 노점상에서 빙수를 홍보하는 깃발이 힘차게 펄럭였다. 고사쿠는 까닭 모를 고독감에 사로잡혀 눈앞에 펼쳐진 광경을 하릴없이 바라보았다. 슬프고 외로웠다.

혼자가 된 그는 슬슬 불안해지기 시작했다. 개찰구에서는 쉼없이 사람들이 와글와글 밀려 나왔다. 막막한 심정으로 개찰구만 응시하고 있는데, 할머니가 사방으로 고개를 돌리며 정신없이 뛰쳐나오는 모습이 보였다.

"아가야, 아가야!"

할머니는 개찰구 밖에 서서 황망하게 주변을 둘러보며 여태껏 한 번도 들어본 적이 없는 기묘하고 구슬픈 가락으로 연신 고사쿠 이름을 불러 댔다.

"아가야, 아가야!"

얼굴이 화끈 달아올랐다. 귀퉁이에 서둘러 몸을 숨기려는 순간, 어머니가 불쑥 모습을 드러냈다. 이리저리 고개를 두리번거리며 아들을 찾는 얼굴에 난감한 빛이 역력했다.

"고사쿠, 고사쿠!"

어머니의 목소리는 할머니에 비해 한결 날카롭고 생기가 넘쳤다. 저항하기 어려운 힘에 이끌리듯이 고사쿠는 스르르 그쪽으로 걸어갔다. 멀리서 그의 모습을 확인한 할머니는,

"오오, 고쨩!"

하고 통곡하듯 부르짖으며 양팔을 벌리고 다가왔다.

할머니는 이내 안도의 웃음을 지으면서도 겁주듯 나직한 목소리로 타박했다.

"걱정 끼치면 되겠니. 그러다 엄마한테 혼꾸멍 날라."

실제로 어머니는 무서운 표정을 지었다.

"고사쿠! 혼자서 멋대로 다니면 안 돼. 여긴 유가시마 같은 시골이 아니라고!"

"……응."

고사쿠가 풀이 죽어 대답하자

"네, 라고 해야지!"

어머니가 정정했다.

"응."

고사쿠는 당황한 나머지 할머니의 소맷자락을 얼른 붙잡았

다. 어머니가 인력거를 부르러 간 사이, 도요하시에 온 흥분은 남김없이 사라지고, 다시 유가시마로 돌아가고픈 마음이 간절해졌다. 아아, 참으로 골치 아픈 곳에 와 버리고 말았다.

"할머니, 유가시마에 돌아가자."

고사쿠는 할머니의 소맷자락을 좌우로 흔들며 졸라 댔다.

"그게 무슨 소리냐. 그 고생을 해서 여기까지 왔는데."

할머니는 고개를 설레설레 내저었다.

어머니는 인력거 두 대를 불러왔다. 고사쿠와 할머니가 같이 타고 어머니는 짐과 함께 다른 인력거에 탔다. 어머니와 함께 온 젊은 식모는 걸어서 돌아가기로 했다. 고사쿠는 뒤편으로 빠르게 지나치는 황혼 녘의 번화가를 심란한 마음으로 바라보았다.

"참말로 편하다, 그치?"

"응."

할머니의 가랑이 사이에 앉은 자세가 결단코 편하다고는 할 수 없었지만 걷는 것보다 편한 건 사실이었다.

10분쯤 달렸을까. 인적이 드문 골목에 접어든 인력거는 도로에 면한 격자문 달린 여염집 앞에 멈춰 섰다. 인력거에서 내린 순간, 고사쿠는 다리에 힘이 풀려 비틀거렸다.

어머니가 격자문을 열었다. 웬 여자아이 하나가 쪼르르 달려나왔다. 세 살 아래 여동생 사요코였다. 고사쿠를 본 아이는 허둥대며 어찌할 바를 모르다가 문턱에 걸려 쿵 넘어지고 말았다. 그러자 안에서 낯선 노파 하나가 나와 울음을 터트리는 사요코를 안아 일으켰다. 고사쿠를 향해 히죽 웃어 보인 노파는 훌쩍이는 사요코를 연신 달랬다. 나중에 들으니 이웃집 사람이라고 했다.

꽃무늬 기모노에 홀치기 염색한 기다란 오비를 큼지막하게 매듭을 진 사요코의 옷차림은 한눈에도 평상복치고는 퍽 화려했다. 자신들이 온다고 일부러 나들이용 기모노를 입은 것이리라.

짐을 풀기 전에 차를 마시며 한숨 돌리는 사이, 아버지가 군복 차림으로 귀가했다. 고사쿠는 사요코를 따라 현관으로 나갔다. 아버지는 현관 앞 마룻귀틀에서 등을 돌리고 천천히 신발을 벗고는 마루에 올라와 아들의 얼굴을 쓱 한 번 어루만지고 안으로 들어갔다. 고사쿠는 흠칫 놀랐다. 목을 움츠린 채 거실 툇마루에서 연신 부채질을 하는 할머니에게 쪼르르 달려갔다.

"아버지가 나 때렸다."

"바보! 아버지가 널 왜 때리니."

어머니 눈초리가 날카롭게 빛났다.

"어머니가 나 노려봤다."

이번엔 정말로 화가 난 듯, 어머니 표정이 무섭게 일그러졌다.

"너 참 이상한 애구나. 왜 집에 오자마자 있지도 않은 소릴 하니? 내가 대체 너를 언제 노려봤다는 거야?"

고사쿠는 더럭 겁먹은 얼굴로 할머니에게 달라붙었다. 그러자 할머니는 부채를 탁 놓고는,

"고작 철부지 어린애가 한 말에 눈에 쌍심지를 켜고 득달같이 달려드는 부모가 세상에 어디 있나."

하고 타박하듯 말했다. 그러자 어머니는 더 이상은 못 참겠다는 듯 벌떡 일어나더니 할머니 앞에 앉았다.

"할머니."

잠시 말을 끊었다가,

"분명히 말해 두지만 고사쿠는 내 자식이에요. 내 아이는 내

방식대로 키웁니다. 할머니 손에서 점점 이 애가 이상해지면, 이쪽도 다시 생각해 보겠어요."

했다. 그러자 할머니는 당황한 기색으로,

"이상한 아이가 되다니. 그게 무슨 말이냐. 얼마나 영특한 아이인데……."

하고 말꼬리를 흐렸다.

"보세요! 이미 이상한 애가 됐잖아요. 뒤에서 몰래 남에 험담이나 하는 게 그럼 정상이에요?"

어머니가 목청을 높였다.

"알겠네. 그건 내가 단단히 일러두지. 고짱, 어머니한테 사과해. 일이 이 지경이 되면 사과하는 게 제일이야. 힘 있는 사람 앞에서는 그저 닥치고 고개 숙여야 별 수 있나."

할머니가 고사쿠에게 타이르듯 말했다.

"참, 미운 소리만 골라서 하시는군요."

어머니가 기가 막힌다는 표정으로 대꾸하자 아버지가 툇마루로 건너왔다.

"왜 이리 소란스러워."

아버지는 모두를 둘러보며 다소 엄한 말투로 말했지만 곧이어 자신은 이 문제에 일절 관여하지 않겠다는 듯 어머니에게 통명스레 내뱉었다.

"빨리 밥이나 줘."

잠시 후 다다미 여덟 장짜리 거실 한가운데에 상이 차려졌다. 둥근 식탁에 아버지, 어머니, 할머니, 고사쿠, 사요코 총 다섯이 둘러앉았다. 고사쿠는 아직 사요코와 한 마디도 나누지 않은 채였다. 사요코는 고개를 푹 숙이고 밥을 먹다가 간간이 눈을 살짝 위로 치켜뜨고 고사쿠를 힐끔거렸다. 어쩌다 시선이 마주치기라도 하면 황급히 눈을 내리깔고는 쩝쩝거리며 음식을 입에서 오물거렸다. 고사쿠도 무의식중에 그 모양을 흉내 냈다.

"쩝쩝거리면서 밥 먹는 거 보기 흉하니 그만둬."

어머니가 주의를 주었다.

"사요코 따라 한 건데."

"사요짱이 버릇없이 그런 행동 할 리가 없잖니!"

"정말 사요짱이 했단 말이야!"

억울한 표정으로 고사쿠가 대꾸했다.

"자, 이제 그만 조용히 하자, 고짱. 이곳에선 밥을 씹지 않고 단숨에 꿀꺽 삼켜 버려야 된단다."

할머니는 두 사람의 대화에 끼어들어 이렇게 말하고는 그릇에서 밥 뭉치를 집어 입속에 넣고 과장되게 꿀꺽 삼키는 시늉을 해 보였다.

어머니는 질렸다는 표정으로 고개를 돌려 버렸다. 부모와 함께 하는 식사인데 마냥 불편하고 어색했다. 아버지는 무심한 표정으로 시종일관 무릎에 신문을 올려놓고 눈으로 글자를 읽으며 간혹 가다 생각이 떠오른 듯 붓으로 무언가를 적었다. 할머니와 어머니의 신경전에 대해, 아버지는 일언반구도 없었다.

저녁을 마치고 고사쿠는 아버지 손에 이끌려 대문 밖으로 나왔다. 사요코도 뒤따라 나왔다. 집집마다 대문에 달려 있는 가스등에서 은은하게 퍼지는 푸르스름한 빛이 무척 낯설어서, 흡사 동화의 나라에 온 듯한 착각을 일으켰다.

"오빠."

사요코가 처음으로 입을 열었다. 고사쿠는 순간 당황했지만 생각해 보니 자신은 사요코의 오빠가 맞지 않는가. 이상할 건 전혀 없었다.

맞은편 집의 거무죽죽한 담장은 당장이라도 무너질 듯했다. 그 틈 사이로 토관이라든지, 큼지막한 화로, 탕파 같은 잡다한 도기 제품이 산처럼 쌓여 있는 게 보였는데, 아무래도 도자기를 파는 상인의 집인 모양이었다.

사요코는 언제 그랬냐는 듯 오빠, 오빠, 를 연발하며 고사쿠에게 찰싹 달라붙었다. 그러다 어느새 한눈을 팔며 걷다가 뒤처지면 쪼르르 달려왔는데 그럴 적마다 앞으로 꽈당 넘어졌다. 고사쿠는 여동생이 넘어질 때마다 일으켜 세우느라 마을을 구경할 겨를도 없었다. 아버지는 사요코가 넘어질 적마다 멀찍이 물러나서는 그저 턱으로 여동생을 가리키며 일으켜 세우라고 명령할 뿐이었다.

고사쿠 눈에는 아버지가 어머니보다도 차가운 인간으로 보였다. 교장과 그야말로 판박이가 아닌가. 가도노하라에 교장과 함께 걸어갈 때와 참으로 똑같다고 생각했다. 아버지는 혼자 성큼성큼 저만치 앞서 나가고 아주 가끔만 뒤를 돌아보았다. 고사쿠는 그를 따라잡기 위해 종종걸음이 되었고, 여기다 앞으로 넘어지는 사요코를 일으켜 세우기까지 해야 하니 그때보다 곱절로 힘들었다. 처음엔 오빠랍시고 옷에 묻은 흙을 털어 주었지만, 이제 일으켜 세우는 것만으로도 숨이 벅찰 지경이었다. 고사쿠는 아버지와 함께 하는 산책이 털끝만치도 즐겁지 않았다.

저녁 8시에 고사쿠는 사요코와 함께 안쪽 방에 누웠다. 할머니는 손님방에서 혼자 잤다. 고사쿠는 할머니와 자고 싶었지만 어머니의 지시를 거역할 수는 없는 노릇이었다. 무척 고단한 하루였다. 이불 속에 들어가자마자 새근새근 잠이 든 사요코와 달리, 고사쿠는 쉽사리 잠이 오지 않았다. 누워서 멍하니 위를 바라보았다. 천장도 높고 다다미도 바다처럼 넓었다. 유가시마 흙집의 할머니와 함께 자는 방에 비하면 그야말로 대궐이 따로 없었다.

도요하시에 도착한 이튿날부터, 고사쿠는 어머니 지시대로 오전에 2시간씩 학교 공부를 해야 했다. 아침 6시에 일어나 7시에 아침을 먹고 7시 반에 아버지를 현관에서 배웅하면 바로 책상 앞으로 직행했다가 9시 반에 해방. 이걸로 끝이 아니었다. 앞마당을 청소하고 장 보러 가는 식모를 따라 바구니를 드는 짐꾼도 고사쿠 몫이었다.

어머니는 오후에는 자유롭게 나가 놀라고 했지만 고사쿠는 볼이 잔뜩 부어서는 속으로 툴툴거렸다. 동무들도 없고 놀러 갈 강도 산도 들도 없는데 대체 뭘 하고 놀라는 건지.

"여동생이랑 놀면 되잖니."

어머니는 이렇게 말했지만, 고사쿠는 사요코를 상대로 놀아도 하나도 즐겁지 않았다. 오히려 사고라도 치지 않을까 신경을 곤두세우느라 피곤하기만 했다. 아직 어린 여동생은, 그가 책상에 있으면 쪼르르 달려와 그 위에 있는 물건을 닥치는 대로 집어 던져 버리고, 툇마루에 가면 또 쪼르르 달려와 장난을 치다가 밑으로 쿵 하고 떨어지기 일쑤였다. 귀찮아서 떼어 놓으면 혼자 2층 계단을 엉금엉금 올라가다가 두세 계단도 미처 못 가 발을 헛디뎌 뒤로 벌러덩 나동그라지고. 정말이지 잠시도 눈을 뗄 수가 없었다.

할머니는 식모 방에 틀어박혀 식사 이외엔 두문불출했다. 하루 종일 손바닥만 한 방에서 담배를 피우거나 바느질을 하며 시간을 죽였다. 어머니도 할머니와 되도록 얼굴을 마주치지 않도록 조심하는 눈치였는데 어쩌다 운 나쁘게 마주치는 날에는 영락없이 실랑이가 벌어졌다. 고사쿠가 식모 방에 들어가면, 할머니는 앞으로 여드레 남았다…… 이레 남았다 하면서 돌아갈 날을 하루하루 세어 보이는 것이었다.

"우리 고짱이 아이 돌보고 심부름 다니느라 욕본다. 조금만 참아. 인내 또 인내하면 시련이 끝날 거다."

라든가,

"시련을 극복해야 강해지는 법이다. 아무리 화가 치밀어도 꾹 참고 이 모든 게 마음을 다스리는 수련이라 생각하고, 응?"

라고도 했다. 마치 자신을 향해 다짐하듯이.

고사쿠도 유가시마에 돌아가는 날을 손꼽아 기다렸다. 그리운 고향에서 그리운 동무들과 계곡에서 실컷 물놀이하고 신사에서 잠자리를 잡으며 놀고 싶은 마음이 굴뚝같았다. 하지만 그럴 때마다 왠지 어머니에게 미안한 마음이 들어 가급적 유가시마에 가고 싶은 내색을 하지 않으려 애썼다.

어느 날이었다.

자려고 누운 고사쿠는 옆방에서 들려오는 어머니와 할머니의 격렬한 말다툼 소리에 벌떡 일어나 앉았다. 할머니는 욕지거리를 퍼부으며 무슨 일이 있어도 고사쿠와 함께 유가시마에 돌아가야만 한다고 길길이 날뛰었지만 어머니는 냉정한 어조로,

"무슨 말을 해도 소용없어요. 고사쿠는 앞으로 여기서 지낼 겁니다."

하는 말만 되풀이했다. 온갖 난리를 쳐도 어머니가 꼼짝도 하지 않자 할머니는 작전을 바꾸어 애걸 조로 나갔다.

"이렇게 부탁하네. 그 촌구석 흙집에서 나 혼자 외로워서 어찌 살라고 그러나. 제발 이 불쌍한 늙은이 사정 좀 봐주게, 응?"

그러나 어머니는 아무 말도 없었다. 그러자 할머니는,

"그럼, 고짱에게 물어보자고. 고짱이 여기 있겠다고 하면 이 늙은이도 더 이상 고집은 안 부릴 테니까. 하나 고짱이 유가시마에 돌아간다고 하면 그렇게 해 줘. 본인이 바라는 대로 하는 게 제일 좋은 방법이지."

여전히 어머니는 묵묵부답이었다. 그러자 할머니는 다시 분노를 주체하지 못하고 몹시 격양된 목소리로 집안이 떠나가라 고래고래 소리를 지르기 시작했다. 그동안 여자들 싸움에 모르쇠로 일관해 온 아버지도 이번만큼은 어쩔 수 없는 모양이었다. 결국 아버지가 두 사람 사이에 끼어들어 고사쿠의 의견을 들어 보고 결정짓자며 할머니 손을 들어줬다. 어머니는 정색하며 이의를 제기했지만 아버지 앞에서는 하는 수 없다는 듯 끝내 이를 받아들였다. 고사쿠는 천만다행이라고 생각했다. 할머니는 돌아가고 자신만 여기에 남다니 생각만 해도 끔찍한 일이 아닌가.

다음 날 아버지는 아침 먹는 자리에서 단도직입적으로 물었다.

"고짱, 돌아갈 거냐, 아님 여기 있을 거냐."

망설일 이유가 없었다.

"할머니랑 돌아갈래."

할머니는 그것 봐라, 하는 얼굴이었다.

"고짱, 세상사 정직하게 말해서 좋은 게 있고 나쁜 게 있는 것이다. 그래도 이미 입 밖에 낸 말은 주워 담을 수 없지만 말이지."

어머니는 할머니를 무섭게 노려본 채 묵묵히 있었다. 아버지는 어머니의 노기 섞인 얼굴을 애써 외면하며 결론을 내렸다.

"좋다. 고사쿠는 유가시마에 돌아간다. 어릴 때 시골에서 자연과 함께 보내는 것도 나쁘지 않겠지."

유가시마로 돌아가기 하루 전날이었다.

저녁 식사를 마치고 고사쿠는 어머니와 여동생, 식모와 함께 상점가에 쇼핑을 하러 외출했다. 어머니는 와라카쓰엔이라는 고급 과자점에서 간식을 사 주었다. 근사한 가게 안에서 맛보는 황홀한 맛. 샛노란 젤리가 너무도 아름다워 고사쿠는 스푼만 시종 만지작거렸다. 모양을 무너뜨리기가 눈물 나게 아까웠다. 젤리는 사르르 입에서 녹았다. 큰집 식구들과 유가시마 동무들에게 자랑하고 싶었지만 도저히 이 맛을 설명할 적당한 단어가 떠오르지 않는 게 안타깝기만 했다.

어머니는 양장점이나 문방구점, 과자점 등에 들러서 유가시마에 보낼 선물들을 샀다. 고사쿠에게는 멋진 상자에 들어 있는 크레용과 노트를 사주었다. 기뻤다.

"고짱, 그냥 이대로 도요하시에서 살래?"

소란스러운 거리를 지나면서 어머니는 장난스럽게 말했다.

"아니."

당황한 고사쿠는 고개를 크게 저었다.

"할머니만 내일 가라고 하고 고짱은 여름방학만 여기서 지내다가 나중에 돌아가면 되잖아."

"아니, 할머니랑 같이 돌아갈래."

더럭 겁이 났다. 할머니만 돌아가고 자신만 남으면 어떡하나.

분명히 자신의 결심을 전해야 한다는 생각에 사로잡힌 고사쿠는,

"할머니랑 돌아갈래. 나 꼭 할머니랑 돌아갈 거야."

하고 몇 번이고 되풀이했다. 어머니는 아들의 태도가 못내 거슬렸는지,

"알았다고. 이제 그만 해."

하고 짜증 섞인 소리로 말했다. 상냥하던 어머니는 다시 매정한 어머니로 돌아가고 말았다.

기모노 원단 가게에 들어섰다. 불쑥 반항심이 솟은 고사쿠는 밖에 있겠다고 고집을 부렸다. 결국 혼자 가게 앞에 우두커니 서 있게 된 고사쿠는 주위를 둘러보았다. 맞은편 좌판에서 금붕어 잡기가 한창이었다. 유카타를 입은 아이들이 웅성거리며 수조 안의 금붕어를 바라보거나 작은 그물로 금붕어를 건져 내고 있었다. 고사쿠는 자기도 모르게 살그머니 그리로 향했다. 구경하는 아이들 틈에서 신기한 양 금붕어를 바라보았다.

"한번 잡아 볼래?"

좌판을 펼친 50대 남자가 말을 건넸다. 고사쿠는 설마 자기한테 한 말이라고는 생각도 못했다. 하지만 남자는 그를 바라보며 똑같은 말을 되풀이했다.

"너 말이야. 한번 해 봐라. 한 마리만 공짜로 건져 보게 해 줄게. 자!"

엉겁결에 작은 그물을 받아 쥔 고사쿠는 그물을 수조에 넣어서 금붕어 한 마리를 잡았다. 속으로 탄성으로 지르며 그물을 건져 올리려는 찰나, 금붕어가 파닥거리며 어지럽게 튀어 오르더니 눈 깜짝할 사이에 도로 수조 안으로 풍덩 들어갔다. 고사쿠가 이내 다른 금붕어를 쫓으려 하자,

"안 돼, 안 돼. 딱 한 번만이야."

남자가 딱 잘라 말하며 손사래를 쳤다. 하는 수 없었다. 아쉬운 입맛을 다시며 그물을 돌려주는 수밖에.

그러고도 미련이 가시지 않은 고사쿠는 그곳에 뭉그적거리며 다른 아이들이 자기처럼 공짜로 한 번씩 건져 올리는 것을 바라보았다. 새하얀 피부의 소녀가 가냘픈 비명을 지르며 커다란 금붕어를 뒤쫓고, 이목구비가 반듯한 곱살스런 소년이 눈썹을 찌푸리며 작은 반점이 있는 금붕어를 건져 내려 안간힘을 쏟고 있었다. 유가시마 아이들과는 때깔부터 다른 얼굴들. 도시 아이들은 왜 이다지도 하나같이 말끔하고 똑똑해 보이는 걸까. 참으로 신기했다.

순간, 무언가 번쩍, 하고 불안한 예감이 고사쿠 머리를 관통했다.

서둘러 원단 가게 앞으로 달려갔다. 가게 안에는 아무도 없었다. 모두 어디로 가버린 걸까. 가게 입구에서 우측으로 꺾어 달리기 시작했다. 그러다 도중에 우뚝 멈춰 이번에는 반대편으로 달음박질했다. 사거리가 나왔다. 무턱대고 왼쪽으로 돌았다.

등골에 식은땀이 흘렀다. 어머니를 찾지 못하면 자신은 어떻게 되는가. 생각만 해도 소름이 끼쳤다. 마구잡이로 방향을 틀었다. 그러다 다시 미친 듯이 달리고, 그러다 숨이 차오르면 비틀거리며 발걸음을 옮겼다.

"할머니, 할머니!"

고사쿠는 자신도 모르게 입 밖으로 할머니를 애타게 불러 댔다.

가까운 곳에서 기차 소리가 들렸다. 주변을 둘러보니, 인적 하나 없이 황량한 벌판에 홀로 서 있었다. 어쩌다 이토록 어두컴컴하고 삭막한 곳까지 와 버렸을까. 막막했다. 그렇다고 이대로 가만히 있을 수도 없는 노릇이었다. 어쨌든 여기를 벗어나야 한다. 고사쿠는 이렇게 되뇌며 나무 울타리를 따라 끝없이 이어진 길을 걷기 시작했다. 도중에 다시 뒤로 돌아갈까도 생각했지만 차라리 앞으로 나아가는 편이 그나마 덜 무서울 것 같았다.

고사쿠는 울먹이며 걸음을 재촉했다. 기차 소리는 더 이상 들리지 않았지만 이번에는 요란한 개구리 울음소리가 고요한 공기를 채웠다. 어느새 논길에 들어서 있었다.

흐느끼면서 캄캄한 논길을 하염없이 걷고 또 걸었다. 아무 생각도 없었다. 어디든 길이 막바지에 다다를 때까지 오로지 걸어야만 한다는 생각뿐. 정적에 휩싸인 그곳에서 개구리 울음소리만이 신경질적으로 귓가를 자극했다.

얼마나 지났을까. 저 멀리 어슴푸레한 불빛이 조그맣게 흔들렸다. 고사쿠는 자기도 모르게 울음을 뚝 멈추고 자리에 얼어붙었다. 공포감에 사로잡혀 온몸의 털이 쭈뼛 섰다. 물벼락이라도 맞은 듯이.

다시 왔던 길을 되돌아갈까 궁리도 했지만 그마저도 엄두가 나지 않았다. 그는 벌벌 떨면서 초롱불이 다가오는 것을 그저 바라만 보고 있었다. 저 불 뒤에 있는 시커먼 형체를 상상하는 것만으로 오금이 저려 왔다.

초롱불이 가까이 다가왔다. 드디어 괴물에게 먹혀 버리는 건가. 더 이상 할머니도, 사키코도 볼 수 없으리라. 슬픔과 절망으로 목이 메었다.

"할머니!"

이제 피할 길이 없다고 생각한 고사쿠는 온 힘을 쥐어짜 미친 듯이 소리 질렀다.

"할머니! 할머니!"

일단 한번 터진 비명은 봇물 터지듯 쏟아져 나오기 시작했다. 그러자 초롱불이 갑자기 전속력으로 그를 향해 달려오는 게 아닌가.

"으아악!"

고사쿠 있는 대로 소리를 지르며 울부짖었다. 발은 땅에 붙은 듯 꼼짝도 하지 않았다. 먹힌다. 잡아먹힌다!

"이 녀석 여기서 뭐 하는 거야."

사내 목소리와 함께 초롱불이 바싹 다가왔다. 논두렁과 그곳을 가득 채운 잡초들, 양쪽으로 펼쳐진 논, 그리고 자신의 맨발이 불빛에 비쳤다. 신발은 어디로 갔을까. 초롱불을 든 것은 남자 두 명, 여자 세 명의 무리였다. 그들은 고사쿠를 빙 둘러싸고 각자 무언가 웅성웅성 떠들어 대기 시작했다. 가슴이 덜컹 내려앉았다. 먹힌다! 잡아먹힌다! 더 이상 목소리는 나오지도 않았다. 끝없는 외로움과 서러움이 뼛속 깊이 파고들었다. 고사쿠는 코를 훌쩍이며 흐느꼈다.

"너 뉘 집 아이니?"

이번에는 여자가 물었다. 울음소리는 한층 거세졌다.

"어디 가는 거야?"

이번에는 남자가 물었다.

"엉엉, 할머니, 할머니……."

"이게 여우한테 홀렸나."[23]

또 다른 목소리가 들렸다.

"할머니, 할머니……."

"집이 어디야"

"할머니, 할머니……."

"대답 좀 해 봐."

"할머니, 할머니……."

무슨 질문을 해도, 고사쿠는 울면서 할머니만 찾아 댔다.

"이놈!"

갑자기 남자 한 명이 버럭 소리치며 고사쿠의 뒷덜미를 잡아채 높이 쳐들었다가 땅바닥에 내치고는 마구 흔들어 댔다. 그러고는 뺨을 두 대 쳤다.

"으악!"

고사쿠는 거의 경기를 일으키듯 발악했다. 온몸의 털이 뜯기고, 팔이 잘리고 몸이 갈가리 찢겨 먹히고 마는 것이다. 이대로 먹힐쏘냐. 반드시 살아서 할머니 곁으로 돌아가리라. 고사쿠는 남은 힘을 쥐어짜 내어 손목을 휘두르며 저항했다.

남자가 다시 한 번 철썩 뺨을 때렸다.

"어떠냐, 이걸로 귀신이 쑥 떨어져 나왔을걸."

그렇게 말하고는 고사쿠 얼굴을 유심히 들여다보았다.

"너, 대체 어디서 왔어?"

남자의 얼굴에 나카가와 선생의 얼굴이 겹쳐져 보였다. 고사쿠는 나카가와 선생인가, 하며 남자를 뚫어지게 쳐다보았다. 아니었다. 그러나 나카가와 선생이 떠오른 것으로 마음이 다소 진정되었다. 고사쿠가 잠잠해지자 남자는 다시 물었다.

---

23 여우가 사람을 속여서 사람 몸에 달라붙어 혼을 쏙 빼놓는 오래된 일본 민담을 가리킨다.

"너 어디서 왔어?"

"……유가시마."

고사쿠는 처음으로 입 밖으로 제대로 된 말을 내뱉었다.

"유가시마?"

남자는 유가시마를 잘 모르는 듯 고개를 갸우뚱했다.

"너, 혼자 왔냐?"

"할머니랑."

"할머니는 어디 있는데?"

"도요하시."

"도요하시 어디."

"엄마 있는 곳."

"엄마는 어디 있는데?"

"도요하시."

남녀들은 다시 시끄럽게 떠들어 대기 시작했다. 그중 한 남자가 말했다.

"미아가 됐나 보다. 여우한테 홀렸는지 어떤지 모르지만, 하여튼 파출소까지 데려다 주자."

그러자 이번에는 한 여자가

"얘, 가자."

하며 고사쿠 손을 잡았다. 고사쿠는 남녀 사이에 끼여 걷기 시작했다. 차츰 마음속 격렬한 파도가 잠잠해지기 시작했다.

"얘, 왜 이런 데 혼자 있었니?"

여자가 물었지만, 고사쿠는 자신도 그 이유를 알 수 없어 아무 대답도 못했다. 그 순간이었다.

"아악!"

하는 소리와 함께 여자는 고사쿠 등을 있는 힘껏 후려쳤다. 그러고는 앞으로 고꾸라지려던 그를 다른 손으로 잡았다.

"이번에야말로 제대로 여우 귀신 떨어졌을 거야."

여자는 다른 남녀들을 향해 말했다. 고사쿠는 언제 다시 등짝을 맞을지 몰라, 초롱불에 바싹 붙어서 조심스레 걸었다. 남녀들은 여우에게 홀렸다고 이렇게 멀리까지 걸을 리가 없다, 따위의 이야기를 하며 자기들끼리 와자지껄 떠들었다. 실제로 고사쿠가 서 있던 논길은 아무리 걸어도 끝이 안 보였다. 그는 자신이 이렇게 멀리까지 와 버린 것에 새삼 놀랐다.

어느덧 상점이 즐비한 거리에 들어섰다. 고사쿠는 너무 걸어서 다리가 돌처럼 뻣뻣해졌다. 번화가에 이르렀을 때부터, 그는 무리에서 도망쳐야 한다고 스스로 되뇌고 있었다. 남녀들이 이구동성으로 하는 말을 들어보면, 자신이 파출소에 가게 되리란 것은 어렴풋이 짐작이 갔다. 파출소에 가게 되면, 자신은 어딘가로 보내져 할머니도 어머니도 두 번 다시 볼 수 없으리라. 유가시마에도 돌아가지 못하겠지. 순순히 파출소에 끌려갈 수는 없었다.

무리 중 하나가 지나가는 행인에게 파출소 위치를 묻는 순간, 호시탐탐 도망칠 때만 노리던 고사쿠는 슬금슬금 무리에서 빠져나와 골목길로 후다닥 들어가 오른쪽으로 돌았다. 그리고 오직 이곳을 벗어나야 한다는 일념으로 좁다란 길을 정신없이 뛰었다.

길은 다시 넓어졌다. 주변에는 한 채의 가게도 보이지 않았고 평범한 주택들만 줄지어 늘어서 있었다. 가스등이 꺼져 있어 어둡고 침침했다. 설상가상으로 지나다니는 사람 하나 없었다. 다시 낮은 흐느낌이 새어 나오기 시작했다. 코를 훌쩍이고 울먹이며 정처 없이 걸었다. 나무 울타리 안에서 웃통을 벗은 사내들이 말 두 마리를 목욕시키고 있었다. 신사가 나왔다. 사무소 같은 곳에서 2, 30명 남자들이 한창 술판을 벌이는 모습이 흡사 슬라이드 영사기 속의 한 장면처럼 스쳐 지나갔다.

고사쿠는 무수한 언덕을 올라갔다 내려오기를 반복했다. 길에서 마주친 사람 두세 명이 말을 걸어왔지만 입을 꼭 다물었다. 아까처럼 자신을 파출소에 데려갈 심산이거나 유괴범이 틀림없으리라.

흐느낌은 이제 기계적으로 새어 나왔다. 세 번 울먹거리고, 한 번 코를 훌쩍이니 보조도 딱딱 맞았다. 마음속으로는 끊임없이 할머니, 할머니, 하고 불렀다. 한참 후, 고사쿠는 맞은편에서 걸어오는 사람과 정면으로 마주쳤다.

"……너, 혹시 고짱 아니냐."

낯익은 목소리.

"너, 유가시마 고짱 아니냐."

"……할머니."

"아아, 고짱 맞다."

따뜻한 손바닥이 볼에 닿았다.

"고짱! 아아, 고짱!"

할머니는 떨리던 두 손으로 고사쿠의 어깻죽지를 힘차게 붙잡고는 신음하듯 중얼거렸다. 그러고는 큰소리로,

"고짱 찾았다!"

하고 닭이 비명을 지르는 듯 기괴한 목소리로 외쳤다. 곧이어 누군가 후다닥 달려오는 소리가 들렸다. 식모 도키였다. 그

녀는 그 앞에 다다르자 땅바닥에 무릎을 꿇고는

"도련님!"

하고 짧게 외치고는 엉엉 울기 시작했다. 언제나 사요코만 귀여워하고 자신에게는 매정하게 대하곤 했지만 이때만큼은 고사쿠도 가슴이 뭉클해졌다. 도키는 힘껏 고사쿠 몸을 끌어안고는,

"도련님은 바보예요. 바보라고요."

하고 말하며 자기 볼을 그에게 비벼 댔다.

고사쿠는 할머니와 도키 손을 한쪽씩 잡고 걷기 시작했다. 집은 엎어지면 코 닿을 곳에 있었다. 집 안에 들어서자, 도키는 고사쿠를 찾아 나선 부모님에게 이 소식을 알리기 위해 황급히 집 밖으로 발걸음을 돌렸다.

할머니는 고사쿠를 손님용 여름 방석 위에 앉혔다. 그리고 과자가 담긴 그릇을 갖고 왔다.

"자, 어서 먹으렴."

언제 익혔는지 할머니는 어머니가 쓰는 도시 말투로 다정하게 말했다.

옆방에서 잠을 자던 사요코가 달그락대는 소리를 듣고 잠이 깼는지 부스스한 모습으로 나왔다. 고사쿠를 찾아 나서기 전에 어머니가 서둘러 재웠는지 아무것도 모르는 눈치였다. 사요코는 어리벙벙한 표정으로 고사쿠 옆에 와 앉았다.

"사요짱은 저리 가라. 미아도 아닌데 과자 먹음 안 되지. 암!"

할머니는 숫제 타박하듯 말하고는 과자 그릇을 일부러 고사쿠 앞에 바싹 가져다 놓았다. 어머니와 식모가 돌아왔다. 아들을 발견한 어머니는 맥이 탁 풀린 듯 다다미 위에 털썩 주저앉았다.

"휴, 십년감수했다!"

어머니는 커다란 한숨을 내쉬었다.

"고짱, 대체 어디 갔었니? 애간장을 이리 태우고…… 그건 그렇고 용케도 집을 찾았구나."

처음에는 고사쿠를 질책하는 투로 말했다가 나중에는 다소 감탄하는 투였다.

"그러게 내가 영특한 아이라고 했잖니. 어디다 버려 놔도 잘 찾아서 돌아온다고. 그치? 고짱."

할머니가 자랑하듯 말했다.

"버려 놓다니요, 무슨 그런 말을…… 아, 할 말은 많지만 오늘은 관두자. 어쨌든 돌아왔으니 됐어. 정말 다행이야."

부엌에 들어간 어머니는 수박 자른 것을 내어 와 과자 그릇을 치우고 거기에 놓았다.

얼마 후 순경과 아버지가 모습을 드러냈다. 두 사람 모두 이제야 고사쿠가 무사히 돌아왔다는 소식을 듣게 된 모양이었다. 현관에서 커다란 웅성거림이 들려왔다. 고사쿠는 순경에게 혼날지도 모른다는 생각에 잔뜩 몸을 움츠렸다. 다행히 순경이 그대로 발걸음을 돌리는 기척이 들리고는 아버지와 어머니, 도키가 함께 방으로 들어왔다.

"고사쿠, 정말 다행이다. 대체 어디를 어떻게 다니다 온 거냐. 자세히 말해 봐라."

아버지는 자못 진지한 얼굴로 물었지만 고사쿠는 난감했다. 어디부터 말을 시작해야 좋을지 도무지 알지 못했을뿐더러 자신이 겪은 일이 어디까지가 꿈이고 생시인지 아리송했다. 고사쿠는 기억을 더듬으며 논길을 걸었고, 말을 보았고, 따위를 더듬더듬 내뱉었다. 부모는 심각하게 귀를 기울이다가 횡설수설을 더 이상 못 들어 주겠다는 듯 억지로 아들을 잠자리에 들게 했다.

고사쿠는 흥분된 마음을 진정시키느라 늦게까지 잠을 설쳤다. 옆방에서는 아버지, 어머니, 할머니가 화기애애하게 이야기꽃을 피우는 중이었다. 가족들의 가슴을 졸이게 만들었지만 어찌 됐든 간에 고사쿠가 무사히 돌아왔고, 내일은 유가시마로 돌아가는 날인 만큼 이번 사건은 황당한 사건으로 어물쩍 마무리되는 모양새였다. 간간이 할머니와 어머니의 웃음소리가 들려왔다. 왠지 마음이 놓이면서 고사쿠는 어느새 깊은 잠에 빠져들었다.


다음 날 아침, 고사쿠는 출근하는 아버지를 현관에서 배웅하며 마지막 인사를 했다.

"다음번엔 정월에 오는 거냐?"

그 물음에 미처 대답하기도 전에, 할머니가

"다음에는 내년 여름방학 때 올 거지, 고짱?"

하고 잽싸게 끼어들었다. 왠지 아버지에게 미안한 기분이 든 고사쿠는,

"정월에 와도 되고요."

하고 기어들어 가는 목소리로 대꾸했다.

"오, 그래?"

아버지는 잠시 웃더니,

"할머니 말씀 잘 듣고 공부 열심히 해라"

하고는 현관 밖으로 나갔다.

한 시간 뒤, 고사쿠와 할머니는 기차역으로 떠나기 위해 어머니와 집을 나섰다. 짐은 일찌감치 할머니가 아침 먹기 전에

전부 준비해 둔 상태였다. 왔을 때보다도 짐이 갑절 이상 불어나 있었다. 어머니에게 받은 크레용이나 노트처럼 고사쿠가 받은 선물도 있었지만 유가시마 사람들에게 나눠 줄 선물이 대부분이었다.

할머니는 유가시마에 돌아가기 2, 3일 전부터 이것저것 선물을 사들이기 시작했던 것이다.

"제법 비싸지만 할 수 없지."

그렇게 말하며 외할머니나 큰할머니를 위한 한에리[24]를 사거나,

"미쓰까지 신경 쓸 필요는 없지만 인심 한번 쓸까."

하며 유리알이나 오하지키[25] 등을 샀다. 아울러 철물점 가족, 그 옆에 있는 농가 주인, 본채에 세 들어 사는 의사 부부 등등, 마을에서 조금이라도 가까운 사람들에게 줄 선물을 잊지 않고 챙겼다. 고사쿠 어머니가 마을 사람들에게 보내는 선물도 있었지만, 할머니는 자신과 각별한 사람들에게는 직접 산 선물을 주고 싶은 눈치였다.

고사쿠는 할머니가 사키코에게 줄 선물도 샀는지 물어보고 싶었지만 영 입이 떨어지지 않았다. 게다가 중요한 건 따로 있었다. 바로 유키오, 요시에, 가메오에게 줄 선물이었다. 할머니가 그것까지 챙길 리는 만무했다. 하는 수 없다. 어머니가 준 크레용이나 연필 중에서 나누어 주는 수밖에.

유가시마를 떠나올 때 마차를 무리 지어 쫓아 오던 동무들, 스노코 다리 입구까지 이를 악물고 달려온 유키오의 표정 등을 떠올릴 때면, 가슴 한구석이 뭉클해졌다. 평소에는 티격태격하

24 여성용 기모노의 속옷 깃에 덧대는 장식용 깃.
25 여자아이들이 갖고 노는 작고 납작한 구슬.

며 싸우기만 하던 아이들도 마냥 그립기만 했다. 틀림없이 자신의 귀향을 손꼽아 기다리고 있으리라. 성대한 배웅을 받았으니 선물로 보답하는 게 당연했다.

돌아가기 직전에야 비로소 그런 생각이 든 고사쿠는 마음이 다급해졌다. 어머니에게 받은 선물만으로는 턱없이 부족했던 것이다.

인력거가 문 앞에 다다르자 처음처럼 고사쿠는 할머니와 타고, 어머니는 다른 인력거에 탔다. 할머니가 인력거에 막 오르려는 찰나, 사요코가 갑자기 뛰어들며 소리쳤다.

"할머니, 가지 마!"

"응? 어이구, 오냐, 오냐."

할머니는 자신의 발을 붙잡고 매달리는 사요코에게 처음으로 애정 어린 목소리로 살살 달랬다.

"아이는 참 사랑스러운 존재예요. 그렇죠? 자기를 괄시하는 사람도 저리 좋다고 하니."

인력거에 앉아 있던 어머니가 할머니 들으라는 듯 말했지만 할머니는 짐짓 모른 체했다. 고사쿠는 여동생에게 작별 인사를 하려고 사요짱, 하고 다정스레 불렀다.

그러자 사요코는 고사쿠가 처음 왔을 때처럼 수줍은 표정으로 실눈을 치켜뜨고 바라볼 뿐, 꼼짝도 하지 않았다. 새삼 여동생에 대한 애정이 가슴 깊이 가득 차올랐다. 좀 더 다정히 대해줄걸, 하는 후회가 물밀듯이 몰려왔다.

인력거가 움직이기 시작했다. 고사쿠는 할머니 무릎 사이에 앉아 몸을 뒤로 비틀어 문 앞에 서 있는 도키와 사요코를 바라보았다. 그리고 등이 아파 올 때까지 오래도록 손을 흔들었다.

이윽고 앞을 바라본 고사쿠 눈에 앞장서 가는 인력거와 함께 흔들거리는 어머니가 보였다. 양산을 펼친 어머니는 젊고 아름다웠다. 이즈 시를 뒤져도 어머니만큼 근사한 여성은 없으리라. 인력거가 달리는 내내 고사쿠는 줄곧 어머니에게 시선을 향하고 있었다.

"어머니."

두 인력거의 간격이 잠깐 좁혀졌을 때, 고사쿠는 어머니를 불렀다. 그러자 어머니가 살짝 뒤를 돌아보며 오른손을 이마 위로 올려 눈부신 햇빛을 가렸다. 하늘색 양산 아래로 창백한 어머니 얼굴에 그늘이 내려앉아 한층 아름답게 보였다.

"나, 정월에 다시 올게."

딱히 할 말이 떠오르지 않자, 고사쿠는 이렇게 말했다.

"아가, 정월 떡은 유가시마에서 먹는 게 낫다. 여기 떡은 퍽퍽해서 입에 안 맞을 거다."

할머니가 딱 잘라 말했다.

역에 도착하자, 인력거꾼이 짐을 차례대로 내려 주고 대합실 한구석에 쌓아 올렸다.

"총 일곱 개야. 천 주머니 하나, 가방 두 개, 보따리 네 개. 고짱 단단히 기억해 둬. 할머니가 혹시라도 깜박하면 큰일이니까."

어머니는 다짐하듯 말하며 환승할 때 반드시 짐이 몇 개인지 확인하라고 재차 일렀다.

"응."

고사쿠는 건성으로 대꾸했다. 늙은 짐꾼이 한꺼번에 그 많은 짐을 들어 기차로 가져가는 모습에 정신이 팔린 탓이었다. 일곱 개나 되는 무거운 짐을 양어깨에 반반씩 둘러 메고 대수롭지 않게 걸어가는 폼이 실로 놀라웠다.

얼마 후 상행선 기차가 플랫폼으로 미끄러지듯 들어왔다.

"고짱, 게타 벗겨지지 않게 조심해라."

할머니는 승강구 발판에 올라서면서 기억난 듯 주의를 주었다.

처음과 다르게 이번에는 고사쿠도 여유 만만이었다. 도요하시라는 큰 도시에 며칠간 머물렀다고 마치 도시 사람이 다 된 것처럼. 도시 사람은 게타를 잃어버리는 허술한 실수 따윈 하지 않는다. 기차에 타서도 침착하고 조용하게 이야기를 나누겠지.

좌석에는 이미 짐꾼이 그물 선반 위에 짐을 반듯하게 정리해 둔 뒤였다. 할머니는 좀 전에 어머니로부터 받은 은화 몇 장을 짐꾼에게 건넸다. 노인은 고개를 꾸벅하고는 기차 밖으로 나갔다. 고사쿠는 갑자기 자신과 할머니가 대단한 사람이라도 된 듯한 기분이 들었다. 평범한 사람이라면 짐꾼이 짐을 운반해 줄 리가 없을 터. 승객들도 감탄하듯 자기들을 바라보고 있는 것 같았다. 누마즈에서 기차를 타고 올 때 자신들을 바라보던 호기심 어린 시선과는 확연히 달랐다.

마침내 출발을 알리는 기적이 울리고 창밖에 서 있던 어머니가 얼굴을 가까이 대며 마지막 인사를 전했다.

"잘 가, 고짱. 큰집 식구들한테 안부 전해 주고, 몸조심해. 할머니도요."

마지막 마디는 예의상 곁들인 말이었지만 할머니는,

"신세 많이 지고 가네. 자네도 고생 많았구먼."

하고 몇 번이고 고개를 숙이며 인사했다.

고사쿠는 어머니와 헤어진다고 생각하니 못내 섭섭했다. 기차가 천천히 움직이기 시작하자, 고사쿠는 창밖으로 몸을 쑥

빼서 손을 흔들었다. 어머니 모습이 보이지 않을 때까지 손을 흔들 작정이었다.

"고짱, 위험하니 뒤로 물러서라."

할머니는 고사쿠를 뒤에서 휙 잡았다. 그러나 고사쿠는 할머니가 자신을 잡고 있다는 사실에 적이 안심하고는 계속 몸을 내밀고 있었다.

"고짱, 이제 그만. 아주 끝이 없네."

할머니는 끝끝내 창가에 달라붙어 꼼짝도 하지 않는 고사쿠를 억지로 끌어당겼다.

"할머니, 나 배고파!"

고사쿠는 갑자기 강렬한 공복감을 느꼈다.

"아침밥 안 먹었어?"

할머니가 눈을 동그랗게 떴다.

"먹었는데, 그래도 배고파!"

"그래, 그래. 그 집에서 뭐 변변한 음식을 먹은 게 있어야지."

기차가 도요하시를 벗어났다. 고사쿠는 다시 할머니의 둘도 없이 소중한 아가로 돌아갔고, 할머니는 다시 고사쿠의 둘도 없는 보호자가 되었다.

# 4장

누마즈에서 하룻밤 묵은 고사쿠와 할머니는 동틀 무렵 경편 열차를 타고 오히토 역에 내렸다. 잠시 짬을 내 할머니 친척집에서 점심을 먹고는 그토록 꿈에 그리던 유가시마행 마차에 올랐다.

선선한 가을바람이 살랑거리는 황혼 녘, 두 사람을 태운 마차는 드디어 유가시마 정류장에 도착했다.

거북이처럼 꾸물거리는 마차 때문에 고사쿠는 속이 터질 지경이었다. 유가시마를 떠날 때는 지금보다 한참 빨랐던 것 같은데, 왜 이리 굼뱅이처럼 느려 터져서는 엉금엉금 기어가는지. 데구치 마을에서 잠시 휴식을 취할 때 마차에 함께 탄 아낙네들이 다정스레 말을 걸어왔지만 잔뜩 골이 난 고사쿠는 통통 부어오른 입을 내밀고 모른 척 외면했다.

"아가, 왜 그래? 모처럼 고향으로 돌아가는데……."

이따금 할머니가 책망 섞인 걱정을 했지만 말만 그럴 뿐 별반 개의치 않는 눈치였다. 그도 그럴 것이, 마차에 탔을 때부터 할머니는 승객들에게 도요하시 자랑을 떠벌리느라 여념이 없었던 것이다.

"이번에 아주 제대로 호강을 하고 왔구먼. 역에 도착하면 인력거가 척척 집 앞까지 데려다 주지, 한 발자국도 걸을 필요가 없다니까. 그리고 가스등이라고 대문 앞에 불을 밝혀 주는 기계가 있는데 가스 가게에서 와서 불을 넣어 주더라고. 대개는 자기 집 불은 스스로 켜야 한다고 생각하잖아요? 근데 아니요. 직원이 손수 와서 켜 주더구먼. 물론 공짜는 아니지. 매달 비싼 돈을 내야 한다더라고. 가난뱅이는 아무리 용을 써도 도시에서 살래야 살 수가 없다니까."

할머니는 도요하시에서 보고 들은 이야기보따리를 신명 나게 풀어 놓았다. 아침마다 고급스러운 상자에 들어 있는 견본을 가지고 과자 주문을 받으러 오는 과자 가게나 어머니와 구경 갔던 다카시가하라[26]의 연병장, 도요카와이나리[27] 등등, 이야기는 봇물 터지듯 끝이 없었다.

"도요하시가 미시마보다 큽디까?"

여자 하나가 묻자, 할머니는 이래서 촌뜨기는 안 돼, 하는 표정으로 혀를 끌끌 찼다.

"미시마에 사단 있는 거 봤소? 시즈오카에도 연대뿐이오. 하지만 도요하시에는 사단이 있다 이거요. 사단이 뭐요, 연대가 모이는 곳 아니오? 그거만 봐도 알 수 있지. 도요하시를 미시마

---

26  육군 15사단이 있던 도요하시 남부 지역.
27  도요하시 시의 북쪽에 위치한 일본의 3대 신사 중 하나.

에 비교하면 도요하시가 대성통곡할 일이라고. 안 그래, 고짱?"

고사쿠는 할머니가 도요하시 사람이라도 된 양 거드름을 피우는 모습이 영 마뜩잖았지만 틀린 말은 아니라고 생각했다.

아오하네 마을을 통과한 마차는 더욱 속도가 줄어들었다. 언덕길에 오른 말은 얼마 달리지 않아 금세 발을 멈추었다. 조바심이 난 고사쿠는 꼬리를 좌우로 흔들며 뭉그적대는 말을 초조하게 바라보았다. 당장이라도 마차에서 뛰어내려 달려가고 싶은 마음이 굴뚝같았다.

이윽고 마차가 가도노하라 마을에 들어섰다. 저 멀리 산기슭에 교장이 사는 하얀색 가옥이 시선에 들어왔다. 고사쿠는 마차가 가도노하라 마을을 완전히 통과하기까지 잔뜩 몸을 움츠렸다. 행여나 교장 부부를 맞닥뜨리기라도 하면 큰일이었다.

다행히 마차는 순조롭게 가도노하라 마을을 지나쳐 이치야마 마을에 들어섰다. 그제야 고사쿠는 안도의 한숨을 내리쉬었다. 그러고는 언제 그랬냐는 듯 기세등등해져서는 의자에서 벌떡 일어섰다.

"할머니, 이제 곧 내린다!"

"아가, 위험하니 앉아 있어라."

할머니 말이 끝나기 무섭게, 마차가 덜컹거렸고 고사쿠는 앞으로 비틀거리며 앞사람 무릎 위에 고꾸라졌다.

"그것 봐라. 할미 말 안 들으니 벌 받았지."

그렇게 말하며 주섬주섬 일어섰던 할머니마저 곧바로 기우뚱하며 앞으로 넘어졌다.

"이 말은 성격이 아주 못돼 처먹었구먼."

머쓱해진 할머니가 공연히 말에게 심통을 부렸다.

"거, 무슨 말을 그렇게 하시오."

마부 로쿠 씨가 앞을 바라본 채로 한마디 했다.

"도요하시에는 이런 말 한 마리도 본 적이 없구려."

"도요하시는 짐마차도 다닌다니 성질 지독한 말 잔뜩 있을 텐데?"

"어림없는 소리! 그런 말 한 마리도 못 봤네."

"뭘 본 적이 없어."

"무려 사단이 들어와 있는 도시에 이리 빼빼 말라비틀어진 말을 어느 누가 타겠소? 여물이나 잔뜩 먹이쇼."

"뭐요?"

로쿠 씨는 얼굴이 붉으락푸르락해져서는 뒤를 돌아 할머니를 힘껏 한 번 노려보고 찰싹, 채찍질을 했다. 덜컥 놀란 말이 달리기 시작했다. 채찍이 연신 말의 엉덩이를 때릴 때마다 점점 속도가 빨라졌다. 눈 깜짝할 사이, 마차는 이치야마 마을의 완만한 고갯길을 넘어 물레방아 있는 농가 옆에서 큰 원을 그리며 방향을 틀었다.

그때였다. 그토록 그리워하던 풍경이 고사쿠 눈앞에 펼쳐졌다. 나가노 강, 유가시마 마을, 집집마다 무성한 수풀, 커다란 나무들, 새하얀 신작로, 그리고 아마기 산.

"우와!"

고사쿠는 자기도 모르게 고함을 지르며 벌떡 일어섰다. 할머니의 잔소리 따위는 더 이상 귀에 들리지도 않았다. 마차는 스노코 다리를 건너 정류장을 향해 마지막 언덕을 힘차게 올라갔고 그 바람에 의자에서 짐이 두세 개 굴러 떨어졌다. 로쿠 씨는 나팔을 소리 높여 불어 댔다. 빠아앙! 동시에 바람이 일제히 창문 안으로 쉭 하고 날아들었다. 고사쿠는 숨을 크게 들이쉬었다. 도요하시에서는 맡아 볼 수 없었던 시원하고 청량한 초가을 내음.

정류장에 도착하자, 고사쿠는 제일 먼저 뛰어내렸다. 아름드리 벚꽃 나무 아래 아이들 네다섯 명이 무리 지어 이쪽을 바라보고 있었다. 보아하니, 아직 학교에 들어가지 않은 꼬마들이었다. 로쿠 씨의 나팔 소리가 울려 퍼지자 한산한 마을이 술렁거리기 시작했다. 고갯길 너머로 마을 아낙네들이 허둥대며 이쪽으로 뛰어오는 모습이 보였다. 고사쿠는 한시바삐 집으로 달려가고 싶었지만 할머니가 가로막았다.

할머니는 로쿠 씨에게 짐짓 위엄 있는 투로 짐을 내려 달라 이르고는 그 옆에서 마을 사람들이 도착하기를 천천히 기다렸다.

마중객들 사이로 외할머니가 가쁜 숨을 내쉬며 다가왔다.

"아유, 이게 누구야. 어서 와요. 오느라 고생 많았어요."

마치 외국에서 몇 년 만에 귀국한 사람을 맞이하는 어조였다. 다른 사람들도 예외가 아니었다. 지극히 정중한 태도로, 여전히 건강해 보이네요, 앞으로도 잘 부탁 드려요, 등등 처음 보는 사람 대하듯 인사를 건네며 하나같이 할머니의 발치에 놓인 짐 꾸러미를 힐끔거리는 것이었다.

"여러분들도 건강히 잘 지냈습니까. 마을에 별일은 없었지요?"

할머니는 목에 힘을 주고 또박또박 도시 말투로 인사말을 건넸다. 도요하시에 갔다 왔다는 이유로 흡사 신분이 한 단계 상승하기라도 한 것처럼. 그러나 그 모습은 오래가지 못했다.

"대장간네 며느리가 쌍둥이를 낳았대요."

누군가가 말하자,

"에구머니나!"

할머니는 이내 산골짜기 노파로 되돌아가 야단스러운 표정을 지으며 수선을 떨었다.

"자고로 사람은 맘씨를 곱게 써야 해. 볼 때마다 그리 밉살스럽게 굴더니 벌 받은 거요."

"마을 사무소 직원 다케 씨가 양조장집 개한테 콱 물렸다지 뭐예요."

다른 사람이 말하자

"어이구 이건 또 웬일이람."

할머니는 근심 가득한 표정을 짓더니

"족보도 없는 똥개 따위 키워 봤자 골치만 썩인다니까. 이리 됐으니 양조장에서도 체면이 말이 아니겠네."

"감나무가 쓰러졌어요."

1학년짜리 과자 가게 헤이치가 어느새 어른들 사이서 껴서 한마디 거들었다.

"감나무라니, 어디 감나무?"

"고짱네 감나무요."

"아이고 세상에나."

할머니는 이번에는 정말로 야단났다는 듯 아이를 다그쳤다.

"강가 쪽이냐 백일홍 쪽이냐?"

"강가 쪽요."

"강가 쪽이면 단감나무일 텐데, 그게 대체 왜 쓰러져서⋯⋯."

"몰라요."

"큰일이구먼. 고짱이 아끼는 나문데⋯⋯ 혹시 네놈이 거기 올라가서 쓰러진 거 아니야?"

"참말로 몰라요."

헤이치는 고개를 움츠렸다.

"자자, 일단은 집에 가서 한숨 좀 돌리고 생각해 봅시다."

외할머니가 한마디 거들며 짐 하나를 들어 올렸다. 이를 신호로, 마을 아낙네들은 너도나도 짐 쪽으로 우르르 몰려들었다. 마치 그렇게 하지 않으면 선물을 받을 수 없다는 듯. 미처 짐을 차지하지 못한 사람은 할머니의 박쥐우산이나 손 주머니를 들었다. 이윽고 열 명 남짓한 무리가 흙집으로 향하기 시작했다. 헤이치는 제일 선두에 서서 저만치 달렸다가 이따금씩 멈춰 서서 하늘을 올려다보며 소리높이 외쳤다.

"고짱이 돌아왔다! 고짱이 돌아왔다!"

고사쿠는 헤이치 입을 틀어막고 싶은 충동을 꾹 참았다. 눈치 없는 놈 같으니.

이상한 일이었다. 꿈에 그리던 유가시마 땅을 밟았는데 왜 이리 낯설고 어색한지. 마을 사람들도, 고갯길을 따라 늘어선 집들도, 졸졸졸 흐르는 시냇물도, 무성한 초록빛 잡초도, 울퉁불퉁한 돌멩이도, 모든 게 사무치게 그리웠지만 웬일인지 묘하게 거리감이 느껴지는 것이었다.

아니나 다를까, 헤이치의 소리에 아이들이 여기저기서 몰려들기 시작했다. 그러나 그들의 눈길에 환영의 빛은 없었다. 오히려 멀찌감치 떨어져 멀뚱멀뚱 이쪽을 흘깃거릴 뿐.

고사쿠도 어색한 낯으로 동무들을 뒤로 한 채 어른들 사이에 껴서 흙집으로 들어갔다.

"고짱, 놀자! 고짱, 놀자!"

조금 뒤 밖에서 아이들의 합창 소리가 들렸다. 낯익은 목소리가 간간이 섞여 있었다.

서둘러 옷을 갈아입은 고사쿠는 외할머니에게 받은 과자를 집어 먹고 차를 마신 다음 마당으로 나갔다. 그러자, 아이들은 우와 하고 큰소리로 외치며 사방팔방으로 뿔뿔이 흩어지는 것이 아닌가.

풀이 죽은 고사쿠는 다시 터덜터덜 흙집으로 돌아왔다.

얼마 후 다시 집 밖으로 나갔다. 썰렁한 앞마당. 한여름의 희끄무레한 황혼이 마을에 내려앉았다. 모두 저녁을 먹으러 돌아갔으리라. 고사쿠는 큰집으로 향했다. 사키코를 만나고 싶었다. 어디서부터 얘기를 꺼내야 할까. 할 말이 산더미였다.

이런저런 일들을 떠올리다 어느새 큰집 돌계단 입구에 다다랐다. 고사쿠는 잠시 주저했다. 오랜만에 큰집 식구들과 인사를 나누어야 한다고 생각하니 영 어색했다. 망설이던 고사쿠는 현관 앞을 서성이다 괜히 옆에 서 있는 아스나로나무[28] 위에 오르기 시작했다.

집 안에서 외할머니와 사키코가 도란도란 이야기를 나누는 소리가 흘러나왔다. 외할아버지 목소리도 간간이 들렸다. 어렴풋이 할머니, 고짱…… 등등의 소리가 귀에 들어왔다. 외할머니가 두 사람이 돌아왔다는 소식을 전하고 있는 모양이었다.

그때였다. 불시에 현관문이 열리면서 사키코가 모습을 드러냈다. 작게 노래를 흥얼거리면서 돌계단을 내려와 길가로 나온 그녀는 갑자기 획 하고 고개를 돌렸다.

"거기 누구?"

---

28 노송나무과 상록.

고사쿠는 침묵을 지켰다.

"어서 내려와. 대체 누가 이렇게 어두운데 나무 위에 올라간 거야."

"......"

"당장 내려와!"

이번에는 무서운 교사가 질책하는 어조였다. 마지못해 고사쿠가 나무에서 슬금슬금 내려왔다.

"어머? 고짱!"

사키코는 놀라 외쳤다.

"고짱 맞지?"

"응."

"거기서 뭐 하고 있어?"

고사쿠는 땅으로 내려와서 오랜만에 보는 사키코의 얼굴을 찬찬히 올려다보았다. 어둠 속에 사키코의 하얗디하얀 얼굴이 뚜렷이 보였다. 고사쿠는 눈앞의 사키코가 퍽 낯설게 느껴졌다. 도요하시에 가기 전과는 사뭇 다른 분위기를 풍기고 있었다.

"왔으면 어서 들어오지 않고, 나무 위에 올라가서 뭐 하는 거야?"

"......"

"집에 들어가서 식구들한테 도요하시 이야기 좀 들려줘. 난 잠시 어디 좀 다녀올 테니까."

"나도 따라갈래."

"안 돼. 얼른 들어가서 할아버지께 인사드려야지."

"나도 따라갈래."

"안 돼. 안 돼."

사키코는 매정하게 뿌리쳤다.

"어디 가는데?"

"어딜 가든 무슨 상관이야!"

매몰찬 말투였다. 고사쿠는 물끄러미 사키코를 올려다보았다. 조카의 눈동자에서 원망의 기색을 읽은 듯, 사키코는 양손으로 가만히 고사쿠의 볼을 감쌌다.

"고짱은 겁쟁이야."

"……."

"먼저 들어가 있어. 바로 돌아올게."

상냥한 말투였다.

"응."

고사쿠는 대답과 동시에 사키코의 손을 뿌리쳤다.

"누나한테 이상한 냄새 나."

"바보, 이건 향수야."

사키코는 이윽고 어두컴컴한 큰길로 나서 오른쪽으로 걸음을 바삐 재촉하며 사라졌다.

고사쿠는 그날 밤 큰집에서 목욕을 하고 저녁을 먹었다. 할머니는 여독이 심했던 듯 일찌감치 잠자리에 들었다고 했다. 고사쿠는 늦게까지 큰집에서 놀다가 10시쯤 외할머니 손에 이끌려 흙집으로 돌아왔다. 그때까지 유카타 차림으로 집을 나간 사키코는 돌아오지 않은 채였다.

흙집에 돌아왔더니 할머니는 큰집에서 날라 준 저녁상에 손도 대지 않고 이불 속에서 곤히 잠들어 있었다. 외할머니는 할머니 옆에 이부자리를 깔아 주고 돌아갔다. 고사쿠는 늦게까지 잠을 설쳤다. 줄곧 도요하시에서 혼자 자다가 오랜만에 할머니와 나란히 누워 자니 여간 비좁고 답답한 게 아니었다.

9월이 되고, 2학기가 시작되었다. 고사쿠는 이번에 부임한 사범대 출신 에노모토 선생에게 밤마다 공부하러 갔다. 그는 마을에 있는 세 채의 온천 여관 중 가장 큰 다니아이로에 머물고 있었다. 할머니는 입에 침이 마르도록 그를 칭찬했다. 유가시마 소학교에서 교장은 물론이거니와 교사들 중 정식으로 교원 자격이 있는 이가 한 사람도 없는데, 이번에 온 에노모토 선생은 유일하게 현청 소재지인 시즈오카의 사범학교를 나온 인재라면서.

"고짱, 그분이 하는 말씀만은 백 퍼센트 신용해도 된다. 괜히 사범 출신이 아냐. 교장이 제아무리 잘난 척을 해도 에노모토 선생님 발끝에도 못 미친단 말이다, 암 그렇고말고. 교장은 검정 학교[29] 출신이니까. 그런 사람들이 가르치는 내용 중 절반은 엉터리야. 나카가와라고 다를 게 있겠니. 도쿄에 있는 대학 나왔다고 거들먹거리는데 대학에서 뭘 했는지 알 게 뭐야. 하지만 고짱 선생님은 사범학교 출신이란 말이다. 심지어 1부![30] 엘리트 중에 엘리트! 할머니가 바라고 바라던 진짜배기 선생님이 이제야 오신 거다!"

의기양양해진 할머니는 고사쿠가 에노모토 선생에게 공부하러 다닌다는 사실을 동네방네 소문내고 다녔다. 만나는 사람마

---

29  소학교 교원 검정 시험, 사범학교를 나오지 않아도 검정 학교에 합격하면 소학교 교원자격증을 받을 수 있었다.

30  사범학교는 1부와 2부로 나누어져 있었는데, 수업 연한은 1부가 5년, 2부가 2년으로 1부의 입학 자격이 더 까다로웠다.

다 고사쿠는 대학에 갈 아이니까 이제 슬슬 공부에 전념해야 한다고 말하곤 했다.

에노모토 선생은 성실하고 부지런했다. 고사쿠는 밤마다 두 시간씩 문제를 풀고 필기를 하고 글짓기를 했다. 따분하거나 싫진 않았다. 오히려 사범대 출신의 젊은 교사가 공부를 봐준 다는 것만으로 이미 우수한 학생이 된 기분이었다. 동급생 아이들은 고사쿠의 과외학습을 딱히 시샘하는 기색은 보이지 않았다. 대학을 가는 고사쿠는 자신들과 달라야 함을 납득하는 눈치였다.

"고짱, 너 대학 언제 가?"

진지한 얼굴로 이런 질문을 하는 아이도 있었다. 하지만 고 사쿠는 대답할 수 없었다. 까마득한 미래의 일이었다. 그전에 소학교도 졸업해야 하고 중학교에도 입학해야 하고 고등학교 도 가야 한다. 대학은 그 뒤의 일이다. 개중에 끈덕지게 캐물으려 드는 사람에게는 으레,

"나도 몰라. 훨씬 나중 일이야."

하고 어물쩍 넘어갔다. 실제로도 그랬다.

2학기가 시작하고 얼마가 지났을 무렵, 사키코와 나카가와 선생의 관계가 심상치 않다는 소문이 온 마을에 퍼지기 시작했다.

"얼레리꼴레리, 사키코와 모토이는 사귄대요."

아이들이 모이기만 하면 유행가라도 불러 젖히듯이 이렇게 흥얼거렸다. 땅벌 집을 파헤치러 갈 때도, 술래잡기할 때도, 강 건너편 언덕배기로 미끄럼을 타러 갈 때도, 아이들은 입을 모아 노래를 불러 댔다.

"얼레리꼴레리, 사키코와 모토이는 사귄대요."

고사쿠는 이것을 들을 적마다 가슴이 쪼개지는 듯했다.

"사키코가 밤마다 나카가와 선생 방에 들락거린다는데 진
짜냐?"

종종 마을 청년들이 고사쿠를 붙잡고 이렇게 물어보는 경우
가 있었다. 그러고는 십중팔구 게슴츠레 실눈을 뜨며 야릇한
웃음을 지어 보이는 것이었다. 근처 아낙네들도 두 사람에 대
해 속닥거리는 모습이 자주 눈에 띄었다. 그러다 고사쿠를 발
견하면 황급히 소리를 낮췄지만 오히려 그런 행동은 강렬한 반
감을 부채질했다. 고사쿠는 이제껏 호의를 품었던 마을 사람들
마저 꼴도 보기 싫어졌다.

태어나서 남한테 싫은 소리 한 번 해 본 적 없는 외할머니는
밖에서 아이들이 이 노래를 불러 댈 때면 비통하기 그지없는
표정으로 현관 밖으로 나서는 것이었다.

"저기, 아이들아, 나 좀 봐라."

외할머니가 다가오면, 아이들은 큰 함성을 내지르며 흩어졌
다가 외할머니가 시선을 떨구고 들어가면 어느 틈엔가 다시 모
여들어 다시 노래를 합창했다.

언젠가부터 큰집에는 어둡고 우울한 분위기가 감돌기 시작
했다. 외할아버지와 외할머니가 심각하게 무언가를 이야기할
때 고사쿠가 슬그머니 다가가면,

"고짱, 착하지. 저쪽에 가 있어라."

하며 외할머니가 손으로 물러가라는 시늉을 했다. 필경 사키
코에 대한 일을 상의하는 것이리라.

하지만 정작 소문의 당사자 사키코는 천하태평이었다. 학교
에서는 그나마 주변 눈치를 보는 기색이었지만 수업이 끝나면

보란 듯이 나카가와 선생 옆에 찰싹 붙어 나란히 교문을 나섰다. 나카가와 선생은 날마다 큰집에 들러 사키코 방에서 함께 차를 마시고 저녁까지 먹었다. 그렇게 노닥거리다가 저녁 8시가 지나서야 비로소 자신이 기거하는 양조장 별채로 돌아가곤 했다. 사키코는 큰집에서 2백 미터가량 떨어진 별채까지 그를 바래다주곤 했는데, 공교롭게도 양조장집은 외할아버지가 어릴 적 지냈던 곳으로 큰집과는 무척 가까운 친척 사이였다.

고사쿠가 에노모토 선생 집에서 공부를 하고 돌아오던 어느 늦은 밤이었다. 큰집 앞에서 사키코와 나카가와 선생을 마주쳤다.

"어머, 고짱! 지금 오는 길이야? 이리 와, 함께 나카가와 선생님 배웅해 주자."

밤도 이슥해져 사람들 눈에 띌 일은 없을 것 같았다. 고사쿠는 고개를 끄덕였다.

"고짱도 얼레리꼴레리 사키코와 모토이는 사귄대요, 라고 부르고 다니니?"

사키코가 짐짓 장난스럽게 물었다.

"아니, 난 안 불러."

당황한 고사쿠가 거칠게 도리질했다.

"뭐, 수상한 건 사실이니 어쩔 수 없지. 저기, 고짱. 나카가와 선생님은 사나이 주제에 그 노래만 들어도 겁을 집어먹고 벌벌 떤단다. 웃기지? 고짱이라면 남자답게 대범하게 굴 텐데 말이야. 그치?"

고사쿠는 나카가와 선생을 힐끔 쳐다보았다. 그는 짐짓 태연한 표정으로 밤하늘을 올려다보며 딴청을 부렸다.

"별이 참 높게도 떠 있다."

고사쿠도 하늘을 올려다보았다. 사뭇 먼 별들이 보석처럼 반짝였다.

이윽고 세 사람은 양조장집 별채에 도착했다. 사키코는 두 사람을 밖에서 기다리게 하고 먼저 방에 들어가 전등을 켜고 한참을 부스럭거린 뒤 나왔다.

"이불 깔아 놓았어요."

다소곳하게 말하는 사키코를 보며, 고사쿠는 묘하게 낯선 느낌을 받았다. 평소와 다르게 왠지 잔뜩 들뜬 모습이었다.

나카가와 선생이 방으로 들어갔다. 사키코는 고사쿠에게 산책하자고 제안했다. 안 그래도 요즘은 통 함께 다닌 적이 없다. 나가노 마을로 통해 난 길은 인적이 드물고 제법 적막했다. 고사쿠는 땡볕이 내리쬐는 한여름 낮에 늘 짚신을 껴어 신고 이 길을 달려 헤이부치 계곡으로 향하곤 했지만 어둠이 내려앉은 밤에 걷는 길은 느낌이 좀 달랐다.

"그러고 보니 그동안 고짱과 이렇게 걷는 것도 퍽 오랜만이네. 공부는 잘 하고 있지? 이번엔 꼭 1등 해야 돼!"

"응."

"나카가와 선생님도 얼마나 열심히 공부한다고."

"응."

"고짱도 좋아하지?"

"뭘?"

"나카가와 선생님 말이야."

"싫어."

"거짓말 마. 요전번에 좋다고 해 놓고선!"

"싫어."

"고집부리기는…… 너 말이야, 요즘 영 귀여운 맛이 없어졌어. 어서 좋아한다고 말해. 그럼 선물 사 줄게. 이달 말에 이틀 연속 쉬는 날, 나카가와 선생님이랑 누마즈 갔다 올 거야. 자, 어서 말해 봐. 나카가와 선생님 좋아, 싫어?"

"싫어."

고사쿠는 나카가와 선생이 싫지 않았다. 그러나 무슨 말이든 그와 연관지어 말하는 사키코가 얄미워 공연히 심통을 부렸다.

"그래 됐어. 고집쟁이 같으니……."

사키코 손이 볼에 닿을 것 같기에, 고사쿠는 휙 하고 등을 돌려 원래 왔던 길을 되돌아 달리기 시작했다. 50미터쯤 달리다 멈춰 서서 돌아다보니, 사키코는 저만치 앞으로 걸어가는 중이었다. 나비처럼 사푼사푼 가벼운 발걸음으로.

"누나."

다정한 목소리에, 사키코는 고개를 돌려 오른손으로 손짓하고는 천천히 다가왔다. 고사쿠는 오도카니 땅에 쭈그리고 앉았다.

사키코가 가까이 다가왔을 때, 고사쿠는 흠칫했다. 순간 어머니가 왔나 싶었다. 그러고 보니 사키코의 걸음은 어머니와 쏙 닮았다. 자매니까 그럴 수도 있겠지만 새삼 놀라웠다.

"사나이가 볼썽사납게 자세가 그게 뭐야. 어서 일어나!"

핀잔주는 방식마저 어머니와 쏙 닮았다고 고사쿠는 생각했다.


11월은 가구라[31]가 열리는 계절이었다. 40킬로미터 정도 떨어진 마을에 사는 사람들이 악단을 이루고 이즈 반도를 순회하는

31  일본 고유의 무악을 행하는 전통 축제.

가구라는 오래전부터 그들의 쏠쏠한 부업이었다. 예닐곱 명이 이룬 악단은 시시가시라[32]를 쓰고 춤추는 사람 둘, 우스꽝스러운 춤이나 연극을 펼치는 사람 둘, 나머지는 북과 피리와 샤미센을 담당했는데 무리 중에는 늘 여자가 한두 명 섞여 있곤 했다.

가구라가 마을에 들어오면 며칠 동안 집집마다 돌면서 흥겨운 연주를 하는데, 돈을 잔뜩 주는 집에서는 오래 머무르며 받은 만큼 보답하는 게 보통이었다. 아이들은 학교가 파하면 너도나도 가구라 꽁무니를 쫓아다니면서 함께 마을을 돌았다. 가구라가 마을에 머무르면 아이들은 잔뜩 들떠서 숫제 공부도 뒷전이었다. 어쩌다 수업 중에 북이나 피리 소리가 들려올 때면 여우한테 홀린 듯 자동으로 고개가 돌아가기 일쑤였다. 집집마다 펼치는 공연은 하나같이 내용이 똑같았지만 열 번 스무 번을 봐도 도무지 질리지가 않았다. 사자 머리 탈이 그 커다란 입을 열어 어흥, 하고 달려들면 큰 소동이 벌어졌다. 아이들은 정말로 겁을 집어먹고 필사적으로 도망쳤다. 개중에는 큰 소리로 울음을 터트리거나 도망가다 꽈당 엎어지는 아이도 있었다.

할머니는 언제나 큰집 식구들이 못마땅하게 생각할 만큼 돈을 두둑이 챙겨 주는 편이었다. 때문에 사자 머리 탈은 흙집 2층까지 올라와 두세 번 몸을 부르르 떨고, 고개를 마구 흔들어 대고, 사다리 모양 계단의 옆 기둥을 덥석 무는 등 온갖 익살을 떨다가 계단 아래로 내려오곤 했다. 앞마당에서는 다른 집의 족히 두세 배는 됨직한 갖가지 공연을 펼쳐 보였다. 횻토코[33]를 쓴 남자와, 오카메[34]를 쓴 여자가 우스꽝스러운 대화를 나누고 부채

32 나무로 만든 사자 머리 탈.
33 한쪽 눈이 작고 입이 비뚤어진 못난이 남자 탈.

로 서로의 머리를 마구 때리며 한바탕 놀이판을 벌였다. 고사 쿠는 마을 사람들과 아이들이 가구라를 구경하러 흙집 앞에 구름처럼 몰려든 광경을 흡족하게 바라보았다.

가구라가 마을을 떠나면, 아이들은 달콤한 꿈에서 깬 듯 허탈해졌지만 이내 새로운 오락거리에 가슴이 두근거리기 시작했다.

바로 11월 중순에 열리는 가을 운동회였다.

운동회가 가까워지면 아이들은 학교가 끝나도 늦게까지 남아 운동장에서 놀곤 했다. 딱히 운동회 준비를 하지도, 참가하는 종목 연습을 하지도 않았지만, 왠지 운동회가 열리는 운동장에서 벗어나기 싫었다. 행여나 자신들이 없는 사이에 운동장에 변화라도 생기면 큰일이었으니까. 곧 교문 앞에 들어설 삼나무 아치도 만들고 교정에 깃발도 매달고 관객석도 만들 터. 언제부터 시작될지 알 수 없었지만 아이들은 하나라도 놓치지 않겠다는 태세로 눈에 불을 켜고 운동장을 지키는 것이었다.

얼마 뒤, 운동회 당일 전교생에게 나눠 주는 만두를 나카노 과자 가게에서 맡는다는 소문이 돌았다. 그렇다. 드디어 운동회가 열리는 것이다.

"어제 선생님이 집에 왔었다! 우리 가게에서 만두 만들 거래!"

나카노 과자 가게 아들인 2학년 기시치로가 자랑스레 떠벌리는 통에 소문은 삽시간에 퍼졌고 얼마 동안 그는 전교생이 우러러보는 대상이 되었다. 날마다 과자 가게 앞에는 만두를 만드는 모습을 구경하려는 아이들로 북적였다.

---

34 코가 낮고 뺨이 둥글게 부푼 못난이 여자 탈.

운동회가 열리기 3일 전, 즐거운 소식이 연달아 찾아왔다. 나카노 과자 가게에서 가족 전체가 본격적으로 만두를 만들기 시작했다는 것, 그리고 교사들이 운동장에 나와 운동회 준비에 착수했다는 것.

　나카가와 선생은 아치 담당이었다. 고사쿠와 동무들은 뒷산으로 삼나무 가지를 꺾으러 출동했다. 교정의 하늘을 화려하게 수놓을 만국기는 에노모토 선생 몫으로, 사키코가 옆에서 거들었다.

　아이들 사이에서는 삼나무 아치 만들기가 단연 인기였다. 너나 할 것 없이 아이들은 나카가와 선생 주변에 파리 떼처럼 와글와글 모여들었다. 그러다 조그만 심부름이라도 주어지면 중대한 임무라도 담당한 양 잔뜩 기합이 들어가 작업에 착수하는 것이었다. 이따금 나카가와 선생과 사키코가 다정하게 이야기를 나누는 광경이 목격되었지만, 운동회에 정신이 팔린 아이들에게 두 사람의 소문은 이미 뒷전으로 밀려난 지 오래였다.

　운동회 전날 밤, 고사쿠는 자꾸 소변이 마려워 잠자리에서 몇 차례 일어났다. 그때마다 어두컴컴한 곳을 더듬으며 계단을 내려가 육중한 흙집 문을 열고 마당으로 갔다. 흙집 옆에 변소가 있건만, 고사쿠는 밤만 되면 항상 마당에 심어진 매화나무 아래서 소변을 봤다. 세 번째 일어났을 때는 밤바람을 맞았는지 기침이 나왔다. 그러자 할머니가 목도리를 챙겨 뒤를 따랐다.

　이불 속에 눕자마자 고사쿠는 또다시 소변이 마려워 할머니를 난감케 했다.

　"그럼, 할미가 주문 외워 줄 테니 기다려 봐라."

　그러고는 이부자리에서 일어나 앉아 입속으로 무언가를 열심히 중얼거리는 것이었다.

"자, 됐다. 이제 괜찮아질 거다. 앞으로 2, 3일은 오줌 한 방울도 안 나올걸."

고사쿠는 정말로 그럴까 봐 더럭 겁이 났다.

"참말인지 내려가서 시험해 볼래."

"그만둬라. 정 안 나오면 이 할미가 다시 주문 외워서 풀어 주면 되지, 안 그래?"

"그래도 안 나오면?"

"그럴 리 없다니까 그래."

몇 번의 실랑이 끝에, 할머니가 먼저 눈을 감았고 고사쿠도 마침내 새근새근 잠이 들었다.

이튿날 아침, 고사쿠는 고짱! 고짱! 하는 아이들 소리에 퍼뜩 눈을 떴다. 밤늦게 잠이 들어 늦잠을 잔 모양이었다. 드디어 운동회 날이다! 고사쿠는 부리나케 일어나 기모노를 입고 계단을 뛰어 내려갔다. 할머니가 뒤를 쫓으며 한 입이라도 아침밥을 먹이려 했지만 한사코 마다했다. 도랑에서 고양이 세수를 하고는 그길로 아이들이 모인 논으로 냅다 뛰었다. 이번에는 조금도 지체하지 않고 학교로 향했다.

한껏 단장을 한 학교가 위풍당당한 위용을 드러냈다. 아이들은 마치 손님이 입장하는 기분으로 '가을 대운동회'라고 적힌 삼나무 아치 사이를 통과했다. 고사쿠는 가슴이 벅차올랐다. 일본 전국에 이보다 훌륭한 학교가 있을쏘냐. 말끔해진 운동장에는 상급생이 만든 만국기가 바람에 펄럭이고 한쪽에는 상품을 수여하는 교장과 마을 대표 자리가 놓여 있었다.

아이들은 운동회가 시작하기 전에 뛰어다녀서는 안 된다는 생각에 구석에 모여 얌전히 있었다. 이윽고 다른 마을 아이들도 속속 아치를 통과했다.

운동회는 평소 수업보다 한 시간 늦은 9시에 열릴 예정이었지만 일찌감치 모여든 아이들은 기다리느라 좀이 쑤실 지경이었다. 한참이 지나서야 교사들이 한두 명씩 어슬렁거리며 들어오기 시작했다. 사키코는 평소와 다름없는 복장이었지만, 남자 교사들은 흰색 민소매 면 티에 흰색 운동모자를 쓰고 있었다. 교사가 한 사람씩 아치를 통과할 적마다 학생들은 우와, 하고 함성을 내질렀다.

드디어 9시. 교장이 단상에 오르자 하늘에서 폭죽이 펑 터졌다. 잔뜩 군기 잡힌 자세로 서 있던 학생들은 고개만 까딱 쳐들고 하늘을 바라보았다. 청명한 쪽빛 가을 하늘을 수놓은 불꽃이 검은 꼬리를 그리며 아래로 흩어지는 모습을 따라 아이들의 눈동자가 움직였다.

운동회 시작을 알리는 폭죽 소리에, 마을 사람들이 허겁지겁 아치를 통과하기 시작했다. 교장의 인사말이 끝나고 운동장 구석에서 울리는 오르간 소리에 맞추어 학생들은 정해진 위치로 이동했다. 보라색 하카마 차림의 사키코가 상반신으로 박자를 맞추며 오르간을 치는 모습에 고사쿠는 마음이 두근거렸다. 오늘따라 사키코의 모습은 눈부시게 아름다웠다.

진행을 맡은 나카가와 선생이 확성기로 출전 학생들의 이름을 일일이 호명했다. 그의 목소리가 마을 곳곳에 시원하게 울려 퍼졌다. 일전에 사키코가 나카가와 선생의 목소리가 학교에서 으뜸이라고 자랑했을 때 시큰둥하게 넘겼는데 과연 틀린 말이 아니었다. 확성기를 들고 흰색 바지를 입은 나카가와 선생의 모습은 고사쿠가 보기에도 멋지고 근사했다.

운동회는 오전 1부, 오후 2부로 나뉘었고, 고사쿠는 1부에서 체조와 모자 뺏기에 참가했다. 창피하게도 모자 뺏기에서 가장 먼저 모자를 빼앗기고 말았지만 마을 사람들이 자리를 꽉 채우기 전이라 다행이었다. 고사쿠는 안도의 한숨을 쉬었다. 큰집 식구들도 할머니도 아직 도착하지 않은 기미였다.

1부가 끝나자 학부모 좌석 및 관람석이 본격적으로 차기 시작했다. 옆 마을 쓰키가세 소학교에서도 학생과 교사 수십 명이 견학을 왔다. 멀리 다른 마을 사람들도 나들이 기모노를 차려입고 아이들 손을 잡고 잇달아 아치를 통과했다.

할머니는 외할머니와 함께 학부형석에 자리를 잡았다. 고사쿠는 이따금 할머니가 있는 쪽까지 다가갔다가 꿀 먹은 벙어리가 되어 다시 돌아오곤 했다. 할머니만 아니라 큰집 다이조 얼굴만 봐도 귀밑까지 벌겋게 달아오르니 참으로 알다가도 모를 일이었다.

점심시간은 1부가 끝나고 2부가 시작하기 전이었다. 학생들은 자기들끼리 점심을 먹고 학부형석 뒤쪽에 앉은 이들도 각자 돗자리를 깔고 도시락을 펼쳤다. 고사쿠가 동무들과 함께 김초밥을 먹고 있는데, 저 멀리서 할머니가 운동장을 가로질러 이쪽으로 어기적거리며 다가오는 게 보였다. 보아하니, 삶은 달걀을 건네주러 오는 것 같았다. 운동장 중간쯤 왔을 때, 교직원이 확성기로 소리를 질렀다.

"할머니, 그쪽으로 가시면 안 됩니다!"

쩌렁쩌렁 울리는 확성기 소리에 여기저기서 와르르 웃음이 터졌다. 할머니는 걸음을 멈추고 천천히 허리를 폈다. 어리둥절한 낯으로 눈을 연신 껌벅거리며 주변을 두리번거리다가 이내 허리를 다시 굽히고 이쪽으로 걸어오기 시작했다.

"운동장에 들어오지 마시고 학부형석 뒤쪽으로 돌아서 가세요!"

이번에는 교직원이 더 크게 고함을 질렀다. 할머니는 걸음을 멈추고 입에 손을 대고 무언가를 외쳤다. 한 마디도 들리지 않았다. 하지만 할머니는 교직원이 알아들었으리라 생각한 건지 기어이 운동장을 통과해 학생들 자리로 왔다.

"거기 뒤에 고짱 있나? 거기 뒤에 고짱 있나?"

고사쿠는 쥐구멍에라도 들어가 숨고 싶은 심정이었다. 하지만 끈덕지게 이름을 불러 대는 탓에 마지못해 밧줄을 넘어 할머니 쪽으로 뛰어갔다.

"고짱, 여기 계란."

"이딴 거 필요 없어!"

"왜 그러냐? 그러지 말고 어서 받아."

"빨리 저쪽으로 가! 운동장에 들어오면 안 된다고!"

"흥, 꼬박꼬박 세금 내고 사는데 내 맘대로 지나다니지도 못 하냐!"

할머니는 이렇게 목청을 높인 다음 한껏 당당하게 운동장을 가로질러 학부형석으로 돌아갔다. 이번에는 확성기 소리가 잠잠했다. 할머니가 운동장 밖으로 사라질 때까지 고사쿠는 몸을 잔뜩 웅크리고 있었다. 이깟 삶은 계란이 뭐라고. 고사쿠는 공연히 애꿎은 계란에게 화살을 돌렸다.

이윽고 청년 악대가 북을 치며 2부의 시작을 알리자, 운동회장이 흥분으로 술렁이기 시작했다. 군대행진곡이 우렁차게 연주되는 가운데 경기가 시작되었다. 학생이나 마을 청년들, 학부형들이 달리기에 참가했고 어머니들만 따로 줄다리기를 하기도 했다. 고사쿠는 몇몇 경기에 출전했지만 상은 받지 못했다. 교장에게 상품을 받는 모습을 할머니나 외할머니에게 자랑스레 보여 주고 싶었는데……. 고사쿠는 입이 바싹바싹 말랐다.

운동회의 하이라이트는 뭐니 뭐니 해도 3시에 시작되는 장거리 경주였다. 상급생과 하급생으로 나뉘어 전교생 모두가 참석했다. 고사쿠는 벌써부터 속이 울렁거리기 시작했다. 장거리 경주는 영 젬병이었다. 일단 달리기 시작하면, 얼마 못 가 옆구리가 찌르르 아파 오고 그대로 길가에 주저앉곤 했던 것이다.

하급생 경주가 열리기 전, 고사쿠는 화장실 옆에서 사키코와 마주쳤다.

"고짱, 이거 먹으면 달리기 잘할 수 있을 거야."

그녀는 가오루라는 청량제 세 알을 손바닥 위에 올려 주었다. 고사쿠는 그것을 꿀꺽 삼켰다.

출발하기 전, 민소매로 갈아입은 고사쿠 옆으로 할머니가 다가왔다.

"고짱, 배 아프거나 열난다 싶음 바로 그만둬라, 알겠지?"

실제로 고사쿠는 조금만 과격한 운동을 하면 열이 치솟았다. 대개는 하룻밤 만에 가라앉았지만 할머니는 늘 사색이 되어 밤새도록 간호했다.

장거리 경주라지만 하급생이 달리는 거리는 그다지 길지 않았다. 학교를 벗어나 큰집 옆길을 지나, 헤이부치 계곡 근방에서 방향을 틀어 나가노 마을로 들어가 마을 모퉁이에 있는 오래된 메밀잣밤나무를 돌아서 다시 학교로 돌아오는 코스.

출발선에 학생 50명이 우르르 섰다. 나카가와 선생이 출발을 알리는 호루라기를 불기 전에 고사쿠에게 슬쩍 다가왔다.

"고짱, 죽을힘을 다해 달려라. 1등 해야지."

고사쿠는 의욕이 샘솟기는커녕 도리어 부담만 가중되었다. 달리기도 전에 이미 옆구리가 살살 아파 왔다.

"큰일이네. 나 또 오줌 마려워."

수건으로 머리를 질끈 매고 결연한 표정을 짓던 유키오가 옆에서 속닥거렸다. 긴장했는지 아까부터 숱하게 변소를 들락거린 눈치였다.

"욧짱, 나랑 나란히 달리자."

고사쿠는 경주만 했다 하면 꼴찌를 도맡아 하는 요시에에게 말을 걸었다.

"응."

요시에는 멀뚱하니 고개를 끄덕였다.

"근데 나 이 아프다. 아무래도 집에서 약 먹어야겠어. 고짱, 같이 가자."

요시에는 달리는 도중에 집에 들러서 치통약을 먹을 작정이었다. 고사쿠는 대답하지 않았다.

"준비~이!"

나카가와 선생의 또랑또랑한 목소리가 고사쿠 전신에 스며들자 오싹 소름이 끼쳤다. 눈물도 찔끔 날 것 같았다. 아득한 미지의 세상을 향해 머나먼 여정에 오르는 탐험가의 마음이 이럴까. 저 멀리 낯선 곳에는 산과 강이 있어 수없이 많은 산을 오르고 강을 건넌다. 곳곳에 시련이 가득하다. 자, 가자. 험난한 고통을 받아들이고 앞으로 나아가자. 절로 주먹이 불끈 쥐어졌다. 고사쿠는 눈썹을 치켜뜨고 구경꾼으로 가득 붐비는 관람석을 바라보았다.

"삑!"

호루라기가 울렸다. 학생들은 일제히 달리기 시작했다.

고사쿠는 유키오 뒤에 바싹 붙었다. 언제 학부형석을 지나고 아치를 통과하고 큰길에 들어섰는지 정신이 하나도 없었다. 옆구리 통증은 이미 강렬해진 뒤였다. 무리를 이루어 큰집을 지나칠 때, 길가에 서 있는 외할아버지를 발견했다. 고사쿠는 구세주라도 만난 양 그리로 쪼르르 달려갔다.

"할아버지, 나 배 아파요!"

"달리면 다 낫는다."

외할아버지는 늘 그렇듯 심드렁한 표정으로 툭 내뱉었다. 하는 수 없이 고사쿠는 다시 달리기 시작했다. 유키오와 사이가 벌어졌지만 속도를 내어 따라잡았다. 요시에네 양조장도 지나쳤다. 요시에는 벌써 집으로 들어간 건지 주변을 둘러봐도 보이지 않았다.

이즈음부터, 제법 낙오자가 나오기 시작했다. 달리기를 포기하고 길가에 털썩 주저앉거나, 학교로 돌아가는 학생들이 보였다. 고사쿠와 유키오는 계속 달렸다. 헤이부치 계곡 입구에 나 있는 갈림길에서 방향을 틀어 나가모 마을로 통하는 언덕으로 올라갔다.

어느새 옆구리 통증은 씻은 듯 사라진 뒤였다. 사키코에게 받은 가오루가 효과가 있었던 걸까. 그런 생각이 들자 불현듯 다리에 힘이 들어가고 불끈 의욕이 솟았다. 가오루를 삼키지 않은 유키오는 괴로운 표정으로 숨을 헐떡이고 있었다.

"고짱, 나 힘들어! 같이 관두자!"

유키오는 이렇게 말하며 몇 번이고 걸음을 멈추려 했지만 묵묵히 달리는 고사쿠를 보며 다시 속도를 냈다. 그러다 나가노 마을 초입에 이르자 더 이상 못 참겠는지 유키오는 길 중앙에 벌러덩 드러눕고 말았다.

고사쿠는 유키오를 뒤로 하고 달렸다. 낙오자가 속출했다. 길가에 선 사람들은 고사쿠를 바라보며 응원의 함성을 보냈다. 고사쿠는 앞서 가는 학생들을 한 명 두 명 제치기 시작했다. 한 사람씩 제칠 때마다 역시 가오루를 먹은 효과가 있다고 생각했다. 반환점 근처에 이르렀을 때, 처음으로 그곳을 돌아 나오는 학생과 마주쳤다. 자기보다 앞서가는 장본인은 신덴 마을에 사는 요시혜라는 이름의 몸집이 왜소한 2학년생이었다. 그는 고사쿠를 보자 잠시 멈칫거렸다.

"장거리 1등하면 연필 몇 자루 받는댔지?"

상품을 받을 각오로 달리는 것이리라. 피곤한 기색은 조금도 보이지 않았다.

"몰라."

고사쿠는 달리 대답할 말이 없었다. 두 번째로 마주친 학생은 신덴 마을의 이름 모르는 2학년생이었다.

"안녕."

그는 고사쿠를 지나칠 때 자못 진지한 표정으로 중얼거렸다. 요시혜처럼 쌩쌩했다. 세 번째는 동급생 가네마쓰였는데, 고사쿠를 보자마자 황급히 다리를 멈추며 소리쳤다.

"나 오다가 5전 떨어뜨렸어! 다시 돌아가야 돼."

"응."

"모밀잣밤나무 근처에 있을 거야. 여기서 돌기 전에는 분명히 오비에 껴 있었어. 고짱, 너도 찾아 줘."

"응."

고사쿠는 건성으로 고개를 끄덕였다. 가네마쓰는 5전을 찾기 위해 3등의 영예를 뒤로 하고 고사쿠와 함께 다시 반환점을 향해 돌기 시작했다. 민소매와 반바지를 입은 아이들과는 달리 가네마쓰는 평소처럼 기모노를 입고 있었다. 5전을 오비에 둘둘 감고 달리다가 옷이 헐거워진 바람에 떨어뜨린 것이겠지.

땅바닥을 두리번거리며 달리는 가네마쓰 뒤를 고사쿠가 따라 달렸다. 두 사람은 얼마 후 반환점을 돌아 나오는 한 무리의 학생들과 마주쳤다. 하나같이 숨을 헐떡이며 무리에서 벗어나지 않기 위해 필사적이었다.

"야, 너희 혹시 5전 못 봤냐."

가네마쓰는 다급히 물었지만 대답하는 사람은 아무도 없었다. 이윽고 두 사람은 모밀잣밤나무에 도착했다. 나무 옆에 학교에서 일하는 사환 아저씨가 고사쿠를 보며 껄껄 웃었다.

"이게 누구여, 고짱 아니냐. 너 11등이다."

그러다 가네마쓰를 보고는 눈을 동그랗게 떴다.

"어라, 너 왜 다시 돌아왔냐?"

"5전 잃어버렸어요."

"5전? 이런 칠칠찮은 놈!"

사환 아저씨는 혀를 끌끌 차다가 이내 다리 밑을 둘러보고는 가네마쓰와 함께 5전을 찾기 시작했다. 고사쿠는 허둥대는 두 사람을 남겨 두고 모밀잣밤나무를 돌았다. 11등이다. 의욕이 불끈 솟았다. 지금보다 더 빨리 뜀박질하기 시작했다. 반환점을 향해 달려오는 몇 명이 보였다. 허겁지겁 달리는 놈도, 어슬렁거리며 걸어오는 놈도 있었다.

고사쿠는 헤이부치 계곡의 갈림길에서 앞서 가는 세 명을 따돌렸다. 세 명 모두 완전히 녹초가 되어 길가 그루터기에 철퍼덕 주저앉아 숨을 거칠게 내쉬고 있었다. 고사쿠는 쉼 없이 달렸다. 가오루는 여전히 효과가 있었다. 저만치서 기진맥진한 채 느릿느릿 걸어가는 두 명이 시야에 들어왔다. 고사쿠는 양조장 앞에서 가볍게 이들을 앞질렀다.

큰집을 지났다. 이윽고 교문이 보이기 시작했다. 아치를 통과하려는 순간, 미쓰가 불쑥 튀어나와 이렇게 외쳤다.

"고짱! 고짱!"

우레와 같은 함성이 고사쿠를 맞이했다. 교정에 가득 찬 관중이 일제히 일어나 목청껏 소리치며 격려를 보냈다. 신명나게 연주하는 악대, 힘차게 펄럭이는 만국기, 그리고 세차게 소용돌이치는 바람.

역시 가오루 덕분이다. 골인하는 순간, 갑자기 시야가 흐려지고 다리가 후들거렸다. 지금까지 눈에 비치던 풍경이 아득히 멀어져 갔다. 얼마나 지났을까. 고사쿠는 사키코 품에 안겨 있었다.

"고짱, 정신 차려 봐. 너, 5등 했어!"

땅에 눕혀 자신의 민소매 티를 걷어 올리는 사키코를 멍하니 바라보다가, 고사쿠는 퍼뜩 정신이 들었다. 장거리 경주에서 입상했다니, 설마 꿈은 아니겠지.

"나 혹시 꿈꾸는 거 아냐?"

"멍청한 소리 하지 말고 어서 일어나!"

사키코는 힘차게 고사쿠를 일으켰다. 나카가와 선생이 옆에서 활짝 웃고 있었다.

"고짱, 잘했다! 가서 연필 받아와야지."

고사쿠는 얼떨떨한 표정으로 교장에게 다가갔다. 그는 무뚝뚝한 얼굴로 종이에 싼 상품을 내밀었다. 고사쿠는 공손하게 그것을 받아 들었다.

"내일은 해가 서쪽에서 뜨려나…… 별 신기한 일도 다 있군. 도요하시에 있는 아버지한테 편지 한 통 보내라. 틀린 글자 없도록 주의하고!"

"……네!"

운동회가 끝나고 흙집에 들어오니, 할머니는 상품으로 받은 연필을 신단에 올려놓고 염불하듯 열렬히 무언가를 읊조리는 중이었다. 고사쿠를 보자, 큰집에서 세키항[35]을 지어 갖고 올 테니 배고파도 조금만 참으라고 했다.

"아가가 5등해 가지고 마을 사람들 모두 눈이 휘둥그레졌을걸."

할머니는 축하주를 들며 몇 번이고 같은 말을 반복했다.

일반적으로 운동회 다음 날은 피로를 풀라는 의미로 휴교령이 내려졌다. 장거리 경주에서 5등을 한 고사쿠는 완전히 득의만만해졌다. 큰집에 가는 도중에, 마주친 마을 사람들은 다들 한마디씩 했다.

"이야, 고짱, 제법이네, 응?"

진심으로 칭찬해 주는 사람이 있는가 하면,

"이게 웬일이냐. 어디 지진이라도 나는 거 아닌지 몰라."

---

35 경사스러운 날 지어먹는 팥을 넣은 찰밥.

비아냥 조로 말하는 사람도 있었다.

큰집 식구들은 입을 모아 칭찬했지만 외할아버지가 쓴웃음을 지으며,

"앞으로 흙집 할멈이 얼마나 유난을 부릴지 원……."

하고 말하자 모두가 고개를 끄덕이며 맞장구를 쳤다. 고사쿠는 그날 숱하게 큰집을 들락거렸다. 미쓰도 그날만큼은 고사쿠를 짓궂게 놀리지 않았다.

오후에 고사쿠는 사키코와 함께 산책을 나갔다. 평소라면 교사인 사키코와 낮에 걷는 게 신경 쓰였겠지만 경주에 입상해 한껏 기분이 들뜬 고사쿠는 개의치 않았다. 사키코는 양조장 옆으로 계단 모양으로 나 있는 자그만 논을 내려갔다. 어디로 가는지 알 수 없었지만 고사쿠는 잠자코 뒤를 따랐다. 사키코와 함께라면 어디라도 좋았다.

가장 아래쪽 논에는 볏가리가 몇 채 만들어져 있었다. 사키코는 그중 한쪽으로 사푼사푼 걸어갔다. 그러자 볏가리 뒤에서 나카가와 선생이 불쑥 모습을 드러내는 게 아닌가.

화들짝 놀란 고사쿠와 달리 사키코는 태연한 표정이었다.

"많이 기다렸어요?"

사키코는 나카가와 선생처럼 볏가리를 등대고 앉았다. 아마도 두 사람은 여기서 만날 약속이었던 모양이다. 차분한 가을 햇살이 따스하게 내리쬐어 평온한 느낌이 감돌았다. 나카가와 선생이 캐러멜을 내밀었고 사키코가 소매에서 아직 채 여물지 않은 푸르스름한 귤을 꺼냈다.

고사쿠는 두 사람을 남겨 두고 멀찍이 물러났다. 그러고는 벼랑 끝에 있는 붉은 동백꽃을 따거나 수풀에서 지저귀는 새들을

쫓아다녔다. 예전처럼 샘이 나진 않았다. 신기하게도, 사키코와 나카가와 선생이 즐겁게 이야기를 나누는 모습을 보자 자신도 덩달아 즐거워졌다.

"고짱, 여기 앉아 봐."

사키코가 근처에서 혼자 놀고 있던 고사쿠를 불렀다.

"아니야, 내가 망봐 줄게."

고사쿠가 무심코 내뱉은 당돌한 말에 사키코가 까르르 웃음을 터트렸다.

그때였다.

"고짱!"

사키코가 심상치 않은 표정으로 다짜고짜 고사쿠를 향해 돌진했다. 당황한 고사쿠는 허겁지겁 도망쳤지만 두 번째 논 계단에서 붙잡히고 말았다. 사키코는 고사쿠의 오비를 쥐어 잡은 채 숨을 헐떡이더니 잠시 숨을 골랐다.

"우리 고짱 착하지? 얼른 집에 가서 락교[36] 좀 갖고 와!"

"……락교?"

"그래. 락교! 지금 먹고 싶어 죽겠어. 냉큼 갖고 와!"

뜬금없는 부탁에 어안이 벙벙해졌지만 사키코 표정이 워낙 진지해 듣지 않을 수가 없었다. 고사쿠는 큰집에 가서 부엌의 찬장에서 락교 서너 개를 작은 그릇에 넣어 다시 논으로 돌아왔다.

이날부터, 고사쿠는 사키코의 락교 운반책으로 활동하기 시작했다. 학교에서, 온천탕에서, 몇 번이고 락교를 가지러 수시로 큰집을 들락거렸다. 고사쿠는 이 기묘한 역할을 기꺼이 수

36 초밥에 곁들여 먹는 절임류 채소.

행했다. 오직 사키코를 위해서.


12월 초순 무렵부터 사키코가 임신했다는 소문이 마을에 퍼지기 시작했다. 가구라와 운동회가 끝나고 나면, 정월이 오기 전까지 마을에는 월동 준비 말고 특별한 행사가 없었다. 이 시기 마을 사람들은 무던히도 따분한 시간을 보내야 했다. 그런데 이번만큼은 사키코에 대한 소문으로 온 마을이 들썩거렸다. 아낙네들은 사키코라는 이름을 입에 담을 적마다 눈을 게슴츠레 뜨고 입을 비죽거리고 목소리를 낮췄다. 이런 모습은 마을 곳곳에서 목격되었는데, 냇가에서 무를 씻을 때나, 공동 온천탕에 갈 때나, 사람들의 화제는 단연 사키코였다.

남자들은 여자들과는 분위기가 사뭇 달랐다. 사키코에 대해서만 이러쿵저러쿵 입방아를 찧는 여자들과 달리, 남자들은 나카가와 선생을 비난하는 데 더욱 열을 올렸다. 마을 청년들은 못에 핏대를 세우며 그를 당장 교직에서 해임하고 마을에서 추방시켜야 된다며 열변을 토했다. 반면, 50줄을 넘긴 노인들은 눈썹을 한껏 내리깔고 고뇌에 찬 표정으로 마을에 참으로 난처한 일이 생겼다는 둥, 어떻게든 원만하게 사태를 처리해야 한다는 둥 자기들끼리 땅이 꺼져라 한숨을 쉬며 속닥거렸다. 누구 하나 사키코의 '사'자도 꺼내지 않았지만 이 주제는 흡사 노인들의 인사말처럼 되어 버렸다. 차디찬 북풍이 불어오는 길가에서, 노인들은 팔짱을 끼거나, 담뱃대를 물고 서로의 눈을 들여다보며 그래야지, 암 그래야지, 하며 고개를 끄덕이거나, 아니지, 그건 아니고말고 하며 고개를 흔드는 것이었다.

요컨대 마을 사람들은 사키코 덕택에 정월이 오기까지 지루하기 짝이 없는 시간을 요긴하게 때운 셈이었다. 아이들도 사키코에 대해 떠들어 댔지만 이번에는 도통 신바람이 나지 않았다. '얼레리꼴레리, 사키코와 모토이는 사귄대요'라고 놀려 대던 전과 달리, 이번에는 임신이라는 게 왜 놀림거리가 되는지 이해할 수 없었다. 마을의 임신한 여자들은 터질 듯한 배를 앞으로 쑥 내밀며 당당하게 거리를 활보하지 않았던가. 더군다나 이번에는 떠들어 대기 적당한 가락도 딱히 떠오르지 않았다. 그래서 아이들은 사키코에 대해 쑥덕거릴 때면 대개 귀동냥으로 들은 자기 부모들이 한 얘기를 그대로 읊어 대는 것이었다.

"이가미 집안도 단단히 망신살이 뻗쳤지."

유키오가 말했다.

"왜 아냐. 계집아이가 임신하다니 집구석에 망조가 들었지, 참말로."

가메오가 제 부모의 표정까지 따라 하며 말했다. 그렇게 홍 없이 몇 마디 주고받다가 와~ 하고 커다란 함성을 내지르고는 그만이었다.

사키코는 12월 초부터 학교를 쉬고 2층 방안에서 두문불출하기 시작했다. 고사쿠는 변함없이 큰집에 들락거렸지만 2층으로 올라가는 것만은 영 마음이 내키지 않았다. 무서운 괴물이라도 2층에 숨어 있는 양 그저 멀찍이 서서 계단 위를 노려보기만 할 뿐.

이따금 얼굴에 잔뜩 그늘이 진 외할머니만 2층으로 올라갔다가 같은 표정으로 내려오곤 했다. 그럴 때 고사쿠가 외할머니에게 가까이 다가가면,

"저쪽에 가 있어. 착하지."

하고 손만 휘휘 저었다. 외할아버지는 사키코 때문인지 아닌지는 알 수 없지만 평소보다 한층 심기가 불편해져서는 시종일관 입을 다물고 주독(酒毒)으로 시뻘게진 코끝을 연신 수건으로 문지르며 입속에서 무언가를 중얼거렸다.

고사쿠는 동무들과 놀 때도 어른 두세 명이 모여 있는 걸 보면 의식적으로 가까이 다가가길 피했다. 사키코에 대한 험담을 듣는 게 괴로웠다.

겨울방학이 시작되기 하루 전날, 교장은 아침 조례 시간에 중대 발표를 했다. 나카가와 선생이 이번 학기를 끝으로 이곳을 그만두고 이즈 반도 서해안에 있는 학교로 전근 가게 되었다며. 교장의 짧은 말이 끝나자, 나카가와 선생이 단상에 올랐다. 시종일관 싱글벙글한 얼굴로 이번에 부임하는 곳은 귤로 유명한 마을이니 꼭 놀러 와라, 얼굴이 누리끼리해질 때까지 배 터지게 귤을 먹여 주마, 라고 했다. 참으로 그다운 작별 인사였다.

그리고 단상을 내려왔을 때, 운동장에 정렬한 학생들 사이에서 낮은 웅성거림이 일었다. 그것은 말소리도 아니고 웃음소리도 아니었다. 정확히 말하자면, 학생 한 명 한 명이 무심코 입에서 내뱉은 탄식과 같은 것이었다. 그것들이 모여 거대한 회오리가 되어 운동장 구석구석을 파도처럼 물결치며 휩쓸고 지나갔다. 학생들은 분명히 그와의 이별을 아쉬워하고 있었다. 놀랄 일도 아니었다. 그는 다른 교사와 달랐으니까. 학교에 있는 어른들 중에서 유일하게 학생들 편이었으니까.

고사쿠도 마찬가지였다. 하지만 한편으로 안심도 되었다. 이것으로 사키코도 조금은 편해질 것이다. 그럼 된 거다. 마을 사람들이 더 이상 사키코에 대해 나쁘게 말하지 않는다면, 그렇다면 나카가와 선생과의 이별은 받아들여야만 한다고 되뇌었다.

단상에서 내려오는 나카가와 선생의 모습은 더없이 멋지고 남자다웠다. 그는 분명 사키코를 위해 희생한 것이리라. 사키코를 구하기 위해 스스로 이 학교를 떠난다, 희생이란 이런 것이다. 그는 두 번 다시 돌아오지 않겠지. 고사쿠는 세상에서 오직 자신만이 그를 이해하고 있다는 기분이 들었다. 벅찬 감동이 밀려왔다. 한편으로 가슴 한구석이 시큰거렸다.

그러나 고사쿠의 예상은 보기 좋게 빗나갔다. 나카가와 선생의 전근이 발표된 날, 학교에서 돌아오자 할머니는 가시 돋친 말투로 두 사람의 결혼 소식을 알려 준 것이다.

"이런 남부끄러운 일이 어디 있담. 결혼식을 올리고 아기를 낳는 게 제대로 된 순서지, 아기가 덜컥 생겨서 결혼식을 올리다니. 원, 망측도 하지."

고사쿠는 머리를 얻어맞은 듯 멍하니 있었다. 나카가와 선생이 사키코를 위해 멀리 떠나는 것이라 생각했는데 결혼이라니. 그러면 사키코도 귤이 주렁주렁 열린다는 서해안 마을로 떠난다는 얘기가 아닌가. 눈앞이 캄캄해졌다. 나카가와 선생을 한없이 동경하고 불쌍히 여겼던 자신이 한심했다. 그는 희생자가 아니었다. 사키코를 뺏어 가는 침략자였다.

사키코가 학교를 쉬게 된 뒤부터 고사쿠는 한 번도 그녀를 만난 적이 없었다. 하지만 괜찮았다. 큰집에 사키코가 있는 건 명백한 사실이니까. 직접 볼 수 없어도 고사쿠는 큰집 1층에서 놀거나 회벽으로 칠한 2층의 사키코 방 창문을 올려다보며 위안을 삼았다. 그런데 사키코가 영원히 떠나 버린다. 그야말로 청천벽력 같은 소리였다.

겨울방학이 되고 정월이 코앞으로 다가왔다. 아이들은 가도
마쓰[37]를 만들기 위해 나무를 주우러 가는 청년들을 뒤따라 산
으로 올라가거나, 떡방아를 찧기 위해 강가에서 절구와 절굿공
이를 씻는 부인네들 주변에 옹기종기 모여들었다. 고사쿠도 정
월을 맞이하는 것이 무엇보다 설레었지만 그럴 때마다 서글픈
감정이 고개를 쳐들었다. 즐거운 정월이 오면, 사키코는 결혼식
을 올리고 마을을 떠나 버리겠지.

　하지만 걱정은 기우에 그쳤다. 정월이 밝았지만 사키코는 여
전히 2층에 틀어박혀 꼼짝도 하지 않았다. 두 사람의 결혼식 이
야기는 감감무소식이었다. 다만 지금까지와 달라진 점이 있다
면, 나카가와 선생이 공공연히 큰집에 드나들기 시작했다는 사
실이었다. 그는 섣달 그믐날 양조장 별채를 나와 아예 큰집에
들어앉아 버렸다. 그러고는 마치 자신이 원래 그곳의 일원이었
다는 듯이 거리낌 없이 행동했다. 정월 떡국도 큰집에서 얻어
먹었다. 그가 큰집에 들어앉은 뒤부터 사키코는 남산만 한 배
를 하고는 가끔 2층에서 내려왔다.

　어느 날, 고사쿠는 사키코의 얼굴과 거대하게 부풀어 오른
배를 번갈아 보며 고개를 갸우뚱했다. 잠시 안 본 사이에 저리
배가 풍선처럼 커지다니 신기한 노릇이었다.

　한번은 고사쿠가 할머니에게 넌지시 물었다.

　"할머니, 사키코 누나 언제 결혼해?"

　"결혼식 따위 옛날에 해치워 버렸다!"

　할머니는 잔뜩 낯을 찌푸리며 투덜거리는 것이었다.

---

37　정월에 풍작신을 맞이하기 위해 집집마다 문 앞에 세워 놓는 소나무 장식.

"손님들 불러 음식 대접도 안 하고 집 안에서 자기들끼리 결혼식을 올렸다는데, 살다 살다 이런 황당한 경우는 첨이다. 오죽 눈치가 보였으면 그랬겠느냐마는……."

조금 허탈했다. 결혼식을 올리면 사키코가 떠나리라 생각했는데. 고사쿠는 피부에 와 닿는 커다란 안도감과 까닭 모를 실망감에 사로잡혔다.

나카가와 선생은 3학기가 시작되기 전날, 마차에 짐을 싣고는 전근지로 출발했다. 고사쿠는 그가 사키코를 빼앗아 가지 않는다는 사실에 잠시나마 오해했던 자신을 책망했다. 역시 나카가와 선생은 좋은 사람이었다. 고사쿠는 유키오, 요시에, 가메오, 시게루 등과 함께 정류장까지 그를 배웅했다. 큰집에서도 외할머니와 다이고, 미쓰가 모습을 드러냈다. 그러나 근처에 사는 사람들은 코빼기도 보이지 않았다.

고사쿠가 그날 밤 나카가와 선생을 정류장까지 배웅했다고 말하자, 할머니는

"할머니나 마을 사람들 모두 알고 있었지만 모른 척한 거다. 결혼식에 초대도 안 했는데 새신랑 대접해 줄 순 없잖느냐. 암! 그건 도리가 아니지."

했다. 여전히 결혼식 때문에 화가 풀리지 않은 눈치였다. 무엇보다 고사쿠를 결혼식에 부르지 않은 것에 더없이 분통을 터트렸다.

"고짱은 도요하시에 있는 부모님의 대리인이야! 그런데 어떻게 고짱을 초대하지 않을 수가 있냔 말이야?"

그러나 고사쿠는 그게 그리도 화가 날 일인지 도무지 이해가 가지 않았다. 결혼식에 정식으로 초대받기엔 자신은 아직 어렸

고 부모님 대리인이라는 말도 왠지 낯간지러운 구석이 있었다. 그렇다고 외할아버지 부부가 많고 많은 손주 중에 유독 자신만 귀여워하는 것도 아니지 않은가.

나카가와 선생이 떠나자, 유가시마 마을은 평온을 되찾았다. 사람들은 예전만큼 의미심장한 표정으로 사키코에 대해 쑥덕거리지 않았다. 설령 이야기를 하더라도 악의적인 뉘앙스는 한결 줄어들었다. 아무리 가족끼리 몰래 뚝딱 해치운 비밀 결혼식이었다 해도, 두 사람이 제대로 결혼식을 올렸다는 사실은 어찌 됐건 사람들을 어느 정도 납득시켰다. 젊은이들의 음흉한 호기심도 한풀 꺾였다. 그러나 아이들만은 예외였다. 자신들이 비로소 이해하는 상황이 오자 기다렸다는 듯 신나게 입을 모아 놀려 대기 시작했다.

"얼레리꼴레리. 사키코와 모토이는 결혼했대요."

그 노래를 들을 때면, 고사쿠는 자기도 모르게 얼굴이 시뻘겋게 달아올라 낄낄거리는 아이들을 힘껏 노려보는 것이었다.

# 5장

정월 이후 아이들의 즐거움은 뭐니 뭐니 해도 4월에 열리는 우마토바시[38]였다. 매년 4월이 되면, 나가노 마을에서 조그만 고개 너머에 있는 가미오미 마을의 이카다바라는 야트막한 평지에서 경마 대회가 열렸다. 도시에 비하면 턱없이 초라한 규모였으나 마을 사람들은 이를 우마토바시라 부르는 데 전혀 거리낌이 없었다. 행사 당일, 열 군데가 넘는 이웃 마을에서 더벅머리 시골 청년들이 농가에서 사용하는 볼품없는 말을 이끌고 이카다바에 집결했다. 한 시간에 한 번꼴로 서너 마리가 경마장을 도는 무던히도 한가한 경기였으나 이카다바는 언제나 구름처럼 몰려든 구경꾼들로 북새통을 이루곤 했다. 사람들은 경마장 곳곳에 돗자리를 깔고 술판을 벌이거나, 아롱아롱 흩날리

---

38  말을 타고 달리며 과녁에 활을 쏘아 명중시키는 행사.

는 벚꽃을 구경하거나, 혹은 경마를 보면서 따사로운 봄의 향취를 즐겼다. 오뎅이나 만두를 파는 가판대도 늘어섰다. 장사치는 아니고 농촌 아녀자들의 한철 부업이 대부분이었다. 우마토바시는 아이들에게 정월이나 오봉[39]보다도 설레는 행사였다.

아이들은 3월 중순부터 우마토바시에 대한 이야기로 열을 올렸는데, 그해는 염색 가게 둘째 아들 기요시가 유가시마 대표로 출전한다는 소문이 돌면서 아이들의 흥분을 한층 고조시켰다. 아이들은 어느새 염색 가게 앞에서 모이기 시작했다. 우마토바시에 대한 기대감에 가득 찬 아이들은 큰길을 달릴 때도, 말고삐를 죄고 달그락거리는 몸짓을 하며 말을 타는 시늉을 했다.

드디어 우마토바시가 열리는 날이 되자, 아이들은 저마다 나들이용 기모노를 입고 용돈 몇 푼을 오비에 끼워 넣고 집을 나섰다. 수업이 끝나자마자 경마장으로 냅다 뛰어갈 작정으로. 학교도 그날만은 특별히 오전 11시에 수업을 끝내 주었다.

수업이 끝나는 종이 치기 무섭게 운동장 한구석에 집결한 아이들은 나가노 마을까지 쏜살같이 내달렸다. 등 뒤로 모래 바람을 일으키며 거침없이 산을 타는 아이들은 필사적이었다. 조금이라도 지체하다 눈이 빠지게 기다렸던 우마토바시가 끝나 버리기라도 하면 어쩌나. 불안하고 초조했다.

이윽고 고개 정상까지 올랐다. 아이들은 그제야 수북한 억새밭에 몸을 파묻고 잠시 숨을 가다듬었다. 군데군데 시커멓게 그을린 곳이 보였다. 정월에 했던 쥐불놀이 때문이리라. 아이들 키를 훌쩍 뛰어넘는 억새풀이 회색빛으로 바람에 일렁거렸다.

---

39  양력 8월 15일에 조상에게 제사를 지내는 일본식 추석.

흡사 꿈틀거리는 코끼리 살갗인 양.

오랫동안 쉼 없이 달려온 탓인지 시간이 흘러도 격해진 숨결은 진정될 기미가 없었다. 벌렁 드러누운 아이들 눈앞에 병풍처럼 하늘을 둘러싼 이즈의 산들이 펼쳐졌다. 구불구불한 곡선을 그리며 끝없이 이어진 능선들. 아득한 산등성이 너머로 꼭대기가 눈으로 뒤덮인 후지 산이 보였다. 너무 작아서 장난감처럼 앙증맞은 후지 산.

"이제 슬슬 달려 볼까!"

호흡이 가라앉은 유키오가 기합을 단단히 넣은 소리로 외쳤다. 이를 신호로 열 명 남짓한 아이들이 일제히 일어섰다. 옆구리를 살살 문지르는 녀석도 있었지만 우마토바시를 위해서라면 그깟 통증은 아무것도 아니었다. 논에서 용수철처럼 튕겨 나온 메뚜기처럼 아이들은 억새풀에서 튀어나와 이카다바 쪽으로 나 있는 내리막길로 냅다 뛰었다.

백 미터쯤 달렸을 때, 저 멀리서 들려오는 웅성거림을 고사쿠는 들을 수 있었다. 기세 좋게 밀려오는 파도처럼 왁자지껄하게 떠드는 사람들 목소리.

경주가 시작되었음이 틀림없었다. 말들이 출발하면서 관중이 떠들썩하게 함성을 울린 것이리라. 고개에서 잠시 지체한 탓에 대단한 구경거리를 놓쳐 버리다니. 다급해진 고사쿠는 죽을힘을 다해 뛰었다. 다른 아이들 역시 일제히 뒤질세라 속도를 높였다.

드디어 시야에 들어온 경마장. 언덕길 아래쪽 평탄한 대지 위에 수많은 인파가 와글와글했다. 이미 시끌벅적하게 술판이 한창인 사람들도 있고 경마장 주변을 어슬렁거리는 사람들도 있었다. 먹을거리를 파는 가판대가 서너 채 장사를 개시했고 그 옆으로 아름드리 벚꽃 나무 몇 그루가 나란히 서 있었다. 만개한 벚꽃들이 살랑살랑 바람에 흩날리며 떨어졌다.

아이들은 사람들이 북적거리는 곳으로 비집고 들어갔다. 누구 하나 입도 뻥긋하지 않았다. 눈앞에 펼쳐진 숱한 구경거리에 넋이 빠져 입을 열 겨를조차 없었다.

"곤약이다!"

오뎅 가판대 앞에서 유키오가 냅다 소리쳤다. 그러나 누구도 대답하지 않았다. 큼지막한 냄비 속에 뿌얀 김을 내뿜으며 보글보글 끓고 있는 곤약을 보자 너 나 할 것 없이 침을 꼴깍 삼켰지만, 왠지 더 맛난 게 있을 것만 같았다.

"난 곤약 먹을래!"

유키오는 선언하듯 외쳤다. 그리고는 이래도 안 먹을 테냐 하는 식으로 일동의 얼굴을 둘러보았다.

"할머니, 곤약 하나!"

아무도 대답이 없자 결국 유키오는 가게 노파에게 말했다.

"넵!"

노파는 삼각형 곤약을 끼운 긴 꼬챙이를 냄비에서 꺼내 들어, 미소시루가 들어 있는 사발에 솜씨 좋게 돌려서 빼냈다.

"돈 먼저 내놔라. 안 그럼 못 먹는다."

노파는 사발을 한 손에 들고 다른 손을 쑥 내밀었다.

"흥, 그만둘까 보다."

유키오가 짐짓 딴청을 부렸다.

"이 녀석이 시방 무슨 헛소리야!"

돌연 노파의 얼굴이 딱딱하게 굳어졌다.

"저쪽에 있는 곤약이 더 크단 말이야."

유키오가 입을 비죽거리며 대꾸했다. 과연 경마장 입구에도 있는 오뎅 가판대에 파는 곤약이 확실히 더 커 보였다.

"어라, 요놈 봐라? 너 대체 뉘 집 자식이냐?"

노파는 이내 험상궂은 표정으로 다그쳤다.

"철물점."

아이들이 이구동성으로 대답했다.

"철물점? 유가시마에 있는 철물점?"

"응."

이번엔 유키오가 고개를 끄덕였다.

"흥, 그럼 그렇지. 버르장머리 없는 녀석 같으니. 집에 가서 아버지한테 똑바로 일러라. 일전에 판 못 상자, 세 개나 모자랐다고!"

그러고는 아이들 얼굴을 찬찬히 둘러보다가 느닷없이 고사쿠에게 곤약 꼬치를 내밀었다.

"아가, 이거 너 먹어라. 공짜다."

고사쿠는 흠칫 놀라 두세 걸음 뒷걸음질 쳤다. 그러는 사이에 양조장집 요시에가 냉큼 곤약 꼬치를 노파 손에서 빼앗았다.

"공짜니까 받아 둬."

요시에는 고사쿠에게 곤약 꼬치를 쓱 내밀었다. 그러나 고사쿠가 쭈뼛대며 몸을 빼는 사이에 그만 곤약이 꼬치에서 미끄러져 땅에 휙 떨어지고 말았다.

아이들은 차례대로 가판대를 돌았다. 오징어구이나 쌀 경단을 파는 곳이 눈길을 끌었다. 결국 유키오는 오징어구이를, 요시에와 고사쿠는 쌀 경단을 샀다. 하나씩 사 먹고 나니 돈이 다 떨어졌다. 그제야 아이들은 여기에 온 목적을 깨달았는지 말이 어디 있는지 주위를 두리번거리기 시작했다.

술판이 벌어진 자리에서 조금 떨어진 곳에 말 대여섯 마리가 보였다. 아이들은 우르르 그곳으로 몰려가 말의 긴 얼굴을 요모조모 뜯어보거나 말마다 꼬리 길이를 비교해 보면서 수선을 떨었다. 매년 열 마리 이상은 모였는데 이번에는 웬일인지 열 마리에는 못 미쳤다. 하지만 말이 몇 마리 모이든 우마토바시의 흥행과는 상관없었다. 사람들은 말 두세 마리가 달리는 경마 자체에는 애당초 관심이 없었으니까. 그저 만개한 벚꽃을 바라보며 유유자적 술잔을 돌리면 그만이었다. 경마는 그저 봄의 풍류를 즐기는 데 보태진 눈요깃거리일 뿐.

오히려 긴장한 쪽은 아이들이었다. 유가시마 마을 대표 기요시가 모습을 드러내자 고사쿠 일행은 잔뜩 숨을 죽였다. 가미오미 마을의 미장이네 아들 다쓰와 경주가 시작되기 전, 아이들은 기요시를 응원하기 위해 한산한 경마장 북쪽에 자리를 잡았다.

드디어 경주가 시작되었다. 평소에는 출발 직전에 타이밍이 엇갈려 번번이 다시 하는 경우가 많았는데 이번에는 실수가 없었다. 두 마리 말이 동시에 출발선을 끊고 나란히 달리기 시작했다. 그런데 얼마 못 가 다쓰의 말이 돌연 발을 우뚝 멈추어 버렸다. 그러고는 무엇에 심사가 뒤틀렸는지 하늘 위로 올라가려는 듯 뒷다리를 들고 앞다리로 허공을 마구 가르는 게 아닌가. 그 바람에 다쓰는 말에서 털썩 떨어져 버렸다. 와아! 하고 커다란 함성이 들리며 수많은 사람들이 자리를 박차고 달려왔다. 그는 별다른 부상 없이 툭툭 다리를 털며 일어났다. 큰일이라도 난 듯 한걸음에 달려온 사람들은 실망한 기색이 역력한 표정으로 다시 자리로 되돌아가야 했다.

그 와중에 경마장을 혼자 일주한 기요시는 그걸로 성이 차지 않은 듯 혼자 한 번 더 경마장을 돌았다. 고사쿠의 눈에 기요시가 더없이 훌륭했다. 평소에는 한심한 백수건달이라는 둥, 밥만 축내는 게으름뱅이라는 둥, 험담만 일삼던 어른들도 이날만은 그를 한껏 치켜세웠다.

 "기요시가 맘만 먹으면 일본 제일의 기수가 될 거다!"

 그렇게 말하며 엄지손가락을 치켜세우는 노인마저 있었다. 아이들은 기요시를 칭찬하는 말을 듣기 위해 술자리가 벌어진 자리마다 기웃거렸다.

 그러다 이내 싫증이 났다. 아이들은 참을성 있게 다음 경주가 열리기를 기다리며 다음에 출전하는 기수 옆에 찰싹 달라붙어 있었다. 다리에 딱 달라붙는 근사한 코듀로이 바지를 입은 기수는 가죽 채찍을 잡고 당장이라도 출발할 차림새였지만 술판이 벌어진 몇 군데를 돌며 술을 마시느라 아무리 기다려도 예시장에 나타나지 않았다. 그때였다. 온천 여관 여종업원으로 일하는 계집 하나가 고사쿠에게 살그머니 다가온 것은.

 "고짱, 사키코가 곧 갓난쟁이 낳을 거라는데 참말이야?"

 "갓난쟁이?"

 고사쿠는 의아한 눈길로 상대를 쳐다보았다.

 "몰라."

 고사쿠는 이렇게 말하며 고개를 흔들고는,

 "사키코 누나가 갓난쟁이 낳는대?"

 하고 되물었다.

 "오늘 아침에 낳는다고 하던데? 참말로 모르니?"

 "몰라, 그런 거."

가슴이 철렁 내려앉았다. 그게 정말이라면 큰일이 아닌가. 왜 큰일인지는 알 수 없지만 하여튼 큰일이었다.

"갓난쟁이······."

고사쿠는 이렇게 중얼거리다가 한시라도 빨리 큰집에 가 봐야겠다고 생각했다. 고사쿠는 유키오를 바라보았다.

"사키코 누나가 갓난쟁이 낳는대."

"갓난쟁이? 그게 뭐야?"

"······."

"아기?"

"응."

고사쿠가 대꾸하자 유키오는 눈을 반짝 빛냈다.

"좋아, 보러 가자!"

유키오는 아이들에게 사키코가 아기를 낳게 생겼으니 보러 가는 게 좋겠냐, 여기 남아서 계속 우마토바시를 보는 게 좋겠냐, 하고 물었다. 고대하고 고대하던 우마토바시였지만 기수는 꾸물거리고 술판을 벌인 어른들만 거나하게 취해 돌아다니는 터라 아이들은 이미 싫증이 난 차였다. 하지만 다음해 이맘때가 되면, 언제 그랬냐는 듯 우마토바시에 대한 즐거운 기억만 곱씹으며 이날을 손꼽아 기다리리라.

"아기 낳는 거 보는 게 훨씬 재밌다. 나 예전에 바구니 속에 낳는 거 본 적 있어."

과자 가게 헤이치가 입을 동그랗게 오므리고 말했다.

"공갈치지 마라! 아기는 대야에다 낳는다!"

누군가 끼어들었다.

"너야말로 사기 치지 마라! 바구니가 틀림없다. 내가 똑바로 봤다고!"

헤이치는 지지 않고 맞섰다. 두 사람이 옥신각신하는 사이, 사람들이 우와 하고 우렁차게 소리쳤다. 세 마리가 일렬로 달리는 중이었다. 기수들은 하나같이 몸을 최대한 일으켜서 채찍을 말 엉덩이에 휘두르며 속도를 높이고 있었다.

"진짜 경주가 시작됐다!"

옆에 있던 사내가 냅다 소리를 질렀다.

경주가 끝나자 아이들은 미련 없이 경마장을 벗어났다. 고사쿠는 사키코가 아기를 낳는 장면을 놓칠세라 안절부절못했다. 서둘러 큰집에 가지 않으면 아기는 벌써 태어나 버린 뒤일지도 모른다. 사키코가 어떻게 아기를 낳는지도 궁금하고 그 아기가 어떻게 생겼는지도 궁금했다. 여염집 아낙네들이 낳은 아기에겐 손톱만큼도 관심이 없었지만 사키코가 낳은 아기라면 얘기가 달랐다.

아이들은 두 시간 전에 정신없이 달렸던 길을, 이번에 반대 방향으로 정신없이 달렸다. 고개를 오르자 이번에도 억새밭 속에 몸을 파묻고 잠시 쉬었다. 갈 때는 바람이 불지 않았지만, 돌아오는 길에는 매서운 바람이 끊임없이 억새풀 사이로 휘몰아쳤다. 햇빛마저 바람에 이리저리 흩날리는 것 같았다.

여느 때보다 화창한 날이었지만 바람이 잔뜩 성을 내는 터라 온몸에 짜르르 소름이 돋았다.

고개에서 한숨 돌리고 나서 아이들은 일렬로 다시 달렸다. 언덕의 경사면을 내려올 적에 바람이 휘몰아치면 아이들은 행여나 바람에 날아갈까 몸을 잔뜩 구부리고 땅에 바짝 웅크렸다.

아이들이 나가노 마을을 빠져나와 구보타 마을 어귀에 들어섰을 때는 봄날의 석양이 마을 주변을 홍시 빛깔로 물들일 무렵이었다.

허름하고 자그마한 양조장과 그 옆에 서 있는 오래된 메밀잣밤나무를 보자 고사쿠는 집에 돌아왔구나, 하는 기분이 들었다. 다른 아이들도 마찬가지인 양,

"나 집에 갔다 올래."

이구동성으로 이렇게 말했다. 유일하게 집이 그립지 않은 건 유키오뿐인 듯했다.

"안 돼! 이제부터 다 함께 아기 낳는 거 보러 간다!"

유키오는 어림없다는 듯 이렇게 말하면서 양조장 앞에 선 1학년들을 노려보았다.

"그치? 고짱."

유키오는 동의를 구하듯 고사쿠를 바라보았다. 고사쿠도 한시바삐 아기 낳는 걸 보고 싶었지만, 이렇게 떼 지어 우르르 몰려가도 되는 건지 망설여졌다.

"다 같이 갈 거야?"

고사쿠가 소심한 목소리로 유키오에게 물었다.

"당연하지!"

"우리한테 아기 낳는 거 보여 줄까?"

"일단 수색대를 파견해서 적진을 살펴보자!"

유키오 입에서 나온 '수색대'라는 단어가, 아이들에게 불현듯 신선한 자극을 불어넣었다. 집에 가겠다는 말은 쏙 들어가고 모두들 눈을 반짝 빛냈다.

"나 수색대 할래!"

과자 가게 헤이치가 손을 번쩍 들었다.

"그럼 우리가 먼저 간다. 가서 상황이 어떤지 보고 올게."

유키오는 심각한 표정으로 작전을 지휘하듯 말했다. 헤이치는 말에 올라탄 시늉을 하며 큰집으로 달려갔다. 고사쿠는 기분이 상했다. 유키오가 사키코의 분만을 왠지 장난거리로 삼는 것 같았던 것이다.

"나도 갈래."

고사쿠가 말했다.

"안 돼! 인원이 많아지면 바로 잡힐 거야. 몰래 낳으려고 일부러 우리가 우마토바시에 갔을 때 낳으려고 한 거 아냐."

유키오가 제지했다. 듣고 보니 일리가 없진 않았다.

"아무한테도 안 보여 주려고 단단히 망을 보고 있을 텐데 그러다 걸리면 너희 할아버지한테 된통 혼날걸?"

험악한 표정의 외할아버지를 떠오르자, 고사쿠는 하는 수 없이 발걸음을 멈췄다.

"그럼, 어떻게 해?"

"일단은 그 집에 가서 아무도 몰래 나무에 오르는 거야. 그럼 2층 사키코 방이 보이겠지?"

그런 게 정말 가능할지 알 수 없었지만, 지금 무리의 주도권을 잡고 있는 건 유키오였기에 그대로 따르는 수밖에 도리가 없었다. 하지만 자신은 사키코의 친척이 아닌가. 유키오가 자신의 특별한 위치를 깡그리 무시하는 것에 고사쿠는 부아가 치밀어 올랐다.

그러는 사이 헤이치가 숨을 헐떡이면서 돌아왔다.

"나왔다!"

"아기가 나왔다고?"

유키오가 놀라서 반문했다.

"응."

"어떻게 알았어?"

"아기가 막 울고 있었어."

"참말이냐?"

"참말이다. 집 앞에 가서 정찰했더니 응애 하는 소리가 들렸어."

상황을 모르는 아이들은 아무도 헤이치 말에 반박할 수가 없었다. 그러나 고사쿠는 도저히 믿어지지가 않았다. 그렇게 쉽게, 심지어 자기도 모르는 사이에 사키코가 아기를 낳을 리가 없었다.

"말도 안 돼!"

고사쿠는 바락바락 우겼지만 아무도 동조하는 기색이 없었다.

"뭐 상관없어. 나왔으면 바구니에 들어가 있겠지. 이제 바구니 속을 보러 간다. 헤이치, 넌 날 따라와. 내가 나무에 오르면 너는 여기로 보고하러 와. 알겠어? 너는 절대 나무에 올라가지 마."

유키오는 명령을 전달하고 헤이치를 데리고 큰집으로 달려갔다. 고사쿠도 갈려면 갈 수 있었지만 돌연 무서워졌다. 이제까지만 해도 사키코가 아기 낳는 장면을 보고 싶었지만 갑자기 섬뜩한 공포감에 사로잡혔다. 고사쿠는 길가의 돌 위에 맥없이 걸터앉았다. 다른 아이들은 아기를 언제쯤 구경하게 될지 조바심을 내며 서로 자기가 먼저라고 티격태격하고 있었다.

이윽고 헤이치가 돌아왔다.

"유키짱이 나무에 올라갔다."

고사쿠는 벌떡 일어났다.

"모두 나중에 와. 일단은 우리 먼저 간다."

고사쿠는 헤이치를 재촉하며 큰집으로 향했다. 겉으로는 짐 짓 명령하는 투로 말했지만 혼자서는 도저히 무서워서 못 갈 것 같았다. 심부름꾼 노릇을 하느라 파김치가 된 헤이치는 숨을 헐떡이며 몇 번이고 걸음을 멈추었다. 그러나 고사쿠는 채근하지 않았다. 엄청난 사건을 대면한다는 두려움에 자신의 발걸음도 천근만근 무거웠던 것이다.

이윽고 큰집 근처 사거리에 들어섰다.

"저기, 고쨩 들리지?"

헤이치가 다리를 멈추고 속삭였다. 고사쿠는 가만히 귀를 쫑긋했으나 아기 울음소리는커녕 황혼이 내려앉은 마을은 적막하기만 했다.

"잘 들어봐. 들리지?"

"들리긴 뭐가 들려."

"들리잖아. 안 들려?"

헤이치는 답답하다는 듯 짚신을 벗어 땅 위에 가지런히 놓고는 땅에 넙죽 엎드렸다. 그리고 자못 신중한 표정으로 얼굴을 좌우로 천천히 돌렸다. 마치 땅속에서 아기 소리가 들려오기라도 한다는 듯.

"그런다고 아기 소리가 들리겠냐? 이 멍청아!"

고사쿠가 한심하다는 듯 대꾸했다.

"이래야 잘 들린다고."

헤이치는 여전히 진지했다. 그러고는 갑자기 귀를 땅에 바싹 갖다 댔다.

"들린다! 아기가 울고 있어!"

그러고는 정말로 들리는 것처럼 다급하게 외치고는 몸을 일으켰다.

큰집으로 향하는 돌계단에서 고사쿠는 집 안을 힐끔거렸다. 쥐죽은 듯 고요했다. 무슨 일이 터진 기미는 전혀 없었다. 고사쿠가 앞뜰로 돌아가려는 찰나,

"쉿!"

하는 목소리가 머리 위에서 들렸다. 화들짝 놀라 올려다보니 유키오가 감나무 위에 매미처럼 달라붙어 있는 것이었다.

"올라와!"

유키오는 낮게 외쳤다. 고사쿠는 후다닥 짚신을 벗어 오비에 끼우고는 까슬까슬한 나무를 오르기 시작했다.

드디어 감나무 위에 올라간 고사쿠는 두근거리는 심장을 애써 진정시키며 2층을 둘러보았다. 사키코 방 창문은 굳게 닫혀 아무것도 보이지 않았다.

"뭐야, 하나도 안 보이잖아!"

겉으로는 입을 삐죽 내밀며 실망한 척했지만 속으로 천만다행이다 싶었다.

"내려가자."

안도하는 기색을 숨기며 유키오에게 말하던 순간, 고사쿠는 바로 옆 감나무에 두 녀석, 돌계단 옆 노송나무에 세 녀석이 들러붙어 있는 것을 발견하고 하마터면 소리를 지를 뻔했다.

"뭐야, 안 보이잖아!"

가장 먼저 감나무에 올라온 헤이치가 저도 모르게 큰 소리로 외쳤다.

그 순간이었다.

"이놈들! 당장 내려오지 못해!"

뒷문에서 노기 찬 고함소리가 쩌렁쩌렁 울렸다. 외할아버지였다. 그와 동시에 조그만 몸뚱어리가 일제히 나무에서 우수수 떨어졌다.

나무 중간에 미끄러진 헤이치가 땅에 엉덩방아를 찧고는 찢어질 듯 울음을 터트렸다. 고사쿠와 유키오는 거의 동시에 땅에 내려왔다.

"도망쳐!"

유키오가 다급히 외쳤다. 재빨리 도망치려는데, 누군가 자신의 뒷덜미를 우악스럽게 잡아챘다. 고사쿠는 심장이 바싹 오그라들었다.

"철딱서니 없는 놈!"

고사쿠 눈에서 불이 번쩍 튀었다.

"나무에 올라가지 말라고 그렇게 누누이 일렀는데도!"

외할아버지는 벌겋게 상기된 코끝을 수건으로 문지르며 성난 목소리로 윽박질렀다. 평소에도 마을에서 무섭기로 소문이 자자한 얼굴이 더욱 무섭게 일그러졌다. 볼이 얼얼했다. 외할아버지에게 뺨을 맞은 건 이번이 처음이었다.

"아기가 보고 싶었단 말이에요."

고사쿠는 기어들어 가는 목소리로 중얼거렸다.

"아기?"

"사키코 누나가 아기 낳았다고…….."

외할아버지는 어이가 없다는 듯 그를 바라보았다.

"아직 안 낳았다, 이놈아! 고양이 새끼도 아니고 누가 그리 간단히 아기를 낳느냐!"

외할아버지는 여전히 화가 가시지 않은 음성으로 꾸짖으면서 고사쿠의 볼을 두 손가락으로 쿡쿡 찔러 대는 것이었다.

그날 밤이었다. 고사쿠는 부스럭거리는 소리에 잠을 깼다.

"할머니, 뭐 해?"

할머니는 외출 준비로 분주했다.

"큰집에서 아기가 곧 태어날 모양이다. 할미 후딱 다녀올 테니 고짱은 코 자고 있어라."

고사쿠가 이부자리에서 벌떡 일어났다.

"나도 갈래!"

"이제 겨우 진통이 시작된 거라 지금 가도 한참을 기다려야 해. 착하지? 얌전히 자고 있어. 아기가 두 개 나오면 하나는 고짱 주라고 할 테니까, 응?"

할머니는 부지런히 기모노에 다스키[40]를 단단히 매고 수건을 머리에 감쌌다. 마치 능숙한 일꾼 같았다. 이번에야말로 중대한 사건이 터지는 것인가.

"나도 갈래!"

"어린이는 아가 태어나는 데 가는 거 아니라니까 그런다. 얌전히 기다리면 내일 아침에 볼 수 있어."

할머니는 완고했다.

"괘씸한 사키코라도 이럴 땐 내가 있어야지, 암. 아기 낳는 게 어디 보통 일인가."

할머니는 이렇게 중얼거리고는 남포등 불을 끄고 계단을 내려갔다. 고사쿠는 어두운 방에 혼자 남겨졌다. 무섭지는 않았

---

40 통 넓은 옷소매를 걷어 올리기 위해 어깨에서 겨드랑이 사이로 묶는 끈.

지만 아기가 곧 태어난다는 사실만으로 어둠 속 공기가 평소와
전혀 다르게 느껴졌다.

얼마나 시간이 흘렀을까, 멀리서 닭 울음소리가 들려왔다. 어
슬어슬한 새벽녘이 다가오고 있었다. 고사쿠는 잠자리에서 일
어나 창문을 살짝 열었다. 아직 밖은 캄캄했다.

고사쿠는 어젯밤만큼 아침이 빨리 오기를 학수고대한 적이
없었다. 당장이라도 아기 얼굴을 보지 않고는 못 배길 지경이
었다. 그렇게 초조하게 동이 트기를 기다리다가 고사쿠는 깜박
잠이 들었다.

사키코의 아들을 보게 된 건 그로부터 1주일이 지난 뒤였다.
고사쿠는 한 생명이 이 세상에 불쑥 나타난 것도 신기했지만
하필이면 왜 사키코가 그 생명을 낳았는지도 신기했다. 고사쿠
는 아기가 태어난 뒤부터 뻔질나게 큰집에 들락날락거렸지만
희미하게 아기 울음소리만 들을 수 있었을 뿐, 아무도 그에게
아기를 보여 주려 하지 않았다.

큰집 식구들은 아기가 태어나고부터 갑자기 심보가 몹시 고
약해져서는 아기를 구경할 기회를 엿보는 고사쿠에게 번번이
어깃장을 놓았다.

닷새째 되던 날, 학교에서 돌아오는 길에 큰집을 지나던 고
사쿠를 외할머니가 불러 세웠다.

"고짱, 사키코 아기 보고 싶지?"

"보기 싫어!"

그동안 몇 번이고 거절당해 빈정이 상할 대로 상한 고사쿠는
퉁명스레 대꾸했다. 사실은 막상 아기를 보게 된다고 하니 더
럭 겁이 난 것이었다.

"그러지 말고 할머니랑 보러 가자, 응?"

"보기 싫다니까!"

정말 아기를 보게 될까 봐 두려워진 고사쿠는 그만 버럭 소리를 지르고 말았다.

1주일째 되는 날, 사내아이에게 도시유키라는 이름이 생겼다. 고사쿠는 할머니 심부름으로 큰집에 갔다가 앞뜰 툇마루에서 우뚝 걸음을 멈추었다. 사키코였다. 두 손에 아기를 안고 있었다.

"어머, 고짱!"

사키코는 싱글거리며 아기 얼굴을 보여 주었다. 고사쿠는 쭈뼛거리며 작디작은 생명체를 힐끔 들여다보았다. 사람이라기보다는 그저 조그만 살덩어리에 가까웠다. 자신에게 말을 걸지도 않고 심지어 살아 있는지 죽어 있는지조차 알 수 없었다.

"뭐야, 이게 아기야?"

고사쿠는 두세 걸음 뒷걸음질 쳤다. 오랫동안 보기는 왠지 꺼림칙했다.

"고짱 사촌 동생이야."

"그런 거 필요 없어."

"필요 없다니, 그런 말이 어디 있니?"

사키코는 나무라듯 말하고는 2층 계단으로 총총히 사라져 버렸다. 고사쿠는 뼈저리게 실감했다. 사키코는 예전처럼 자신을 귀여워해 주지 않는다는 것을. 아기가 자신에 대한 사키코의 애정을 몽땅 빼앗아 가 버렸으니까. 그렇다면 자신도 아기를 귀여워하지 않으리라. 고사쿠는 몇 번이고 이렇게 다짐하는 것이었다.

그날 밤, 고사쿠는 저녁상을 들면서 할머니에게 종알거렸다.

"아까 아기 보고 왔는데, 엄청 이상하게 생겼다."

"흥, 당연하지. 자고로 자식은 어미를 닮는 법이야. 피는 못 속이지, 암."

사키코가 아기를 낳던 날, 산파 역할을 하려고 단단히 준비를 하고 갔던 할머니는 잔뜩 기분만 상하고 온 터였다. 이미 큰집에서는 니시비라 마을의 젊은 산파를 불렀던 것. 할머니는 큰집 식구들에게 완전히 무시당했다는 생각에 아기 얘기만 나오면 온갖 악담을 서슴지 않았다.


오타키 마을 농가에 사는 5학년 쇼키치가 돌연 사라져 버린 기묘한 사건이 일어난 건 4월 3일 우마토바시가 끝나고 스무날이 지난 뒤였다. 그러고 보니 그해 4월에 유독 사건 사고가 많았다.

쇼키치가 어디서 없어졌는지 확실히 알 수 없었지만 사람들 말을 종합해 보면, 학교에서 돌아와 뒷산에 장작을 패러 간다고 하고 혼자 집을 나갔다가, 그대로 감감무소식이라는 얘기였다.

마을은 벌집 쑤신 듯 발칵 뒤집혔다. 주민들은 연일 '아동 실종 사건'이라고 수군대며 엄청난 범죄가 일어난 양 떠들어 댔다. 아이들도 예외는 아니었다. 행여나 자기가 다음 희생자가 되지는 않을까 벌벌 떨면서 운동장에서도 똘똘 뭉쳐 다녔다. 고사쿠는 쇼키치와 말을 나눠 본 적은 없었지만 그다지 호의를 갖고 있진 않았다. 말썽꾸러기는 아니었지만 단춧구멍처럼 답답한 눈에는 언제나 짓궂은 심술이 가득했다.

반년 전, 고사쿠는 영문도 모른 채 교문에서 쇼키치에게 오른쪽 뺨을 맞은 적이 있었다. 얼떨떨한 표정을 짓는 고사쿠를 두고 일언반구도 없이 등을 돌려 학교로 쑥 들어가는 쇼키치의 뒷모습이 여전히 눈에 선했다. 그래선지 쇼키치가 실종되었다는 이야기를 들어도 고사쿠는 별반 동정이 가지 않았다. 얄미운 짓만 일삼아서 벌 받은 게 아닐까 하는 생각마저 들었다.

학교가 끝나자, 아이들은 유채꽃이 꽃망울을 터트리기 시작한 논두렁에 집결했다. 이날은 정초부터 재미들인 연날리기도 마다하고 각자 실종 사건에 대한 이야기로 열을 올렸다. 해가 뜨자마자 어른들이 쇼키치를 찾으러 죄다 산으로 들어간 탓에 마을은 왠지 을씨년스러운 공기가 감돌았다. 아이들은 실종 사건을 파헤치는 탐정이라도 된 양 추리에 추리를 거듭하다가 오카네라고 부르는 여자를 감시하기로 의견을 모았다. 그녀의 집은 고사쿠네 뒷문을 사이에 두고 이웃해 있었는데, 늘 고사쿠가 아침에 세수를 하는 도랑가에 그릇을 씻거나 빨래를 하러 모습을 드러내곤 했다. 오카네는 결코 입을 여는 법이 없었다. 어릴 때 실종되었다가 1주일 뒤 아마기의 고개 숲 사이에서 발견되었는데, 그 뒤로는 머리가 이상해졌다고 했다. 쇼키치가 실종된 사건을 계기로, 아이들은 비슷한 일을 겪은 오카네에게 의심의 눈초리를 보내는 것이었다.

감시하는 역할은 이번에도 헤이치가 담당했다. 헤이치는 논두렁길을 단숨에 달려가 물레방아 옆으로 몸을 감추었다가 오카네 집에 가까이 다가가려는 찰나, 다시 숨을 헐떡이며 돌아왔다.

"오카네가 지금 나가노 마을 쪽으로 걷고 있어. 손에 낫을 들었다."

아이들은 흥분했다.

"나가노에 뭐 하러 가는데?"

"나가노에 가는 게 아니라, 고신사마[41]가 있는 뒷산에 가는 걸 거야."

"거긴 뭐 하러 가는데?"

"정말 낫을 들었어?"

"낫으로 쇼키치 목이라도 뎅강 자르려나 보다."

일동은 무심코 숨을 죽였다. 실종된 전력이 있는 오카네가 낫을 들고 뒷산에 간다는 얘기에, 아이들은 너도나도 심장이 두근거렸다.

유키오, 요시에, 가메오, 시게루, 고사쿠가 선두로 나섰다. 열댓 명 남짓한 아이들은 나가노 마을로 통하는 큰길로 향했다. 예상대로, 작업복을 걸친 오카네가 고신사마 앞에서 우측으로 꺾어진 뒷산으로 이어진 샛길을 걷고 있었다. 아이들은 그녀와 일정한 간격을 유지하면서 좁은 산비탈을 한 줄로 일사불란하게 올라갔다. 산비탈이라고 해도 야트막한 언덕에 가까웠기에 정상에 오르는 건 식은 죽 먹기였다.

오카네는 아이들이 미행하고 있는 걸 꿈에도 모르는 듯 서슴없이 꼭대기에 올라가 허리를 쭉 펴고 잠시 한숨을 돌렸다. 그러다 얼마 후 맞은편 비탈길을 내려가기 시작했다. 아이들도 오카네 뒤를 따라 내려갔다. 도중에 1학년 아이가 집에 돌아가고 싶다고 하소연했으나 유키오에게 단칼에 제지당했다.

비탈길을 내려가니 사면이 온통 산으로 둘러싸인 조그만 평지가 나왔다. 보라색 자운영 꽃과 노란색 유채 꽃이 만발했다. 화려하고 거대한 양탄자가 깔려 있는 것 같았다. 고사쿠는 이토록 아름다운 곳이 여기에 숨겨져 있었구나, 하면서 탄성을

41 병마를 물리치는 금강동자를 모시는 공양탑.

내뱉었다. 아이들은 아름다운 양탄자에 우두커니 서 있는 오카네를 예의주시했다. 그녀는 우두커니 있다가 이윽고 자운영 꽃이 활짝 핀 사이에 주저앉아 보자기 안에서 주먹밥을 꺼내 들고 맛있게 먹기 시작했다.

"뭐야, 겨우 저기서 도시락 까먹고 있는 거야?"

시게루가 잔뜩 김빠진 투로 말했다.

"다 먹고 쇼키치를 불러내 목을 자를지도 모르지."

유키오가 경계심을 잃지 않고 대꾸했다.

"모두 여기 숨어서 망을 본다! 내가 신호할 때까지 한 발자국도 나와선 안 돼."

아이들은 유키오의 명령에 복종하듯 각자 자리에 쭈그리고 앉아 묵묵히 오카네를 지켜보았다.

고사쿠는 곧 무슨 일이 일어나리라 확신했다. 왠지 모를 기대감으로 가슴이 부풀어 올랐다. 오카네는 오랫동안 입을 천천히 오물거리며 주먹밥을 몇 개나 먹어 치웠다. 다음 주먹밥을 먹기까지 한참이나 시간이 걸렸다.

숨을 죽이고 목표물을 노려보는 아이들과 산골짜기 꽃밭에서 따사로운 봄 햇살을 맞으며 여유롭게도 도시락을 까먹는 오카네.

"돌아가자."

이번에는 다른 아이가 말했다.

"안 돼."

이번에는 가메오가 맞받았다. 그때 헤이치가 경고하듯 말했다.

"여기 땅벌 집 있는 거 모르지? 자칫하다간 쏘인다고."

"아악!"

말이 끝나기 무섭게 헤이치가 요란한 비명을 내지르며 벌러 덩 자빠졌다.

헤이치를 돌아본 고사쿠는 후다닥 놀라 일어섰다. 수십 마리 벌떼가 무리를 지어 헤이치 머리 주변을 날아다니고 있는 게 아닌가.

화들짝 놀란 고사쿠는 정신없이 산비탈을 뛰어내리기 시작했다. 그 앞으로 요시에와 유키오가 한발 앞서 달렸다. 붕붕붕. 기분 나쁜 벌떼 소리가 끝없이 귓가에 메아리쳤다.

"하오리⁴²를 뒤집어써!"

누군가 긴박하게 외쳤다. 고사쿠는 즉시 하오리 자락을 걷어서 뒤로 머리를 덮었다.

비탈길을 내려온 아이들은 논두렁 사이를 우왕좌왕하며 뛰어다니다가 서쪽으로 난 논길로 냅다 뛰었다. 이 길 말고는 산으로 둘러싸인 평지를 탈출할 방법은 없었다.

고사쿠는 두세 번 발을 헛디뎌 앞으로 고꾸라졌지만 아픈 것도 잊은 채 달리고 또 달렸다. 전방으로 나가노 마을이 드러나는 널찍한 들판이 보인 뒤에야 다소 마음을 놓을 수 있었다. 안도의 한숨을 내쉬며 주변을 둘러본 고사쿠는 놀라 까무러칠 뻔했다. 자기 앞을 달리는 무리 중에 오카네가 있는 게 아닌가. 그 앞을 요시에가 달리고, 그 훨씬 앞을 몇 명의 아이들이 달리고, 가장 앞에 유키오가 달리고.

큰길에 들어서자 유키오는 턱밑까지 차오른 숨을 고르며 멈춰 섰다. 그 뒤로 아이들이 우르르 멈춰 섰다. 헤이치는 이마를

---

42 기모노 위에 걸치는 옷깃 없는 짧은 겉옷.

손으로 부여잡고 엉엉 울고 있었다. 그러자 1학년 두 명도 일제히 울음을 터트렸다.

"아가, 어디 좀 보자."

그때, 오카네가 저벅저벅 다가와 헤이치의 소맷자락을 잡았다. 고사쿠가 그녀의 목소리를 들은 건 그때가 처음이었다. 벙어리가 아니었구나. 오카네에게 소맷자락을 잡힌 헤이치는 가히 절망적인 낯빛으로 자지러지게 울어 대기 시작했다.

오카네는 팔다리를 버둥거리는 헤이치를 품 안에 안고 그의 이마에 입을 가져갔다. 헤이치가 고래고래 소리를 질러 댔다.

"으악! 살려 줘!"

오카네는 벌에게 쏘인 헤이치의 이마 부분을 몇 번이고 입으로 빨아들인 다음,

"이제 괜찮을 거야."

하고 손바닥으로 철썩 그의 이마를 때렸다. 마침내 자유의 몸이 된 헤이치는 비틀거리며 두세 걸음 옮기다가 땅바닥에 철퍼덕 엉덩방아를 찧었다. 그와 동시에 나머지 아이들은 걸음아 날 살려라 줄행랑쳤다. 우물쭈물하다가는 오카네에게 잡아먹히기라도 한다는 듯.


쇼키치가 발견된 건 실종된 지 사흘째 되던 날 저녁이었다. 유가시마 마을에서 4킬로미터 떨어진 신덴 마을에 사는 사내가 산에서 일을 하고 돌아오다 통나무에 멍하니 앉아 있던 쇼키치를 발견했다고 했다. 그날도 각 마을에서 파견된 쇼키치 수색대가 아마기 산속을 샅샅이 파헤쳤다가 허탕을 쳤는데 정작 쇼키치는 유가시마에서 엎어지면 코 닿을 산기슭에 있었으니 참으

로 얄궂은 일이 아닐 수 없었다. 굶주려 꼼짝할 수 없던 그는 자신을 발견한 사내의 등에 업혀 내려왔다. 일단은 근처 농가에서 하룻밤을 보내고 다음 날 오타키 마을로 옮겨진다고 했다.

쇼키치가 발견되었다는 소문은 삽시간에 마을 전체에 퍼졌다. 할머니에게 이 사실을 전해 들은 고사쿠는 몹시 흥분한 탓에 그날 뜬눈으로 밤을 지새웠다.

이튿날, 꼭두새벽부터 일어난 고사쿠는 도랑가에서 세수를 하고 집 밖으로 나갔다가 시냇가에 세수하러 나온 유키오와 마주쳤다. 늦잠꾸러기 유키오도 쇼키치를 찾았다는 소식에 밤새 잠을 설친 눈치였다.

"고짱, 쇼키치 보러 갈까?"

"응, 가자!"

일찍부터 일어난 터라 아침 식사까지는 아직 시간이 있다. 더군다나 오타키 마을의 쇼키치 집까지는 달리면 15분밖에 걸리지 않을 터.

고사쿠와 유키오는 이른 시간이라 한산한 슈쿠 마을 상점가를 달음박질했다. 그런데 웬걸, 중간중간에 어떻게 눈치를 챘는지 아이들이 한 명 두 명 더해져 쇼키치 집 앞에 다다랐을 때는 다섯 명으로 불어나 있었다. 불어난 아이들이 우르르 집을 한 바퀴 돌아봤지만 어디에도 인기척은 없었다. 대문에서 토방으로 들어가 뒷문으로 다시 빠져나왔지만 집은 텅 비어 있었다. 그러던 중 오타키 마을 아이들이 들어와서 쇼키치가 아직 신덴 마을에 있다고 알려 주었다.

"신덴까지 가 보자!"

유키오의 제안에 다른 아이들은 일제히 고개를 끄덕였다. 그 사이 또 아이들이 늘어나 도합 여덟 명이 되었다. 아이들은 신덴 마을을 향해 난 시모다 도로를 걷다가 달리거나 했다. 그 와중에 할머니가 만들어 주는 미소시루 냄새가 떠오르자 고사쿠는 급속히 허기를 느꼈다.

마침내 신덴 마을에 들어섰다. 쇼키치가 머물고 있다는 농가 앞은 이미 어른 아이 할 것 없이 몰려든 사람들로 인산인해였다. 고사쿠 일당은 주변 사내들처럼 길섶에 쭈그려 앉아 쇼키치가 나오기를 기다렸다. 그러나 좀처럼 그가 나올 기미는 안 보였다. 사내들은 이따금 농가에 들어갔다가 다시 나와 털썩 주저앉기를 수차례 반복했다. 그 와중에 아낙네 몇 명이 기다리는 사람들에게 간단한 요깃거리로 주먹밥을 내왔다. 어른들은 허겁지겁 받아 들어 입에 집어넣었지만 아이들은 그 모습을 보며 그저 침이나 삼킬 뿐이었다.

고사쿠와 유키오가 굶주린 배를 부여잡고 따분하기 그지없는 시간을 보내는 사이, 어른들 중 누군가가 여기서 이렇게 시간을 죽일 게 아니라 쇼키치가 발견된 삼나무 숲에 가서 신께 감사 기도를 드리고 오자고 제안했다. 기운이 쪽 빠져 널브러져 있던 고사쿠와 유키오는 이건 또 무슨 소린가 싶어 짜증이 솟구쳤지만 열 명 남짓한 사내들이 우르르 일어나 걷기 시작하자 얼김에 엉거주춤 몸을 일으켰다.

삼나무 숲까지는 제법 걸어야 했다. 고사쿠와 유키오는 어른들이 내뱉는 말을 한 마디도 놓치지 않으려는 듯 귀를 쫑긋 세우고 말하는 사람을 분간해 가며 종종걸음으로 뒤를 따랐다. 삼나무 숲이 시야에 들어왔을 때,

"어라? 너희들 뭐야?"

그제야 누군가가 자신들을 쫄래쫄래 따라오던 조무래기 두 명을 발견했다.

"어느 마을에서 왔냐?"

다른 한 명이 걸음을 멈추고 다그쳤다.

"구보타요."

유키오가 모기만 한 목소리로 간신히 대답했다.

"구보타?"

상대는 어안이 벙벙한 듯 눈을 크게 떴다.

"학교도 농땡이 치고 여길 따라온 거야? 허, 이놈들 봐라!"

"……."

"퍼뜩 돌아가지 못해!"

벼락같은 불호령이 떨어졌다. 고사쿠와 유키오는 상대의 서슬 퍼런 기세에 잔뜩 주눅이 들어 슬그머니 꽁무니를 뺐다. 그러고 보니, 유가시마에서 함께 온 아이들 중 두 사람을 빼곤 모두 돌아간 뒤였다.

둘은 쇼키치가 머무는 농가에 터덜터덜 돌아왔다. 아까보다 사람들이 곱절은 늘어나 있었다. 저마다 볼이 미어터지도록 주먹밥을 입속에 밀어 넣고 차를 마시면서 와자지껄하게 떠들어대는 중이었다. 고사쿠와 유키오는 잠시 농가에 서 있었지만 학교에 대해 생각하자 급속히 마음이 심란해졌다. 수업은 이미 시작되었을 텐데.

고사쿠는 유키오와 상의하고 싶은 마음이 굴뚝같았지만 입밖으로 내기가 겁났다. 잔뜩 긴장한 유키오 표정을 보니 그도 자신과 마찬가지 마음일 거란 생각이 들었다.

"선생님한테 혼나더라도 쇼키치를 보고 가는 게 낫겠지? 그치, 고짱?"

유키오는 불안한 마음을 애써 부정하며 다짐하듯 물었다.

"그야 그렇지."

고사쿠도 자신은 없었지만 왠지 그렇게 말하지 않으면 안 될 것 같았다. 고사쿠와 유키오는 비가 오나 눈이 오나 함께 어울려 놀았지만, 이날처럼 단번에 의견이 일치한 적은 처음이었다.

"좀 있으면 바로 나올 거야. 그것만 보고 가자, 고짱."

"응, 기다린 시간도 있는데 안 보고 가면 손해지."

고사쿠는 유키오에게 하는 말인지 자신에게 하는 말인지 모르게 중얼거렸다. 그러고는,

"이제 곧 재밌는 일이 생길 거야. 쇼키치가 나오면 여기 있는 사람들 모두 미친 듯이 비명을 지르며 도망쳐 버릴걸."

하고 덧붙였다.

"먹던 주먹밥도 내던지고 줄행랑칠걸. 남은 주먹밥은 이 몸이 먹어 치울 테다."

유키오도 짐짓 거만한 투로 으스댔다. 주먹밥 얘기가 나오자 고사쿠는 입에 침이 가득 고였다. 배가 고파 현기증이 날 지경이었다.

고사쿠는 점점 절망적인 기분에 사로잡혔다. 이제 학교에 돌아가면 난리가 날 텐데 어떡한담. 지금까지 고사쿠는 지각한 적이 한 번도 없었다. 문제는 학교만이 아니었다. 새하얗게 질린 얼굴로 마을 구석구석을 헤맬 할머니 모습도 눈에 선했다. 그런 상상을 하다 고사쿠는 땅바닥에 털썩 주저앉아 양 무릎을 앞에서 세워 가슴에 안았다. 유키오도 지친 듯 똑같은 자세로 옆에 앉았다. 지치고 배고파 손 하나 까딱하기 싫었다. 두 사람은 어

른들이 주먹밥을 우걱우걱 먹는 모습을 멍하니 지켜보았다.

"저 아저씨, 세 개나 해치웠다."

유키오가 힘없는 목소리로 이렇게 중얼거렸다.

얼마 후 삼나무 숲에 기도를 드리러 간 무리가 돌아왔는지, 농가 앞에 사람들이 급속도로 불어났다.

"너희들 여기서 뭐 하나?"

웬 여자 한 명이 수상쩍은 눈길로 두 사람을 바라보았다.

"너희들 학교도 안 가고 여기서 뭐 하나니까?"

또다시 꾸지람을 들을까 봐 고사쿠와 유키오는 얼른 일어섰다.

"돌아가자."

고사쿠가 힘없이 입을 열었다.

"그럴까."

유키오도 덤덤하게 응수했다. 둘은 농가 앞을 벗어났다. 처음에는 뛰었으나 큰길로 들어서자 느릿느릿 걸었다. 해는 이미 중천에 걸려 있었다. 배도 고팠지만 무엇보다 학교에 가기가 두려웠다. 그때부터 두 사람은 굳게 입을 다물고 묵묵히 걷기만 했다. 얼마나 걸었을까. 오타키 마을 초입으로 연결된 조그만 흙다리를 건너는 중에 유키오가 갑자기 걸음을 멈춰 섰다.

"저기, 교장 아냐?"

고사쿠는 유키오가 가리키는 쪽을 보고 흠칫 놀랐다. 누군가 오타키 쪽에서 급한 걸음으로 오고 있었다. 갸름한 얼굴과 구부정한 자세. 영락없는 교장이었다. 조그만 형체가 점점 커질 때까지 고사쿠와 유키오는 말뚝처럼 다리 위에 얼어붙어 있었다.

"교장 맞다! 어떻게 할래?"

유키오는 다급히 고사쿠에게 얼굴을 돌렸다. 고사쿠는 가슴이 벌렁벌렁했다. 길 양쪽으로는 낭떠러지와 산뿐이라 눈을 씻고 찾아봐도 숨을 데가 없었다. 이대로 앞으로 걸어가면 교장과 마주치는 건 시간문제였다.

"고짱, 어떻게 할래?"

유키오는 당장이라도 울음을 터트릴 것 같았다. 원래 왔던 길을 되돌아가는 것 이외에 방법이 없었다. 고사쿠는 몸을 획 돌리고 낮게 외쳤다.

"달려!"

"응!"

대답도 하기 전에 유키오는 이미 달리고 있었다. 고사쿠는 숨이 턱까지 차오르고 옆구리가 아파 왔지만 이를 악물었다. 아무리 괴로워도 교장을 맞닥뜨리는 것보단 백배 낫다고 수없이 되뇌었다. 정신이 아득해졌다. 2, 3백 미터쯤 달렸을 무렵, 얼굴이 일그러진 유키오는 거칠게 숨을 몰아쉬며 길가에 털썩 주저앉아 버렸다. 고사쿠도 그 옆에 앉았다. 두 사람은 잠시 동안 잠자코 숨을 고르다 다시 일어섰다. 교장과의 거리가 점점 좁혀 오고 있었다.

두 사람은 다시 달렸다. 그렇게 달리다 다시 주저앉기를 몇 차례, 고사쿠는 견딜 수 없이 괴로워졌다.

"유키짱, 나 죽을 것 같아."

평소와 달리 잔뜩 의기소침해져 있던 유키오는 마치 상대에게 항복 선언을 받아 낸 선수처럼 순식간에 표정이 밝아졌다. 유키오는 거친 숨을 내쉬며 주위를 쓱 둘러보았다.

"저쪽에 숨자!"

유키오가 결연한 표정으로 전방을 가리켰다. 절벽 근처에 울창한 삼나무 숲이 보였다.

고사쿠는 힘겹게 일어섰다. 어찌 됐든 지금은 무조건 걸어야
했다. 1백 미터를 걷고 또 달리다 다시 주저앉았다. 구역질이
났지만 빈속이라 목구멍에서 아무것도 나오지 않았다. 다시 걸
었다. 유키오와 거리가 점점 벌어지고 있었다. 불안감이 엄습했
다. 유키오는 벌써 삼나무 숲 속으로 쑥 들어가 버렸는지 온데
간데없었다.

천신만고 끝에 고사쿠가 삼나무 숲에 당도했다.

"고짱!"

어디선가 유키오의 목소리가 들려왔다. 고사쿠는 비스듬한
언덕을 올라 강가를 따라 이어진 삼나무 숲 안으로 들어갔다.
갑자기 싸늘한 기운이 몸을 감싸고 축축한 낙엽의 감촉이 짚신
사이로 전해졌다.

기진맥진한 나머지 더 이상 걸을 힘조차 없어진 고사쿠는 그
대로 삼나무에 쓰러지듯 매달렸다가 옆 삼나무로 몸을 획 던지
듯이 하며 조금씩 앞으로 나아갔다. 몇 그루째의 삼나무에 매
달렸을 때, 고사쿠는 그대로 질질 바닥에 미끄러졌다.

눈앞이 희미해졌다. 하늘을 빽빽이 채운 가느다란 삼나무 줄
기가 서로 엉겨 붙어 흐물흐물해졌다. 고사쿠는 눈을 질끈 감
았다. 차라리 눈을 감는 게 편했다.

"고짱!"

어디선가 자신을 부르는 유키오의 목소리가 들려왔지만 대
답할 기력조차 남아 있지 않았다.

"고짱!"

아까보다 선명해진 목소리였다. 간신히 무거운 눈꺼풀을 올

리자, 우뚝 서서 쓰러진 자신을 내려다보는 유키오의 얼굴이 보였다.

고사쿠는 기분이 한결 편안해졌다. 그러나 머리를 들려고 하자, 눈앞이 아찔해지며 현기증이 일었다.

"죽을 것 같아."

유키오는 아무 대꾸도 하지 않았다. 잠자코 고사쿠를 내려다보던 유키오의 얼굴이 서서히 일그러지는가 싶더니 이내 울상이 되었다. 어떻게든 울음을 참으려 얼굴을 씰룩거리던 유키오는 이내 부스럭거리며 고사쿠 곁을 벗어났다.

얼마 후 유키오가 다시 돌아왔다.

"교장이 지나갔다. 쇼키치를 데리러 가는 거야. 틀림없다."

듣고 보니 그럴 듯했다.

고사쿠는 몸을 반쯤 일으켰다. 여전히 고통스러웠지만 아까보다 심하진 않았다. 하지만 일어서서 걸으려니 더럭 겁이 났다. 그러다 다시 정신이 혼미해지면 어떡하나. 유키오는 다시 고사쿠 곁을 벗어나 어딘가로 가 버렸다. 혼자 남은 고사쿠는 울음이 터질 것만 같았다.

"유키짱! 유키짱!"

절박한 외침이 힘없이 메아리쳤다. 이윽고 유키오가 돌아왔다. 입에 엄지손가락을 대고 목소리를 최대한 낮추고는,

"지금 쇼키치가 지나갔다. 쇼키치랑 마을 사람들이 사라질 때까지 잠시 여기 있자, 알았지?"

하고 말했다. 그리고 다시 저쪽으로 가 버렸다. 유키오는 때때로 돌아와서 주변 상황을 보고했다.

"오타키 주민들하고 관청 사람들이 함께 걷고 있어."

"쇼키치네 누나가 보따리 들고 방금 지나갔다."

"우리 엄마가 방금 지나갔다."

라든지, 그런 내용을 몇 번에 걸쳐서 보고했다. 고사쿠는 이제 몸이 차가운 것만 빼면 한결 고통이 사그라진 느낌이었다. 옆에 길게 눕거나, 유키오의 보고를 듣는 동안은 딱히 불편한 건 없었다. 오히려 자못 여유로운 기분마저 들었다. 다만 기모노가 완전히 땀으로 축축해져 냉기가 스며드는 것만은 도저히 참기가 힘들었다. 온몸이 부들부들 떨려 왔다. 유키오는 몇 번인가,

"많은 사람들이 쇼키치를 데리고 가는 중이야. 목수 아저씨가 쇼키치를 업었어. 지금 길가에서 쉬는 중인데 보러 가자."

하고 말했다. 그러나 고사쿠는 고개를 절레절레 흔들었다. 보러 갈 기력도 보고픈 마음도 없었다. 여기 누워 있는 편이 훨씬 좋았다. 유키오는 그 뒤로도,

"지금은 소방서 반장님이 업었어."

라든지

"쇼키치 오줌 쌌다."

라든지, 세세하기 그지없는 보고를 하고는 이내 자리를 뜨곤 했다. 마지막으로 유키오는 교장이 지나갔다고 하며 이렇게 말했다.

"이제 우리도 돌아가자."

고사쿠는 몸을 절반쯤 일으키려 했지만 쇠사슬이라도 매단 듯 온몸이 무겁게 가라앉아 힘없이 다시 누웠다.

유키오는 우두커니 서서 그런 고사쿠를 멀뚱히 내려다보았다. 그러다 갑자기 큰소리로 서럽게 흐느끼기 시작하는 것이 아닌가. 고사쿠는 깜짝 놀랐다. 평소에 싸움질을 하다가 눈물을

찔끔거릴 땐 있었어도 입 밖으로 울음소리를 낸 적은 한 번도 없는 유키오였다. 고사쿠는 목 놓아 우는 동무의 얼굴을 어리둥절한 표정으로 올려다보았다. 한바탕 울음을 터트린 뒤 잠잠해진 유키오는 언제 그랬냐는 듯이 성큼성큼 삼나무 숲을 벗어났다. 이번에는 아무리 기다려도 돌아오지 않았다.

아무래도 자신을 버리고 혼자 가 버린 모양이었다. 고사쿠는 남은 힘을 쥐어짜 몸을 일으켰다. 혼자서 이런 곳에 있다간 무슨 변을 당할지 모를 일이었다. 가까스로 나무를 잡고 일어나자 다리가 휘청거렸다. 고사쿠는 이를 악물고 삼나무 숲 속 산길을 걷기 시작했다.

속이 메슥거리거나 머리가 아프진 않았지만 다리가 후들거려 좀처럼 걸음을 떼기가 힘들었다. 고사쿠는 비틀거리며 아까처럼 삼나무마다 몸을 던져 가며 앞으로 나아갔다. 그러다 힘들면 나무에 달라붙어 쉬었다. 어느새 입에서 울먹임이 터져나왔다. 울음을 터트릴 만큼 슬프진 않았지만 흐느끼는 장단에 맞춰 몸을 움직이는 편이 한결 편했다. 주변을 둘러보아도 울창한 삼나무만 가득해 방향을 전혀 가늠할 길이 없었다.

어느 정도 시간이 지났을까. 사지에 맥이 풀린 나머지 더 이상 울음도 안 나왔다. 곧 어두워진다고 생각하니 등골이 오싹해졌다.

그때였다. 저 멀리서 고짱! 고짱! 하고 자신을 부르는 목소리가 들린 것 같았다. 고사쿠는 삼나무 숲 속에 우두커니 서서 조용히 귀를 기울였다. 처음에 여기저기서 작게 들려오다가 이윽고 목소리는 점점 커졌다.

"고짱! 고짱!"

고사쿠는 가만히 있었다. 대답하고 싶었지만 목구멍이 잠겨 소리가 나오지 않았다. 일제히 커졌던 목소리는 다시 멀어져 갔다. 고사쿠는 낙담했지만 그대로 걸음을 옮겼다. 머릿속이 하얗게 되어 버려 아무 생각도 할 수 없었다. 무서운 감정도 슬픈 감정도 어느새 사라져 버렸다.

상당한 시간이 지났을 무렵, 나무 밑동에 앉아 쉬고 있는데 두 번째로 자신을 부르는 소리가 들렸다.

"고짱!"

"고짱!"

고사쿠는 그저 코를 훌쩍이며 낮게 흐느끼는 게 고작이었다.

"고짱!"

이윽고 매우 가까운 거리에서 커다란 고함소리가 들리는가 싶더니,

"찾았다!"

하는 외침이 삼나무 숲에 울러 퍼졌다. 고사쿠는 비몽사몽간에 낙엽을 밟는 다급한 발소리를 듣고 있었다.

"고짱!"

이와 동시에 누군가 고사쿠를 힘껏 안아 올렸다. 고사쿠는 여러 사람들이 자신을 둘러싸고 와글와글 떠드는 모습을 초점 없는 눈으로 지켜보고 있었다. 이윽고 고사쿠의 몸이 두둥실 공중에 떠오르는가 싶더니, 누군가의 등에 털썩 업혔다.

몽롱한 정신에 누군가 따뜻한 설탕물을 조금씩 입에 넣어 주었다. 달짝지근한 액체가 몸 안에 스며들자, 다소 정신이 들었다. 그리고 오랫동안 등에 업혀 이동했고 얼마 후 두 번째로 설탕물이 입에 들어왔다. 정신없이 마신 고사쿠는 가까스로 입술

을 달싹거렸다.

"더……."

정신을 차려 보니, 고사쿠는 구보타 마을 청년에게 업혀 오타키 마을에서 슈쿠 마을로 들어서는 참이었다.

어른들과 아이들이 뒤를 따르고 있었다. 어렴풋이 유키오와 그의 아버지도 보였다.

"머저리 같은 자식!"

유키오는 연신 타박을 들으며 머리를 쥐어박혔다. 그 때문일까, 수많은 아이들 속에서도 유키오의 얼굴은 유독 그늘져 보였다.

슈쿠 마을에 들어가자 길가에 저마다 사람들이 나와 고사쿠에게 말을 걸어왔다. 창피해진 고사쿠는 질끈 눈을 감았다가 큰길을 벗어난 뒤에야 살그머니 눈을 떴다. 큰집 앞에서 웅성거리는 한 무리가 보였다. 날마다 마주치는 이웃 사람들이었다.

고사쿠는 큰집으로 들어갔다. 마룻귀틀 위에 내려진 고사쿠는 자신을 빤히 주시하는 수많은 눈동자를 견디다 못해 얼른 다시 눈을 감았다. 그러고는 겨우 입을 벌려 들릴 듯 말 듯한 음성으로,

"……설탕물."

하고 중얼거렸다.

"오냐, 아가, 설탕물 여기 있다."

할머니가 부랴부랴 설탕물이 들어간 찻잔을 내밀었다.

"이제 유키오 같은 놈이랑은 상종도 하지 마라."

할머니의 날 선 한 마디에, 때마침 큰집 안에 들어선 유키오가 아버지에게 질질 끌려 나왔다.

"어서 사과드리지 뭐 하고 있어!"

유키오는 꾸벅 머리를 조아렸다.

"더 깊이!"

잔뜩 풀이 죽은 유키오의 모습이 안쓰럽다고 생각했는지, 외할머니가 설탕물을 갖고 와서 유키오에게 내밀었다. 유키오는 주위의 눈치를 본 다음 찻잔을 조심스럽게 받아 들었다. 그러고는 눈을 위로 치켜뜨고 고사쿠를 힐끔거리며 홀짝홀짝 설탕물을 마셨다.

큰집에서 잠시 숨을 돌이켜고 다시 업힌 고사쿠는 흙집으로 향했다. 날은 이미 어둑어둑해진 뒤였다. 그날 밤, 이웃 몇 명이 흙집에 찾아왔다.

"천만다행이구먼."

"별 탈 없이 무사히 돌아와서 한 시름 났네."

"하필이면 쇼키치가 그런 일을 당한 다음에 고짱이 그리되어 가지고……."

따위의 말들이 아래층에서 소곤소곤 들려왔다. 그중에서는 2층까지 일부러 올라와 고사쿠의 얼굴을 보고 돌아가는 사람도 있었다. 교장도 흙집에 들렀다. 교장의 목소리가 들려왔을 때 고사쿠는 이불을 뒤집어쓰고 벌벌 떨었다. 교장은 묵묵히 고사쿠의 머리맡에 앉아 차를 한 잔 쭉 들이켜고는 옆에 앉은 사람에게 무뚝뚝하게 내뱉었다.

"이렇게 비실비실해서야 장래에 뭐가 되려고. 덴구[43]가 먹다 가도 맛없다고 퉤 뱉어 버리겠구먼."

---

43 얼굴이 붉고 코가 큰 상상 속 괴물.

그러더니 휙 일어나 그대로 계단을 내려가 버리는 것이었다.

긴장이 풀린 고사쿠는 정신없이 잠에 빠져들었다. 다음 날 오후가 되어서야, 흙집 주변에서 들려오는 떠들썩한 아이들 소리에 고사쿠는 부스스 일어났다.

할머니는 밖에 나가 놀려는 고사쿠에게 하루 종일 이불 밖으로 얼씬도 하지 말라며 단단히 일렀다. 고사쿠는 할머니가 1층으로 내려갈 때만 살그머니 기어 나와 창밖을 바라보았다. 눈부신 햇빛 속에서 이리저리 뛰어다니는 아이들 모습이 그날따라 유독 활기에 넘쳤다. 그때 아이 하나가 창문 속 고사쿠를 발견하고는 다른 아이들에게 손짓했다. 아이들은 우와 하고 함성을 내지르며 창가 아래로 우르르 모여들었다. 유키오도 있었다. 아이들은 일제히 창가를 몰려와 신기한 구경거리라도 난 듯 고사쿠를 올려다보았다.

"유키짱."

고사쿠가 입을 열자, 아이들은 귀신이라도 본 양 기겁을 하며 뿔뿔이 흩어져 도망쳤다. 유키오는 고개를 세차게 흔들며 누구보다 날쌔게 줄행랑을 쳤다. 그날 고사쿠는 하루 종일 어두컴컴한 2층 방에 홀로 누워 있었다. 이따금 잠에서 깨면, 조그만 창 너머로 다가가 밝은 햇살이 한 아름 쏟아지는 푸른 논을 가만히 바라보았다. 눈이 시리도록 화창한 봄날이었다.

# 6장

5월의 어느 날이었다. 수업 중에 사환 아저씨가 교실로 들어와 교사에게 소곤소곤 귓속말을 건넸다. 교사는 크게 고개를 끄덕이고는 사환 아저씨가 나가자 고사쿠와 미쓰를 호명했다. 지금 즉시 집으로 돌아가라는 말과 함께.

두 사람은 영문을 몰라 어리둥절한 표정을 지었다. 아이들은 누군가 죽은 게 틀림없다며 웅성거리기 시작했는데, 아닌 게 아니라 수업 도중에 집에 돌아가는 경우는 집안에 부고가 생길 때가 유일했던 까닭이다.

교실을 빠져나온 고사쿠는 교문에서 미쓰를 기다렸다. 곧이어 자못 심상치 않은 표정의 미쓰가 책보를 안고 한걸음에 달려 나왔다. 푸르스름한 빛깔이 미쓰의 얼굴에 어른거렸다. 교문 옆에 늘어선 울창한 나무들의 푸르디푸른 잎사귀 때문이리라.

"큰할머니가 죽었나……."

고사쿠의 말에 미쓰는 거칠게 머리를 도리질했다.

"큰할머닌 안 죽어! 흙집 할머니가 죽었을걸."

그 순간, 고사쿠의 가슴속에서 불길이 활활 타올랐다. 그런 말도 안 되는 일이 일어날까 보냐. 할머니가 사라지는 일 따위가 일어날 턱이 없다. 고사쿠는 바싹 독이 오른 눈으로 미쓰를 노려보다가,

"큰할머니야말로 죽을 때가 한참 지났으니 내 말이 맞다!"

하고 매몰차게 되받아치고는 성큼성큼 걸어갔다. 흙집에 들러 할머니의 안부를 확인하고 싶었지만 시간이 촉박해 일단 큰집으로 향했다. 집 앞은 조용했다. 그러나 대문을 살짝 열고 들어가 보니, 마을 아낙네 몇 명이 어슬렁거리고 있었다. 필시 무슨 일이 생긴 게 틀림없었다. 때마침 유키오 어머니가 고사쿠와 미쓰를 발견하고는,

"어이구, 이제 오냐. 너희 큰할머니가 막 돌아가시게 생겼다! 후딱 들어가서 인사 드려야지."

했다. 역시. 고사쿠는 쿵 내려앉았던 가슴이 뻥 뚫리면서 더없이 상쾌해짐을 느꼈다.

고사쿠는 후다닥 2층으로 올라갔다. 외할아버지, 외할머니, 사키코 그리고 먼 친척뻘 되는 남녀 몇몇이 둘러앉아 바싹 긴장한 얼굴로 큰할머니를 조심스레 들여다보고 있었다. 고사쿠와 미쓰도 큰할머니 머리맡에 앉았다.

"할머님 얼굴 똑똑히 봐 둬라."

외할머니가 두 사람에게 당부하듯 일렀다. 큰할머니는 평소와 달라진 게 하나 없었다. 쪼그라들 대로 쪼그라들어 온통 주름살로 엉킨 얼굴. 살아 있는 인간이라기보다 숫제 시커멓게

썩어 문드러진 탈바가지 같은 저 얼굴.

"죽었어?"

고사쿠가 무심코 물었다.

"고쟝!"

외할머니가 화들짝 놀라며 타박을 주었다.

"아직. 하지만 앞으로 얼마 안 남았다."

외할아버지가 지극히 무심한 투로 대답했다. 그 자리에 얌전히 둘러앉은 사람들 중 누구 하나 슬퍼하는 기미는 없었다. 오히려 큰할머니의 숨이 끊어지는 순간만을 이제나저제나 기다리는 눈치였다. 고사쿠는 10분가량 입을 다물고 앉아 있었다. 살살 다리가 저려 왔다. 그때 친척 아줌마가 갑자기,

"숨이 멈춘 것 같은데……."

하고 혼잣말처럼 중얼거렸다. 쥐죽은 듯 적막하던 좌중이 조금 술렁거리기 시작했다. 외할아버지와 외할머니가 번갈아 큰할머니의 얼굴에 바싹 다가가 호흡이 뛰는지 살펴보고는 손목의 맥을 짚었다.

"운명하셨습니다. 편안히 숨을 거두셨어요."

마침내 외할머니가 엄숙하게 선언했다. 몇 명은 그 자리에서 일어나 1층으로 내려갔다.

고사쿠는 얼떨떨했다. 정말로 큰할머니가 죽었단 말인가. 이 짧은 순간에 죽음과 삶이 나뉘어 버리다니. 1층에는 소식을 듣고 모여든 사람들로 소란스러웠다. 고사쿠는 그대로 큰집을 나와 버렸다.

흙집에 돌아온 고사쿠는 큰할머니의 죽음을 할머니에게 전할 작정이었지만, 집은 텅 비어 있었다. 아마도 소식을 듣고 큰

집에 가 있겠지 싶었다. 갑자기 할 일이 없어졌다. 친구들은 아직 학교에 있는데 이제 무얼 한담.

고사쿠는 집 앞 돌계단에 털썩 주저앉았다. 큰집에 가도 자신을 상대해 줄 사람은 없을 터. 봄 햇살을 맞으며 따분하게 시간을 죽이던 고사쿠는 문득 궁금해졌다. 큰할머니가 정말로 죽었나. 여전히 아리송했다. 그렇다면 직접 가서 다시 한 번 확인해 보자.

고사쿠는 벌떡 일어나 한걸음에 큰집으로 달려갔다. 그 사이, 일손을 돕는 사람들과 문상객들로 큰집은 그야말로 문전성시를 이루었다. 고사쿠는 어른들 사이에서 미쓰를 발견하고는,

"큰할머니 얼굴 다시 보고 오자."

하고 말했다. 미쓰는 순순히 고개를 끄덕였다. 2층에 올라가 보니 어느새 하얀 천으로 덮인 제단이 놓여 있고 향 연기가 방 안을 가득 채우고 있었다. 고사쿠와 미쓰는 얼떨결에 문상객들이 하는 대로 큰할머니의 얼굴을 덮은 하얀 천을 젖히고 젖은 솜으로 입술을 적셔 주었다. 흙빛으로 변한 얼굴과 돌처럼 딱딱한 입술. 큰할머니는 정말로 이 세상 사람이 아니었다.

"우리 집 가서 놀래?"

멀뚱멀뚱 큰할머니 얼굴을 바라보던 고사쿠는 대뜸 이렇게 말했다. 아까처럼 미쓰는 순순히 고개를 끄덕였다.

두 사람이 함께 노는 것은 실로 오랜만이었다. 1년 전만 해도 하루가 멀다 하고 놀던 사이였는데 작년 여름부터 갑자기 서먹서먹해져서는 각자 동성 친구하고만 놀기 시작했다. 본디 두 사람은 개와 고양이처럼 으르렁대는 사이였다. 미쓰가 하는 짓은 하나같이 그렇게 얄미울 수가 없었다. 그도 그럴 것이, 큰집

과 흙집 사이에는 분명 보이지 않는 벽이 가로놓여 있었고 고사쿠를 대하는 미쓰의 태도는 이에 대한 반영이었다. 그런데 어쩐 일인지, 오늘만은 그 벽이 스르르 허물어졌다.

고사쿠가 남천나무를 바꿔 심자고 제안했다. 미쓰는 고개를 끄덕이며 날쌔게 흙집 구석에서 괭이를 가지고 왔다. 두 사람은 조그만 남천나무 몇 그루를 본채 마당에서 뽑아 가지고 물레방아가 있는 밭에 심었다. 친구들이 수업이 끝나 몰려올 때까지 고사쿠는 오랜만에 미쓰와 다정히 놀았다. 미쓰도 밉살맞은 말로 고사쿠의 신경을 건드리지 않았고 고사쿠도 미쓰를 밀치거나 때리지 않았다.

마을 아이들은 큰할머니의 죽음으로 잔뜩 들뜬 기색이 역력했다. 장례식이 며칠이라더라, 장례 음식으로 만두가 나온다더라, 아니 만두가 아니라 우치모노[44]라더라, 하며 어른들이 나눈 대화가 고스란히 아이들 입에서 줄줄 흘러나왔다. 아이들은 흙집 옆에서 모여 놀다가도 이따금 큰집의 상황을 살피러 다녀오곤 했다.

결혼식에는 아이들도 음식을 얻어먹었지만 장례식은 예외였다. 어른들만 술과 음식을 맛보고 아이들은 철저히 소외되었다. 서운해도 아무 일도 없는 것보단 나았다. 더군다나 구마노 산에 있는 묘지에 망자의 관을 운반하는 장례 행렬은 신나는 구경거리임에는 틀림없었다. 장례식이 내일로 다가왔다. 아이들은 참다못해 자기들끼리 장례식 놀이를 하기 시작했다. '오장봉,[45] 오장봉!' 따위를 흥얼거리며 큰집 주변을 이리저리 뛰어

44 찹쌀과 설탕을 섞어서 틀에 넣어 굳힌 마른 과자.
45 장례식을 말하는 지방 방언.

다니면서.

고사쿠도 낮에는 아이들 무리에 섞여 장례식 놀이를 하다가 저녁나절에는 할머니 손에 이끌려 흙집에서 기모노를 입고 큰집으로 향했다. 미쓰와 시끌벅적한 부엌에서 밥을 먹는 둥 마는 둥 하고 염불을 보러 2층으로 올라갔다. 발 디딜 틈 없이 붐비는 문상객들 사이로 얼핏 교장의 모습이 보였다.

고사쿠와 미쓰는 자못 진지한 얼굴로 염불이 시작되기를 기다렸지만 시간은 하염없이 흘러만 갔다. 한참이 지난 후에 마침내 승려가 들어와 염불을 읊기 시작했을 때, 기다리다 지친 둘은 살그머니 계단을 내려와 창고로 향했다. 그러고는 산처럼 쌓인 이불 위에 올라가 몸을 뉘었다. 집안 곳곳에 사람들로 가득 차 있어 이곳 말고는 딱히 몸을 뉠 데가 없었다. 왁자지껄하게 떠들어대는 목소리를 들으며 고사쿠는 스르륵 눈을 감았다. 어느 정도 지났을까. 잠결에 염불을 따라 부르는 노파들의 합창이 온화한 리듬을 타고 귓가에 흐르고 있었다.

고사쿠는 가만히 염불 소리에 귀를 기울였다. 2층에 누워 있는 큰할머니의 얼굴이 떠올랐다. 온종일 가구처럼 방안에 틀어박혀 지내던 큰할머니. 언제나 미쓰만 귀여워하던 큰할머니. 은행을 구우면 미쓰는 두 개 주고 자신에겐 한 개만 주던 큰할머니. 폭신한 방석은 미쓰를 주고 얇은 건 자신에게 주던 큰할머니. 그 외에도 얼마든지 댈 수 있었다. 그때는 참으로 야속하고 미웠는데 지금은 이상하게도 전혀 화가 나지 않았다. 왜일까. 자신도 이유를 알 수 없었다.

고사쿠는 이불에서 엉금엉금 기어 내려와 창고 밖으로 나왔다. 거실은 여전히 사람들로 북새통이었다. 마을 아낙네들이 음식 그릇과 허리가 잘록한 술병을 들고 곳곳을 분주히 누비며 시끄럽게 떠들어댔다.

"고짱! 대관절 어디 숨어 있었냐? 한참 찾았네."

우왕좌왕하던 고사쿠를 아낙네 한 명이 붙잡아 거실 틈새 한 구석에 앉히고 야식을 내왔다. 고사쿠는 커다란 우엉 조각을 젓가락으로 몇 개 집었다가 이내 내려놓았다. 입맛이 하나도 없었다. 둘러보니 초상집 일손을 거드는 아낙네들은 제각기 적당한 장소에 진을 치고 부지런히 젓가락을 놀리는 중이었다.

"큰할머니만큼 복 많은 사람도 없지 뭐. 큼지막한 검 하나랑 나무 욕조만 달랑 갖고 시집왔다지 아마?"

"요리라 해 봤자 미소시루밖에 못 만들었다는데 소박맞기는 커녕 평생을 귀한 대접받으며 떵떵거리고 살았지 뭐. 심지어 죽을 때도 편히 가셨으니, 이게 천운이 아니면 뭐가 천운이야."

이렇게 큰할머니에 대한 비난도, 칭찬도 아닌 말들이 문상객 입에서 흘러나왔다. 고사쿠는 불현듯 슬픔이 복받쳐 올랐다. 울컥 목이 메었다.

고사쿠는 자리를 일어나 창고로 돌아갔다. 산처럼 겹겹이 쌓인 이불 위에 간신히 몸을 눕혔지만 가슴 속에서 솟구치는 슬픔을 참을 수가 없었다. 기어이 울음이 터져 나왔다. 펑펑 울어대는 소리에 여태껏 자고 있던 미쓰가 눈을 떴다. 그와 동시에 사키코가 창고에 들어왔다.

"왜 그래? 고짱."

"무서운 꿈이라도 꾼 거니?"

사키코의 다정한 말에 고사쿠는 더욱 서럽게 흐느끼는 것이었다.

"어이구, 고짱이 왜 저런데."

마을 아낙네 한 명도 창고 안을 힐끔거렸다.

"고짱, 할미랑 집에 가서 자자."

그때, 할머니가 들어왔다.

고사쿠는 훌쩍이며 할머니 손을 잡고 큰집을 나왔다. 흙집으로 향하는 길가에 따스한 온기를 머금은 5월의 밤바람이 살랑살랑 불었다.

"기어이 저세상으로 가셨구먼."

할머니는 터벅터벅 걸으면서 혼잣말처럼 중얼거렸다. 이어 깊은 탄식을 내쉬며,

"참말로 괴로운 일이야."

하고는 우뚝 서서 하늘을 올려다보았다. 벨벳처럼 깊고 어두운 하늘을 수놓은 별들. 할머니는 허리라도 아픈 건지 연신 손으로 허리를 두들겼다.

고사쿠는 할머니의 기분을 제대로 이해할 수는 없었지만 오늘은 할머니가 살아오면서 가장 괴로운 날임은 분명했다. 큰할머니에게 남편을 빼앗은 장본인이라는 점에서 명백히 할머니는 가해자고 큰할머니는 피해자였다. 그런데 피해자가 죽은 날, 가해자가 사람들의 따가운 시선을 고스란히 받으면서 피해자의 장례식 준비를 돕는다. 이 얼마나 얄궂은 운명인가. 고사쿠와 할머니는 흙집에 돌아오자마자 곧바로 잠자리에 들었다. 할머니는 금세 코를 골기 시작했지만 고사쿠는 정신이 말똥말똥했다. 생전 자신에게 고약하게만 굴던 큰할머니의 죽음은 여전히 고사쿠의 마음을 복잡하게 헝클어 놓았다.

이튿날 아침, 눈을 떠보니 나들이용 기모노 차림의 할머니는

일찌감치 일어나 큰집에 갔다 왔다며 소매를 걷어붙이고 아침 준비에 한창이었다.

"참, 오늘 고짱 엄마 온다."

할머니가 지나가는 말투로 무심하게 말했다.

"엄마?"

고사쿠는 전혀 뜻밖의 소식에 기쁨과 당혹감이 얼굴에 스쳤다.

"엄마가 왜?"

"왜긴 왜야, 장례식 참석하러 오지."

고사쿠의 마음은 흥분으로 부풀어 올랐다. 어젯밤 목 놓아 울던 일은 깡그리 잊어버리고 이럴 줄 알았으면 좀 더 일찍 큰 할머니가 죽었으면 좋았을걸, 하고 생각했다.

고사쿠는 그날도 학교를 쉬었다. 모두 학교에 갔는데 자기만 쏙 빠지는 게 왠지 찜찜해 학교에 가겠다고 떼를 썼지만,

"큰할머니가 돌아가셨는데 학교 가는 손자가 있겠니. 오늘은 고짱도 제대로 차려입고 장례식에 얌전히 서 있어야 한다."

할머니가 점잖게 타일렀다. 그러고는 장례식이 거행되기 전까지 집을 보라고 당부하고는 큰집으로 가 버렸다.

그날은 고사쿠가 큰할머니를 보내고 어머니를 맞이하는 날이었다. 정신없이 바쁜 날이 될 거라 생각했지만 딱히 할 일도 없이 시간은 굼벵이처럼 지루하게 흘러갔다. 고사쿠는 흙집 앞에서 빈둥거리다 간간이 큰집으로 달려가 집안을 기웃거렸다. 어제보다 훨씬 많은 사람들이 북적이고 있었지만 누구도 고사쿠에게 눈길 하나 주지 않았다. 그야말로 찬밥 신세였다. 시무룩해진 고사쿠는 터벅터벅 흙집으로 돌아왔다. 정오 무렵, 미쓰가 찬합에 2인분 점심밥을 넣어 가지고 왔기에 두 사람은 다시

혈연의 따뜻한 정을 확인하며 사이좋게 나눠 먹었다.

밥을 먹고 심심해지자 두 사람은 흙집 앞에서 딱지치기를 했다. 미쓰는 딱지치기가 영 서툴렀다. 연달아 미쓰의 딱지를 빼앗은 고사쿠는 잔뜩 신이 났다.

"뭐 하고 있니?"

퍼뜩 고개를 돌렸다.

어머니였다.

"어머, 시골에서는 이런 거 하면서 노나 봐?"

"……."

"그동안 키가 좀 컸나?"

어머니는 고사쿠를 가만히 내려다보았다. 차가워 보이는 말투는 여전했지만 자신을 바라보는 시선에는 아들에 대한 어머니의 따스함이 담겨 있었다. 미쓰는 쭈뼛쭈뼛 뒷걸음치더니 그대로 등을 돌려 달아나 버렸다.

"자, 집에 들어가서 옷 갈아입자."

고사쿠는 어머니와 함께 2층으로 올라갔다. 어머니는 옷장 서랍을 이리저리 헤집으며 나들이용 기모노를 찾아내 고사쿠에게 입혔다. 고사쿠의 기모노는 늘 할머니 몫이었지만 어머니는 훨씬 능숙한 솜씨로 척척 해 냈다.

"저쪽으로 돌아."

"팔을 쫙 뻗어야지."

야무진 손길과 딱 부러진 말투에 고사쿠는 마치 꾸중 듣는 학생처럼 주눅이 들었다.

고사쿠가 기모노를 다 입자,

"더럽히면 안 돼. 그리고 앞으로 딱지치기 같은 거 하지 마.

알았지?"

하고 어머니는 신신당부했다.

"응."

"또 응이라고 한다. 네라고 해야지."

"……네."

본래 3시에 거행될 예정이었던 장례식은 자꾸만 지체되다가 4시가 다 되어서야 장례 행렬이 큰집 앞을 나섰다. 고사쿠와 미쓰는 나란히 사키코와 어머니 뒤를 따라 걸었다. 장례 행렬은 어느 때보다 규모가 크고 떠들썩했다. 화환을 든 일꾼이 줄지어 늘어서고 그 뒤로 조문 행렬이 끝없이 이어졌다.

장례 행렬은 느릿느릿 구마노 산 어귀에서 큰길을 벗어나 산비탈을 올라갔다. 길가 양쪽으로 마을 주민들이 장거리 경주 때처럼 구경 나와 있었다. 고사쿠와 미쓰는 잔뜩 긴장한 표정으로 뚜벅뚜벅 걸음을 옮겼다. 산길에 접어들자 마을 아이들이 행렬 속을 비집고 들어왔다. 유키오, 요시에, 가메오가 고사쿠와 나란히 걸었다. 아이들은 때때로 관 쪽으로 앞서거니 뒤서거니 하면서 장난을 치곤 했는데, 고사쿠는 자기도 따라 하고 싶었지만 날이 날인지라 꾹 참을 수밖에 없었다.

드디어 산꼭대기에 있는 장지에 도착했다. 승려가 먼저 독경을 하고 상여꾼들이 끈으로 관의 모서리를 받치며 반듯이 땅속 구멍으로 내려놓았다. 고사쿠는 어른들이 하듯이 관 위로 흙을 뿌렸다. 사람이 매장되는 광경을 보는 건 처음이었다. 이윽고 관이 흙으로 메워지기 시작하자, 사람들은 이내 지나온 같은 길을 되돌아가기 시작했다. 으리으리한 행렬 치고 마무리는 퍽 싱거웠다.

"이게 다야?"

고사쿠는 김빠진 목소리로 중얼거렸다.

그날 밤, 고사쿠는 내심 흙집에서 어머니를 기다렸지만 아무리 기다려도 어머니는 나타나지 않았다. 결국 기다리다 지친 고사쿠는 할머니와 단둘이 잠자리에 들었다.

다음 날도 고사쿠는 학교를 쉬었다. 3일 내내 결석한 셈이었다. 고사쿠는 오전 내내 지루하게 시간을 보내다 점심 무렵에 미쓰와 어머니와 함께 계곡 온천탕에 갔다. 어머니의 벗은 몸은 대리석처럼 반짝이고 미끈했다. 고사쿠는 못 볼 것이라도 본 양 얼른 고개를 돌렸다.

"뭘 그렇게 꾸물대니. 빨리 벗어."

어머니 앞에서 옷을 벗는 게 창피했지만 성화에 견디다 못해 하는 수 없이 기모노를 벗고 누가 볼세라 욕조에 풍덩 뛰어들었다. 격하게 물보라가 일었다.

고사쿠는 철이 든 다음부터 어머니와 목욕을 한 적이 없었다. 고사쿠는 가능한 한 욕조 끄트머리에 몸을 잔뜩 웅크리고 어머니를 보지 않도록 두 눈을 돌렸다. 어머니는 천천히 욕조 안에 몸을 담그고 수영하듯이 두세 번 양손으로 물을 휘휘 젓다가 고사쿠를 바라보았다.

"고짱, 수영할 수 있어?"

고사쿠는 자신을 어린애 취급하는 것 같아 못내 서운했다.

"당연하지. 깊은 계곡물 따위 문제없어."

"정말이야? 괜히 잘난 척하는 거 아니야?"

어머니는 곧이곧대로 믿지 않는 눈치였다.

"저기 냇가에서 수영해 볼까?"

불끈 오기가 솟구쳤다. 온천탕 옆 커다란 냇가에 멋지게 뛰어들어 보리라.

"바보! 그러다 폐렴 걸려 죽는 수가 있어."

"나 정말 수영할 수 있단 말이야. 그렇지 밋짱?"

고사쿠는 미쓰에게 동의를 구하듯 시선을 던졌다. 하지만 미쓰는,

"난 몰라."

하고 얄밉게 도리질했다. 고사쿠는 욱하는 마음에 욕조 난간에 올라가 다이빙하듯 풍덩 뛰어들었다. 얼마나 수영을 잘하는지 어머니에게 보여 주리라. 양발을 파닥거리자 순식간에 세찬 물보라가 주변에 일었다.

"그만둬!"

어머니의 날카로운 외침에 고사쿠는 욕조 안에서 일어났다. 미쓰는 이미 저만치 도망간 뒤였다. 어머니의 새하얀 몸과 부딪친 순간, 부드럽고 말캉한 살결과 살짝 닿았다가 미끄러지듯 벗어났다.

"고짱, 위험하잖아! 어휴, 엄마 머리도 다 젖고 이게 뭐니."

어머니는 잔뜩 성난 표정으로 욕조 안에서 벌떡 일어섰다.

"기모노도 젖었잖아. 장난을 쳐도 정도껏 해야지!"

욕조와 탈의실의 거리는 고작 1미터에 불과했다. 옷을 담아 놓은 바구니까지 물이 튀었으리라. 기모노가 흠뻑 젖었을지도 몰랐다. 고사쿠가 풀이 잔뜩 죽었다.

"자, 이리 와! 맙소사, 목덜미가 아주 새카맣잖아. 할머니가 한 번도 안 닦아 줬니?"

고사쿠는 쭈뼛거리며 어머니 앞에 섰다. 좀 전만 해도 어머니에게 다가가는 게 민망하기만 했는데 지금은 숫제 죄인이 된 것처럼 무서웠다.

"앉아!"

고사쿠는 군소리 없이 앉았다.

"사내가 이렇게 사마귀처럼 삐쩍 말라서 어디에 쓰겠니. 어휴, 이 때 좀 봐. 끝없이 나오네."

어머니는 수세미를 돌돌 말아 고사쿠의 고개를 쓱쓱 문질렀다. 지우개 가루 같은 때가 목에서 뚝뚝 떨어졌다.

"뒤로 돌아!"

고사쿠는 등을 돌렸다. 어머니가 등을 빡빡 밀었다. 너무 아파서 피가 나오지 않을까 싶을 정도로. 달아나고 싶은 마음이 골백번도 더 들었지만 이를 악물고 참았다. 그러던 중 어머니 손이 옆구리에 닿았다. 고사쿠는 간지러운 나머지 몸을 비틀어 달아나려고 했다.

"장난치지 말랬지! 가만 앉아 있어!"

얼음처럼 차가운 호통과 함께 매서운 손바닥이 고사쿠의 등짝을 찰싹 후려쳤다.

"이제 더는 안 씻어 줘. 미쓰, 너도 이리 와."

드디어 어머니 손에서 해방되었다. 그런데 왠지 모르게 서운했다. 사키코는 화도 안 내고 훨씬 다정히 씻겨 줬었는데…….. 혹시 어머니는 자신을 미워하고 있는 건 아닐까. 고사쿠는 온천을 나갈 때까지, 어머니의 애정을 회복하기 위해 둘도 없이 온순하고 얌전하게 굴었다.

어머니는 유가시마에 열흘 예정으로 왔지만 단 한 번도 흙집에서 자려고 하지 않았다. 처음 며칠간은 혹시나 싶어 밤마다 어머니를 기다렸던 고사쿠도 나중에는 완전히 포기하고 말았다.

"엄마는 왜 여기서 안 자?"

섭섭한 기색이 역력한 고사쿠의 질문에 할머니의 대답은 한결같았다.

"흙집이 곰팡내 난다고 싫대."

그 소리는 금시초문이었지만 지나치게 깔끔하고 까다로운 어머니 성격을 생각하면 그럴 수도 있겠다 싶었다.

그럼에도 고사쿠는 어머니가 도요하시에 가기 전까지는 학교가 끝나면 늘 큰집으로 달려갔다. 별일이 없어도 발길이 절로 큰집으로 향했다.

어머니는 큰집에서 가장 큰 권력자였다. 사키코, 다이조, 다이고, 심지어 외할머니마저 어머니 앞에서는 설설 기었다. 그토록 험상궂은 외할아버지조차 어머니 앞에서는,

"네가 아무리 그렇게 말해도……."

라든지

"시끄럽게 쫑알쫑알 댈 봤자……."

라든지, 기껏 그런 말을 혼잣말처럼 구시렁거릴 따름이었다.

일전에는 어머니가 외할아버지와 외할머니를 앞에 두고 빠듯한 형편에 야무지게 살림을 꾸리지 못한다는 둥, 부모가 오냐오냐하니 아이들이 저리 버릇이 없다는 둥, 가세가 기운 지가 언젠데 아직도 사치를 부리고 있냐는 둥 야멸차게 두 사람을 몰아세우는 소리를 들었다. 비판의 화살은 사키코, 다이고, 다이조를 가리지 않았다.

"다 내 잘못이다. 네 아버지나 동생들은 아무 죄가 없어."

외할머니는 모든 죄를 한 몸에 뒤집어쓴 순교자와 같은 서글픈 얼굴을 하고 힘없이 말했다.

"어머니가 잘못했다는 거 누가 몰라요?"

어머니는 매섭게 쏘아붙였다.

알 수 없는 노릇이었다. 왜 큰집 식구들이 어머니한테 이렇게 당해야 하는 걸까. 하지만 어린 마음에도 대충 짐작 가는 데는 있었다. 큰집이 예전만큼 생활이 풍족하지 않은데도 아무도 팔을 걷어붙이고 나서는 사람이 없었다. 어머니는 이것이 못마땅한 것이리라. 그냥 두고 볼 수는 없다는 생각에 악역을 짊어진 것이다.

어머니와 사키코가 1층 거실에서 격렬한 말다툼을 벌인 적도 있었다.

"언니처럼 모든 일이 논리대로 돌아가지 않아. 부모님 좀 작작 괴롭혀!"

"주제넘게 끼어들지 말고 넌 잠자코 있어!"

"나도 이 집 가족이야. 의견을 말할 권리 정도는 있다고!"

"어머, 낯짝도 두꺼워라. 너 같은 게 있으니 집안 꼴이 요 모양 요 꼴이지. 결혼식까지 올렸으면서 대체 언제까지 여기 빌붙어 살 작정인데? 결혼식만 해도 그래. 우리 가문에 먹칠을 해도 유분수지, 내가 남부끄러워서 정말……."

"어떤 결혼을 하든 내 맘이야! 언니가 뭔데 이래라저래라 명령이야! 언니야말로 출가외인인 주제에 낯짝도 두껍네. 장례식 끝났으니 당장 돌아가!"

사키코는 흥분한 나머지 온몸을 부들부들 떨면서 소리를 질렸다.

"이게 무슨 일이냐, 어미가 이렇게 부탁한다. 제발 싸우지 말아라. 예전엔 둘도 없이 착한 딸들이었는데 대체 왜 이리된 거냐. 참 무섭다, 무서워……."

외할머니는 울상을 지으며 허둥지둥 방안에 들어왔다. 고사쿠는 이 모든 광경을 묵묵히 바라보고 있었다. 어머니 말에는 분명 일리가 있었다. 실제로 지금 어머니가 말한 내용 그대로 사키코가 외할아버지와 외할머니에게 말하는 것을 들었기 때문이다. 하지만 아무리 그렇다 해도 무턱대고 사납게 몰아세우는 어머니의 태도는 정도가 지나쳤다. 고사쿠는 외할머니와 사키코가 안쓰러웠다.

두 딸을 겨우 뜯어말린 외할머니는 고개를 힘없이 떨구며 빨래를 걷으러 마당에 나갔다.

"할머니, 엄마는 나쁜 사람이야!"

고사쿠는 외할머니를 위로해 주고픈 기분에 쪼르르 뒤를 쫓아가 대뜸 이렇게 말했다.

그러자 외할머니는 눈을 동그랗게 뜨고는 고사쿠를 바라보며,

"아니야, 아니야."

"고짱 엄마는 좋은 사람이야. 다 이 할머니 잘못이지."

하고 어머니를 두둔하는 것이었다. 고사쿠는 이때만큼 깊은 슬픔에 잠긴 외할머니 표정을 본 적이 없었다. 할머니는 언제나 어머니에 대해 나쁘게 말했지만 외할머니는 결코 어머니에 대해 나쁜 말을 하는 법이 없었다. 언제나 나쁜 일이 생기면 다 자신이 부족해서 그런 거라 여겼다. 천성적으로 그렇게 생각하지 않으면 못 배기는 성격이었다.

어머니가 도요하시로 돌아가는 날, 흙집 뜰에 자란 아름드리 황매화나무에 노란 꽃이 만개했다. 고사쿠는 점심시간에 담임에게 허락을 받고 어머니를 배웅하기 위해 마차 정류장으로 달려갔다. 이날만은 외할아버지, 외할머니, 사키코 모두 웃는 낯으로 역에 나와 있었다. 근처 사는 아낙네들도 여럿 보였다.

도쿄에서 시계점을 내어 떼돈을 벌었다는 기요 씨도 함께 탈 예정이라, 마차 역은 배웅객들로 대단히 번잡했다. 양복을 차려입은 중년의 기요 씨는 어머니와 정중히 인사를 나눈 다음,

"아가, 어머니랑 헤어지니 많이 섭섭하지?"

하고 고사쿠에게 말을 걸었다. 고사쿠는 아무 대답도 없이 그가 입에 문 파이프만 넋 놓고 바라보았다.

"그거 뭐에요?"

"박하파이프란다."

그는 파이프를 입에서 떼어 고사쿠에게 내밀었다.

"한번 물고 쏙 빨아 봐."

고사쿠는 말 그대로 했다. 청량한 박하사탕 맛이 입안에 가득 퍼졌다. 세상에 이토록 근사한 물건은 처음이었다. 도쿄에는 이런 보물도 파는구나. 보통 사람은 감히 가질 수도 없을 만큼 값비싼 물건이겠지.

고사쿠는 파이프를 입에 물고 어른들의 얼굴을 찬찬히 둘러보았다. 나무라듯 무섭게 노려보는 어머니의 시선에 당황한 고사쿠는 얼른 파이프를 입에서 빼고 무심결에 오비 사이에 꼈다. 어머니는 다른 사람이 빤 물건을 더럽게 입에 물었다고 화가 난 게 틀림없었다. 고사쿠는 살금살금 어머니의 눈을 피해 어른들 등 뒤로 빠져나왔다.

이윽고 마차가 출발할 시간이 되자, 로쿠 씨가 소리 높이 나팔을 불었다. 기요 씨가 먼저 마차에 올랐고 이어 어머니가 뒤따랐다. 마차는 바로 움직이기 시작했다. 마을 사람들은 멀어져 가는 마차를 하염없이 바라보았다. 어머니가 창밖으로 몸을 내밀어 손을 흔들었다. 틀림없이 자신에게 흔드는 것이리라. 배웅객 중 고사쿠 말고는 다 어른들뿐이라 마차 뒤를 달리는 건 그만두자고 마음먹었지만 손을 흔드는 어머니의 모습을 보자 이내 가슴이 울렁거렸다. 고사쿠는 자기도 모르게 마차 뒤를 달리기 시작했다. 그리고 스노코 다리 근처에 가서 멈췄다. 어머니는 아직도 손을 흔들고 있었다.

"드디어 가 버렸다! 어이구 속이 다 시원하네!"

성가신 존재를 쫓아 보내 퍽이나 후련한 듯 할머니가 이렇게 내뱉자, 사키코는 어투가 웃겼는지,

"어이구 속이 다 시원하네!"

하고 따라 하며 웃었다. 주위 사람들도 웃음을 터트렸다. 외할머니는 배웅 나온 사람들에게 일일이 인사하고는,

"자, 고짱은 이제 학교 가야지."

하며 오비를 뒤에서 단단히 묶어 주었다. 그때 발치에 조그만 물체가 하나 툭 떨어졌다. 박하파이프였다. 고사쿠는 황급히 그것을 주워 들었다. 아차, 기요 씨에게 돌려주는 걸 깜박했다. 그도 배웅객과 인사를 나누느라 파이프를 잊어버린 게 틀림없었다.

고사쿠는 파이프를 손안에 꼭 쥐고 무리에서 떨어져 나와 학교 쪽으로 혼자 걸어갔다. 파이프를 다시 한 번 입에 물고 깊이 빨아들였다. 청량한 파도가 입속에 가득 밀려왔다. 가슴이 뻥

뚫리는 기분이었다.

그러면서도 고사쿠는 죄인이라도 된 것처럼 가슴이 벌렁벌 렁했다. 기요 씨가 마차 속에서 잃어버린 파이프를 떠올리고는 큰 소동을 벌이면 어쩌나. 고사쿠는 파이프를 얼른 오비에 꼈 다. 남몰래 훔친 물건이라도 가진 듯.

고사쿠는 학교에 있는 내내 좌불안석이었다. 지금이라도 선 생님이 도끼눈을 뜨고 다가와,

"너, 파이프 훔쳤지? 당장 내놓지 못해!"

하고 고함칠 것만 같았다. 운동장에서도 아이들과 멀찍이 떨 어져 있었다. 그러다 가끔 오비 언저리를 만지작거리며 파이프 가 잘 있는지 살피고는 안도의 한숨을 내쉬었다. 아무리 궁리 해도 파이프를 어떻게 처리해야 할지 방안이 떠오르지 않았다. 일단은 들키지 않고 잘 보관하는 게 급선무였다.

고사쿠는 엄청난 죄책감과 불안감에 전전긍긍하면서도 파이 프를 입에 물고 피우고픈 욕망에 몇 번이고 파이프를 만지작 거렸다. 한 번 맛본 청량함은 도저히 참을 수 없을 만큼 강렬한 유혹이었다. 고사쿠는 살그머니 학교 뒤쪽으로 돌아가 아무도 없음을 확인하고는 슬쩍 파이프를 꺼내 물었다. 깊숙이 파이프 를 빨아들인 다음 몇 번이고 숨을 뱉었다. 역시 세상천지에 이 토록 근사한 물건은 어디에도 없었다.

수업이 끝나자 고사쿠는 여느 때와 달리 동무들과 어울리지 않고 홀로 논으로 달려갔다. 볏가리 응달 아래 주저앉은 고사쿠 는 파이프를 물고 또 물었다. 남의 물건을 가졌다는 불안과 귀 중한 보물을 손에 얻었다는 환희가 교차했다. 어머니와 헤어진 외로움도 밀려들었다. 계단식 논 너머에 어머니를 태운 마차가

사라진 시모다 도로가 보였다. 어머니가 있을 때는 매몰차게 구는 모습에 서운했지만 막상 헤어져 보니 외톨이가 된 것 같고 그저 그립기만 했다. 자신을 향해 연신 손을 흔들던 어머니. 고사쿠는 태어나서 처음으로 어머니에 대한 사랑을 느꼈다.

고사쿠는 저녁 어스름이 내릴 때까지 볏가리 응달에서 시간을 보내다 해가 산 너머로 완전히 자취를 감춘 다음에야 흙집으로 타박타박 돌아왔다. 할머니는 늦게까지 오지 않는 고사쿠를 찾으러 이집 저집 돌아다닌 듯 망연자실한 표정으로 마룻귀틀에 앉아 있었다.

"할머니."

"고짱! 어디 갔다 이제 오냐?"

할머니는 잔뜩 노한 기색이었지만 이내 안도하듯 한숨을 내쉬었다.

"또 실종이라도 됐을까 봐 이 할미가 얼마나 걱정했는지 아느냐?"

그러고는 어이구, 하며 손으로 허리를 툭툭 치더니,

"고짱이 무사히 돌아왔다고 소식 전하러 갔다 와야겠다. 다들 걱정이 이만저만이 아니야."

했다. 고사쿠는 할머니를 뒤따라 저녁 식사가 한창인 이웃집을 일일이 돌았다.

"고짱이 돌아왔네. 괜한 걱정 끼쳤구려. 그래도 우리 고짱이 없어지면 참말로 국가의 손실이지 뭐요. 이 집 아들과는 다르지, 암."

할머니의 자못 밉살스러운 어조에,

"왜 아니오, 우리도 얼마나 걱정했는데. 차라리 할멈이 고짱 대신 실종됐으면 했구먼."

하며 너스레를 떠는 사람도 있고

"할멈이야말로 정신 똑바로 차리라고! 고짱은 요전번 일로 단단히 액땜했지만 이번에는 당신 차례니까."

하며 잔뜩 겁을 주는 사람도 있었다.

할머니는 흙집에 돌아오기 무섭게 현기증이 난다며 2층으로 올라가 쓰러지듯 엎드렸다. 자신 때문에 고생한 할머니가 퍽 안됐다. 고사쿠는 남포등 심지에 성냥으로 불을 붙인 다음 1층으로 내려가 물을 떠 왔다. 문득 잊고 있던 박하파이프가 떠올랐다.

"할머니, 이거 한번 피워 봐."

고사쿠가 넌지시 할머니 입에 파이프를 밀어 넣었다.

"이게 뭐냐."

"그거 피우면 기분 좋아진다."

할머니는 그대로 파이프를 입에 물었다가,

"이거 박하 아니냐?"

하고는 이내 몸을 일으켰다.

"어때? 기분 좋아졌지?"

"참말이네."

"그럼 참말이지."

"아이고 신기하다. 10년 묵은 체증이 쑥 떨어진 것 같다!"

할머니는 주름살이 올올이 파인 손가락으로 파이프를 잡고는 남포등 빛에 비추며 한참을 요모조모 살펴보다가 다시 입에 가져 물었다.

"아유, 개운하다."

할머니는 숨을 크게 들이마시고 내쉬고를 반복했다. 박하파이프가 효력을 발휘한 덕분인지, 할머니는 개운한 표정으로 일어나 파이프를 뻐끔뻐끔 피우며 저녁밥을 차리기 시작했다.

죽순과 고사리무침 덮밥. 실로 조촐한 밥상이었다. 어제까지는 큰집에서 이것저것 반찬을 날랐지만 장례식이 끝나고 어머니도 떠나간 지금은 할머니표 소박한 상차림으로 다시 돌아온 것이다. 두 사람 모두 죽순의 딱딱한 부위는 손도 대지 않았다. 충치 탓이었다. 사키코는 할머니가 아침마다 가져다주는 오메자 때문에 어린 고사쿠 치아가 죄다 썩어 버렸다고 했다. 물론 할머니는 결코 수긍하지 않았지만.

"과자 먹어서 이가 나빠졌다는 얘기는 당최 뭔 소리냐? 할미는 고사쿠만 할 때 눈깔사탕을 입속에 빨면서 자고 눈뜨면 눈깔사탕부터 찾았는데 평생 충치 하나 생긴 역사가 없다. 고짱이가 안 좋은 건 나나에가 고사쿠 임신했을 때 생선을 하나도 안 먹어서 그런 건데 시방 누구한테 덤터기를 씌우려고!"

할머니의 어조는 확신에 차 있었다. 고사쿠도 정말 그렇다고 생각했다.

다음 날 아침이었다. 잠에서 깬 고사쿠는 어젯밤 베개 아래 집어넣은 파이프를 떠올리고 손으로 베개 밑을 더듬었다. 그런데 웬걸, 한참을 찾아도 없었다. 후딱 일어나 1층으로 뛰어 내려온 고사쿠 눈앞에 파이프를 뻐끔거리며 미소시루를 만드는 할머니 모습이 들어왔다. 화가 치민 고사쿠는 후다닥 달려가 파이프를 획 낚아챘다.

할머니가 맘대로 피울까 봐 고사쿠는 파이프를 학교에 가지고 갔다. 그런데 그게 화근이었다. 그만 유키오에게 들키고 만 것이다. 고사쿠는 비밀 유지를 위해 울며 겨자 먹기로 파이프를 건넸다. 결국 고사쿠는 하나밖에 없는 소중한 보물을 학교에서는 유키오와 나눠 썼고 흙집에서는 할머니와 나눠 써야 했다.

여느 때처럼 파이프를 베개 밑에 단단히 놓아두고 잠이 든 다음 날 아침, 고사쿠가 눈을 뜨자 할머니가 자못 심각한 얼굴로 자신을 내려다보고 있었다.

"고짱, 파이프 고장 난 것 같은데……."

고사쿠는 화들짝 놀라 파이프를 입에 물었다. 확실히 예전보다 청량감이 확 줄어들어 있었다. 박하를 다 써 버린 것이다.


큰할머니가 돌아가시고 한 달이 지난 어느 날이었다. 고사쿠는 사키코와 오랜만에 계곡 온천탕에 갔다. 사키코는 이맘때면 늘 아기를 안고 있었지만, 이날만은 외할머니에게 맡기고 혼자였다.

오랜만에 사키코와 단둘이 있게 되어 고사쿠는 내심 기뻤다. 고사쿠는 사키코가 가져온 세면도구가 담긴 금속 대야를 들고 기꺼이 동행을 자처했다. 큰길에서 벗어나 계곡으로 이어지는 고갯길에 들어서자, 사키코는 여학교 때 교가를 불렀다. 활기찬 여학생으로 돌아간 사키코를 보고 있자니, 도저히 아기를 낳았다는 사실이 믿기지가 않았다.

고사쿠는 욕조에 들어가는 사키코를 본 순간 흠칫 놀라고 말았다. 예전에는 어머니보다 하얗고 풍만했는데 지금은 납처럼 시퍼렇고 나뭇가지처럼 뼈만 앙상했던 것이다. 그런 고사쿠의 마음을 아는지 모르는지 사키코는 한낮의 욕조 안에서 오는 길에 불렀던 교가를 다시 흥얼거리기 시작했다. 고사쿠는 가만히 노래에 귀를 기울였다. 몰라보게 수척해진 모습에 신경이 쓰이긴 했지만 단둘이 시간을 보낼 수 있다는 사실에 고사쿠는 금세 기분이 좋아졌다.

"고짱, 아는 노래 좀 불러 봐."

"나 노래 못해."

"사내가 돼서 빼기는…… 어서 불러 봐."

"정말 못한단 말이야."

"괜찮아, 아무거나 불러."

"……알았어."

마지못해 고사쿠는 <하코네 산은 천하의 검>[46]이라는 구절을 불렀다. 천성적으로 노래가 서투른 탓에 때때로 음정을 틀렸다. 고사쿠가 틀리면 곧바로 사키코가 이어 불렀다.

"고짱, 음치네."

노래를 마치자 사키코가 호호 웃으며 말했다.

"음치가 무슨 뜻이야?"

"음정을 자꾸 틀리는 사람을 말하는 거야. 너, 나중에 또 누가 노래 부르라고 하면 부르지 마, 알았지?"

"……."

"내 앞에서는 불러도 괜찮아. 조금씩 고쳐 줄게."

"그럼, 나 하나 더 부를래."

사키코의 다정한 말 덕분일까. 고사쿠는 왠지 자신감이 솟구쳤다. 음악 수업 중에도 한 번도 독창을 할 용기가 없었는데 지금 사키코 앞에서는 아무 노래든 멋들어지게 부를 수 있을 것 같았다. 고사쿠는 행복했다. 사키코와 단둘이 시간을 보낸다는

---

46 「하코네 여덟 리(箱根八里)」라는 메이지 시대 노래의 첫 소절로, 하코네 산은 매우 높고 험준하다는 뜻.

게 그저 꿈만 같았다.

얼마 뒤 고사쿠는 마을 아이들에게 사키코가 폐결핵에 걸렸다는 얘기를 들었다. 아이들 사이에 소문이 돈다는 건, 어른들 사이에서 같은 소문이 돌고 있다는 증거였다. 아이들은 큰집 앞을 지날 때마다 일부러 숨을 멈추고 달음박질했다. 조금이라도 숨을 마시면 병균에 옮기라도 할 것처럼. 고사쿠는 그런 짓을 하는 놈들을 볼 때마다 마음속 깊이 저주를 퍼부었다. 할머니에게 사키코 얘기를 털어놓자,

"사키코는 큰 병에 걸렸으니 앞으로 큰집에는 얼씬도 하지 마라. 그리고 이 얘긴 큰집 식구들한텐 비밀이야. 알겠지?"

라며 단단히 주의를 주었다. 안 그래도 고사쿠는 최근에 큰집에 놀러 간 적이 없었다. 큰집 현관 앞에 있는 돌계단을 올라가려 하면 어느새 외할머니가 쪼르르 나와서는,

"저쪽으로 가서 놀아라."

하고 쫓아내곤 했던 것이다. 고사쿠는 폐결핵 따위는 아무래도 상관없었다. 그저 사키코를 만나고 싶었다. 온천에 함께 갔던 것을 마지막으로 사키코는 다시 2층 방에서 두문불출했다. 마을 사람들은 사키코가 병에 걸려 하루 종일 누워 있다고 했지만 고사쿠는 그럴 리 없다며 고개를 세차게 저었다.

어느 날이었다. 고사쿠는 큰집 1층에 아무도 없는 틈을 타 재빨리 2층으로 올라갔다. 그곳의 막다른 방에 살그머니 들어갔다. 그러자 바로 옆방에서 누구? 하는 목소리가 속삭이듯 들렸다.

사키코였다.

"나 고사쿠."

"……고짱, 여기 오면 안 돼. 어서 아래로 내려가. 대체 여기

왜 왔니."

"사키코 아기 보려고."

고사쿠는 재빨리 둘러댔다. 그러자 옆방에서는 잠시 적막이 감돌았다.

"……아기는 여기 없어. 병이 옮을지 몰라 다른 집에 췄어. 그러니 고짱도 어서 아래로 내려가."

아기가 큰집에 없다는 사실을 고사쿠는 그제야 알았다.

사키코는 재차 나지막한 목소리로 다그쳤다.

"무슨 애가 고집이 이리도 세니. 돌아가라니까."

분명 나무라는 말투였지만 묘하게 애틋한 감정이 담겨 있었다. 고사쿠는 사키코의 방을 열까 말까 주저했다. 이번에 사키코를 보지 않으면 앞으로 다신 못 볼지도 모른다. 그러나 사키코의 방을 열면 뭔가 무서운 일이 생길 것도 같았다. 잠시 망설임 끝에 고사쿠는 손을 뻗어 옆방으로 연결된 맹장지[47]를 열었다. 그러나 문은 꿈쩍도 하지 않았다.

"안 돼."

그 순간, 맞은편에서 사키코가 낮게 외쳤다. 함께 장난칠 때면 고사쿠를 약 올릴 때 내던 달콤한 목소리였다.

"열어 줘."

"안 돼."

"열어 줘."

"안 돼."

다음 순간 살짝 문이 열리는가 싶더니, 사키코의 하얀 팔이

47  종이로 바른 나무틀 문.

나와 고사쿠의 머리를 콩 하고 가볍게 쥐어박고 쏙 들어갔다. 맹장지가 탁 하고 닫혔다.

고사쿠는 네 개로 이어진 맹장지를 차례대로 밀었지만 안에서 어떻게 막고 있는지 꼼짝도 하지 않았다.

"돌아가!"

이번엔 달랐다. 이제껏 듣던 중 가장 엄하고 단호한 목소리였다.

고사쿠는 하는 수 없이 계단을 내려와 큰집을 나왔다. 흙집으로 오면서, 맹장지 사이로 나온 사키코의 하얗고 가느다란 팔을 떠올렸다. 비록 만나지는 못했지만 이야기를 나눈 것에 만족했다. 머리를 쥐어박힌 것도, 맹장지를 사이에 두고 마주한 것도, 문을 열라 마라 하며 실랑이를 벌인 것도 왠지 뿌듯했다.

그날 밤, 고사쿠는 저녁밥을 먹으면서 할머니에게 낮에 큰집 2층에 갔었다고 털어놓았다. 그러자 할머니는 눈이 휘둥그레져서는,

"고짱, 2층에 갔던 거 누구한테도 입도 뻥긋하지 마라!"

하고 단단히 일렀다. 그러고는 고사쿠를 재촉해 1층에 함께 내려와 컵 안에 소금을 넣어 밖으로 나왔다.

고사쿠는 달빛이 한가득 내려앉은 도랑가에서 몇 번이고 입 안을 헹궈야 했다.

"이제 됐어?"

고사쿠가 묻자

"아직 멀었어. 더 세게!"

할머니가 어림없다는 듯 닦달했다.

"또 해? 나 물 삼켰다."

"물을 마셨다고?"

아연실색한 할머니는 으르렁거리는 목소리로,

"고짱, 그거 마시면 결핵 걸린다. 점점 몸이 말라 비틀어져서 죽어 버린단 말이야!"

하고 무섭게 으름장을 놓았다.

"죽긴 누가 죽어."

"……고짱."

할머니는 어이없다는 듯 한숨을 내뱉으며 허리를 꼿꼿이 폈다.

"결핵 걸리면 몽땅 죽는다."

"안 죽어."

"죽는다."

"안 죽어."

"고짱."

"안 죽어."

"얼른 입안이나 헹궈!"

할머니는 단단히 화가 난 듯 보였다. 그러나 고사쿠는 그보다 훨씬 더 화가 나 있었다. 결핵 걸린 사람이 다 죽으면 사키코도 죽는 게 아닌가. 그런 일이 일어날까 보냐. 고사쿠는 사키코가 죽는다는 것 따위는 상상도 할 수 없었다. 생각만으로도 무서워 견딜 수가 없었다.

"안 죽어."

고사쿠가 끈질기게 반복하자,

"죽는다, 죽는다."

할머니가 심술궂게 대꾸했다. 고사쿠는 이제껏 할머니와 이같은 말싸움을 벌인 적이 없었다. 할머니를 상대로 이토록 막무가내로 고집을 부린 것도 처음이었다.

"이 멍청아! 그럼 꿀꺽 그 물 마셔 버리고 결핵 걸려 콱 뒈져 버리던지!"

고사쿠가 끝까지 지지 않고 응수하자 화가 머리끝까지 치솟은 할머니는 버럭 고함을 치고는 흙집으로 휙 가 버렸다. 고사쿠가 힐끗 돌아다보니 할머니는 안으로 들어가지 않고 문 앞에 엉거주춤 선 채로 이쪽을 바라보고 있었다. 고사쿠가 돌아오기를 기다리기라도 하는 양.

"안 죽어. 안 죽어."

여전히 화가 수그러들지 않은 고사쿠는 톡 쏘듯 내뱉으면서 할머니 옆을 지나쳐 재빨리 2층으로 올라가 버렸다.

고사쿠는 이불이 펴져 있는 잠자리에 쏙 들어갔다. 할머니는 평소 영차, 영차, 하면서 계단을 올라오는 것을 오늘 밤에는 바보 녀석, 바보 녀석, 하며 올라왔다.

"고짱."

할머니가 고사쿠가 누워 있는 베개 옆에 서서 가만히 고사쿠를 불렀다. 다정한 목소리였다. 고사쿠는 모른 척했다. 고래고래 소리칠 땐 언제고, 흥 대답 따위 해 주나 봐라.

"벌써 잠들었나."

할머니는 몸을 구부려 숨소리를 확인하려는지 고사쿠 얼굴에 가까이 다가왔다.

"저리 가!"

그 순간, 고사쿠는 눈을 번쩍 뜨고 이불 위에 놓인 할머니 팔을 거칠게 밀치며 차갑게 쏘아붙였다. 가느다란 팔이 힘없이 털썩 아래로 떨어졌다.

"아이고, 우리 고짱이 아직도 화가 안 풀렸나."

할머니는 고사쿠가 팔을 쳐 낸 건 아무렇지도 않다는 듯 다시 팔을 이불 위에 갖다 댔다.

고사쿠는 흠칫 놀라서 이번에는 가만히 있었다. 할머니 팔이 낮에 본 사키코 팔보다 가늘고 앙상한 것을 알아차린 것이다. 사키코 팔은 아무리 가늘고 말라도 새하얗고 고왔는데, 할머니의 그것은 거무튀튀한 살가죽이 흡사 말라비틀어진 대나무 같았다.

불현듯 고사쿠의 가슴 한구석이 아프게 죄어 왔다.

"……할머니."

고사쿠가 드디어 입을 열었다.

"나 배고프다."

"오야, 우리 아가가 배고프다고? 어디 보자, 어디 보자!"

할머니는 어느새 생기를 되찾은 듯 과자 상자가 들어 있는 선반을 향해 부지런히 걸음을 옮기기 시작했다.

# 7장

6월 초순이었다. 고사쿠는 할머니와 2박 3일 예정으로 이즈 반도 들머리에 있는 누마즈로 향했다. 할머니의 친척 중 만주에서 건축업자로 성공한 센다라는 사람이 수년 만에 귀국했는데 도쿄에 가기 전 누마즈를 경유한다고 하니 만나러 간다는 것이었다.

센다 부부와의 해후를 앞두고 기분이 한껏 고조된 할머니는 밤마다 고사쿠에게 두 사람의 이야기를 들려주었다.

"자고로 사람 일은 모르는 법이야. 만주로 건너갈 때만 해도 사정이 딱해서 내가 돈을 쥐여 줬는데 이렇게 금의환향을 할 줄은 꿈에도 몰랐지. 봉천[48]에 집을 서너 채나 세웠다지 아마."

또는,

---

48  중국의 허난 성 북부 도시, 심양의 옛 이름.

"사람은 좋은데 야무진 맛이 부족하고 주변머리가 없어 마누라 속을 무던히도 썩였대. 그러다 만주에 가서 늦게나마 철이들었는지, 지금은 밑으로 부리는 사람만 여럿이래. 참말로 인생은 오래 살고 볼 일이야."

같은, 칭찬인지 험담인지 모호한 말을 했다. 그러나 센다 부인에 대해서는 침을 튀겨 가며 한껏 치켜세웠다.

"세상에 둘도 없이 좋은 여자다. 심성도 곱고 슬기롭고 여러모로 그놈에겐 아깝지. 고쨩도 똑똑히 봐 뒀다가 꼭 그런 여자랑 결혼해야 한다, 응?"

귀에 못이 박히도록 센다 부부 이야기를 들은 나머지 고사쿠는 그들이 자기 친척처럼 여겨질 지경이었다.

큰집에서는 할머니가 고사쿠를 누마즈에 데려간다는 사실을 못마땅하게 여겼다. 외할아버지와 사키코는 학교를 쉬면서까지 고사쿠를 데려갈 이유가 없다는 입장이었다. 결국 싸움으로 번지지나 않을까 마음을 졸이던 외할머니가 중재에 나섰다.

"그쪽도 나름대로 뜻이 있겠지요. 이번만 너그러이 봐줍시다."

정작 당사자인 고사쿠는 누마즈를 여행을 앞두고 한껏 흥분에 들떠 있었다. 그깟 학교 며칠 쉬는 게 뭐 대수냐 싶었다. 안그래도, 작년 여름 누마즈 역전 여관에서 하룻밤 머문 기억이 있지만 제대로 구경도 못해 두고두고 아쉬웠던 차였다. 절경으로 유명한 센본하마 공원[49]도, 오나리바시[50]도 못 보지 않았던가.

할머니가 만나는 사람마다 떠벌리고 다닌 터라 고사쿠의 누마즈 행은 학생들 사이에서도 모르는 사람이 없었다.

---

49 누마즈 해안가에 위치한 소나무 숲으로 둘러싼 유명한 공원.
50 누마즈의 상징물로 알려진 유명한 다리.

"너 마누라 찾으러 간다며?"

"큰 도시에는 유괴범들이 득실득실하다. 납치되면 배꼽도 잘리고 혓바닥도 뽑힌단다."

상급생들이 고사쿠를 둘러싸고 낯 뜨거운 야유를 퍼붓거나 잔뜩 겁을 주면 하급생들은 덩달아 함성을 올리며 놀려 대는 것이었다.

누마즈로 떠나는 날, 고사쿠는 오랜만에 나들이용 기모노를 차려입고 반들반들한 새 게타를 신었다. 열 달 만에 타는 마차였다. 학생들은 학교에 가고 없어 정류장은 한산했다. 배웅을 나온 사람은 외할머니와 근처 아낙네 두세 명뿐이었다.

형식적인 인사를 나눈 뒤 마차는 시모다 도로 자갈길을 내달리기 시작했다. 승객은 고사쿠와 할머니 둘뿐. 마차가 덜컹거릴 적마다 두 사람은 몇 번이고 몸이 용수철처럼 튀어 올랐다.

"어이쿠, 이런 버르장머리 없는 말을 봤나!"

할머니는 세차게 달그락거리는 마차 안에서 이리저리 휩쓸려 다니며 분통을 터트렸다.

"버르장머리 없어서 미안하게 됐소."

로쿠 씨도 지지 않고 받아쳤다.

"밥을 조금 주니 저리 발광하는 거 아니오. 세상에 얼마나 굶겼으면 성질이 저리 고약해졌을꼬."

"하이고 어떻게 알았소? 내가 실은 할멈 골려 주려고 2, 3일 전부터 쫄쫄 굶겼는데."

말이 이치야마 마을을 빠져나갈 때까지 두 사람의 날 선 승강이는 끝날 줄을 몰랐다. 평소라면 지루하리만치 천천히 가던 길에서도 이번에는 연신 채찍질을 해 댔다. 그러다 말이 잠시

걸음을 멈추면 그제야 할머니는 어이구, 하며 자세를 바로잡고
는 바닥에 나동그라진 짐을 주웠다. 고사쿠는 거칠게 덜그럭거
리는 마차 안에서 점점 격해지는 두 사람의 말다툼을 조마조마
한 시선으로 바라보았다.

다행히 유가시마와 오히토의 중간 지점인 데구치 마을에서
잠시 휴식을 취하고 차를 마신 뒤에는 두 사람도 피곤한지 입
을 다물었다. 본의 아니게 평소보다 전력 질주한 말도 지친 기
색이 역력했다. 급격하게 속도가 줄었다. 어느새 로쿠 씨는 살
그머니 채찍질을 멈추더니 꾸벅꾸벅 졸기 시작했다. 고사쿠는
그가 졸다가 마부석에서 떨어지지나 않을까 또다시 조마조마
해졌다.

마차는 무사히 종점 오히토 역에 도착했다. 고사쿠는 오랜만
에 타보는 장난감 같은 경편 열차가 무척이나 반가웠다. 할머
니는 험한 마차에 시달려 멀미가 난 탓인지 열차에 올라타자마
자 2인용 좌석을 혼자 차지하고는 벌렁 드러누워 버렸다. 그러
고는 열차가 정거장에 멈출 때마다,

"여기가 미시마 역이냐?"

하며 창백한 얼굴로 고개를 두리번거렸다.

마침내 미시마 역에 도착했다. 두 사람은 도카이도센[51]으로
갈아탔다. 그래 봤자 한 정거장이었지만 할머니는 기어이 다른
승객에게 부탁해 짐을 선반에 올리고는 다음 정거장에서 내려 달
라고 당당히 요구하는 바람에 고사쿠는 얼굴이 화끈 달아올랐다.

누마즈 역에 내린 두 사람은 작년에 왔던 역전 여관에 다시

51  도쿄 역과 고베 역 사이를 연결하는 JR 철도.

들어갔다. 익숙한 곳이라 그런지 직원들을 대하는 할머니의 태도에서 여유가 배어 나왔다. 고사쿠는 그런 할머니가 몹시 믿음직스럽게 여겨졌다.

목욕을 하고 차를 마시는 사이, 바깥은 어느새 어스름이 내려앉아 있었다. 고사쿠가 창문으로 번잡한 역전 길을 내다보고 있는데 갑자기 뒤통수가 별나게 소란스러워졌다. 돌아보니 여관 주인과 직원들이 엄청나게 많은 짐 꾸러미를 옮기는 중이었다. 얼마 후 50대 남녀가 들어왔다. 키가 작고 혈색이 나쁜 남자는 지극히 평범해 보였고 키가 크고 머리 모양이 이상한 여자는 말투가 퍽 어눌했다. 고사쿠가 날마다 모습을 상상하던 바로 그 센다 부부였다. 기대와는 전혀 딴판이었다.

"이 아이가 그 아인감?"

그다지 호감 가지 않는 인상의 남자는 고사쿠를 턱으로 가리키며 할머니에게 물었다.

"금이야 옥이야 키운 귀하디귀한 도련님이야."

할머니의 낯간지러운 소리에,

"맏이 치곤 참말로 비실비실한 아들이구면."

하고 그가 밉살스럽게 대꾸했다. 반면 여자는 무척 상냥했다.

"어머, 아가 참 곱게도 생겼다. 오늘 밤은 이 아줌마 품에서 코 잘까?"

여자는 그렇게 말하고 깔깔 웃었다. 고사쿠는 속으로 어림도 없지, 하고 콧방귀를 뀌었지만 그녀의 말투에는 무언가 따스한 정감이 어려 있었다. 게다가 여자는 할머니와 신기하게 닮았다. 특히 웃는 얼굴은 자매라고 해도 믿을 만큼.

저녁상이 들어왔다. 어른들은 오랜만에 만난 회포를 푸는지 시간 가는 줄 모르고 수다 삼매경에 빠졌다. 고사쿠는 아예 안중에도 없는 눈치였다. 할머니와 여자가 주로 떠들고 남자는 묵묵히 술잔을 입에 털어 넣고 이따금씩 추임새를 넣는 정도였다. 그러다 문득 생각난 듯 고사쿠를 바라보며

"밥 흘리지 마라."

라든지

"생선은 머리부터 뜯어 먹는 거 아니다."

라면서 잔소리를 해 댔다. 고사쿠는 모처럼 기대한 누마즈 여행을 두 침입자가 망친 기분이 들었다. 이럴 줄 알았으면 안 오는 건데, 괜스레 후회가 들었다.

그날 밤, 고사쿠는 이불이 깔려 있는 옆방에서 잠들었다. 피곤했던 탓인지 이내 곯아떨어졌다. 밤중에 얼핏 눈을 떠 보니 남자는 술을 마시고 여자와 할머니는 뭐가 그리 재밌는지 아직까지 낄낄거리고 있었다.

다음 날 아침, 고사쿠가 눈을 뜨자 센다 부부의 모습은 사라진 뒤였다. 가장 빠른 도쿄행 열차를 탔다고 했다. 이제야 방해꾼이 없어졌다 싶어 고사쿠는 내심 기뻤다. 새벽녘까지 수다를 떨어 댄 탓에 할머니는 해가 중천에 뜰 때까지 기절한 듯 잠들었다. 별수 없이 고사쿠 혼자 아침상을 들고 나자 여직원 하나가 들어왔다. 어젯밤 할머니에게 부탁을 받았다면서 고사쿠를 데리고 어딘가로 향했다. 우오초 거리에 있는 으리으리한 집이었다. 고사쿠의 친척집인데 여기서 놀고 있으면 저녁에 데리러 온다고 했다.

그러고 보니, 누마즈에 외할머니 자매가 산다는 얘기는 들

은 기억이 있었다. 누마즈에서도 손꼽히는 마치야[52]라는 둥, 더 없이 사치스럽고 풍족한 생활을 하고 있다는 둥, 오냐오냐 키워서 자기밖에 모르는 거만한 두 딸이 있다는 둥. 말로만 듣던 그곳을 가는구나. 고사쿠는 잔뜩 주눅이 들어 누마즈 상점가를 질질 끌려가듯 걸었다.

친척집은 여관에서 도보로 10분 정도 거리에 있었다. 한눈에도 다른 집과 비교되는 대궐 같은 2층집. 마치야라는 얘기에 무언가 팔고 있을까 싶었지만 마룻귀틀 너머로 까만색 마루가 반질반질하게 빛나는 방은 휑뎅그렁했다. 여직원은 고사쿠를 문간에 두고 기다랗게 이어진 토방을 통해 안쪽 부엌으로 들어갔다.

잠시 후, 어머니 나이쯤 되어 보이는 여인이 나왔다.

"유가시마에서 온 고짱이지? 어머, 못 알아보겠다, 얘. 그새 많이 컸네."

고사쿠는 머리를 꾸벅 숙였다.

고개를 들어 자세히 보니, 작년 여름에 화려한 차림새로 누마즈 여관을 찾아온 바로 그 여인이었다.

"잘 왔어. 우리 집은 처음이지? 자, 어서 올라와."

그녀는 반갑게 고사쿠를 맞이했다. 은쟁반 위에 옥구슬이 굴러가는 듯 맑고 나긋나긋한 목소리. 이제껏 누구보다 아름다운 목소리를 가졌다고 여겼던 어머니나 사키코도 비할 바가 아니었다. 그야말로 격이 달랐다. 고사쿠는 이토록 온몸에서 고상하고 품위 있는 아우라를 풍기는 여인을 본 적이 없었다. 여관집 직원은,

---

52  큰길에 있는 상점과 주거 기능을 결합한 부유한 상인의 집. 메이지 시대 이후 도시화 과정에 따라 상점은 없어지고 주거 중심의 주택으로 변함.

"저녁에 올 테니 놀고 있어라."

하고는 그대로 문밖으로 나가 버렸다.

고사쿠는 안쪽 방으로 안내받았다. 나가히바치[53] 옆에 앉아서 잠시 숨을 돌리고 있자니 여인이 다과상을 내어 왔다. 받침 위에 가지런히 놓인 찻잔과 하얀 종이로 단정히 싸인 라쿠간[54] 과자였다.

고사쿠가 흰색과 빨간색의 알록달록한 과자 하나를 집어 먹고 있는데 할머니와 비슷한 연배로 보이는 구부정한 노파 하나가 느릿느릿 다가왔다.

"유가시마 꼬마가 왔다고? 어디 어디, 얼굴 좀 보자."

노파는 고사쿠 앞에 바싹 다가와 앉았다. 고사쿠는 다시 긴장해서 꾸벅 머리를 숙였다. 노파는 고사쿠의 얼굴을 찬찬히 들여다보았다.

"흠, 역시 나나에를 쏙 빼닮았어. 이 녀석도 제 어미 닮아 고집이 보통 아니겠는걸. 뭐, 사내 녀석이니 그래도 나쁘지 않지."

"참, 고짱. 어머니가 처녀 때 여기 계신 할머님한테 여러 가지 예의범절 교육을 받았다는 거 알고 있니? 거문고도 배웠단다."

고사쿠는 설레설레 고개를 흔들었다. 금시초문이었다.

"꼬마야, 이 아줌마한테 맛있는 거 많이 얻어먹어라. 좀 있으면 동갑내기 친구들이 학교에서 돌아올 테니 사이좋게 놀고. 싸우면 못 쓴다."

노파는 이렇게 말하고 몸을 일으켜 복도 건너편으로 사라졌다. 고사쿠는 이들에게 호감을 느꼈다. 쩨쩨한 구석은 손톱만큼

53  직사각형 나무상자로 된 화로.
54  곡물 가루와 설탕으로 만든 건조 과자.

찾아볼 수 없고 말투며 행동거지에 여유가 흘러넘쳤다. 몸에 걸친 기모노에서 자르르 흐르는 윤기 하며 역시 부자는 다르구나 싶었다.

"고짱은 뭘 좋아해?"

아주머니가 싱긋 웃었다.

"오나메."

"오나메? 된장?"

"응."

아주머니는 가지런한 흰 이를 드러내며 호호 웃었다.

"그럼 요리는?"

"도로로."[55]

"그럼 튀김은?"

"안 먹어 봤어."

"에이, 거짓말. 그럼 스시는?"

"싫어해."

"어머, 큰일이네. 그럼 장어덮밥은?"

"싫어해."

"튀김 덮밥은?"

"싫어해."

"점점 더 큰일이네. 그럼 자완무시[56]는?"

"싫어해."

"생선회는?"

"싫어해."

---

55 참마를 갈아서 즙을 내 먹는 음식.
56 부드러운 달걀찜 요리.

"달걀부침은?"

"싫어해."

고사쿠는 들어본 적도 없는 음식 이름이 줄줄 나오자 괜스레 얼굴이 붉어지고 숨이 가빠 왔다. 이 사람은 지금 나를 놀리고 있는 건가.

"하는 수 없지. 그럼 아줌마가 고짱이 좋아할 음식을 생각해 볼게. 이제 친구들이 학교에서 올 테니까 툇마루에서 놀고 있어, 알았지?"

아주머니는 여전히 미소를 담은 얼굴로 이렇게 말했다. 고사쿠는 말없이 일어나 툇마루로 나갔다. 정원에는 철쭉나무가 가득하고 빨갛게 핀 꽃들이 탐스러웠다. 고사쿠가 툇마루에 앉아 아주머니에게 받은 그림책을 팔락 팔락 넘기고 있을 때,

"다녀왔습니다."

"다녀왔습니다."

"다녀왔다고요!"

별안간 대문 쪽에서 날카로운 목소리가 들려왔다.

"다녀왔다고요! 확 그냥 돌아갈까 보다. 다 녀 왔 습 니 다!"

그러고는 좀 있다 냅다 고함을 질렀다.

"다 녀 왔 습 니 다!"

집에는 아무도 없는지 누구도 대답하지 않았다. 그러자 상대는 포기한 듯했다. 신경질적으로 게타 바닥을 탁탁거리는 소리가 가까이 다가왔다.

고사쿠는 장지문 사이로 고개를 빠끔 내밀었다. 자기보다 두세 살 어려 보이는 단발머리 소녀였다. 잠시 후 소녀도 고사쿠의 모습을 발견하고는 대번에 눈이 동그래졌다.

"너 누구야?"

앙칼진 목소리였다. 둘째 딸 레이코가 틀림없었다.

"……고사쿠."

"그딴 이름 나 몰라. 너 누구랑 왔어?"

"혼자."

"어디서 왔어?"

"유가시마."

그제야 소녀는 아하 하는 표정을 지었다.

"시골에서 누가 온다더니……."

고사쿠는 발끈했다.

"시골 아냐!"

"시골 맞아! 나 유가시마 가 본 적 있어. 풀 있고 무덤 있고 논 있고 사람은 별로 없고. 시골 맞아!"

레이코는 얄밉게 쏙 쏘아붙이고는 등을 획 돌려 부엌으로 들어가 버렸다. 고사쿠는 툇마루에서 일어나 부엌으로 따라갔다.

"어휴, 정말 싫어! 같이 놀아 주나 봐라!"

레이코는 사나운 표정으로 소리치고는 부엌에 들어온 고사쿠를 잔뜩 노려보았다. 고사쿠는 얼떨떨했다. 누군가 아무 이유 없이 자신에게 이토록 강렬한 적개심을 드러낸 적은 머리털 나고 처음이었다. 이때였다. 문밖에서 또 다른 소녀의 목소리가 들려왔다.

"나 왔어."

"……아무도 없어? 누가 얼른 물걸레 좀 갖고 와."

"그래? 안 갖고 온다 이거지. 이대로 확 들어가 버린다!"

이어 쿵쿵거리는 발소리와 함께 가방을 질질 끄는 소리가 들려왔다. 고사쿠는 상대의 얼굴을 본 순간 가슴이 철렁했다. 오만방자하기로 친척들 사이에서도 소문이 자자한 첫째 딸 란코였다. 그녀는 여동생이 그랬듯 고사쿠를 위아래로 쓱 훑고는 획 눈을 돌려 버렸다.

"아, 배고파. 과자나 먹어야지."

밉살스러운 말투로 이렇게 툭 내뱉고는 찬장에서 과자 상자를 꺼내 식탁 위에 탁 내려놓았다. 그리고 과자를 꺼내 태연히 입속에 넣었다.

졸지에 투명 인간이 된 고사쿠는 울화가 치밀었다. 이윽고 아주머니가 집에 돌아왔다.

"란짱, 유가시마에서 고짱 왔다."

"흥."

"함께 놀아."

"싫어."

"왜?"

"보나 마나 시시할 테니까."

"그런 말 하면 못써. 모처럼 놀러 왔으니 함께 놀아 줘. 그럼 오늘 밤에 활동사진에 데려가 줄게."

그러자 란코는 잠시 고민하는 빛을 띠더니,

"알았어. 대신 잠깐만이야!"

하고 조건을 달았다. 그러고는 고사쿠를 째려보며 명령조로 말했다.

"놀아 줄 테니 이쪽으로 와!"

고사쿠가 어깨를 움츠리며 다가갔다.

"자, 놀아 줄게. 놀아 줄 테니 뭘 하고 놀고 싶은지 말해. 빨리! 뭐 하고 놀 거야?"

매섭게 쏘아붙였다.

"뭐 하고 놀 거냐고! 놀기 싫어?"

이쯤 되면 숫제 꾸중 듣는 격이었다. 고사쿠는 정나미가 뚝 떨어졌다.

"바다에 가 보렴. 고짱은 바다 본 적 없을 테니 센본하마에 갔다 오면 되겠다."

아주머니가 부드럽게 속삭이듯 말했다.

"싫어!"

부엌 쪽에서 레이코의 심술 맞은 목소리가 들려왔다.

"그런 말 하면 못써. 어서 가네한테 데려다 달라고 해."

그 순간, 심성은 고약하지만 외모는 아름다운 자매는 웬일인지 동시에 우와! 하고 함성을 질렀다. 여동생은 한걸음에 부엌에서 거실로 뛰어 들어왔고 언니는 손에 든 카스텔라를 천장에 힘껏 던지며 야단법석을 떨었다. 천장에 부닥쳐 산산이 부서진 카스텔라 조각이 우수수 다다미 위에 떨어졌다.

"이런, 이런."

엉망이 된 방을 바라보며 아주머니는 한숨을 내쉬었지만 그다지 개의치 않는 기색이었다.

"가네키치."

그녀는 예의 가냘픈 목소리로 누군가의 이름을 불렀다. 이윽고 토방 안쪽에서 이 집 하인으로 보이는, 굵은 세로줄 무늬 기모노를 입은 땜통 머리 소년이 나타났다. 얼핏 보아 열여섯쯤 되었을까.

"가네, 이 아이들을 센본하마에 데리고 갔다 와. 자전거 갖고 가도 되니까 싸우지 않게 교대로 태워 줘야 돼, 알았지?"

가네라는 소년은 꾸벅 고개를 숙이고는 집 밖으로 나갔다. 그 뒤를 자매가 뒤따라 뛰어나갔다.

고사쿠가 아주머니와 함께 집 앞 큰길에 나왔을 때, 가네가 가지고 나온 자전거를 두고 란코와 레이코가 티격태격하는 중이었다. 안장에 자기가 먼저 타겠다고 싸움이 난 모양이었다.

"이런, 이런."

아주머니는 재차 한숨을 내쉬며 가느다란 손을 흔들었지만 고사쿠 눈에도 별반 효과는 없어 보였다.

"확 때린다! 내가 때린다면 정말 때리는 거야!"

란코는 독기 품은 눈초리로 바락바락 악을 썼다. 그리고 짜악! 하는 소리와 함께 란코가 레이코의 뺨을 후려쳤다.

"이런, 이런."

아주머니는 이번에도 부질없는 손짓을 했다. 이미 두 딸의 다툼에 익숙해진 탓인지 크게 놀라는 기색도 없이 입으로만 탄식을 내뱉는 게 고작이었다.

두 번째로 짜악! 하는 소리가 들렸다. 란코가 다시 레이코의 뺨을 때린 것이었다. 고사쿠는 그저 입을 벌리고 이 광경을 지켜보았다. 뺨이 벌게진 레이코는 싸늘한 표정으로 란코를 노려보았다. 눈물 한 방울 흘리지도 않고. 그에 반해, 란코는 당장이라도 터질 듯 눈물이 그렁그렁했다. 이윽고 란코는 큰 소리로 으앙 하고 울음을 터뜨렸다. 그러자 레이코는 승리자 특유의 득의만만한 표정으로 어머니 쪽을 바라보았다. 레이코는 울며불며 떼를 쓰는 란코를 한심한 듯 바라본 다음 가네에게 시선을 돌렸다.

"뭘 멍청하게 서 있어! 어서 태우지 않고."

가네는 팩 하고 성질을 부리는 레이코를 얼른 자전거 뒤에 태웠다. 그리고 핸들을 잡고 끌면서 걷기 시작했다. 고사쿠는 여전히 훌쩍이는 란코에게 살그머니 다가갔다.

"안 갈 거야?"

그러자 란코는 이내 울음을 멈추고 퉁퉁 부은 눈에 잔뜩 힘을 주고 자전거를 노려보았다.

"갈 거야! 다음은 내 차례야. 그다음은 레이코, 그다음은 나, 또 그다음은 레이코!"

고사쿠는 어이가 없었다. 이 마당에 여전히 자신에게 심술을 부리고 있다니. 그깟 자전거 따위 타라고 해도 안 탄다. 고사쿠는 가네가 끄는 자전거 뒤를 따라 란코와 함께 걸었다. 길가 양쪽은 상점들이 즐비했고 사람들로 인산인해였다. 고사쿠는 값비싼 기모노를 입은 두 소녀와 허름한 기모노를 입은 자신이 함께 움직이고 있다는 사실에 몹시 머쓱해졌다. 사람들이 죄다 자기만 쳐다보는 것 같았다.

50미터쯤 갔을 때,

"이번엔 내가 탈 차례야!"

란코의 날카로운 외침에 레이코는 순순히 자전거에서 내렸다. 뒤이어 란코가 탔다. 큰길을 지나쳐 센본하마 입구에 들어섰다. 발아래 까슬까슬한 모래 감촉이 느껴졌다.

"이번엔 레이코."

란코는 이렇게 말하며 자전거에서 내렸다.

"이번엔 고짱."

레이코는 이렇게 정정하며 고사쿠를 바라보았다.

"난 됐어."

뜻밖의 말에 고사쿠는 움찔했다.

"괜찮아, 타도 돼."

레이코는 어른스러운 말투로 어린애 달래듯 말했다.

"안 탈래."

고사쿠는 끝내 레이코의 제안을 뿌리치고 정면에 보이는 소나무 숲으로 뛰어갔다. 잘 참았다 싶으면서도 호의를 무시했다는 생각에 마음이 편치 않았다. 고사쿠는 소나무 숲 들머리에서 잠시 멈춰 서서 뒤를 돌아보았다. 란코와 레이코가 이쪽으로 달려오고 있었다. 이것 또한 뜻밖이었다.

고사쿠는 두 자매를 기다리며 천천히 숲 속으로 들어갔다. 소나무 가지들 사이로 영롱한 옥빛 물결이 넘실거렸다.

"우와, 바다다!"

고사쿠는 자기도 모르게 소리를 질렀다. 처음이었다. 그토록 가까이서 바다를 본 것은. 도요하시에 부모님을 만나러 갈 적에 기차 창문으로 바다를 본 적은 있었지만 그때의 바다와 지금 소나무 사이로 보는 바다는 하늘과 땅 차이였다. 창밖으로 바라본 바다는 커다란 남색 천 한 장을 깔아 놓은 양 고요하기만 했다. 그러나 지금 눈앞에 펼쳐진 바다는 새하얀 파도가 솟구치며 뭍을 향해 세차게 돌진하는 그야말로 거대한 생물체였다.

"우와, 바다다! 우와, 바다다!"

고사쿠는 들뜬 감정을 억누르지 못해 마구 외쳤다. 그것 말고는 지금 자신이 느끼는 격한 감정을 표현할 길이 없었다. 고사쿠는 성큼성큼 소나무 숲을 빠져나갔다. 완만하게 경사가 진 모래밭이 드넓게 펼쳐졌다. 새하얀 파도가 잇달아 밀려왔다가 철썩거리며 부서지고 이내 흩어져 버렸다.

"우와! 우와!"

여전히 고래고래 함성을 내지르는 고사쿠 옆으로 두 자매가 어리둥절한 표정으로 다가왔다. 이 정도의 열광적인 반응은 예상하지 못했다는 듯.

"고짱, 시골에 바다 없어?"

이윽고 란코가 입을 열었다. 고사쿠는 자신의 이름이 소녀 입에서 나온 것이 다시 한 번 뜻밖이었다.

"바다 같은 거 없어."

"그래? 그럼 너 바다 지금 처음 본 거네?"

"응."

"그래? 세상에! 바다 보는 게 처음이래."

란코는 감탄과 경멸이 뒤섞인 시선으로 고사쿠를 바라보다,

"역시 시골뜨기는 어쩔 수 없어."

하고 빈정거렸다.

"바다가 처음이면 배에 타 본 적도 없겠네. 불쌍해라. 웬만하면 딴 사람한텐 말하지 마. 비웃음만 당할 테니까."

레이코가 옆에서 심술궂게 거들었다.

모처럼 두 소녀에게 느낀 호감이 무참히 짓밟히는 느낌이었다. 경계를 풀었다간 큰코다치겠구나 싶었다. 그래도 바다는 좋았다. 고사쿠는 게타를 벗어 던지고 파도가 밀려올 적마다 다리를 바다에 담갔다. 란코도 레이코도 똑같이 따라 했다.

고사쿠는 몇 시간이고 모래밭에서 놀고 싶었지만 이내 지겹다며 돌아가자고 채근하는 란코 때문에 아쉬운 마음을 뒤로하고 돌아서야 했다. 소나무 숲 입구에 가네가 자전거를 나무에

세워 둔 채 쭈그리고 앉아 있었다. 집으로 돌아가는 길에 두 자매는 처음처럼 자전거를 먼저 타겠다며 입씨름을 벌였다. 결국 우격다짐으로 란코가 먼저 안장에 탔다. 자전거를 손으로 밀면서 걸었던 가네는 이번엔 웬일인지 자기도 올라타 페달을 밟았다. 자전거는 쏜살같이 레이코와 고사쿠를 남겨 둔 채 저 멀리 달아나 버렸다.

두 사람만 남게 되자, 레이코는 갑자기 얌전해졌다. 고사쿠를 시골에서 왔다며 놀리지도 않고.

"아, 갈증 나! 레모네이드 마시고 싶다. 너 돈 있어?"

백 미터쯤 걸어 상점가가 나오자 레이코가 불쑥 고사쿠에게 물었다.

"아니."

"한 푼도 없어?"

"응."

"어머나, 가엾어라. 그럼 내가 한턱낼게."

고사쿠는 한턱낸다는 말이 선뜻 이해가 가지 않았다. 마침 눈에 보이는 과자 가게 한 곳으로 쑥 들어간 레이코는 곧 레모네이드 두 병을 가지고 나와 한 개를 고사쿠에게 내밀었다.

"안 마셔."

당장이라도 들이켜고 싶었지만 왠지 레이코와 단둘이 여기서 레모네이드를 마시면 안 될 것 같았다. 한턱낸다는 말에는 왠지 불길한 기운이 깃들어 있어 영 내키지가 않았던 것이다.

"안 마신다고? 너 되게 이상한 애구나? 안 마시면 같이 안 논다?"

레이코가 짜증 섞인 말투로 톡 쏘아붙였다.

"알았어. 그럼 마실게."

고사쿠는 고분고분해졌다. 이번에도 레이코의 호의를 뿌리칠 순 없었다. 두 사람은 레모네이드를 꿀꺽꿀꺽 마셨다. 맛있었다.

"귤 주스도 먹을래!"

레이코는 다시 가게 안으로 들어가 귤 주스 병 두 개를 들고 왔다. 이번에는 군말 없이 받았다. 레모네이드를 얻어먹고 이제 와서 거절하는 것도 좀 이상하지 않은가. 귤 주스를 다 마시자,

"땅콩도 먹을래!"

이번에는 삼각 봉투를 두 봉지 들고 왔다. 두 사람은 땅콩을 와그작거리며 상점가를 걸었다. 몇 입 먹지도 않았는데 이내 땅콩이 바닥났다.

"과자도!"

레이코는 이렇게 말하며 아까보다 작은 과자 가게에 들어갔 다가 곧바로 돌아 나왔다.

"나 우무[57] 먹을 건데 너도 먹을래?"

"응."

고사쿠는 고개를 끄덕였다. 우무는 한 번도 먹어 본 적이 없 었다.

"여기서 먼저 망보고 있어. 내가 먼저 먹을 테니까 그다음에 먹어."

고사쿠는 다시 고개를 끄덕였다. 레이코가 가게 앞 기다란 의자에 앉아 우무를 먹는 동안 고사쿠는 길가 여기저기에 시선 을 돌리며 망보는 시늉을 했다. 대체 무슨 망을 보라는 건지 알 수 없었지만. 여하튼 아주머니라도 보이면 당장 신호를 보내리

---

57  우뭇가사리를 끓여 식힌 끈끈한 묵 음식.

라. 레이코는 우무를 다 먹고는 고사쿠에게 다가왔다.

"이제 너 먹어."

고사쿠는 레이코가 있었던 의자에 가 앉았다. 가게 노파가 양동이 안에 둥둥 떠 있는 우무를 건져 물총처럼 생긴 것으로 국수처럼 기다랗게 뽑아내는 모습이 참으로 신기했다. 두근거리며 한 입 넣었다. 기대만큼 맛있지는 않았지만 남겨서는 안 된다는 마음에 전부 다 먹었다.

두 사람은 떠들썩한 거리를 어슬렁거리며 천천히 집으로 향했다. 레이코는 길 양쪽으로 즐비한 상점 입구를 힐끔거리면서,

"이 가게 무지 비싸다."

"여기는 덤 많이 주네?"

따위 말을 했다.

"저 가게는 여자가 하도 기가 세서 남자는 찍소리도 못하고 산다."

이런 뚱딴지같은 소리도 했다. 어른들이 말하는 내용을 귀동냥으로 들은 것일 테지만 레이코는 마치 자기가 관찰한 것인 양 천연덕스럽게 떠들어 댔다.

어느덧 두 사람은 집 앞에 다다랐다. 단팥죽을 만드는지 안에서 팥 냄새가 솔솔 풍겼다.

"뭐 하다 이제 와. 단팥죽 다 졸잖아!"

거실 식탁에 앉아 있던 란코가 입을 비죽거렸다. 식모가 단팥죽을 가지고 왔다. 레이코는 조금 젓가락질을 하다 그릇을 탁 내려놓았다.

"나 배 아파!"

레이코의 얼굴은 백지장처럼 창백했다. 그러고 보니, 고사쿠도 살살 배가 아파 왔다. 하지만 아주머니의 호의를 생각해 꾸

역꾸역 단팥죽 한 그릇을 비웠다. 속이 메슥거렸다.

아주머니와 식모는 레이코를 눕힐 이부자리를 펴기 위해 얼른 방으로 들어갔다. 그동안 레이코는 다다미 위에 반듯이 누워,

"아아, 울렁거려."

하며 양손으로 가슴을 사정없이 쥐어뜯었다. 고사쿠도 다다미 위에 드러눕고 싶었지만 애써 참았다.

레이코는 방으로 부축되어 가는 도중에 안뜰 툇마루에 왈칵 토했다. 괴로운 신음이 섞인 구토 소리를 듣고 있자니 고사쿠도 와락 구역질이 났다. 부리나케 부엌으로 달려가다가 그만 토방에 구토를 하고 말았다. 곧이어 가네와 식모가 달려왔다. 아주머니도 달려왔다. 고사쿠는 가네에게 부축되어 레이코가 누워 있는 방에 누웠다.

토하기 전까지는 괴로웠지만 막상 속을 게워 내니 한결 살 것 같았다. 레이코도 속이 편해진 듯 생기를 되찾은 눈치였다. 방에 단둘이 남게 되자 레이코가 소곤소곤 말을 걸어 왔다.

"우무 먹었다고 말하면 안 돼."

"응."

"귤 주스도."

"응."

"레모네이드도."

"응."

"땅콩도."

"응."

순순히 대답은 했지만 자신은 없었다. 누가 물어보기라도 하면 당장이라도 실토해 버릴 것만 같았다.

"의사가 와도 말하면 안 돼."

고사쿠는 거의 절망적인 기분이 들었다. 의사에게 거짓말할 수 있을까.

"정말 의사가 와?"

"지금 가네가 데리러 갔어."

"나 이제 다 나았어."

고사쿠는 황급히 이부자리에 일어나 앉았다. 그때 아주머니가 들어왔다.

"일어나면 안 돼, 어서 누워 있어. 너희들 어쩌면 죽을지도 몰라. 불쌍하지만 할 수 없어. 땅콩이나 우무 같은 거 먹었으면 이미 손쓸 방도가 없거든. 의사보다 장의사를 부르는 게 나았을지 몰라."

아주머니는 자못 슬픈 표정으로 이렇게 말했다. 고사쿠는 가슴이 철렁 내려앉았다. 레이코는 눈을 감고 자는 척했다. 아주머니가 방에서 나가자 이윽고 수군거리는 말소리가 들려왔다. 의사가 도착한 것일까. 레이코는 여전히 자는 시늉을 했다. 고사쿠가 아무리 말을 걸어도 대꾸 한마디 없었다.

의사가 검은 가방을 들고 방으로 들어왔다. 그는 고사쿠와 레이코의 머리맡에 앉아 각각 맥을 짚고 체온을 재고 입을 열어 목구멍을 들여다보고 배를 꾹꾹 누르고 살살 문질렀다.

"천만다행으로 이번만은 생명에 지장이 없었지만 다음번에 또 가족들 몰래 군것질하다간 그땐 정말 죽을지도 모른다. 알았지?"

의사는 자못 심각한 표정으로 무겁게 겁을 주고는 곧바로 자리에서 일어났다. 의사가 사라지자 레이코는 새빨간 혀를 쑥 내밀었다.

"고짱, 괜찮아?"

"응."

"나도 괜찮아."

"응."

"재밌었지?"

레이코는 장난스럽게 웃었다. 고사쿠는 문득 할머니가 떠올랐다. 여관에 돌아가야 하는데. 그렇다고 이대로 나가기도 눈치가 보였다. 고사쿠는 반듯이 누운 채로 잠시 동안 있었다. 눈부신 한여름 태양이 서서히 물러가고 희끄무레한 황혼이 집안에 들이비쳤다. 지루해진 고사쿠는 레이코와 얘기라도 나눌까 했지만 어느새 레이코는 새근거리며 잠든 뒤였다. 아주머니가 다시 들어왔다.

"할머니가 데리러 왔는데 고짱이 아파 못 간다고 했어."

아주머니가 싱긋 웃었다.

"나, 다 나았어!"

당황한 고짱은 벌떡 자리를 박차고 일어났다.

"아니야. 아직 몰라. 의사 선생님도 오늘 밤까지는 푹 쉬면서 지켜봐야 한다고 말씀하셨는걸."

"나, 할머니 있는 데로 돌아갈래."

고사쿠는 금방이라도 울음을 터트릴 듯한 표정으로 말했다.

"오늘 밤은 여기서 자도록 해. 할머니가 내일 기차 타기 전에 데리러 온다고 했으니까. 알았지?"

하는 수 없었다. 고사쿠는 힘없이 이불 위에 주저앉았다.

그날 저녁, 고사쿠와 레이코는 이부자리에서 저녁상을 들었다. 죽과 우메보시가 전부였다. 레이코는 달걀부침이 먹고 싶다며 떼를 썼지만 아주머니는 따끔하게 거절했다. 웬만하면 딸이 원하는 걸 다 들어주는 상냥한 엄마지만 이번만큼은 단호했다. 레이코는 이제 다 나았으니 일어나겠다고 고집을 부렸지만 그것도 받아들여지지 않았다.

간간이 란코가 방안에 얼굴을 내밀었다. 과자 그릇을 안고 일부러 두 사람 앞에 철퍼덕 앉아서는 보란 듯이 과자를 입에 넣는 것이었다.

"먹고 싶지? 아유, 맛있어라."

또 얼마 후엔 폭죽을 가지고 와서는,

"폭죽놀이 할 테니 구경만 해. 일어나서 오면 안 돼. 아빠한테 이를 줄 알아."

하며 심술궂게 굴었다. 고사쿠는 이부자리에 엎드린 채 툇마루에 시선을 돌렸다. 센코[58]를 손에 들고 불꽃이 터지는 모습을 지그시 바라보는 란코의 얼굴은 티 없이 맑고 예뻤다. 흡사 시집 표지에 나오는 소녀처럼. 입만 열면 밉상이었지만 입을 다물고 있으면 그토록 고울 수가 없었다.

이윽고 소녀들의 아버지가 모습을 나타냈다. 아저씨는 툇마루에 앉아 맥주를 마셨고 아주머니와 젊은 식모가 뒤에서 그의 어깨를 연신 주물렀다. 맥주를 다 마신 아저씨는 병에 붙은 상표를 툭 떼어냈다. 상표가 희뿌옇게 변하는가 싶더니 서서히 게이샤 사진이 드러났다. 아저씨는 그것을 툇마루 바닥에 붙이고는,

"누마즈에서 최고 미인은 이 계집이고, 두 번째는 우리 집 란

58 기다란 막대에 종이를 감고 끝에 화약을 비벼 넣어 만든 폭죽.

코다."

했다. 고사쿠는 언젠가 누마즈 아저씨가 첫째 딸만 유독 예뻐한다는 얘기를 들은 적이 있었다. 과연 소문대로라고 생각했다.

이튿날 고사쿠가 잠에서 깨자, 할머니와 아주머니가 도란도란 얘기를 나누는 소리가 들렸다.

"어머, 저런."

"아이고, 우리 고짱이⋯⋯."

연신 걱정 섞인 추임새를 넣는 이는 할머니가 틀림없었다. 고사쿠는 잠자리에서 빠져나와 거실로 나갔다. 하얀 손수건을 목덜미 옷깃에 댄 할머니가 구부정한 자세로 아주머니와 마주앉아 차를 마시고 있었다. 고사쿠는 식모 손에 이끌려 뒤뜰에서 얼굴을 씻었다. 세면기에서 세수를 하는 게 참 신기했다.

아침 식사를 마치고 고사쿠는 할머니와 집을 나섰다. 란코는 학교에 갔고 레이코는 아직 이불 속에서 잔다고 했다. 고사쿠는 두 소녀에게 인사도 없이 돌아가는 게 마음에 걸렸지만 어쩔 수 없었다. 가네가 할머니 짐을 자전거에 싣고 역까지 바래다 주었다.

# 8장

　고사쿠는 유가시마에 돌아온 뒤에도 한동안 누마즈 여행의
여운에서 벗어나지 못했다. 한바탕 꿈을 꾼 듯했다. 란코, 레이
코, 아주머니, 아저씨, 가네. 모두 이 세상 사람이 아닌 것 같았
다. 밤마다 잠자리에 들면 누마즈에서 있었던 일이 눈앞에 어
른거렸고 그럴 때마다 고사쿠는 심술궂은 천사 같은 두 소녀는
지금쯤 무얼 하고 있을까 궁금해졌다.
　누마즈 여행은 고사쿠에게 세상의 또 다른 얼굴을 알게 해
준 커다란 사건이었다. 고사쿠는 지금껏 그런 종류의 사람들을
본 적이 없었다. 악의에 찬 심술, 오만방자함, 대담함, 거침없는
씀씀이, 모든 게 그저 새롭기만 했다. 상냥하고 점잖지만 왠지
묘한 분위기를 풍기던 아주머니와 아저씨도 신기했다. 세상에
는 참으로 다양한 부모님이 존재하는구나 싶었다.
　구름 속을 둥둥 떠다니듯 몽롱한 상태로 지낸 지 열흘째 되

던 날 밤이었다. 고사쿠는 부스럭거리는 인기척에 살며시 눈을 떴다. 할머니가 남포등을 켜고 외출 준비가 한창이었다. 벌써 아침인가 싶었지만 주변은 아직 어둠침침했다.

"할머니."

할머니가 고사쿠에게 얼굴을 돌렸다.

"아가, 아직 오밤중인데 왜 잠이 깼느냐. 어서 자라."

"어디 가?"

"아무것도 아니다."

"……."

"……누구 좀 배웅하고 오려고 그래. 어서 자."

"누구 배웅하는데?"

"고짱은 몰라도 돼."

"누구?"

고사쿠는 집요했다. 이 밤중에 대체 누구를 배웅하러 간단 말인가.

"응? 할머니, 누구?"

"……사키코."

할머니는 마지못해 목소리를 낮추며 중얼거렸다.

"오늘 밤 떠난단다."

"어디로?"

"아기 있는 곳이지 어디겠어."

고사쿠는 후다닥 일어나 앉았다.

"나도 갈래."

"아이고, 내 이럴 줄 알았다. 고짱이 같이 가면 마을 사람들한테 들켜서 곤란해질 텐데 이를 어쩐다."

할머니 얼굴에 난처한 빛이 감돌았다.

"정 배웅하겠다면 하는 수 없지만 이건 절대 비밀이야, 알겠지? 마을 사람들 모르게 조용히 갔다 오자."

고사쿠는 잠옷을 훌렁 벗어 던지고 기모노로 갈아입은 다음 할머니 앞서 계단을 후다닥 내려갔다. 캄캄한 1층을 더듬어 겨우 현관문을 열었다.

육중한 미닫이문을 열자, 정원 가득 하얀 달빛이 쏟아져 내렸다. 눈이 부셨다. 고사쿠는 할머니를 기다리며 집 앞 감나무 옆에서 초조하게 서성댔다.

큰집 앞에는 인력거 두 대가 서 있고 등불이 켜진 집안에서 사람들이 웅성거리는 소리가 들려왔다. 고사쿠가 돌계단을 올라가려는 순간 대문에서 낯선 사내 한 명이 불쑥 나왔다.

"이제 가는감?"

할머니가 사내에게 말을 건넸다. 남자는 무겁게 고개를 끄덕이더니,

"종잇장처럼 비쩍 말라 가지고……."

하고 혼잣말처럼 중얼거렸다. 사키코에 대한 얘기일까. 얼마 뒤 또 다른 낯선 사내가 나왔다. 보아하니 그들은 인력거꾼인 듯했다.

뒤이어 외할머니가 나왔다. 나들이용 기모노를 입고 보따리 두 개를 안은 채.

"이 늦은 시간에 불러내 미안합니다."

외할머니는 할머니를 보자 정중히 고개를 숙였다.

"아이고, 그게 무슨 말이야."

할머니가 손사래를 치고는,

"틀림없이 다시 건강해질 테니까 걱정 마."

하고 힘주어 말했다.

"나만 몰래 나오려고 했는데 그만 고짱한테 들켜 버리는 바람에…… 워낙에 총명한 아이라 속일 수가 있나."

할머니가 고사쿠를 돌아보며 양해를 구하듯 말했다.

"그래, 고짱. 너도 왔구나."

외할머니가 고사쿠의 머리를 토닥였다. 그때 사키코가 문밖으로 모습을 드러냈다. 상당히 야위었지만 생각만큼 심각하진 않았다.

사키코는 고사쿠의 존재를 알아차리지 못한 듯 그대로 인력거 쪽으로 걸어가다가 잠시 멈칫하더니 뒤를 돌아보았다.

"고짱도 왔네."

"네."

긴장한 고사쿠는 자기도 모르게 존댓말이 나왔다.

"공부 열심히 할 거지? 고짱은 대학 꼭 가야 해."

"네."

"……그래."

사키코는 할머니에게 고개를 살짝 숙이고 인력거에 탔다. 외할머니도 또 다른 인력거에 올랐다. 미쓰, 다이고, 다이조가 쪼르르 달려 나와 외할아버지와 함께 인력거를 배웅했다.

고사쿠는 인력거가 움직이는 모습을 말없이 눈으로 쫓았다. 사키코가 한밤에 도망치듯 떠나가는 이유를 알 것 같았다. 자신의 형편없는 몰골을 누구에게도 보이기 싫은 것이리라. 그곳에서 병이 완치될지도 모르고 만일 사람들이 말하듯 불치병이라면 남은 삶을 남편과 아이 곁에서 보내는 게 맞는다고 생각했다.

인력거가 점점 멀어져 갔다. 고사쿠는 뒤따라 달리고 싶었지만 이를 악물고 참았다. 말뚝처럼 그 자리에 우뚝 선 채로 뒷모습을 하염없이 바라보았다. 인력거는 이내 시야에서 사라졌고 달빛이 내려앉은 하얀 길만 덩그러니 남았다.

"고짱, 돌아가자."

고사쿠는 말없이 할머니 뒤를 따라 터벅터벅 걷기 시작했다. 목구멍에서 왈칵 울음이 솟구쳐 올랐지만 이번에도 이를 악물고 참았다. 고사쿠는 밤하늘을 올려다보며 생각했다. 오늘 밤은 태어나서 가장 슬픈 날이라고.

흙집 2층에 돌아온 고사쿠는 할머니를 빤히 바라보았다.

"사키코 누나, 나을 수 있을까?"

"안 그럼 곤란하지. 아이까지 있는데……."

"……."

"하늘도 참 무심하시지. 왜 착한 사람한테만 저리 시련을 주시는지 원. 같은 자매라도 나나에 비하면 사키코는 천사야, 천사."

"할머니는 사키코 누나 싫어했잖아?"

"예전에야 꼴도 보기 싫었지. 길에서 봐도 눈을 척 내리깔고 사람 취급도 안 하는데 좋아할 수가 있나. 그런데 큰 병에 걸리고 나서부터 얼마나 상냥해졌는지 몰라. 이따금 문병이라도 가면 고짱을 잘 부탁한다고 하면서 나한테도 좋은 음식 많이 먹고 오래오래 살라고 하더라고."

달빛이 창가에서 담뱃대를 물고 있는 할머니의 얼굴을 환하게 비추었다.

"그래서 누나가 좋아졌어?"

"그래."

"나도 누나가 좋아."

"그래 봬도 선생 노릇까지 했으니까 아이들한테 다정한 구석이 있었겠지."

"……."

"그러고 보면, 큰집 식구들 중에 사키코가 제일 착했다. 참 세상이 야속도 하지. 겨우 집안에 심성 고운 사람이 태어났다 했더니 결국은 저리되어 버리고……."

"나 누나가 좋아."

고사쿠는 같은 말을 되풀이했다. 그럼에도 뭔가 부족했다.

"나 사키코 누나가 세상에서 제일 좋아."

"큰집에서 사키코 말고 고짱이 달리 좋아할 만한 사람이 있나."

"나 누나가 좋아."

"알았다, 알았어."

"할머니보다도 좋아."

"누가."

"사키코 누나."

"흥, 고짱은 너무 순진해서 탈이야."

할머니가 콧방귀를 뀌었다.

"그런 누나 도쿄에 가면 한 트럭이야. 뭐…… 마음씨야 고왔지. 나한테 오래 살라는 말도 해 줬으니까."

할머니는 그 말이 유독 기쁜 모양이었다. 고사쿠는 뜬눈으로 밤을 지새웠다.

"고짱, 잠이 영 안 와? 우메보시 붙여 줄까?"

"싫어."

고사쿠는 퉁명하게 대꾸했다. 잠을 이루지 못할 때 할머니는 종종 우메보시 껍질을 이마에 붙여 주곤 했지만 오늘 밤은 그럴 기분이 아니었다.

"아이고, 싫어도 잠 못 자는 것보단 낫잖냐."

할머니가 달래듯 말했지만 고사쿠는 끝내 못 들은 척했다.


여름방학이 되자, 고사쿠는 혹시라도 사키코를 만날 수 있을까 내심 기대에 부풀었다. 사키코가 놀러 오라며 조만간 기별을 줄 것 같았고 큰집 식구들이 사키코를 만나러 갈 때 자기도 데려가지 않을까 싶었다.

하지만 이러한 기대는 번번이 꺾였다. 사키코는 유가시마에 있을 때보다 한층 병세가 악화되었다고 했다. 큰집 식구들은 수시로 사키코를 찾아갔지만 고사쿠에게 동행을 청하는 이는 아무도 없었다.

어머니가 할머니와 함께 도요하시에 놀러 오라는 편지를 보냈지만 그다지 내키지 않았다. 작년 여름에 갔다 온 뒤로 도요하시가 더 이상 궁금하지 않았고 부모님 집에서 보낸 시간이 갑갑하고 따분했기 때문이다. 차라리 유가시마에서 방학을 보내는 편이 더 나았다. 그건 할머니도 마찬가지인 듯,

"그럼 할머니가 몸이 아파서 못 간다고 할까?"

라며 넌지시 고사쿠의 의견을 물었다.

어느 날이었다.

고사쿠가 도랑 옆에서 물을 끼얹으며 더위를 식히고 있는데, 미쓰가 불쑥 모습을 드러냈다.

"사키코 언니 죽었대."

남 얘기 하듯 무덤덤한 말투였다.

"숨이 끊어졌대."

"누가."

"사키코 언니."

"뭐?"

고사쿠는 고개를 갸우뚱했다. 사키코의 병이 심해졌다는 얘기도 들었고 모두가 걱정하는 것도 알고 있었지만 그것을 사키코의 죽음과 연결시켜 생각한 적은 한 번도 없었다.

갑자기 미쓰에 대한 강렬한 적개심이 고사쿠를 휘감았다. 사키코가 이 세상에 더 이상 없다는 걸 도저히 받아들일 수가 없었다.

"죽을 리가 있냐, 멍청아!"

고사쿠는 도랑가에 우뚝 서서 무섭게 쏘아붙였다.

"하지만 정말 죽었는걸."

저만치서 할머니가 있는 부엌 쪽으로 향하는 외할머니의 모습이 보였다.

이미 여기저기 소식을 전하고 온 듯 숨을 가쁘게 몰아쉬고 있었다.

"사키코가 숨을 거두었습니다."

"맙소사."

할머니는 망연자실한 표정으로 외할머니를 쳐다보았다. 둘 사이에 잠시 정적이 흘렀다.

"……죽은 사람은 영영 돌아오지 않는 거네. 새끼 잃은 어미 속이야 말해 무엇 하겠나. 그래도 남은 자식들 생각해서 맘 단단히 먹어야지."

지극히 엄숙하고 차분한 어조였다. 이 말을 듣자 외할머니는 소맷자락으로 얼굴을 감싸고 흐느끼기 시작했다. 할머니도 눈

시울이 붉어졌고 미쓰도 울먹거렸다. 그제야 고사쿠는 사키코가 죽었음을 실감할 수 있었다.

사키코가 죽었다.

그날 밤부터 고사쿠는 온종일 흙집에 틀어박혔다. 큰집 식구들이 서해안 마을로 떠나 버리고 할머니는 빈집을 지켜야 한다며 큰집으로 향했다. 홀로 남은 흙집에 동무들이 놀러 왔지만 고사쿠는 한 발자국도 나가지 않았다.

다음 날 고사쿠는 아침부터 책상머리에 앉았다. 사키코가 마지막으로 한 말을 떠올렸던 것이다. 그동안 공부를 등한시했던 자신을 책망했다. 늦었지만 이제라도 공부에 전념하리라. 이따금 아이들이 2층까지 올라와 책을 펼치고 앉아 있는 고사쿠의 뒷모습을 멀뚱히 지켜보다 자기들끼리 쉿 하고 입술에 손을 가져가며 말하고는 발소리를 죽이며 계단을 내려가곤 했다.

고사쿠는 식사 때만 큰집에 가서 할머니와 밥을 먹고 다시 흙집으로 돌아와 공부를 계속했다. 할머니는 고사쿠가 갑자기 공부를 시작한 사실을 알고는,

"공부도 쉬엄쉬엄 해야지 몸 상하면 말짱 헛수고다. 게다가 학교 선생님 입장도 생각해 줘야지 안 그래? 고짱이 공부 열심히 해서 학교에서 배울 게 없으면 그쪽이 얼마나 곤란해지겠느냔 말이야."

했다. 고사쿠가 보기에 유가시마 마을은 평소와 달리 무겁게 가라앉아 있었다. 마을 전체가 사키코의 죽음을 슬퍼하며 추모에 잠기기라도 한 듯이. 실제로 장례식에 참석하려고 많은 이들이 서해안으로 떠났다. 아무도 고사쿠에게 함께 가자고 권유하지 않았다. 사키코의 죽음과 관계없는 사람처럼 여겨지는 건

조금 섭섭했지만 괜찮았다. 누군가 가자고 청해도 거절했을 테니까.

사키코의 장례식 날, 책상에 앉아 있기에 신물이 난 고사쿠는 동무들과 아마기 고개에 있는 굴을 보러 가기로 했다. 먼저 말을 꺼낸 건 유키오였지만 실행에 옮긴 건 고사쿠였다. 아마기 고개까지 놀러 간다는 얘기는 순식간에 마을 아이들에게 퍼졌고, 수많은 참가자가 모여들었다. 스무 명 남짓한 아이들은 정오가 되기 직전에 마을을 벗어나 아마기 도로 남쪽으로 무리지어 걷기 시작했다.

고사쿠와 유키오는 함께 선두에 섰다. 요시에도, 가메오도, 시게루도, 헤이치도 있었다. 고사쿠는 묵묵히 걸음을 재촉했다. 도중에 유키오가 몇 번이고 쉬어 가자고 제안했지만 고사쿠는,

"한 번 쉬기 시작하면 계속 쉬어야 해."

라며 고개를 저었다. 마치 스스로에게 벌을 가하는 듯이. 한 번도 쉬지 않고 끝까지 간다는 말이 앞에서 뒤로 전해지자, 아이들은 단단히 각오를 다지며 기모노를 훌렁 벗었다. 그리고 모두 기모노를 둘둘 싸서 오비에 단단히 묶었다. 모자처럼 머리 위에 올린 놈, 허리에 매달고 가는 놈, 보자기처럼 손에 들고 가는 놈, 등에 메고 가는 놈, 저마다 제각각이었다. 그중 세 명은 그것도 성가신지 길섶에 숨겨 두거나 나무에 매달아 두고 빈손으로 걸었다.

벌거숭이 무리는 길 위에서 몇 번이고 마을 어른들과 마주쳤다. 그때마다 어른들은 놀란 표정으로 한마디 했다.

"너희들 그런 꼴로 어디 가냐?"

"굴이요."

"이놈들이 얼어 죽으려고 환장했나. 여름이라도 그 안이 얼마나 추운데……."

"……."

"하여간 망아지 같은 놈들."

고사쿠는 아마기 산등성이에 걸린 새하얀 구름을 바라보며 걷고 또 걸었다. 온몸에서 비 오듯 땀이 흐르고 먼지까지 달라붙어 시커먼 땟물이 뚝뚝 떨어졌다. 이윽고 고사쿠가 유키오를 향해 입을 열었다.

"사키코 누나 죽었다."

"알아."

짧게 대답한 유키오는 느닷없이 소리를 높여 나무아미타불, 나무아미타불, 하고 염불을 외우기 시작했다. 그러자 뒤에 오는 아이들도 일제히 장단을 맞춰 나무아미타불, 나무아미타불, 하고 우렁차게 외쳤다.

불쾌한 기분은 들지 않았다. 아이들은 이런 식으로 사키코의 죽음을 애도하는 것이리라. 염불 소리는 얼마간 이어지다 점차 잦아들었다. 그러자 이번에는 누가 먼저랄 것도 없이 사키코에게 배운 노래를 부르기 시작했다. 한 명이 운을 띄우면 모두가 거기에 가락을 맞춰 따라 불렀다.

고사쿠는 묵묵히 걸음을 재촉했다. 그것이 자신에게 부여된 사명이라도 되는 양 엄숙하고 절도 있게.

이따금 사키코가 죽었다는 사실이 떠오를 때면, 고사쿠는 먹먹한 슬픔을 떨쳐 버리기라도 하듯 머리에 올린 기모노 꾸러미에서 흘러내린 오비를 턱 아래서 질끈 고쳐 묶었다. 그리고 뒤를 돌아보며 목청이 터지도록 소리치는 것이었다.

"더 힘차게!"

가을의 앞자락, 아마기 산비탈에 선선한 바람이 불어오기 시작했다. 초록빛 잎사귀가 은빛 뒷자락을 팔랑팔랑 뒤집으며 바람이 향하는 길을 알려 주고 있었다.

2부

# 1장

　관청 소장이 새로 부임해 오는 날, 슈쿠 마을과 구보타 마을 아이들은 아침부터 마음이 잔뜩 들떴다. 새로운 소장에게는 6학년 딸과 3학년 아들이 있다는 소식 때문이었다. 대놓고 유난을 떨어 대는 하급생들과 달리 5학년 고사쿠나 4학년 유키오는 짐짓 관심 없는 척했지만 은근히 신경이 쓰이는 건 사실이었다.

　어느덧 여름방학이 끝나고 며칠 뒤엔 2학기가 시작된다. 해마다 달력에 입추(立秋)라는 글자가 보이기 시작하면, 강렬한 열기를 뿜어 대던 햇볕은 약속이나 한 듯 눈에 띄게 수그러들고 시원한 기운이 살그머니 고개를 들었다. 이번에는 특히 그랬다. 달력 위에 가을이 들어서자, 끈적끈적한 습기가 어느새 물러가는가 싶더니 아침저녁으로 선선한 가을바람이 살랑살랑 불어오기 시작했다. 아이들은 마냥 신났지만 어른들은 반대였다. 수심 가득한 얼굴로 청명한 하늘을 바라보며 걱정 섞인 한숨을 내쉬는 것이었다. 예상보다 한 달이나 일찍 가을이 찾아와 이대로 햇볕이 약해지면 벼 수확에 지장이 있을 거라면서.

사람들의 근심이 하늘에 전해졌는지, 며칠 뒤 여름이 다시 찾아온 것처럼 아침부터 강한 뙤약볕이 내리쬐기 시작했다. 그날은 관청 소장이 오는 날이었다. 고사쿠는 창가 책상에 앉아 남은 숙제를 하고 있었다. 도랑에 물이 졸졸졸 흐르고 매미가 요란스레 울어 대는 가운데, 아이들이 와글와글 떠드는 소리가 뒤섞여 들려왔다. 때때로 아이들은 흙집 앞까지 몰려와 창문 아래서 고사쿠를 살살 꼬드기곤 했다.

"고짱, 아직 멀었어? 고짱, 아직 멀었어?"

마치 합창의 한 소절처럼 일정한 장단을 맞춰 외쳤다. 우리는 네가 나오기를 목이 빠지게 기다리고 있다. 집에서 뭘 하는지 모르겠지만 다 팽개치고 어서 함께 즐겁게 놀자꾸나.

활기찬 가락 속에 담긴 애절하고 구슬픈 속삭임은 다잡은 고사쿠의 마음을 사르르 녹여내어 결국 자리를 박차고 뛰쳐나가게 만들곤 했다.

고사쿠는 5학년이 되고부터 동무들의 달콤한 유혹에 넘어가지 않도록 단단히 각오를 다졌다. 날마다 마을을 쏘다니며 놀기만 하면 앞으로 1년 반밖에 남지 않은 중학교 입학시험에 합격할 턱이 없었다.

그러나 그 앞에 아이들보다 강력한 방해꾼이 나타났으니, 바로 할머니였다. 입으로는 공부해야 한다고 하면서도 막상 고사쿠가 책상 앞에 앉아 공부에 집중하고 있으면,

"고짱, 사람이 공부만 하고 어떻게 사냐. 가끔은 놀기도 하고 그래야지. 그러다 탈 나면 큰일이야. 어서 나가서 좀 놀다 와."

하면서 굳게 다잡은 마음을 살살 녹이는 것이었다. 다른 아이들은 신나게 노는데 혼자만 방에 처박혀 공부와 씨름하는 고사쿠가 딱해서 못 견디겠다는 투였다. 밖에서는 끊임없이 자신을 애타게 부르는 친구들 목소리가 들려오고 안에서는 할머니가 놀다 오라며 등을 떠미니 그야말로 죽을 맛이었다.

그날도 마찬가지였다. 밖에서 불러 대는 동무들의 유혹에 꿋꿋이 버티고 있는데 할머니가 슬그머니 2층에 올라왔다.

"누가 고짱더러 총리나 박사라도 되라고 하나. 그런 거 안 해도 되니까 어서 놀다 와. 여름방학은 놀라고 있는 거다. 자, 어서."

"나 점심때까지 공부할 거야."

"이따위 공부 안 해도 중학교 시험은 따 놓은 당상이야."

"거짓말."

"아유, 할미 말 못 믿는 거냐? 요전번에 그 누구냐, 젊은 임시교사 있잖나. 고짱에 대해 어찌나 침이 마르도록 칭찬했는지 몰라. 공부야 갔다 와서 하면 되는 거지, 안 그래? 증조외할아버지도 이렇게 하루 종일 공부하진 않았다. 그래도 얼마나 훌륭한 분이 되셨는데, 응?"

"……그럼 조금만 놀다 올게."

늘 이런 식이었다. 공부에 집중할 수 있도록 놀자고 꼬드기는 아이들을 쫓아 버려도 시원찮을 판에 오히려 놀다 오라고 내쫓는 격이었다.

고사쿠는 밀짚모자를 쓰고 동무들을 찾으러 큰길로 나섰다. 아까만 해도 시끄러웠던 거리는 쥐죽은 듯 조용했다. 고사쿠는 코웃음을 쳤다. 둘 중에 하나겠지. 헤이부치 계곡에서 멱을 감고 있거나, 근처 강물에서 고기잡이를 하고 있거나. 고사쿠는 헤이부치 계곡으로 발걸음을 돌렸다. 그때였다. 저만치서 우와 하는 아이들 함성이 귓가를 때렸다. 마차 정류장 쪽이었다. 그러고 보니, 봄부터 시모다 도로에 버스가 달리게 된다는 소문이 돌았는데 봄이 되고 여름이 돼도 감감무소식이었다.

아이들이 마차 정류장에 몰려 있는 걸로 보아, 새로운 소장 가족이 도착한 게 분명했다. 고사쿠는 단숨에 비탈길을 뛰어 내려갔다. 하급생 몇 명이 몰려 있다가 그를 보고 쪼르르 달려왔다.

"고짱, 계집애가 왔다!"

"그래?"

"여기서 기다렸다 확 돌 던질까."

낯선 소녀의 등장에 아이들은 흥분한 기색이 역력했다.

"그다음엔 내가 뒤에서 와락 밀치고 올 거다."

또 다른 1학년 밤송이머리가 눈을 반짝였다.

"유키짱은?"

고사쿠가 주변을 둘러보며 이렇게 물었을 때 마침 유키오와 가메오가 커다란 보따리를 들고 언덕배기를 올라오는 모습이 보였다.

"이걸 나보고 들라잖아."

유키오가 머쓱한 얼굴로 중얼거렸다.

"소장이?"

"응."

"희멀건 계집애도 하나 왔다."

유키오는 이렇게 재빨리 덧붙이고는 멋쩍게 머리를 긁적였다. 마을 사람들이 고사쿠가 있는 언덕을 올라오기 시작했다.

새로운 소장을 마중하는 무리였다. 가게 일과 관청 일을 겸하는 유키오 아버지도 부인과 함께 부지런히 시중을 들고 있었다.

고사쿠는 길가에 서서 사람들이 지나가는 모습을 지켜보았다. 무리 가운데 과연 얼굴이 무척 하얀 소녀 하나가 있었다. 6학년이라지만 더 성숙해 보였다. 3학년이라는 남동생도 보였다. 그 역시 얼굴이 하얬다. 고사쿠는 오누이만 보느라 소장 부부의 모습은 놓쳐 버렸다. 어른들 무리 뒤에 열 명 남짓한 아이들이 쫄래쫄래 따라왔다. 하얗고 고운 오누이를 뒤따르는 아이들은 그날따라 유난히 시커멓고 꾀죄죄하게 보였다.

2학기가 시작되기 하루 전날, 소장 부인이 아이들을 데리고 고사쿠가 사는 흙집을 방문했다. 할머니의 부름에 1층으로 내려가 보니, 앞마당 감나무 아래서 소장 부인과 할머니가 이야기를 나누고 있는 게 보였다. 고사쿠는 잠시 머뭇거리다 살그머니 다가가 꾸벅 고개를 숙였다.

"그래, 착하기도 하지, 고짱이라고 했니?"

소장 부인도 얼굴이 참 하얬다. 이들은 뭔가 다른 세계에서 온 사람들 같았다.

"내일부터 이 아이들도 학교에 다니게 되었으니 아무쪼록 잘 부탁드립니다. 잡화점 유키오 가족과도 막 인사하고 오는 길입니다."

소장 부인이 할머니에게 이렇게 말하는 동안, 오누이는 고사쿠에게 눈길을 보냈다. 소녀는 낯도 안 가리는지 무안할 정도로 고사쿠의 눈을 똑바로 바라보았다. 오누이는 성별의 차이만 있을 뿐 얼굴 생김새가 놀랄 만큼 비슷했다. 남동생에 비해 누이가 조금 더 선이 부드러운 정도랄까. 고사쿠는 오누이를 번갈아 바라보다 이내 시선을 획 피해 버렸다.

할머니는 잠시 흙집 안으로 들어가더니 앞치마 속에 분시(盆柿)를 한 아름 들고 왔다. 분시는 다른 감보다 비교적 일찍 열매를 맺어 오봉무렵에 딴다고 그런 이름을 붙였는데 크기가 작고 단맛도 떨어졌다. 소장 가족에게 주는 선물치고는 지독히 초라하고 변변찮았다.

"고짱, 신문지 좀 갖고 오너라."

고사쿠는 시치미를 뚝 뗐다. 보자기라면 몰라도 신문지로 싸 주다니 너무 볼품없어 보이지 않는가.

"어디 있는지 몰라."

"된장 통 옆에 있을 거다."

"몰라."

"된장 통 있는 데를 왜 몰라."

"모른다고."

신문지 따위에 싸 줄 수는 없다는 마음에 고사쿠는 끝내 심통을 부렸다. 작년부터 부쩍 허리가 안 좋아진 할머니는 한숨을 푹 쉬더니 땅에 머리가 닿을 만큼 허리를 굽히고는 신문지를 가지러 흙집으로 들어갔다.

"몇 학년?"

소녀가 처음으로 고사쿠에게 입을 뗐다.

"……5학년."

공연히 얼굴이 화끈거렸다. 고사쿠는 그대로 흙집으로 잽싸게 들어갔다. 할머니가 분시를 신문지에 싸 주는 모습을 차마 볼 수가 없었다.

소장네 가족이 돌아간 뒤에 할머니는 그들을 몹시 칭찬했다. 과연 도시에서 온 사람들이라 촌사람들과 인품부터 다르다면서 앞으로 그 집 아이들과 친하게 지내라고 당부했다. 고사쿠 역시 하얗고 고운 오누이와 함께 놀 수 있다면 얼마나 좋을까 싶었다.

2학기가 시작되는 날, 전교생은 오누이의 이름을 하루 만에 외워 버렸다. 누나는 아키코, 남동생은 고이치. 학생들은 그들만 보면 입을 모아 놀려댔다.

"아키코의 아는 아호(바보) 할 때 아! 고이치의 고는 오치고 보레(떨거지)의 고!"

고사쿠는 등교 첫날부터 모두에게 야유를 받는 오누이가 퍽 안쓰러웠다.

학교가 끝나고 집으로 돌아오는 길에, 고사쿠는 2학년 지로가 아키코의 아는, 하고 흥얼거리며 도랑에서 물장구치는 것을 보았다. 그 순간, 주체할 수 없는 분노가 마음속에 활활 타올랐다. 그는 성큼성큼 도랑가로 달려가 지로의 뒤통수를 있는 힘껏 후려갈겼다. 천성적으로 약골인 데다 숫기도 없어 늘 외톨이 신세였던 지로는 불의의 봉변에 놀라 도랑 속에 철퍼덕 고꾸라지고 말았다.

얼빠진 표정으로 물속에 처박혀 있던 지로는 이윽고 정신을 차린 듯 서럽게 울음을 터트리기 시작했다. 그러다 천천히 몸을 일으키더니 홀딱 젖은 기모노 차림으로 큰집 위편에 있는 집으로 울면서 뛰어가 버렸다. 자기보다 세 살이나 어린 병약한 소년에게 손찌검을 한 고사쿠는 마음이 착잡했지만 한편으로 아키코와 고이치를 놀리는 사람은 누구라도 벌을 받아 마땅하다는 생각이 들었다.

그날 밤, 얼굴이 벌게진 지로 아버지가 씩씩거리며 들이닥쳤다. 머리가 벗겨진 50대 남자가 흙집에 들어선 순간 술기운이 주변에 물씬 퍼졌다.

"아니 뭣 땜에 우리 집 아이를 물속으로 떠밀었소? 안 그래도 몸 약한 아이를 죽일 작정이오?"

"세상에 둘도 없이 온순한 우리 고짱이 비실비실한 자네 아들을 괴롭힐 리가 있는가? 백 보 양보해서 정말로 고짱이 그런 짓을 했다면 그건 지로가 그럴 만한 짓을 했으니까 그랬겠지. 여기서 난동 피우지 말고 썩 나가! 가서 자네 아들이나 족치란 말이야!"

할머니는 한 마디도 지지 않고 받아쳤다. 살벌한 말싸움이 2층의 고사쿠 귀에도 고스란히 들려왔다. 등골에 식은땀이 흘렀다. 분위기는 점점 험악해지고 있었다.

"고짱인지 뭔짱인지, 당장 내 앞에 데려오쇼! 내가 직접 물어봐야겠으니까!"

"이 작자가 시방 돌았나? 당신 같은 주정뱅이한테 우리 귀한 고짱을 보여 줄 리가 있나? 고짱은 자네처럼 미천한 몸이 아냐, 이 주제도 모르는 등신아!"

말이 떨어지기 무섭게 좌악 하고 물 퍼붓는 소리가 들렸다. 참다못한 고사쿠는 1층으로 뛰어 내려갔다. 지로 아버지가 머리부터 발끝까지 홀딱 젖어 물을 뚝뚝 흘리고 있었다. 할머니가 양동이 속에 든 물을 그에게 와락 끼얹어 버린 것이었다.

지로 아버지는 물벼락을 맞자 조금 술이 깬 듯 연방 눈을 껌벅거렸다.

"허, 이 할망구가 요즘 제정신이 아니라더니 참말이구먼. 미처도 곱게 미쳐야지."

기가 막힌다는 표정으로 이런 말을 내뱉더니 숨을 죽이고 자신을 바라보는 고사쿠를 향해,

"아무래도 이 할망구가 노망이 난 모양이다! 너도 살고 싶음 부모 있는 데로 얼른 도망치는 게 좋을 게다!"

이렇게 을러대고는 흙집을 나가 버렸다.


2학기가 시작되고 1주일이 지난 일요일 아침이었다. 할머니가 고사쿠를 불렀다.

"나팔꽃이 참말로 예쁘게 피었다. 어서 소장님 집에 갖다 드리고 와라."

나팔꽃은 7월이나 8월에 피는 게 보통이지만, 흙집 뜰에 난 나팔꽃은 8월 말부터 피기 시작해 9월이 지난 뒤에도 아침마다 두세 송이가 탐스러운 꽃을 피우곤 했다. 논을 갈러 나가는 마을 사람들은 도랑 맞은편 논두렁길을 건너며 꺼림칙한 표정으로,

"고짱네 나팔꽃은 보면 볼수록 불길하기 짝이 없어. 저게 나팔꽃이 맞긴 맞는 건가."

하고 중얼거리곤 했다. 할머니는 이런 말을 그냥 귓등으로 넘기는 법이 없었다. 작년부터 눈에 띄게 허리가 굽기 시작한 할머니는 웬일인지 그와 동시에 성미도 퍽 고약해졌다.

"나팔꽃이 맞아서 참말로 미안하게 됐네. 눈깔이 제대로 박혔으면 내려와서 똑똑히 보란 말이야. 이 꽃이 나팔꽃인지 아닌지!"

할머니는 이맛살을 찌푸리며 더없이 불편한 심기를 드러냈

다. 확실히 늦게 피었다는 점에서 이상하다고 할 수 있지만 고사쿠가 보아도 꽃은 예쁘기만 했다. 여느 집 나팔꽃은 대나무 울타리에 덩굴이 휘감겨서 작고 빛이 바래 볼품이 없었지만 할머니가 정성 들여 가꾼 나팔꽃은 꽃송이도 큼지막하고 빛깔도 선명했다.

그러나 아무리 예쁜 나팔꽃이라도 소장네 집에 갖다 주는 건 선뜻 내키지가 않았다. 문제는 화분이었다. 제대로 된 화분은 하나도 없고 죄다 이 빠진 덮밥 그릇, 손잡이 깨진 국자 따위에 심어져 있지 않은가.

"할머니, 어떤 거 갖고 가?"

"오늘은 한 송이밖에 안 피었다. 그래도 최고로 예쁘게 폈으니까 하나라도 괜찮을 거다."

할머니는 자랑스레 말했다. 흙집 옆 뜰로 돌아가 보니, 큼지막한 쪽빛 나팔꽃 한 송이가 한눈에 들어왔다. 다만 손잡이 없는 국자에 심어진 게 옥에 티였다. 고사쿠는 이번에도 소장 가족에게 국자에 핀 나팔꽃 선물은 어울리지 않다고 생각했다.

"그만둬."

"왜 그래?"

"이 국자, 영 못 봐주겠어."

"그게 뭐가 어때서 그러냐, 이건 그냥 주는 거니까 괜찮다."

"……"

"소장네 사람들 모르긴 몰라도 깜짝 놀랄 거야. 이런 나팔꽃은 일본 어디서도 보기 힘든 귀한 거니까. 암, 그렇고말고."

듣고 보니 틀린 말은 아니었다. 꽃이 훌륭하니 화분 따위 아무래도 상관없겠지. 결국 고사쿠는 나팔꽃을 들고 큰길로 나섰다. 주변에서 놀고 있던 아이 셋이 달려왔다.

"어디 가?"

1학년 까까머리가 말했다.

"관청에 간다. 따라와."

세상에 다시없을 훌륭한 선물을 든 고사쿠는 목에 잔뜩 힘을 주고 조무래기 세 명을 대동한 채 관청으로 향했다.

정문을 들어가 관청 건물 귀퉁이에 있는 소장 가족이 사는 집으로 다가갔을 때, 고사쿠는 우뚝 걸음을 멈췄다. 현관 옆에 두 줄로 늘어선 선인장 화분들이 눈에 들어왔다. 커다란 화분이든 작은 화분이든 죄다 어찌나 으리으리하고 고급스러워 보이던지, 국자에 담긴 나팔꽃이 그토록 초라할 수가 없었다. 고사쿠는 현관문을 두드릴 마음이 완전히 가시고 말았다.

그때였다. 집 옆에서 갑자기 아키코가 모습을 드러냈다.

"어머나."

아키코는 문 앞에서 우물쭈물하며 서 있는 고사쿠를 발견하고 놀란 듯 말했다.

낭패였다. 이제 와서 도망칠 수도 없는 노릇이었다.

"할머니가…… 나팔꽃이 피었다고 주고 오라고 해서……."

고사쿠는 기어들어 가는 목소리로 중얼거렸다. 자신은 어디까지나 할머니의 심부름으로 온 것일 뿐, 결코 오고 싶어서 온 것이 아니라는 것을 강조하듯이.

"어머, 예쁘기도 하지!"

아키코는 눈을 동그랗게 뜨고 감탄사를 연발했다. 고사쿠는 저번처럼 얼굴이 화끈거렸다. 예쁜 소녀가 예쁜 표정을 짓는데 왜 자기 얼굴이 빨개지는 건지 알다가도 모를 노릇이었다.

"어머, 예쁘기도 하지!"

뒤따라온 1학년 까까머리가 짐짓 간드러지는 목소리로 아키코의 말투를 흉내 냈다.

"돌아가자."

고사쿠는 아키코가 기분이 상할까 봐 뒤돌아서 걷기 시작했다.

"어머, 예쁘기도 하지, 어머, 예쁘기도 하지."

조무래기 세 명은 장단을 맞추어 같은 말을 되풀이하며 낄낄거렸다. 하지만 고사쿠는 지로에게 그랬던 것처럼 화를 내지 않았다. 어디 그뿐인가, 오히려 자신도 입 밖에 내고 싶은 유혹을 간신히 참아야 했다. 어머! 하며 눈을 크게 뜨는 소녀의 표정은 그저 눈앞에 떠올리는 것만으로도 가슴을 간지럽혔다. 고사쿠는 이제껏 여학생들에 대해 이러한 감정을 품은 적이 한 번도 없었다. 다분히 감미롭고 어딘가 비밀스러운 분위기를 풍기는 아련함. 세상을 떠난 사키코와 닮은 부분도 있고 닮지 않은 부분도 있었다.


8월 하순 무렵부터 마을 사람들은 이백십일, 혹은 이백이십일[59]을 부쩍 화제로 삼았다. 그것은 매년 연례행사와도 같은 것이었다.

"이백십일은 무사히 지나갈 것 같은데……."

"올해 이백이십일은 심상치 않단 말이야."

그렇다. 바야흐로 태풍의 계절이 다가온 것이다. 슬슬 어른들이 수심이 가득한 표정으로 이런 말을 나눌 때면, 고사쿠는 거

---

59  입춘에서 210일, 220일째 되는 날들로 태풍이 잦은 시기.

대한 괴물이 점점 다가오고 있는 듯한 오싹한 긴장감과 묘한 기대감이 교차하며 마음이 뭉게뭉게 부풀어 오르는 것이었다.

언제나 태풍은 예고 없이 마을을 덮치곤 했다. 뜨뜻미지근한 바람이 불며 사나운 비가 내리고 하늘을 뒤덮은 검은 구름이 빠르게 지나가면, 학교는 평소보다 일찍 수업을 끝냈다. 먼 마을에서 오는 아이들은 긴 옷자락을 접어 올리고 짚신을 벗어 들고는 마을 단위로 똘똘 뭉쳐서 집으로 뛰어갔다. 보란 듯이 우산을 쓴 아이도, 물독에 빠진 쥐새끼처럼 홀딱 젖은 아이도 있었다.

반면 집이 코앞인 유가시마 마을 아이들은 늦게까지 교실에 남아 놀았다. 집에 돌아가도 손바닥만 한 방에 틀어박혀 심심하게 빈둥거릴 뿐이라 차라리 학교에서 친구들과 있는 게 백배 나았다. 그렇게 폭우에 휩싸인 교실 안을 망아지처럼 뛰어다니다 가족 누군가가 데리러 오면 한 사람씩 홀연히 사라졌다.

고사쿠는 두근거리며 태풍이 오기를 기다렸다. 저녁 무렵이 되면 할머니가 말하지 않아도 스스로 흙집 주변을 돌아다니며 바람에 날아갈 물건을 정리하고 쓰러질 것 같은 나무는 단단히 버팀목을 세웠다.

고사쿠가 바지런하게 일하는 모습을 흐뭇하게 바라보는 할머니는 얼른 짚으로 꼰 우비를 두르고 밖으로 나왔다. 그러고는 논을 순찰하러 돌아다니는 사람들이 도랑 맞은편에 모습을 드러내면 큰 소리로 불러 세우며 자랑스레 목청을 높였다.

"우리 집은 고짱이 있으니까 아무 걱정이 없어. 고짱이 있어서 얼마나 든든한지 몰라!"

9월 하순께의 어느 날이었다. 아침부터 하늘이 심상치 않았다. 추적추적 비가 내리는가 싶더니 저녁 무렵 거센 바람이 더해져서 폭우로 돌변했다. 고사쿠는 평소대로 집 순찰을 돌았고 할머니는 저녁밥을 준비했다. 우메보시가 들어간 커다란 주먹밥을 몇 개나 만들었다. 태풍이 거세지면 오밤중에 몇 번이고 일어나야 했고 누군가 안부 인사차 들를지도 모를 일인지라 주먹밥은 두 사람뿐만 아니라 손님을 위한 것이기도 했다.

할머니와 고사쿠는 일찌감치 저녁 식사를 끝내고 이부자리를 폈다. 고사쿠는 집 밖에서 들려오는 스산한 바람 소리를 들으며 남포등을 켜고 책상 앞에 앉았다. 평소보다 집중이 잘 됐다. 창문 틈새를 타고 들어온 바람에 불빛이 흔들릴 때마다 고사쿠는 엄숙한 도취감에 사로잡혔다. 거대한 태풍이 몰려오는 일촉즉발의 상황 속에서도 공부에 몰두하고 있는 자신이 왠지 자랑스러웠다.

할머니는 태풍에 대비하느라 동분서주했다. 양초와 성냥, 약상자 따위를 머리맡에 나란히 두고 여분의 옷을 준비했다. 그처럼 자잘한 일에도 할머니는 마치 신성한 의식이라도 올리듯 여간 진지한 게 아니었다. 잔뜩 굽은 허리로 1층과 2층 사이를 숱하게 오르락내리락하며 양동이나 대야, 심지어 덮밥 접시까지 새는 물을 받칠 수 있는 것이라면 무엇이든 내어 와 2층 마루에 빽빽이 펼쳐 놓았다. 물받이 하나를 놓을 적마다 큰일을 치른 듯 담뱃대에 불을 붙이고 쉬는 바람에 그 일은 도저히 끝날 기미가 보이지 않았다.

굼벵이처럼 꾸물거리는 할머니 모습을 바라보다 고사쿠는 스르르 잠이 들었다. 얼마나 지났을까. 고사쿠는 오밤중에 자신을 깨우는 목소리에 눈을 떴다.

"고짱, 고짱, 비가 더 세졌는데 어쩌면 좋냐."

귓가에 들려오는 비바람 소리가 요란했지만 고사쿠는 무겁게 내려앉은 눈꺼풀과 힘겨운 사투를 벌였다. 그러면서 비몽사몽간에,

"비가 오는 게 뭐 어때서."

하고 중얼거렸다.

"고짱, 저것 좀 보라니까."

할머니가 재빨리 말을 덧붙였다.

"시방 이불 위에 비가 뚝뚝 떨어지고 있는 거 안 보여?"

그제야 퍼뜩 정신이 들었다. 그러고 보니, 아까부터 목덜미가 축축한 게 이상하다 싶었다. 바람은 마을을 집어삼킬 듯이 휘몰아치고 비는 무서운 기세로 대지를 때리고 있었다. 고사쿠가 잠자리에 들기 전과는 완전히 딴 세상이었다.

할머니는 이불을 하나씩 안고 1층으로 내려갔다.

"영차, 영차."

고사쿠는 힘겹게 자기 몸뚱어리만 한 이불을 들고 헉헉대는 할머니를 바라보다가,

"할머니, 이게 훨씬 빨라!"

하고 외친 다음 다른 이불을 계단 위에서 휙 하고 아래로 던졌다. 1층은 등불이 없어 몹시 어두웠지만 다행히 비가 샐 염려는 없었다.

얼마 뒤 고사쿠는 1층에 내려와 다시 이불 속에 들어갔지만 좀처럼 잠이 오지 않았다. 1층에서 들려오는 비바람 소리로 귀청이 찢어질 지경이었다. 나무와 풀들이 고래고래 비명을 질러댔다. 할머니는 물이 새는 2층 방이 걱정되어 올라갔다가 불붙

인 양초를 가지고 다시 내려왔다.

"어이!"

문밖에서 누군가의 목소리가 들렸다.

바람 때문에 목소리가 흩날렸지만 점점 또렷해져 왔다.

"염색 가게 주인이네."

할머니가 이렇게 말하며 육중한 문을 열었다.

"좀 어떠쇼? 이거 참 무시무시하게 퍼부어 대니 아주 환장하겠네."

축축한 바람과 함께 다급한 목소리가 튀어 들었다. 벗겨진 머리에 뚱뚱한 몸집을 보니 염색 가게 주인이 틀림없었다. 평소에는 정중한 사람인데 말투가 퍽 거칠었다. 사나운 날씨 탓일까.

"고생이 많구먼. 마을은 좀 어때?"

"잡화점네 감나무가 바람에 쓰러졌다지 뭐예요."

"두 그루 중에 어느 쪽이?"

"큰 거요."

"저런."

"대장간네 지붕도 날아가 버렸다던데……."

"아이고, 거긴 작년에 아기도 죽은 집인데, 지지리 복도 없지."

"이제 가 봐야겠어요."

"그러지 말고 주먹밥 하나라도 들고 가서."

"그럴 경황은 없지만 주신다니 하나 받을게요."

염색 가게 주인이 돌아갔다.

"그나저나 건너편 집에서 아직 감감무소식이네. 원래는 1등으로 오는 사람인데……."

할머니가 중얼거렸다. 호랑이도 제 말 하면 온다고, 얼마 후 근면하기로 둘째라면 서러운 건너편 집 주인이 찾아왔다.

"아이고, 이거 참 바람이 무섭네요. 집은 좀 어때요."

"우린 2층에 비가 조금 새는 정도인데 그쪽은 괜찮은가."

"아유, 우리 집은 초저녁부터 줄줄 새기 시작했구먼요. 이대로 가면 나가노 강이 불어 버릴 텐데……."

"나가노 강이야 불어도 상관없는데 우리 집 앞에 있는 강은 어떨까 몰라."

"나가노 강이 불면 우리네 논이 홀라당 쓸려 가 버리는데요."

"어이구, 자네 논이 그쪽에도 있었나."

이런 대화가 오고 간 뒤,

"그건 그렇고 주먹밥이나 하나 자시고 가셔."

"지금 야식 먹을 때인가요."

"그러지 말고 하나만 후딱 먹고 가시라니까."

비바람 소리는 점점 세차게 불어왔다. 때때로 천둥소리도 들렸다. 그 와중에 또 다른 손님이 문을 두드렸다. 슈쿠 마을 언덕에 사는 아시카가 다이헤이라는 칠순 넘은 왜소한 노인이었다. 까마득한 조상 중 한 명이 양자로 맞이해 이가미 집안과는 먼 친척뻘 되는 관계였는데 무슨 일이 생길 적마다 서로 안부를 묻곤 했다.

"할멈, 여긴 좀 어떤가요."

"걱정해 주신 덕분에 아직은 괜찮군요."

"그래도 지붕이 날아가는 건 각오해야 할 거요. 너무 원통해 말고 1년에 한 번 내는 세금이라고 속 좋게 생각해야지 어쩌겠소."

"그쪽은 좀 어때요?"

"우리는 집 앞 절벽이 무너져 버렸소."

"아이고!"

"집을 나올 때 보니 곳간 지붕이 흔들흔들 하는 게 아마 지금쯤은 날아가 버렸을 거외다."

"아이고!"

"아까 오는 길에 보니 관청 소장네 지붕은 이미 절반이 날아가고 없던데……."

"아이고!"

"울타리도 무너지고……."

"어디요?"

"소장네 울타리."

"아이고! 지붕도 날아가고 울타리도 무너지고, 마을 온 지 얼마 되지도 않았는데 신고식을 아주 톡톡히 치르네. 딱해서 어쩌나."

"근처 젊은이가 두세 명 도와주러 가긴 했는데 이 판국에 가봤자지 뭐. 그 집은 폭삭 무너질지도 몰라. 원래 거기 집터가 좀 안 좋았잖아요."

"그러나저러나 주먹밥 좀 드셔요."

"지금 이 판국에 밥이 목구멍으로 넘어가게 생겼나."

노인은 정말로 빈손으로 나갔다. 고사쿠는 일어나 좁은 문틈으로 밖을 내다보았다. 알몸에 훈도시만 찬 노인의 뒷모습이 번개가 칠 때마다 시퍼렇게 빛났다.

고사쿠는 소장네 지붕이 날아가고 울타리가 무너졌다는 얘기에 아키코가 걱정되었다.

"아직 한약방 주인이 안 왔는데……."

할머니는 별일이라는 듯 고개를 갸웃거리고는,

"고짱, 배고프지? 자, 이거."

하고 주먹밥을 내밀었다.

"안 먹어."

"할미가 만든 주먹밥이 얼마나 맛있는데?"

"안 먹어."

고사쿠는 끝내 마다했다. 아키코에 대한 생각 때문인지 입맛이 전혀 없었다.

"나 큰집에 갔다 올게."

"뭐?"

"큰집 갔다 온다고."

"아서라! 이 폭풍우 속에 한 발자국이라도 나갔다간 어디로 날아갈지 모른다. 그리고 보니, 큰집은 우리가 걱정도 안 되는가 보다. 젊은 놈이 몇 명인데 코빼기도 안 보이고…… 괘씸한 것들. 우리가 먼저 갈 필요 없다!"

고사쿠는 하는 수 없이 입을 다물어 버렸다. 큰집에 간다는 말은 변명일 뿐 목표는 소장네였다. 찔리는 구석이 있으니 고사쿠도 더 이상 고집을 부릴 수가 없었다. 하지만 여전히 미련이 남았다. 태풍 때문에 걱정이 되어 왔다 하면 소장네 가족이 얼마나 감격할까.

고사쿠는 문틈 사이로 힐끔 마당을 내다보았다. 비가 억수같이 퍼붓고 있었다. 나무란 나무는 죄다 뿌리가 뽑힐 듯이 흔들렸고 마당 곳곳이 큼지막한 물웅덩이가 생겼다. 천둥이 칠 때마다 고막이 찢어질 듯했다. 과연 할머니 말대로 지금 나가면 저 멀리 날아가 버릴지도 모른다.

고사쿠는 이내 나가길 포기하고 문을 닫았다. 얼마 뒤 2층에 물받이가 흘러넘쳤다. 할머니와 고사쿠는 허둥지둥 2층으로 올라갔다. 창문 밖으로 물을 내버리면 그만이건만 비바람이 세차게 들이쳐 창문을 열 수도 없었다. 고사쿠는 물바가지를 1층으로 가지고 내려와 버리고는 다시 올라가기를 몇 번이고 반복했다. 나중에는 지쳐서 다리가 후들거릴 지경이었다.

할머니는 할머니대로 다다미를 걸레로 닦고 비가 새기 시작한 선반 속 물건을 옮기느라 부산을 떨었다.

"도요하시에 있는 고짱 엄마한테 말해서 지붕 좀 고쳐 달라고 해야겠다. 소중한 자식을 비가 줄줄 새는 집에 두는 엄마가 세상천지에 어디 있나."

할머니는 흙집을 분주히 돌아다니면서도 입만 열면 도요하시, 도요하시, 하고 중얼거렸다. 이 모든 고생이 도요하시 가족들 책임이라는 투로.

빗줄기는 동이 틀 무렵이 되어서야 비로소 잠잠해졌다. 창문을 슬쩍 열어 보았다. 비는 더 이상 들이치지 않았다. 도랑 건너편 논에 심어진 벼들은 완전히 옆으로 쓰러지고 곳곳에 물에 잠긴 채였다. 몰라보게 물이 불어난 도랑은 콸콸콸 소리를 내며 무섭게 흘러가고 있었다. 할머니와 고사쿠는 새벽녘이 비치는 창가에 앉아 주먹밥을 먹었다. 피곤한 탓인지 할머니도 더이상 도요하시란 말을 입 밖에 내지 않았다.

"맛있어?"

"응."

"더 먹어라. 한숨 자고 할머니랑 지붕 날아간 집 구경 가자."

"지붕 날아간 집이 있을까."

"말해 뭐 해. 쓰카다, 야기, 오카미네는 모조리 날아갔을 거다. 모름지기 며느리 잘못 들인 집은 천벌 받는 법이야."

두 사람은 주먹밥을 다 먹고는 언제 그랬냐는 듯 고요해진 1층으로 내려와 잠을 청했다.

태풍이 지나가자 늦더위가 물러가고 드디어 유가시마에 가을이 무르익기 시작했다. 청명한 공기와 선선한 바람이 마을 구석구석을 휘감았다. 10월이 되고부터는 구마노 산과 언덕에서 나무 잎사귀들이 춥다는 듯 몸을 파르르 떨었다.

고사쿠는 학교가 끝나면 집에 돌아와 곧바로 책상머리에 앉았다. 저녁때까지 공부하다 밥을 먹고 난 뒤 한 시간만 아이들과 놀았다. 하루 중 가장 즐거운 시간이었다. 태풍이 온 뒤로 아이들의 놀이터는 관청 앞이 되어 있었다. 한번 그리 결정이 되면 아이들은 묘한 의리감에 사로잡혀 오로지 관청 앞으로만 모여들었다.

그날도 고사쿠는 평소처럼 관청 앞에서 아이들과 놀고 있었다. 유키오의 명령으로 하급생들은 나가노 마을까지 경주하듯 달려가 마을 어귀의 강가 낭떠러지에서 증거로 찰흙을 가지고 왔다. 처음부터 유키오의 목적은 경주가 아니라 찰흙이었다.

관청 문 앞에서 아이들이 우르르 출발하고 나자, 아키코가 문밖으로 나왔다. 그녀의 얼굴을 보자마자 고사쿠의 가슴이 두방망이질하기 시작했다. 어디론가 도망치고 싶었지만 몸이 얼음처럼 굳어 버려 꼼짝도 할 수가 없었다.

"고짱, 요즘 공부 열심히 한다며?"

아키코는 생긋 웃으며 가까이 다가왔다. 고사쿠는 가슴이 쿵쾅거려 심장이 튀어나올 것만 같았다.

"그딴 거 누가 한다고."

속마음과 다르게 입에서는 퉁명스런 말이 튀어나왔다.

"할머니가 그렇게 말씀하셨는걸."

단정히 땋아 내린 아키코의 양 갈래 머리가 참 고왔다.

"나는 내년이야. 고짱은 나보다 1년 더 남았네."

입학시험에 대한 얘기였다. 고사쿠는 무언가 말하고 싶었지만 입 안에서 웅얼웅얼할 뿐이었다. 몸이 고장이 난 듯 말을 듣지 않았다. 아키코는 몇 마디 더 공부에 대한 말을 건넸지만 고사쿠가 아무 반응이 없자 이내 입을 다물어 버리고 하늘을 올려다보았다.

"아, 저녁노을 좀 봐! 이렇게 예쁜 노을은 이제껏 본 적이 없어."

아키코가 혼잣말처럼 중얼거렸다. 고사쿠는 아키코의 시선을 따라 북녘 하늘을 바라보았다. 노을 진 구름이 하늘을 붉은빛으로 수놓고 있었다. 예뻤다. 하지만 그동안 본 것 중에 최고로 예쁜지는 알 수 없었다. 지금까지 고사쿠는 저녁노을의 아름다움을 비교해 본 적도, 그럴 생각도 한 적이 없었던 것이다. 하지만 아키코의 말을 듣고 보니, 과연 손에 꼽을 만큼 아름다운 저녁노을일지도 모른다는 생각이 들었다.

그때 놀이터에 남아 있는 코흘리개 몇 명이,

"아이코의 아는……."

하고 예의 놀려 대는 노래를 부르기 시작했다.

"아호할 때 아."

아키코가 화답하듯 부드럽게 웃으며 대꾸했다. 그 순간, 고사쿠는 무어라 설명하기 힘든 묘한 슬픔에 사로잡혔다. 그것은 아키코를 놀려대는 아이들에 대한 분노도, 짓궂게 놀림받는 아키코에 대한 연민도 아니었다. 그것은, 하루하루 살아가는 게 못 견디게 지겹고 무기력해 보이는 그녀를 위해 자신은 아무것도 해 줄 게 없다는 데서 오는 막막한 슬픔이었다. 이런 감정을 느낀 건 태어나서 처음이었다. 고사쿠는 말없이 흙집을 향해 걸음을 옮기기 시작했다. 언제까지고 아키코 곁에 남아 있고 싶었지만 그랬다간 지금 느끼는 이 감정이 점점 부풀어 올라 자신을 집어삼킬 것만 같았다.

그날 밤, 고사쿠는 태어나서 처음으로 사춘기 감정을 경험했다. 그것은 바로 후회였다. 말 한마디 제대로 건네지 못한 채 불타는 저녁노을 속에 아키코를 홀로 남겨 두고 돌아와 버린 것에 대한 강렬한 후회.

## 2장

10월 끝자락의 어느 날이었다. 2교시 산수 수업 중이던 고사쿠는 무심결에 창밖으로 눈길을 던졌다. 예고 없이 겨울이 찾아온 건지 매서운 북녘 바람이 교정에 불어닥쳤고, 마른 이파리와 종이 부스러기들이 바람에 휩싸여 회오리 기둥을 만들며 솟아오르고 있었다.

그때였다. 교문을 지나 운동장으로 들어오는 무언가가 눈에 띄었다. 처음엔 시커먼 걸레 뭉치가 사나운 바람에 떠밀려 이쪽으로 굴러 오나 했다. 그런데 자세히 보니 걸레가 아니라 사람이었다. 유심히 그것을 바라보던 고사쿠는 그만 소스라치게 놀라고 말았다. 쪼그라들 대로 쪼그라든 몸뚱이, 머리가 땅에 닿을 듯 굽은 허리, 그건 틀림없는 할머니였다.

집에서 볼 땐 미처 몰랐다. 하지만 멀찍이 떨어져서 바라보니 저리도 꾀죄죄하고 볼품없는 노파가 세상천지에 또 있을까 싶었다. 길에서 마주쳐도 외면하고플 만큼.

할머니가 학교에 온 까닭은 대충 짐작이 갔다. 집을 나설 때, 날씨가 쌀쌀하니 하오리[60]를 챙기라고 할머니가 신신당부했지만 고사쿠는 혼자만 튀는 게 싫어 모른 척 나왔더랬다. 그런데 바람이 점점 거세지자 안 되겠다 싶어 하오리를 건네주러 기어이 학교까지 온 것이리라.

고사쿠가 잊어버린 학용품이나 숙제, 도시락 따위를 할머니가 학교에 가져 오는 일은 이전에도 몇 번 있었다. 할머니는 언제나 교무실이나 사환실에 들르지 않고 곧장 교실로 직행해서는 창문 틈새로 교실을 힐끔거리며,

"고짱!"

혹은

"선생님!"

하며 목소리를 높이곤 했다. 그럴 때마다 아이들이 키득거리는 소리로 수업은 이내 중단되기 일쑤였다. 그건 그나마 나은 편이었다. 만일 담임이 마을에 사는 사람이기라도 하면,

"어이, 석수 장수 둘째 아들놈아!"

"가도노하라 고모리네 형님요!"

등등 상대가 듣기 민망한 호칭을 쓰는 것이었다. 고사쿠도 예외가 아니었다.

"고짱아!"

"우리 아가!"

등으로 할머니가 자신을 부를 때면 고사쿠는 어찌나 창피한

60  방한용으로 옷 위에 걸치는 소매 짧은 겉옷.

지 쥐구멍이라도 찾고 싶은 심정이었다.

그런 연유로, 운동장을 가로지르는 할머니의 모습을 발견할 때면 싸늘한 한기가 고사쿠의 등줄기를 타고 흘러내리는 것이었다. 무시무시한 태풍이 다가오는 모습을 지켜보는 농사꾼처럼, 고사쿠는 자신을 덮쳐 올 재난을 기다리며 바싹바싹 피가 말랐다.

그런데 그날만은 달랐다. 또 무슨 망신을 당할까 싶어 수치스럽기는커녕 그저 망치로 머리를 얻어맞은 듯 멍했다.

지독하게 말라비틀어진 할머니의 모습은 고사쿠의 마음을 적잖이 헝클어 놓았다. 험악한 바람에 이리 채이고 저리 채이며 서럽게 떠밀려 오는 불안하고 가냘픈 형체를 보며 고사쿠는 마음이 한없이 먹먹해짐을 느꼈다.

"고짱아."

어느새 할머니는 교실 창문 아래쪽에 들러붙어 있었다.

담임이 교단에서 내려와 하오리를 건네받았다.

평소라면 얼굴이 벌겋게 달아올라 아무렇게나 처박아 두었겠지만, 고사쿠는 굳은 표정으로 그 자리에서 바로 하오리를 걸쳤다. 여느 때면 낄낄거리며 웃어 댈 아이들도 사뭇 비장하기까지 한 고사쿠의 태도에 다들 쥐죽은 듯 조용했다. 그걸로 끝이었다. 수업은 다시 진행되었다.

고사쿠는 돌아가는 할머니 등을 뚫어져라 바라보았다. 위태롭기 그지없는 발걸음으로 휘청휘청 걸어가는 모습. 마른 이파리와 종이 부스러기가 할머니 주변에서 회오리쳐 솟구쳤다.

고사쿠는 그제야 비로소 깨달았다. 할머니가 참 많이 늙어 버렸음을. 마을의 어느 노인보다도.

그로부터 열흘이 지난 날, 할머니가 난데없이 시모다 얘길 꺼냈다.

"할머니는 하룻밤 묵고 올 테니 고짱은 큰집에서 하루만 신세 져야겠다."

"무슨 일인데?"

"별다른 일이랄 것도 없지만 날 추워지기 전에 한번 다녀오려고."

할머니의 고향은 시모다에서 4킬로미터 남짓 떨어진 조그만 어촌 마을이었다. 할머니 생가에 대해선 고사쿠도, 고사쿠 부모도, 큰집 식구들도 자세히 아는 이가 없었다. 증조외할아버지와 유가시마로 옮겨온 이후, 가까운 친척 두세 명 이외엔 고향 사람들과 완전히 인연을 끊은 눈치였다. 흙집으로 친척이라는 사람이 한두 번 찾아온 적은 있지만 할머니는 결코 살갑게 군 적이 없었다. 당신들과 나는 아무 관계도 없다는 듯 시종일관 무심한 태도였다. 짐작해 보건대, 할머니의 생가는 찢어지게 가난했던 게 아닐까. 그러다 증조외할아버지와 인연을 맺으면서 그의 체면과 자신의 입지를 고려해 초라한 과거를 깡그리 지워버리려 한 것일지도 모른다.

할머니는 사람들 앞에서 고향에 대해 입도 벙긋한 적이 없었다. 은연중에 시모다 이야기가 나와도 대충 얼버무리거나 피해버리기 십상이었다. 하지만 고사쿠에게만은 가끔 고향 이야기를 털어놓곤 했다. 시모다 항구로 외국 선박을 구경하러 갔던 일, 외국인 선원이 망원경을 가지고 마을을 어슬렁거린 일, 선원과 어부 사이에 고성이 오간 일, 시모다 바닷가에 커다란 고래가 출몰했던 일 등등. 어릴 적 추억담을 들려줄 때 할머니의 표정에는 아련한 그리움 같은 것이 묻어났다. 고사쿠는 할머니의 고향 이야기를 듣는 게 즐거웠다. 할머니가 맛깔스러운 말로 이야기보따리를 술술 풀어낼 때면 고사쿠는 밤새 시간이 가는 줄 모르고 빠져들었다.

그렇기에 시모다에 다녀오겠다는 말을 들었을 때도 고사쿠는 그다지 의아하게 여기지 않았다. 할머니는 오래전 떠나온 고향 땅을 죽기 전에 한 번 더 밟아 보고 싶은 것이리라. 맘만 먹으면 얼마든지 갔다 올 수 있는 거리였다. 유가시마에서 아마기 고개를 넘어 네 시간쯤 마차를 타고 달리면 도착한다고 했으니까.

"나도 함께 가면 안 돼?"

"고짱도 시모다에 간다고? 그게 참말이야?"

할머니는 눈을 동그랗게 뜨고 되물었다. 그러고는 양손을 무릎 위에 올려놓고 어깨를 풀썩 떨어뜨렸다.

"아이고, 우리 고짱이 할머니 고향에 가고 싶었다니……."

더할 나위 없이 감격한 투였다. 그러다가 이내 얼굴이 흐려지며,

"아녀, 안 될 말이지."

하며 고개를 절레절레 흔들었다.

"큰집에서 난리가 날 거다. 게다가 학교는 또 어쩌고……."

"일요일에 떠나면 되잖아."

"그야 그렇지……."

"큰집에는 유가노 온천에 간다고 둘러대면 되고."

"오호, 그런 묘책이 있었구먼. 역시 영리한 고짱한테는 못 당한다니까."

할머니는 야단스럽게 놀란 몸짓을 했다. 그러다가 다시 풀이 죽었다.

"큰집 할아버지가 그런 말에 속아 넘어갈 턱이 없지."

고사쿠는 시모다를 구경하고 싶기도 했지만 할머니 곁에 있어 주고 싶은 마음이 더 컸다.

그날 밤, 할머니는 홀로 적진에 들어가는 장군처럼 비장한 얼굴로 큰집으로 향했다. 그리고 한참이 지난 후에야 돌아왔다.

"큰집 할아버지가 가도 괜찮다고 했으니까 고짱도 시모다 갈 수 있다."

할머니 얼굴에 웃음꽃이 활짝 피었다.

"정말이야?"

생각보다 싱겁게 결판이 나자 고사쿠가 고개를 갸웃거렸다.

"고짱이 가고 싶음 가는 거지 누가 말리겠냐. 이제 고짱도 다 컸으니까 그 정도의 발언권은 있는 거다!"

그러자 갑자기 할머니는 주먹을 불끈 목청을 높이는 것이었다.


토요일이 되었다. 고사쿠는 남들보다 수업을 한 시간 일찍 끝마치고 11시에 할머니와 단둘이 정류장에 나갔다. 유일하게 외할머니만 배웅을 나왔다. 행선지가 시모다가 아니었다면, 할머니는 동네방네 소문을 내고 다녔겠지만 이번만은 큰집 이외에 철저히 비밀에 부친 까닭이었다.

혹시라도 남의 눈에 띌까 짐도 조그만 보따리 하나가 다였다. 고향 사람들에게 줄 선물도 하나 없었다. 고사쿠는 그런 할머니의 마음을 이해할 수 있었다.

시모다행 마차는 슈젠지와 정반대 방향이었다. 슈젠지 쪽으로만 마차를 타고 다녔던 고사쿠는 왠지 미지의 타향으로 멀리 떠나는 느낌이 들었다. 마부가 아마기 산 건너편 오쿠이즈(奧伊豆) 사람이라는 사실도 낯선 흥분을 자극했다.

"그럼 건강히 잘 다녀와요. 고짱도 몸조심하고."

외할머니는 먼 여행을 떠나는 사람을 떠나보내듯 말했다. 마차가 출발했다. 유가시마 마을을 벗어나기 무섭게 마차는 덜컹덜컹 흔들리기 시작했다. 슈젠지 방향과 달리 도로가 몹시 울퉁불퉁했던 것이다.

고개 근처까지 길은 무척이나 친숙했다. 일전에 고사쿠가 행방불명되었다며 한바탕 소란이 일었던 곳도, 사키코 장례식 때 아마기 고개까지 행군한 곳도 이 길이었다. 마차는 신텐 마을을 지나 삼나무 숲 속으로 난 도로를 세차게 달리는가 싶더니 아마기 고개로 이어지는 오르막길이 나오자 부쩍 속도가 느려졌다.

고사쿠는 사키코 장례식 날, 아이들과 사키코에게 배운 노래를 부르며 시모다 도로를 행진했던 일이 떠올랐다. 그로부터 2년이 흘렀다. 그때는 죽음이라는 것을 온전히 이해할 수 없었지만 지금은 나름대로의 방식으로 이해하고 있다.

사키코는 어느 순간을 기점으로 자신과 반대 방향으로 걷기 시작했다. 자신은 이제 사키코와 만날 수 없으며 둘 사이의 거리는 점점 더 멀어져 가리라. 이미 까마득히 멀어져 버렸지만 앞으로 더욱더 멀어지겠지. 죽음이란 그런 것이다.

고사쿠는 덜컹거리는 마차에 몸을 맡기며 사키코의 얼굴을 떠올려 보려 했지만 그럴수록 머릿속이 희미해졌다. 인간이란 죽고 나면 점차 잊히다가 결국 누구도 기억하지 못하게 되는 게 아닐까.

아마기 고개를 처음 넘어간다는 사실만으로 머나먼 타국으로 여행을 떠나는 심정이었다. 먼 길 떠나는 쓸쓸한 방랑자라도 된 양 감성에 젖은 고사쿠는 꽃다운 나이에 세상을 뜬 사키코를 추억하며 애수에 잠겼다. 마차가 고개에서 잠시 멈추었다. 고사쿠와 할머니는 마차에서 내렸고 마부는 길가에 주저앉아 담배를 꺼내 들었다.

"어이구, 하도 덜커덩거리면서 왔더니 삭신이 다 쑤시네."

할머니가 죽는소리를 해 대며,

"차라리 여기가 더 편하겠다."

하고 길섶에 철퍼덕 앉았다.

"고짱도 앉아 봐라. 기분 좋다."

그러나 고사쿠는 묵묵히 오르막길을 향해 발걸음을 옮겼다. 50미터쯤 올라간 곳에 있는 굴을 보기 위해.

아마기 고개의 굴은 아이들에게 묘하게 매력적인 공간이었다. 마을 아이들은 굴을 보기 위해서라면 유가시마에서 아마기 고개까지 8킬로미터에 이르는 거리도 마다하지 않았다. 고사쿠는 굴 입구에 서서 내부를 슬쩍 들여다보았다. 돌로 쌓인 곳도, 살갗이 드러난 곳도 있었다. 30미터에 이르는 천정에서는 연신 물이 뚝뚝 떨어졌다. 그 때문에 바닥 곳곳에 물웅덩이가 차 있고 축축한 습기가 입구까지 물씬 전해졌다.

고사쿠가 서 있는 입구에서 반대편에 있는 반달 모양의 출구 속에 타국의 풍경이 조그맣게 건너다보였다. 아마기 고개의 굴을 경계로 이쪽은 다가타 군(郡)이고 저쪽은 가모 군이었다. 고사쿠는 반달 모양으로 잘린 저쪽 풍경이 낯선 타국처럼 새롭고 신기했다.

이윽고 마차가 다가와 고사쿠를 태우고 싸늘한 굴을 빠져나
갔다. 가모 군에 가까이 다가갈수록 고사쿠의 가슴은 벅찬 설
렘으로 두근거렸다. 마차는 타국의 풍경을, 미나미 이즈를, 아
마기 고개 건너편을 달리고 있었다. 덜컹거리는 소리마저 마차
가 감동으로 부르르 떤다는 착각이 들 정도였다. 사키코에 대
한 일은 이미 잊은 지 오래였다. 마차는 오른쪽으로 난 깊숙한
계곡을 따라 이어진 구불구불한 내리막길을 익숙한 발놀림으
로 내달렸다.

이윽고 유가노라는 조그만 온천 마을에 들어섰다. 유가노는
고사쿠에게는 몹시 친숙한 이름이었다. 아마기 고개를 통과하
자마자 나오는 첫 마을인지라 마을 어른들 사이에서 빈번하게
입에 오르내렸던 까닭이다.

"대장장이 며느리랑 인력거꾼 오카네는 이 마을 출신 아닌가?"

할머니 말에,

"맞을 거요. 다쓰네 막내딸은 여기 과자 가게 맏아들한테 시
집왔고. 작년에 쌍둥이를 낳았다지요 아마."

마부가 말을 받았다.

"아이고, 쌍둥이?"

할머니는 화들짝 놀란 표정을 지어 보였다.

유가노 마을은 유가시마에 비해 가옥 수가 훨씬 적었다. 고
사쿠는 왠지 안심이 되었다. 어디부터인가 길이 제법 평평해졌
고 강을 따라 오밀조밀 늘어선 집들이 보였다. 할머니는 그중
몇 채의 집을 알고 있어서 일일이 고사쿠에게 설명해 주었다.
이 마을에 대대로 어떤 명문가가 있고, 어떤 부자가 살았는데
지금은 망해 버렸고, 등등 이야기. 아무런 흥미를 느끼지 못

해 시큰둥하게 흘려듣는 고사쿠에 비해 할머니는 퍽이나 열성적이었다. 귀담아듣는 사람이 없어도 얘기할 건 얘기해야 한다는 투였다. 고사쿠는 그런 할머니가 조금 이상하게 보였다. 오랜만에 고향에 가게 되니 평소보다 흥분한 걸까.

미나미이즈(南伊豆)는 유가시마가 속한 기타이즈(北伊豆)에 비해 햇빛이 쨍쨍했다. 농가마다 앞마당 나무에는 가지가 부러질 듯 샛노란 귤이 주렁주렁 달려 있고 돌담 틈새로 노란색 국화꽃이 활짝 얼굴을 내밀었다. 유가시마 아이들에 비해 거칠고 투박해 보이는 아이들은 고사쿠가 탄 마차를 향해 사납게 돌팔매질을 해 댔는데 그때마다 마부는 말을 멈추고 고래고래 소리를 질러 댔다.

"썩 물러가지 못하냐! 망할 놈들!"

마부가 채찍을 휘두르자 아이들은 사방팔방으로 후다닥 줄행랑쳤다.

시모다에 도착한 건 2시가 지난 무렵이었다. 미시마나 누마즈에 비교도 안 되게 조그만 곳이었지만 고사쿠 눈에는 충분히 활기찬 도시로 보였다. 집집마다 지붕이 겹쳐 있고 큰길 좌우로 상점이 즐비했다. 마차가 상점가를 지났다. 세차게 파도가 몰아치는 바다가 골목 사이로 슬쩍슬쩍 모습을 드러냈다. 푸른 보석처럼 반짝이는 영롱한 물빛. 지금까지 본 어떤 바다보다 아름다웠다.

마차는 증조외할아버지가 살아 계실 적에 몇 번인가 묵은 적이 있다는 오래된 여관 앞에 걸음을 멈췄다. 할머니는 추억의 장소라며 잔뜩 흥분했지만 아버지 대신 주인 자리를 물려받은 아들을 비롯한 그 누구도 할머니를 알아보지 못했다.

"홍, 이 여관도 이제 한물갔구먼."

할머니는 기분이 상한 듯 악담을 퍼부었지만 고사쿠가 보기엔 훌륭하기만 했다. 2층 다다미방에서는 항구가 한눈에 내려다보이고 짭짤한 소금기 나는 바닷바람이 끊임없이 불어왔다. 두 사람은 늦은 점심을 들었다. 유가시마의 어두컴컴한 흙집이 아닌, 시원하게 바다가 내려다보이는 밝은 방에서 먹는 식사는 그야말로 꿀맛이었다.

점심상을 물리고 할머니는 여독을 풀기 위해 낮잠을 청했다. 고사쿠는 여관집 아들인 동년배 소년의 안내로 배를 보러 항구에 나갔다. 호리호리하고 피부가 하얀 소년은 학교에서 1등을 도맡아 한다고 했다. 어떤 화제가 나와도 소년은 해박한 지식을 뽐내며 또랑또랑한 말투로 이야기를 이어 갔다. 고사쿠는 기가 죽었다. 자신은 무엇을 해도 소년의 발끝에도 못 미칠 것 같았다.

시모다 거리는 활기가 넘쳤다. 끊임없이 출렁거리는 바다를 배경으로 마을도 두둥실 들썩였다. 바다를 따라 이어진 길 위로 분주히 움직이는 짐수레와 기모노를 무릎 위로 올려 걷고 부지런히 뛰어다니는 젊은 남녀들.

정신없이 마을 구경을 하다 보니 어느새 어둠이 켜켜이 내려앉기 시작했다. 달빛에 반짝거리는 바다를 제외하고 온 마을이 차차 어스름 속에 자취를 감추었다.

여관으로 돌아온 고사쿠는 1층 계산대 앞에 소년과 나란히 앉아 책을 펼쳐 들었다. 공부가 끝나자 2층 방으로 올라가 할머니와 나란히 종업원이 깔아 준 이불 위에 누웠다. 밤중에 드문드문 잠이 깼다. 고사쿠는 그때마다 가만히 철썩거리는 파도 소리에 귀를 기울였다.

다음 날 아침에 눈을 떠보니, 할머니는 바다가 내려다보이는 툇마루에 앉아 우메보시를 씹으며 차를 홀짝거리고 있었다. 기모노 옷깃에 하얀 손수건을 덧대고 몸을 앞으로 구부린 모습은 그날따라 더욱 노쇠한 모습이었다. 아침 식사를 마치고 두 사람은 여관 근처에 있는 정류장에서 마차를 탔다. 번화가를 벗어난 마차는 배가 둥둥 떠 있는 바다를 따라 끝없이 이어진 길을 달렸다.

한 시간쯤 지났을까. 드디어 할머니가 태어난 곳에 도착했다. 작은 호수를 품은 조그만 시골 마을.

"할머니, 여기서 태어났어?"

"그래. 근데 할머니가 태어난 집은 옛날에 없어졌다."

"그럼 우리 이제 어디가?"

"그러게 말이야……."

할머니는 잠시 생각에 잠긴 듯하더니,

"고짱, 항구 보러 가자."

했다.

"만날 사람은 없고?"

"고짱이 가고 싶음 가고 싫다면 안 가고."

"……그럼 안 갈래."

왠지 할머니는 친척집을 찾아갈 마음이 없어 보였다.

"친척이 있긴 있어?"

"있지 왜 없나. 있지만 벌써 몇 세대가 바뀌었을걸."

고사쿠는 할머니에게 이끌려 마을을 가로질러 언덕에 올라갔다. 가끔 지나치는 사람들이 호기심 어린 눈길을 보냈지만 말을 걸어오진 않았다. 어쩌면, 이곳에서 할머니를 반갑게 맞이

할 사람은 없는 게 아닐까.

"영차, 영차."

할머니는 한걸음씩 내디딜 적마다 가쁜 숨과 함께 이렇게 말했다. 언덕이라고는 하지만 귤나무가 심어진 야트막한 언덕으로 완만한 경사를 5분쯤 올라가는 게 고작이었다. 고사쿠는 할머니와 보조를 맞추기 위해 몇 번이고 걸음을 멈췄다.

언덕 위에 자리 잡은 조그만 신사 안으로 들어선 고사쿠는 발 아래 펼쳐진 풍경을 보고 두 눈이 휘둥그레졌다. 푸르디푸른 호수가 눈 아래 부챗살처럼 펼쳐졌다.

"우와!"

고사쿠가 무심코 탄성을 내질렀다. 조그만 호수를 빽빽이 채운 크고 작은 배들과 힘차게 펄럭이는 깃발들. 파도가 물결치고 배가 흔들렸지만 고사쿠의 눈앞에 내려다보이는 광경은 정지된 한 폭의 그림을 보는 듯 했다.

"멀리 멀리 고기 잡으러 나가는 배야."

할머니가 그렇게 말하고는,

"참 곱지?"

하고 덧붙였다. 그러고는 호수에 눈길을 던졌다. 배에서는 술자리가 벌어진 모양이었다. 간간이 바람을 타고 노랫소리, 웃음소리, 고함 소리가 왁자지껄하게 들려왔다. 그러다 바람 방향이 바뀌면 거짓말처럼 일순 정적에 휩싸였다.

"할머니 집은 어디 있었어?"

"저기 숲 뒤쪽에 있었는데, 멍텅구리 며느리 하나가 홀라당 태워 버렸지 뭐야."

"집은 컸어?"

"크긴 뭐가 커. 성냥갑만 한 집이었지. 뒤뜰에 큼지막한 메밀 잣밤나무가 있었는데 안 그래도 좁아터진 집이 그 나무에 기를 쪽쪽 빨려 가지고는 점점 쪼그라들었지 뭐냐."

할머니는 정류장 근처 가게에서 산 귤을 꺼내 들었다. 두 사람은 나란히 앉아 귤을 까먹었다. 딴 지 얼마 안 됐는지 껍질 군데군데 퍼런 부분이 있었는데 먹어 보니 의외로 달았다.

"할머니는 어렸을 적에 귤을 하도 많이 먹어서 몸이 노리끼리해진 적이 있었단다."

할머니는 귤껍질을 까며 추억에 잠긴 듯 이렇게 말했다. 호수는 고요했다. 때때로 바람이 배 위에서 벌어지는 소동을 전해 왔지만 그럼에도 여전히 호수는 참으로 고요해 보였다.

"여기 이렇게 있으니 슬슬 졸음이 오네."

할머니는 질리지도 않다는 듯 호수를 하염없이 내려다보았다. 고사쿠가 보기에도, 장난감처럼 앙증맞은 배들을 한가득 품은 호수는 하루 종일 구경해도 싫증 나지 않을 것 같았다. 20분 쯤 그렇게 있다가 두 사람은 언덕을 내려와 정류장으로 돌아왔다. 다음 마차가 곧바로 와서 두 사람은 기다리지 않고 시모다행 마차에 올라탔다.

시모다에 도착한 두 사람은 여관에서 점심을 먹고 유가시마행 마차에 올랐다. 여관 소년이 정류장까지 배웅을 나왔다. 고사쿠는 처음으로 여행다운 여행을 한 느낌이었다. 도요하시에 갈 때는 부모님을 만나러 간다는 느낌 이외에 여행이라는 기분은 그다지 들지 않았지만 이번 시모다행은 처음부터 끝까지 여행다웠다.

고사쿠는 유가시마에 돌아와 여관 소년에게 편지를 부쳤다. 도요하시 부모님께는 달마다 할머니의 대필을 해 주며 편지를 보냈지만 부모님 이외의 사람에게 직접 편지를 쓴 적은 처음이었다.

얼마 후 답장이 왔다. 시모다 항구를 그림으로 그리고 여백에 반듯한 글자로 언젠가 유가시마에 놀러 가게 되면 잘 부탁한다는 내용이 적혀 있었다. 편지를 읽어 본 할머니는,

"고짱 글씨가 훨씬 낫다. 비교도 안 되지, 암."

했다. 그러나 고사쿠는 이번에도 자신은 무얼 해도 이 소년의 발끝에도 못 미치리라는 생각이 들었다.

11월 초순께 일요일 아침, 누군가 흙집 문을 두드렸다. 가도노하라에 사는 교장 아들, 도헤이였다. 웬일일까. 고사쿠는 그와 2년 이상 만난 적이 없었다. 고작 4킬로미터밖에 안 되는 거리면서도 만날 기회가 없었다. 학교가 다르다는 게 표면적인 이유였지만, 교장 가족에게 서먹한 감정을 갖고 있는 고사쿠는 되도록 그쪽으로 발걸음을 삼가고 있었다.

교장 부부는 마을 사람들에게도 좀처럼 친해지기 힘든 상대였다. 교장은 특별한 일이 없는 한 일절 입을 열지 않는 걸로 유명했고 이를 시커멓게 물들인 부인도 심성이 나쁜 사람은 아니었지만 융통성 없는 고집불통으로 알려져 있었다. 그 사이에 태어난 자식들도 부모를 닮아 그런지 왠지 정이 가지 않았다. 고사쿠는 동갑내기인 둘째 아들 도헤이를 은연중에 의식하고 있었지만 친해지고 싶다는 생각은 한 적이 없었다.

3년 전, 고사쿠는 하룻밤 묵고 올 예정으로 교장네 집에 갔다가 뒤도 안 돌아보고 도망친 사건이 있었다. 그때 도헤이의 인상이 강렬하게 고사쿠의 뇌리에 남아 있었다. 노골적으로 적

의를 드러내며 싸늘하게 대하던 모습이 지금도 눈앞에 선했다. 자기 머리통만 한 수박을 감싸 들고 너한테 한입이라도 맛보게 할까 보냐 하는 투로 고사쿠와 수박을 번갈아 바라보던 얄밉기 짝이 없는 눈초리까지.

그 후로 가도노하라 근처는 얼씬도 하지 않았다. 고사쿠도 가고픈 마음이 싹 달아나 버렸지만 교장네 부부도 고사쿠가 줄 행랑 친 뒤로 다시는 놀러 오라는 말을 하지 않았다.

그랬던 도헤이가 느닷없이 흙집을 찾아온 것이다.

"고짱, 가도노하라에서 도짱 왔다!"

고사쿠는 자신의 귀를 의심했다. 그 심보 고약한 녀석이 대체 무슨 일로 자신을 찾아 온 걸까. 계단을 내려가자 자신만 한 키에 굵은 세로줄 무늬 기모노를 입은 도헤이가 머쓱한지 얼굴을 돌리고 서 있었다.

"도짱."

고사쿠가 먼저 말을 건넸다. 도헤이는 그제야 고사쿠를 흘깃 바라보며 뭐라고 웅얼거렸다. 고사쿠는 바싹 다가갔다.

"안으로 들어올래?"

"지금 다나바에 사는 할아버지한테 가는 길인데…… 아버지가 너랑 같이 다녀오래."

도헤이는 말을 끝내자마자 휙 하고 고개를 돌려 버렸다. 이럴 땐 정말 교장이랑 똑 닮았다.

다나바에 있는 할아버지는 이시모리 형제의 아버지, 그러니까 고사쿠와 도헤이의 친할아버지였다. 이름은 이시모리 린타로. 고사쿠는 어렴풋이 본 기억이 났지만 대화를 나눈 적도, 친할아버지라는 친밀한 느낌을 가진 적도 없었다. 그는 젊을 때부터 줄곧 표고버섯 재배 연구에 헌신한 인물이었다. 표고버섯 교습소를 열어 근처 청년들에게 표고버섯 재배법을 가르치고 자신이 직접 쓴 표고버섯 재배에 관한 책을 나눠 주곤 했다. 마을 주민들은 그를 '표고버섯 할아버지'라고 불렀다. 이 말에는 괴짜 노인네를 바라보는 특이한 시선과, 한 분야에서 일가를 이룬 고집스러운 연구자에 대한 존경스러운 시선이 모두 담겨 있었다.

이시모리 린타로라는 이름은 이즈 지방보다 표고버섯 산지로 유명한 규슈와 혼슈의 이세 지역에 더 알려져 있었다. 그런 연유로 아마기 산골짜기에 위치한 허름한 표고버섯 교습소에는 규슈를 비롯한 일본 각지에서 청년들이 몰려들었다. 고사쿠는 학교 수업 중에 이시모리 린타로가 표고버섯 원목의 배열 방법과 건조법 및 저장법까지 개선해 자신이 태어나기도 전인 1899년에 농상무대사[61]에서 공로상을 받았다는 얘기를 들은 적이 있었다.

담임 입에서 할아버지 이름이 나왔을 때도 고사쿠는 무덤덤했다. 딱히 친할아버지라고 새삼 놀랍거나 하는 느낌은 전혀 없었다. 그만큼 교류 없이 지내던 사이였다. 일흔이 넘어서도 유가시마에서 8킬로미터쯤 떨어진 다나바라는 아가미 산속 마을에 홀로 오두막을 짓고 산다고 했다. 현재 표고버섯 교습소는 문을 닫고 마을 청년을 한 명 조수로 고용해 연구에 몰두하고 있다면서.

도헤이는 아버지의 말씀을 할아버지한테 전하고 오라는 것

---

61  농업과 상업을 총괄하는 대사로 현재 농촌수산성과 통상사업소의 전신.

과, 고사쿠와 함께 갔다 오라는 것을 지시받은 모양이었다. 고
사쿠는 난감했다. 친하지도 않은 도헤이와 산길을 동행하라니.
더구나 할아버지를 만나는 것도 별로 내키지 않았다.

"난 안 갈래."

"아버지가 갔다 오라고……."

"난 안 간다고."

"아버지가 갔다 오라고……."

도헤이는 이 말만 되풀이했다. 아버지의 명령이니 어쩔 수
없다는 투로.

"큰아버지가 정말 나랑 같이 가라고 했단 말이야?"

"정말 그랬어. 그리고 고짱은 다나바에서 할아버지 만난 일
을 작문으로 써서 내라고 했어."

"나보고 작문을 제출하라고?"

"응."

이쯤 되자, 큰아버지의 부탁이라기보다는 교장의 명령으로
받아들여야 할 판이었다. 도리가 없었다.

"알았어."

고사쿠는 할머니에게 이 소식을 전하러 집안에 들어갔다. 할
머니는 부랴부랴 주먹밥을 만들면서 이러쿵저러쿵 교장을 헐
뜯었다. 낯선 산골 마을에 아이들 두 명만 달랑 심부름 보내는
경우가 대관절 어디 있냐는 것이었지만 할머니 역시 교장의 명
령이라면 따르는 것 외에 달리 뾰족한 수가 없다는 눈치였다.


고사쿠는 도헤이와 가노 강 지류인 넷코 강을 거슬러 올라갔
다. 넷코 강은 넷코 고개에서 흘러나오는 강으로 상류에 모치

고시라는 마을이 있었다. 가미카노 촌에서는 가장 깊은 산골로 유가시마와 같은 촌에 속했지만 고사쿠에게는 늘 까마득히 먼 곳으로 느껴지곤 했다. 그곳에는 소학교 분교가 하나 있었는데 모치코시 아이들은 심상과[62]를 다니다가 고등과에 올라오는 경우에만 유가시마 소학교로 들어왔다. 그동안 몇 번 소풍으로 가 본 적은 있지만 늘 낯선 느낌이 드는 것도 이 때문이었다.

할아버지가 살고 있는 다나바는 모치코시에서 2킬로미터쯤 더 산속으로 들어가야 했다. 차라리 다나바(棚場, 사다리 터라는 뜻)보다 야마나카(山中, 깊은 산 속이라는 뜻)라는 지명이 더 어울릴 정도였다. 할아버지는 깊은 산골짜기에 조그만 오두막을 지어 살았다. 표고버섯을 재배하기에 가장 적합한 장소라는 이유로.

유가시마 마을을 지나 3, 40분 걸어가자 도헤이는 금세 헉헉 댔다.

"무진장 멀다. 이렇게 멀 줄은 상상도 못했어."

그 뒤로도 몇 번이고 도헤이는 고장 난 레코드처럼 이 말만 되풀이했다. 고사쿠는 도헤이가 지독한 약골이라는 어른들 얘기를 떠올렸다. 조금만 걸어도 빌빌대며 쉬고 싶어 하는 도헤이를 보며 고사쿠는 내심 흡족했다. 체력으로 보면 자신이 한 수 위라고 생각하면서.

두 사람은 모치코시와 유가시마의 가운데 부근에서 도시락을 먹었다. 점심 치고는 이른 시간이었지만 도헤이가 냉큼 도시락 뚜껑을 열고 허겁지겁 먹기 시작하는 모습을 보고 고사쿠

---

62 고등과에 진학하기 전에 다니는 일반과.

도 주먹밥을 꺼내 들었다. 도헤이는 이내 원기를 회복한 듯 도시락을 깨끗이 비우고 벌떡 일어나 앞으로 걷기 시작했다. 새 짚신을 신은 터라 발바닥이 아팠던 고사쿠가 절뚝거리며 잠시 쉬었다 가자고 말했지만 도헤이는 모른 척 멀찍이 앞서가는 것이었다.

두 사람의 거리가 제법 벌어졌다. 고사쿠는 힘들어하는 도헤이를 가엾이 여겨 함께 쉬었던 걸 뼛속 깊이 후회했다. 혼자 쉬든지 말든지 모른 척했으면 좋았을 것을. 그렇게 얼마나 걸었을까. 삼나무 숲 어귀에 도헤이가 통나무 위에 앉아서 쉬고 있었다.

"나 옆구리 아파!"

도헤이는 고사쿠를 발견하자 오만상을 찡그리며 통증을 호소했다. 고사쿠는 그 앞을 묵묵히 지나쳐 걸었다.

"고쟁!"

고사쿠는 뒤돌아보지 않았다. 오히려 자기도 모르는 사이에 걸음이 빨라졌다. 여전히 발바닥이 쓰라렸지만 이를 악물고 걸었다. 얼마 후 고사쿠도 옆구리가 슬슬 아파 오기 시작했다. 몇 발자국 발걸음을 떼다가 그만 길가에 주저앉고 말았다. 얼마 뒤에 고사쿠 앞으로 도헤이가 지나갔다. 두 사람은 완전히 서로를 무시했다. 빌어먹을! 고사쿠는 저만치 앞서가는 도헤이의 모습을 보니 속이 부글부글 끓었다.

두 사람은 따로따로 모치코시 마을에 들어섰다. 산속 깊은 곳에 스무 채 정도 농가가 여기저기 흩어져 있었다. 고사쿠는 아버지의 누이, 그러니까 자신에게는 고모가 이곳에 시집와 살고 있다는 얘기를 들은 적이 있었다. 하지만 그 집이 어디인지도 몰랐고 고모도 만난 기억도 없었다. 고사쿠는 이 마을 사람들에게 다나바에 가는 길을 물어봐야겠다고 생각했다.

마을 한가운데 우뚝 솟은 화재 감시탑을 지나치고 있는데,

"고짱!"

누가 뒤에서 자신을 부르는 소리가 들렸다. 깜짝 놀라 돌아보니, 50대 정도의 여성이 종종걸음으로 쫓아오고 있었다. 이시모리 집안의 생김새를 빠짐없이 갖추고 있는 걸 보니 고모가 분명했다. 키가 크고 호리호리한 몸매, 무뚝뚝한 말투, 그러나 왠지 모르게 다정한 눈빛.

"너희들 같이 안 오고 왜 따로따로냐. 지금 도헤이가 집에 와 있다. 어서 들어가자."

고사쿠는 고모 뒤를 따라 완만한 비탈길을 올라가 산으로 둘러싸인 집으로 들어갔다.

널찍한 앞마당을 지나니 도헤이가 툇마루에 앉아 감을 먹는 게 보였다. 고모는 다시 감을 내어 왔다. 도헤이는 일곱 개, 고사쿠는 네 개를 먹어 치웠다.

30분쯤 쉰 다음 두 사람은 고모의 집을 나와 다나바로 향했다. 고모가 도중까지 배웅해 주었다. 모치코시 마을을 빠져나오자 얼룩조릿대[63]에 둘러싸인 오솔길이 산으로 이어졌다. 두 사람은 여전히 한 마디도 하지 않았지만 이번만큼은 앞서거니 뒤서거니 하며 같은 보폭을 유지했다. 산속으로 난 길을 홀로 걷는 건 고사쿠도 도헤이도 무서웠던 것이다.

고사쿠는 문득 산속에서 홀로 집을 짓고 고독한 삶을 이어가

63  산에서 자라는 키 작은 야생 대나무.

는 할아버지에 대한 경외감에 사로잡혔다. 지금껏 할아버지에 대해 생각해 본 적은 한 번도 없었지만 직접 만나기 위해 수풀로 무성한 산길을 걷고 있자니 절로 궁금증이 일었다.

도헤이가 발을 멈추면 고사쿠도 멈추었다. 고사쿠가 발을 멈추면 도헤이도 멈추었다. 그렇게 몇 번이고 서로 발을 멈추면서 약속이라도 한 듯이 쉬고 있는데, 주위에서 문득 나무를 자르는 소리가 수풀 사이로 메아리쳤다.

"할아버지가 나무 자르는 소리다."

도헤이가 입을 열었다.

"정말?"

"할아버지 아니면 조수로 일하는 구메 씨일 거야."

"여기 온 적 있어?"

"있어. 예전에 요시나 산 타고 온 적 있다."

도헤이는 이렇게 말하고 다시 걷기 시작했다. 마침내 할아버지가 산다는 집이 보였다. 생각보다 훨씬 허름하고 초라했다. 거친 수풀이 주변을 사납게 둘러싸고 어딘가에서 흐르는 계곡물 소리 이외엔 무거운 정적이 흐르고 있었다. 산골짜기의 으스스한 냉기가 전해져 고사쿠는 온몸을 부르르 떨었다.

"할아버지!"

도헤이가 집 앞에 서서 외쳤지만 안에서는 아무 대답도 없었다. 두 사람은 집 주변을 한 바퀴 돌았다. 자세히 보니 작지만 제법 집의 구색은 갖추고 있었다. 조그만 툇마루도 있고 다다미 네 장 반쯤 되는 방이 두 개나 있고 안쪽 방에는 이로리[64]도

64 일본의 전통적인 실내 화로.

있었다. 선반 위에 식기들이 반듯이 놓여 있고 다른 방에는 공부 책상 하나와 벽에 작업복 몇 벌이 걸려 있었다. 고사쿠는 이제껏 이토록 소박하고 말끔한 살림살이를 본 적이 없었다.

고사쿠와 도헤이는 조그만 툇마루에 나란히 앉아 할아버지가 돌아오기를 기다렸다. 툇마루 앞 손바닥만 한 뜰에 노란색 국화꽃이 소복이 피어 있었다.

고사쿠는 묘하게 엄숙한 기분이 되었다. 집 한 면을 가득 채운 덤불에 빨갛게 단풍 물이 들었는데 잎사귀가 제법 떨어져 가지 절반 이상이 휑했다. 머지않아 잎사귀는 낙엽이 되어 땅에 뒹굴고 가지만 앙상히 남겠지.

고사쿠는 도헤이의 존재를 까맣게 잊어버린 채 외로운 상념에 잠겼다. 잎사귀가 하나도 남김없이 떨어져 버리면 겨울이 찾아오리라. 겨울이 찾아오면 뼈만 앙상해진 나무는 강인하게 추위에 견디겠지. 그런 나무처럼, 할아버지도 여기서 살고 계신 걸까. 감히 상상도 하지 못할 고독한 삶을 할아버지는 스스로에게 부여하신 걸까.

"할아버지 찾으러 갔다 올래."

도헤이는 지루함을 참다못해 툇마루에서 일어나 훌쩍 어딘가로 달려갔다. 고사쿠는 툇마루에서 꼼짝도 하지 않고 앉아 있었다. 15분쯤 지나자 도헤이와 할아버지 모습을 드러냈다.

할아버지의 얼굴을 본 순간, 고사쿠는 아하 하고 속으로 탄성을 질렀다. 어디선가 본 적이 있었다. 잎사귀가 우수수 떨어져 버린 나무처럼 바싹 야윈 모습의 할아버지는 누더기 작업복을 입고 허리가 굽은 채 집 안으로 들어왔다.

"오, 네가 고짱이냐. 잘 왔다."

할아버지는 눈부신 듯 눈을 가늘게 뜨며 고사쿠를 바라보았다. 다정하고 차분한 목소리였다. 고사쿠는 정중히 머리를 숙였다. 할아버지는 다시금 머리에서 발끝까지 고사쿠를 위아래로 훑어보더니,

"많이 컸구나. 둘 중에 누가 더 크지?"

하고 고사쿠와 도헤이를 번갈아 바라보았다.

"비슷해요."

고사쿠가 다소 긴장한 채 대답했지만 할아버지는 이미 그런 건 상관없다는 투였다.

"모처럼 손자들이 왔으니 표고버섯 밥이라도 대접해야지."

할아버지가 부엌으로 들어가자, 구메라는 청년이 나타났다. 고사쿠와 도헤이는 그의 안내로 표고버섯 원목이 자라는 곳으로 갔다.

"이런 배열 방식을 합장식이라고 한다. 너희 할아버지께서 발명하신 거야."

"왜 이런 방식을 써요?"

고사쿠가 물었다.

"오래된 방식으로 하면, 통풍이 안 좋아서 표고버섯이 잘 자라지 못하거든. 너희 할아버지 덕분에 지금은 규슈에서도 모두 합장식을 쓰고 있지."

"……."

"나무에 접붙인 표고버섯을 건조시키는 방법도 할아버지께서 발명하신 거야. 표고버섯을 처음으로 외국에 수출한 장본인도 할아버지셔. 건조법이 발명되었기에 수출도 가능했던 거지."

학교에서 수업 시간에 배운 적이 있었지만 구메 씨에게 들으

니 한결 생생하게 다가왔다. 고사쿠는 한쪽에 주르륵 나열되어 있는 나무들을 신기하게 바라보았다. 지금껏 숱한 나무들을 대수롭지 않게 지나쳐 왔지만, 지금 눈앞에서 가을 햇살을 한 몸에 받고 있는 나무는 더할 나위 없이 근사해 보였다.

할아버지는 이로리 옆에 앉아 모두가 돌아오기를 기다리고 있었다. 가마솥에서 표고버섯 냄새가 솔솔 풍겼다. 할아버지는 솥에서 직접 밥을 퍼서 네 그릇에 담았다. 고사쿠와 도헤이는 표고버섯 밥을 먹으면서 할아버지가 들려주는 표고버섯의 역사에 귀를 기울였다. 일본에는 표고버섯이 오래전부터 있었는데 규슈 지방의 가시이라는 지역 이름은 표고버섯 산지의 유래한 것이며, 그 무렵엔 일부 상류층만 먹을 수 있었지만 겐로쿠 시대(1688~1704)부터는 서민들도 먹을 수 있게 되었다 등등.

"이시모리 가문은 예전부터 표고버섯을 재배하고 있었다. 그 피가 흘러 흘러 나한테까지 오게 된 거지. 도헤이나 고사쿠 몸에도 표고버섯의 피가 흐르고 있어."

고사쿠는 야릇한 기분에 사로잡혔다. 정말로 자신 속에 그런 피가 흐르고 있을까.

"큰아버지는 왜 표고버섯 재배 안 해요?"

할아버지 말이 사실이라면, 큰아버지는 표고버섯의 피가 흐르는 집안의 장남인데도 왜 할아버지 뒤를 잇지 않고 교직에 몸을 담고 있는 걸까.

"모름지기 사람은 자신이 좋아하는 걸 해야 한단다. 그 녀석은 가르치는 게 좋아서 선생님이 된 거야. 도헤이도 표고버섯이 좋으면 표고버섯 재배를 하면 되고, 회사에서 일하는 게 좋으면 회사에 들어가면 된다. 고사쿠도 마찬가지. 고사쿠는 공부를 잘한다지? 공부하는 게 좋으면 이 담에 대학교도 들어가겠구나. 그럼 앞으로 무얼 하게 될까, 아빠처럼 의사 선생님이 되어도 좋지만 정말로 자신이 하고 싶은 걸 하는 게 중요하단다."

할아버지는 이렇게 말하며 빙그레 웃었다. 고사쿠는 가슴이 벅차올랐다. 이렇게 차분한 어조로 자신의 장래에 대해 진지하게 이야기를 해 주는 사람은 할아버지가 처음이었다. 고사쿠는 표고버섯 밥을 두 그릇이나 뚝딱 비웠다. 낮에 주먹밥도 먹고 감도 먹어 배가 불렀지만 이렇게라도 할아버지에 대한 자신의 존경심을 표현하고 싶었다.

식사를 마친 고사쿠와 도헤이는 가을은 해가 짧으니 일찍 길을 나서야 한다는 할아버지 말에 서둘러 일어났다. 고사쿠는 자신처럼 표고버섯의 피가 흐르는 도헤이에게 전에 없는 동질 감이 들었다. 도헤이도 마찬가지인 듯 돌아오는 길에 두 소년 사이에는 정다운 공기가 맴돌았다.

해가 뉘엿뉘엿 지기 시작할 무렵, 두 사람은 유가시마에 도착했다. 그날 밤 도헤이는 흙집에서 하룻밤을 지냈다. 누군가가 흙집에서 묵는 건 좀처럼 드문 일이었다. 고사쿠는 괜스레 기뻤다. 지금껏 얄밉고 심술궂은 놈이라고만 생각했지만 이야기를 나눠 보니, 숫기가 없고 말이 어눌하긴 하지만 제법 통하는 부분도 있었다.

"나는 할아버지처럼 표고버섯을 재배할지, 아빠처럼 선생님이 될지는 아직 안 정했어. 하지만 둘 중에 하나는 할 거야."

도헤이는 할머니의 코 고는 소리가 울리는 어둠 속에서 또박또박 말했다. 여태껏 무엇이 될지 진지하게 생각해 본 적이 없었던 고사쿠는 갑자기 불안해졌다.

도헤이의 새근거리는 숨소리가 들려온 뒤에도 고사쿠는 말
똥말똥했다. 갖가지 상념이 종잡을 수 없이 뒤엉켜 몰려왔다.
할아버지도 지금쯤 다나바 산속 오두막에서 잠이 드셨을까. 다
나바에서 느꼈던 죽음처럼 고요한 정적이 자신의 몸 안에 사르
르 스며드는 기분이었다. 그날 밤 고사쿠는 마음속 깊이 존경
할 만한 인물을 찾았다는 흥분에 오랫동안 잠을 이루지 못했다.

# 3장

 다나바에 다녀오고 사흘이 지난 날, 고사쿠는 담임의 호출을 받고 교무실로 향했다. 다가타군[65] 소학교 글짓기 대회가 열리니 자유롭게 주제를 골라 글을 써 보라는 얘기였다.

 "여학생 중에서는 6학년 아키코가 쓰기로 했다. 주제가 겹치면 곤란하니 둘이 상의해 봐라. 둘 중에 더 잘 쓴 걸 뽑아서 보낼 거야."

 담임은 이렇게 덧붙였다. 고사쿠는 남학생 중에 자신이 선택을 받은 것도 기뻤지만 무엇보다 아키코와 함께 뽑혔다는 사실이 뿌듯했다. 교실로 돌아온 뒤에도 고사쿠는 가슴이 두근거려 수업이 귀에 들어오지 않았다. 어서 빨리 아키코와 이야기를 나누고 싶었지만 둘이 있는 모습을 들키기라도 하면 짓궂은 놀

---

65  유가시마는 현재 이즈 시에 속해 있지만 작품의 시대에는 다가타 군 하위 지역인 아마기 유가시마 정에 속해 있었다.

림을 받을 게 불 보듯 뻔했다.

고사쿠는 학교가 끝난 뒤에 기회를 노리기로 했다. 쉬는 시간에 먼발치에서 아키코를 슬쩍 바라보았다. 그녀도 작문에 대한 내용을 전달받았을 터. 어떤 기분일까. 한두 번 시선이 마주쳤지만 별다른 반응은 없었다.

집으로 돌아온 고사쿠는 책보를 바닥에 던져 놓고 부리나케 관청으로 달음박질했다. 집 앞에서 고이치가 동무들과 딱지치기를 하고 있었다.

"아키코 있어?"

"신사 청소하러 갔어."

혼자 가기 어색해 고이치에게 함께 가자고 구슬려 봤지만 대번에 거절당했다. 하는 수 없이 고사쿠는 홀로 신사로 발걸음을 옮겼다. 경내에는 열 명 남짓한 여학생이 여기저기 흩어져 청소에 열중이었다. 1주일에 한 번 마을 여학생이 신사를 청소하도록 되어 있었는데 오늘이 마침 아키코가 속한 조의 당번인 모양이었다.

평소라면 여학생만 우글거리는 장소를 지나가느니 먼 길을 돌아서라도 피했겠지만 오늘은 얘기가 달랐다. 버젓이 선생님이 지시한 용무가 있지 않은가. 고사쿠는 당당하게 신사 입구를 통과했다. 아키코는 신전[66] 옆에서 하급생들을 감독하고 있었다. 그런데 조금 이상했다. 분명 이쪽을 봤을 텐데 시치미를 뚝 떼고 보란 듯이 다른 여학생과 이야기를 나누고 있는 것이었다. 고사쿠는 꺼림칙한 기분을 애써 누르며 아키코 쪽으로

66 신사 안에 신을 모신 건물.

다가갔다.

"저기…… 선생님한테 얘기 들었어?"

"……뭘?"

아키코는 천천히 고개를 돌렸다. 그제야 고사쿠의 존재를 눈치 챘다는 듯.

"글짓기에 대한 거 말이야."

"아, 그거? 들었어. 아무거나 써도 상관없다며."

아키코 입에서 나오는 반듯하고 세련된 말투가 고사쿠의 마음을 설레게 했다.

"뭐에 대해 쓸 거야?"

"그건 비밀이야. 고짱, 비겁한데? 다 쓸 때까지 말 안 해."

"하지만 선생님이 상의하라고 했는걸."

"흥, 거짓말!"

"거짓말 아냐. 정말 그렇게 말했어."

"난 그런 말 들은 적 없어. 고짱 실망인데? 난 비겁한 사람은 딱 질색이라고."

고사쿠는 몹시 당황했다.

"정말로 선생님이 서로 상의하라고 했단 말이야!"

고사쿠는 답답하고 억울한 마음에 벌컥 성난 어조로 쏘아붙였다. 그 순간이었다. 아키코가 독기 가득한 눈을 부릅뜨고 고사쿠를 무섭게 노려보는 것이 아닌가. 아키코가 그토록 살기등등한 표정을 짓는 건 처음 보았다.

"고짱은 고짱대로 선생님한테 뭘 쓸지 말해! 난 나대로 선생님한테 말할 테니까!"

아키코는 한 걸음 다가오며 야멸차게 윽박질렀다.

"어때, 그럼 되겠지? 응?"

고사쿠는 망연자실한 표정으로 아키코를 바라보았다. 영문도 모른 채 터무니없는 오해를 받는, 처음 겪어 보는 상황 앞에서 고사쿠는 어찌할 바를 몰랐다. 더구나 상대는 아키코가 아닌가. 그의 기분은 최고에서 최악으로 곤두박질치고 말았다.

고사쿠는 다음 날 담임에게 작문 주제를 보고했다.

"아키코랑 얘기해 봤는데 각자 따로 주제를 보고하기로 했습니다. 저는 '할아버지와 표고버섯'에 대해 쓰려고 합니다."

"그래? 뭐 상관없지만 굳이 서로 숨길 건 없는데. 바보같이."

교사마저 자신을 오해하는 것 같아 가슴이 답답했다.

고사쿠는 이틀 밤을 꼬박 새워 글짓기에 몰두했다. 도헤이와 할아버지를 만나러 다나바에 가기까지의 여정, 산골짜기 외딴 집에서 표고버섯 연구에 모든 것을 바치고 계신 할아버지에게 받은 감동. 쓰다 보니 원고지 10장 정도가 되었다.

작문을 학교에 제출하는 날 아침, 할머니가 살며시 다가왔다.

"고짱이 쓴 글, 할미도 한번 보자."

할머니는 고사쿠에게 건네받은 원고지를 햇살이 내리쬐는 창가에서 찬찬히 읽어 내려갔다. 다 읽고 나서는 더없이 감개무량한 표정으로,

"이토록 훌륭한 글을 읽다니 교장도 참말로 복 받은 사람이야."

하고 나직이 중얼거렸다.

사흘 뒤에 고사쿠는 교장실에 불려 갔다.

"여기 틀렸다. 제대로 고쳐 와."

교장이 예의 무뚝뚝한 말투로 말했다. 표고버섯을 재배하는 방법에 대해 구메 씨가 고사쿠와 도헤이에게 설명하는 부분에

연필로 두세 개 단어가 수정되어 있었다.

"다나바에 갔던 게 꽤 즐거웠나 보군?"

지나가는 말처럼 무심히 내뱉는 교장의 말에, 고사쿠는 문득 자신이 다나바에 할아버지를 만난 일을 작문으로 써서 그가 내심 기뻐하는 게 아닐까 생각했다. 웃음기 하나 없는 차가운 표정 속에 감추어진 속내를 읽을 순 없었지만 왠지 그런 느낌이 들었다. 혹시 자신을 도헤이와 함께 다나바에 가도록 한 데는 이번 글짓기 대회를 염두에 둔 건 아니었을까.

고사쿠는 이제 길에서 우연히 아키코를 마주쳐도 모른 척했다. 아키코 역시 마찬가지였다. 둘 사이에 싸늘한 냉기가 맴돌기 시작했다.

12월 초순께, 담임이 고사쿠를 교무실로 호출했다.

"네 작문을 우리 학교 대표로 내보냈지만 단번에 1차에서 미끄러졌다. 정(町)에 있는 소학교 아이가 낸 작문과는 그야말로 수준이 하늘과 땅 차이였어. 차라리 아키코 글을 뽑았으면 달라졌을 수도 있었는데."

혼내는 건지 비아냥거리는 건지 애매한 말투였다. 고사쿠는 귀밑까지 벌겋게 달아올랐다. 아키코와 자신이 낸 작문 중 자신이 뽑힌 것도, 1차에서 탈락한 것도 그때 처음 안 사실이었다.

학교가 끝나자마자 책보를 집 안에 내던진 고사쿠는 청년 자치소 옆에 있는 구마노 산으로 올라갔다. 주체할 길 없는 울적함이 가슴 속에 휘몰아쳤다. 구마노 산은 묘지가 많아 평소엔 혼자 올라가길 꺼렸던 곳이었지만 이날은 그저 혼자 있을 수만 있다면 어디건 상관없었다.

애당초 이번 글짓기는 모든 게 자신의 의도와 상관없이 벌어진 일이었다. 그런데도 호감을 품던 아키코에게 억울한 오해를 받고 군 선발 대회에서 단번에 탈락해 버리고 담임에게 비웃음을 사고, 모든 게 엉망진창이 되어 버렸다.

산길은 험준했다. 8월의 오봉 이후에 누구도 성묘를 하러 오지 않은 듯 길마다 낙엽이 수북이 쌓여 썩은 냄새가 났다. 고사쿠는 축축한 낙엽을 사정없이 밟으며 비탈길을 올라갔다. 산 중턱에 올라서자 유가시마 마을이 한눈에 내려다보였다. 소학교도 관청도 고사쿠 집도 모두 조그만 장난감처럼 비좁은 분지에 옹기종기 모여 있었다. 할머니도 아키코도 저 안에 있으리라. 몇 년 전에는 사키코도 있었지. 고사쿠가 이런 상념에 잠겨 있을 때 간간이 학교 뒤편에서 아이들 함성이 바람을 타고 날아왔다. 슈쿠 마을 아이들이 떠들어 대는 소리였다.

오른쪽으로 시선을 돌리니, 아득히 멀리 아마기 고개가 보였다. 까마득한 거리였지만 한눈에도 서늘한 기운이 느껴졌다. 산등성이 주변으로 가느다란 실을 겹겹이 쌓은 것처럼 구름이 둘러져 있었지만 그 역시도 딱딱하고 차가워 보였다. 고사쿠는 사키코를 떠올렸다. 이제는 만날 수도, 말을 건넬 수도 없다. 사키코와의 추억이 새록새록 떠올랐다. 만일 사키코가 살아 있다면 틀림없이 상처받은 마음을 위로해 줬을 텐데.

"정에 있는 소학교 학생이 지은 작문과는 수준이 하늘과 땅 차이였다."

경멸과 조소가 담긴 담임의 말이 비수가 되어 사정없이 고사쿠의 마음을 후벼 팠다. 울분이 치솟았지만 부정할 수 없는 사실이었다.

고사쿠는 시모다의 여관집 소년과 누마즈의 두 소녀를 떠올렸다. 영민하고 똑 부러지고 어른스러운 표현으로 자신의 생각을 일목요연하게 말하는 그들과 자신을 비교해 보면 확실히 하늘과 땅 차이가 아닌가. 생각이 여기까지 미치자, 온 몸에 맥이 풀렸다. 어디에라도 주저앉고 싶었지만 바닥이 온통 축축이 젖어 있어 마땅히 앉을 데가 없었다.

슬슬 마을 풍경도 지겨워졌다. 고사쿠는 산꼭대기 평지에 있는 묘지로 발걸음을 옮겼다. 마을 사람들이 죽으면 대부분 이곳에 묻혔다. 화장을 하려면 미시마까지 가야 했기 때문이다. 큰집 증조외할머니도 여기에 묻혔다.

고사쿠는 묘지 안으로 들어가 보았다. 혼자 온 건 처음이었지만 와서 보니 그다지 무섭지도 음침하지도 않았다. 큰집 무덤은 묘지 입구에 있었다. 할머니가 평생을 뒷바라지한 증조외할아버지의 묘석도 보였다. 적막한 공기가 흐르는 가운데 수백 개의 묘석이 초겨울 햇살을 맞으며 우뚝 서 있었다.

고사쿠는 큰집 무덤이 있는 곳에 가서 몇 개의 묘석 앞에 머리를 살짝 숙이고는 이내 발걸음을 돌렸다. 딱히 오래 있을 만한 곳은 아니었다. 방금 전 유가시마 마을을 내려다본 지점을 지나 조금 더 내려가자 온천 여관이 있는 니시비라 마을로 통하는 오솔길이 나왔다. 사람이 혼자 겨우 지나갈 정도의 샛길이 꽤 험준한 경사면으로 이어져 있었다. 고사쿠는 두세 번 이길을 내려간 적이 있었는데 어차피 내려간다면 올라왔을 때와는 다른 길로 내려가 보자 싶었다.

양쪽이 잡풀과 얼룩조릿대로 빽빽이 이어진 길을 내려가던차에 고사쿠는 흠칫 걸음을 멈췄다. 저 아래쪽에서 젊은 남녀가 올라오고 있는 게 아닌가.

상대는 고사쿠의 존재를 눈치 채지 못한 듯, 지그재그로 구불구불 이어진 길을 요란스레 떠들어 대며 올라오는 중이었다. 서로 거리는 그다지 멀지 않았고 이대로 내려가도 스쳐지나 가도 상관은 없을 터였지만 고사쿠는 왠지 망설여졌다.

　마을에서 젊은 남녀가 단둘이 걷는 것은 몹시 보기 드문 광경이었다. 아이들 눈에 띄는 날에는 당장이라도 짓궂은 야유를 받을 게 불 보듯 뻔했다. 하물며 남녀가 멈춰 서서 이야기를 나누는 일 따위는 감히 상상도 할 수 없었다. 어른이라고 다르지 않았다.

　고사쿠는 여전히 그 자리에 서 있었다. 이쪽으로 올라오는 남녀는 덤불에 가려 보이지 않다가 다시 나타나곤 했다. 고사쿠 위치에서 비스듬하게 내려다보이는 두 사람의 모습은 한쪽 손을 맞잡고 혼자 걷기도 버거운 비탈길을 서로에게 찰싹 몸을 밀착시킨 채 한 걸음 한 걸음 올라오고 있었다. 힘들지도 않나. 고사쿠는 고개를 갸웃했다. 몸에 걸친 도회적인 기모노를 보아하니 온천 여행 온 손님이 분명했다.

　고사쿠는 후다닥 오른쪽 덤불 속으로 몸을 숨겼다. 피해야 할 하등의 이유가 없었지만 자신도 모르게 그러고 말았다. 남녀가 지나간 뒤에 길을 내려갈 작정이었다. 그러나 예상은 보기 좋게 빗나갔다. 젊은 남녀는 도중에 그대로 걸음을 멈춰 버린 것이다.

　덤불 사이로 슬쩍 내다본 고사쿠 눈에 남녀가 마주 서서 부둥켜안은 모습이 보였다. 남자 키가 커서 여자가 공중에 대롱대롱 매달려 있는 모양새였다. 고사쿠는 심장이 벌렁거렸다. 설마 여자가 지금 남자에게 목을 졸리고 있는 건가. 위로 향한 여자의 얼굴에 남자의 얼굴이 서서히 겹쳐졌다. 고사쿠는 점점 불안해졌다. 이러한 행위의 의미를 도통 알 수가 없었다. 살인

사건을 목격하고 말았다는 공포가 고사쿠를 덮쳤다. 입맞춤이라는 걸 알지도 못하던 시절이었다.

덤불 속에서 푸드덕 날아오르는 새처럼 고사쿠는 부스럭거리며 옆길로 재빨리 빠져나왔다. 니시비라 마을로 내려가기를 단념하고 원래 왔던 길로 단숨에 뛰어올라 그대로 청년 자치소까지 미친 듯이 달렸다.

집에 돌아와서도 쿵쾅거리는 마음이 진정되지 않았다. 구마노 산 중턱에 범죄가 일어났다. 유일한 목격자는 바로 자신. 이것을 누군가에게 털어놓아야 하는가, 입을 다물고 있어야 하는가. 도무지 감이 잡히지 않았다.

밤새도록 고민하느라 뜬눈으로 밤을 지새운 고사쿠는 이튿날 학교 가는 길에 유키오를 만나 어제 있었던 일 전부를 고백했다.

"어쩌면 구마노 산에서 여자가 살해되었을지도 몰라."

"흠."

유키오는 심상치 않은 낯으로 듣고 있다가,

"누구한테도 입도 벙긋하지 마. 그럼 온 마을이 발칵 뒤집힐 거야."

하고 결단력 있는 어조로 당부하면서 점심시간에 현장에 가보자고 제안했다. 고사쿠는 고개를 끄덕였다. 조금 겁이 났지만 유키오와 함께라면 괜찮으리라 스스로를 다독이면서.

점심시간에 고사쿠와 유키오는 몰래 학교를 빠져 나왔다. 잽싸게 움직이면 한 시간 안에 구마노 산 중턱까지 갔다 오는 건 식은 죽 먹기였다. 유키오는 게타 가게 아들인 3학년 슌타를 살살 꼬드겼다. 만일 정말 살인 사건이 벌어졌다면 녀석을 연락원으로 삼을 속셈이었다. 발이 빠른 슌타는 4년생 아래 학년에서 달리기가 으뜸이었다. 학교 성적은 별로였지만. 평소엔 눈에 띄지도 않다가 달리기 경주 때만 되면 모두의 시선을 사로잡았다.

"나 안 가."

영문도 모르고 교문 앞까지 끌려 나온 슌타는 구마노 산에 함께 가자는 말에 살살 꽁무니를 뺐다.

"따라오라고 하면 따라오는 거다."

유키오가 잔뜩 눈에 힘을 주며 슌타를 노려보았다. 그러자 슌타는 금세 꼬랑지를 내렸다. 세 사람은 교문을 빠져나와 큰길을 전속력으로 질주했다가 청년 자치소까지 가서 한숨 돌리고 다시 뛰었다. 청년 자치소부터는 급한 경사면이라 세 사람은 이내 숨을 헐떡거리기 시작했다.

드디어 니시비라 마을로 내려가는 입구 부근에 도착했다.

"어디야."

유키오가 고사쿠에게 물었다.

"여기 내려가면 바로야."

"슌타, 어서 갔다 와."

"싫어"

슌타는 다시 우물쭈물했다.

"왜 싫어? 여기서 내려갔다가 도중에 다시 돌아오는 거야. 어서 갔다 와."

"싫어."

이번에는 슌타도 고집을 부렸다. 생명의 위협이라도 감지한 듯 필사적이었다.

"할 수 없지. 그럼 모두 함께 간다."

유키오가 결연한 표정으로 선언했다.

"슌타, 너도 따라와!"

이번에는 슌타도 거역할 수 없었다. 유키오, 고사쿠, 슌타 순으로 언덕길을 내려갔다. 고사쿠는 어제 숨어 있던 덤불 근처에 다가갔다.

"바로 저 앞이야. 나는 여기서 내려다보고 있었어."

"알았어."

유키오는 굳은 각오를 다진 듯 혼자 주변을 경계하며 내려갔다. 고사쿠와 슌타는 그 자리에 서 있었다.

"고짱, 아무 것도 없어. 이리 와 봐."

유키오의 외침에 고사쿠와 슌타는 후다닥 내려갔다. 정말 아무 것도 없었다.

"정말 여기가 맞아?"

"응."

"이상하다."

유키오가 오솔길 옆 덤불 속으로 들어갔고 고사쿠와 슌타가 그 뒤를 따랐다. 덤불 옆으로 대나무숲 길이 이어졌다. 그중 유독 사람들 눈에 띄지 않는 사각지대에 유난히 햇빛이 잘 들어 그곳에만 잔디가 나 있었다.

"이거 뭐야."

유키오는 양지바른 곳 한쪽에 시선을 던졌다. 신문지가 펼쳐져 있고 귤껍질이 뒹굴고 있었다.

"누가 여기서 귤 먹었나 봐."

유키오는 어처구니없다는 투로 말했다.

"여덟 개 먹었다."

슌타가 껍질을 일일이 셌다. 그러다가,

"어? 안 먹은 게 있다."

하고는 아직 까지 않은 귤 한 개를 집어 올렸다. 슌타는 바로 귤을 깠다. 아무래도 어제 본 남녀가 먹다 남은 귤이 분명했다.

"반은 이리 내."

유키오가 슌타에게 귤 절반을 빼앗은 다음 다시 그것을 둘로 나눠 고사쿠에게 내밀었다. 귤을 먹고 세 사람은 산길을 뛰어내려 왔다. 허무하게 허탕을 치고 말았지만 유키오나 슌타는 투덜대지 않았다. 귤 한 개를 공짜로 주웠으니 소득이 아예 없지는 않았다고 위안이라도 삼는 듯.

겨울방학이 코앞으로 다가온 12월 중순 무렵, 학생들 사이에는 달리기 경주 열기가 고조되고 있었다. 이제까지는 달리기는 가을 운동회 때만 하는 것이었지만 내년 봄에 다가타 군에 속한 모든 소학교에서 잘하는 아이들을 뽑아 달리기 경주를 연다는 소식이 알려지자, 학생들뿐만 아니라 교사들까지 달리기 열기로 들썩이기 시작한 것이다.

고사쿠는 달리기에 서툴렀지만, 여학생들 중 아키코가 대표로 하급생들에게 달리기 연습을 시키는 걸 보자 오기가 발끈 솟아 5, 6학년과 함께 등교 전 30분간 달리기 연습을 하기로 결심했다. 아이들은 아침마다 마차 정류장에 모여들었다. 여름 이후 자연스럽게 등교 집합소는 정류장이 되어 있었다. 그 전에는 유키오의 집 앞, 관청 문 앞, 논두렁 등등 수시로 변했지만 여름 이후부터는 줄곧 마차 정류장이었다. 정류장에 새로운 말이 생기고 그것을 구경하려는 의도가 반영된 결과였다.

아이들은 정류장 옆 그루터기 위에 교과서나 도시락을 싼 보자기를 두고 키 순서대로 줄을 섰다. 별다른 신호가 없어도 선두에 선 누군가 뛰기 시작하면 일제히 달리기 시작했다. 나가노 마을에 도착할 때까지는 어김없이 시모다 도로로 달렸지만 돌아오는 길은 날마다 제각각이었다. 논두렁을 달리기도 하고 신사 안으로 뛰어들기도 하고. 돌아오는 길을 정하는 건 선두에 선 아이 몫이었다. 상급생과 하급생은 빠르기도 다른 데다 중간에 낙오자도 생기는 바람에 달리기 행렬은 군데군데 끝없이 이어졌다. 대부분 두세 명씩 무리를 지어 달렸다.

고사쿠는 매일 달리기가 힘에 부쳤지만 오기로 버텼다. 가끔 달리기 연습하는 여학생 무리들과 마주칠 때가 있었지만 여자와 남자는 코스 자체가 달라 만나는 건 순전히 우연이었다.

달릴 때마다 고사쿠는 은근히 아키코와 마주치기를 기대했다. 글짓기 사건 이후 사이가 틀어져 버렸지만 그렇다고 아키코에 대한 관심이 완전히 사그라진 건 아니었다. 학교에서 누군가 아키코에 대한 이야기라도 꺼내면 하루 종일 마음이 싱숭생숭했다. 참으로 모를 일이었다. 하루에도 몇 번씩 손바닥 뒤집듯 아키코가 좋아졌다가 싫어졌다가 하니 이 무슨 변덕인지. 여학생 무리가 지나칠 때면 고사쿠는 그 속에 아키코가 있는지 재빨리 훑었다. 달리기를 하고 있는 아키코의 모습은 세상 그 누구보다 아름다웠다. 새하얀 볼이 발그레하게 상기되고 숨을 가쁘게 내쉬면서도 새침한 표정으로 절도 있게 뛰어가는 모습. 보기만 해도 가슴이 설레었다.

어느 날 아침, 나가노 마을로 향하는 도로에서 고사쿠는 여학생들과 마주쳤다. 그러자 갑자기 아키코가 달리면서 불쑥 오른손을 올려 고사쿠를 향해 손을 흔드는 게 아닌가. 이게 꿈인가 생신가. 매몰차게 자신을 몰아붙이던 아키코가 아는 척을 하다니.

이틀 뒤 아침, 고사쿠는 신사를 향하는 논두렁을 달리다 맞은편에서 또다시 선두로 달려오는 아키코를 발견했다. 고사쿠는 이번에도 아키코가 손을 흔들어 줄까 싶어 가슴을 졸였다. 남학생 무리와 여학생 무리의 거리가 점점 좁혀 왔다. 그때, 예상치 못한 사건이 터지고 말았다.

선두에 선 아키코가 느닷없이 무언가에 걸려 앞으로 홱 고꾸라진 것이다. 날카로운 비명이 터져 나왔다. 허리까지 땅 속에 빠진 채 허우적거리는 아키코. 누군가의 심술궂은 함정에 빠진 게 틀림없었다.

아키코는 땅 위로 기어오르려고 안간힘을 썼다. 당황한 여학생들이 우르르 몰려들어 손을 내밀었다. 그때였다. 50미터쯤 떨어진 논에서 일제히 열댓 명의 밤송이머리가 튀어나와 우와 함성을 질렀다. 슈쿠 마을 아이들이었다. 짚신이 벗겨지고 기모노 아랫자락이 진흙 범벅이 된 아키코가 서럽게 울음을 터트렸다. 차마 보기 힘든 처참한 모습이었다. 교묘하게 눈속임한 함정 안에 진흙을 채워 넣은 것이었다. 제대로 골려 먹기 위해 작정하고 만든 모양이었다.

슈쿠 아이들은 아키코의 울부짖음에 더욱 신이 난 듯 환성을 내지르며 야유를 퍼붓기 시작했다.

"아키코의 아는 아호할 때 아, 아키코의 아는 아호할 때 아"

고사쿠는 피가 거꾸로 솟는 것 같았다. 자신이 함정에 빠졌더라도 이 정도로 화가 나지는 않았으리라. 그는 천천히 슈쿠 아이들에게 걸어갔다.

"이거 누가 만들었냐?"

고사쿠의 서슬 퍼런 기세에 몇 명은 살금살금 뒷걸음질 치다 이내 사방팔방으로 뿔뿔이 흩어져 도망가 버렸다.

"누구냐, 누가 했어?"

고사쿠는 남아 있는 아이들을 지그시 노려보고 섰다. 그때 학교에서 힘깨나 쓰는 동급생 구라이시 몬타가 어디선가 어슬 렁거리며 나타났다. 툭하면 자기보다 약한 아이를 괴롭히는 못 된 녀석이었다.

"내가 했다. 뭐 잘못 됐냐?"

"……."

"아키코가 함정에 빠진 게 그렇게 가슴이 아프냐? 어쭈, 둘 이 그렇고 그런 사이구먼? 얼레리꼴레리."

몬타는 음흉한 웃음을 지으며 뇌까렸다. 그 순간, 고사쿠는 다짜고짜 그에게 달려들었다. 완력으로는 도저히 몬타에게 당 해 낼 재간이 없었지만 도저히 분노를 억누를 수가 없었다.

고사쿠는 상대가 주춤거리는 틈을 타 팔을 잽싸게 비틀어 땅 바닥에 넘어뜨렸지만 눈 깜짝할 사이에 상황은 역전되고 말았 다. 몬타는 고사쿠를 번쩍 들어 땅 위에 패대기쳤다. 그러고는 짐짓 여유를 부리며 길 위에 벌렁 드러누웠다. 공격하려면 바 로 지금이니 어디 해 볼 테면 해 보라는 듯이.

"뭐야, 시시하게 벌써 항복이냐."

이윽고 몬타가 거드름을 피우며 일어섰다. 그러고는 이내 괴 성을 내지르며 무서운 기세로 고사쿠에게 달려들어 두세 번 뺨 을 후려갈기고는 아직 성이 차지 않는 듯 싸움판에서 멀어지고 있던 여자아이들 무리를 뒤쫓기 시작했다.

몬타는 무리 속에 비집고 들어가 아키코 앞에 우뚝 섰다. 입가에 씨익 기분 나쁜 웃음을 지으며 뭐라고 이죽거리는가 싶더니 아키코의 기모노 옷자락이 거칠게 뒤집혔다. 동시에 들려오는 아키코의 찢어질 듯한 비명 소리.

고사쿠는 정신이 번쩍 들었다. 그대로 벌떡 일어나서 득달같이 소동이 벌어진 쪽으로 달려가 문타를 거칠게 밀어제쳤다. 문타도 지지 않고 맞섰다. 고사쿠는 이번에도 문타의 몸뚱이 밑에 깔려 버렸다. 몸을 버둥거리며 정신없이 손을 휘젓던 고사쿠 손에 우연히 돌 하나가 잡혔다. 미처 생각할 겨를도 없이 고사쿠는 돌을 그러쥐고 냅다 상대를 후려갈겼다. 그때였다. 문타의 얼굴이 흉하게 일그러지는가 싶더니 비명과 함께 벌떡 몸을 일으켰다. 그의 얼굴에서 시뻘건 피가 흐르고 있었다. 그러자 고사쿠는 더욱 흥분해서 엄청난 기세로 상대에게 돌진했다.

미친 사람처럼 길길이 날뛰는 고사쿠의 모습에 문타는 하얗게 질려 논두렁으로 줄행랑쳤다. 그러나 고사쿠는 끝까지 문타를 쫓아가 힘껏 다시 돌로 내리쳤다.

달아나는 문타도, 쫓아가는 고사쿠도 제정신이 아니었다. 고사쿠는 문타를 잡으러 들어간 신사 앞에서 마을 아저씨에게 목덜미를 거칠게 잡히고서야 비로소 걸음을 멈출 수 있었다.

"머저리 같은 놈!"

아저씨가 고사쿠 손에서 돌을 휙 낚아챘다. 그리고 연거푸,

"대체 제정신이냐!"

하고 버럭 고함을 질렀다.

고사쿠는 얼떨떨했다. 지금 자신이 무슨 짓을 저지른 걸까. 한바탕 광폭한 회오리에 휩싸여 정신을 놓아 버린 느낌이었다.

건너편에서 다른 아저씨들이 후다닥 달려오고 있었다. 그제

야 고사쿠는 엄청난 일을 저지르고 말았다는 것을 깨달았다.


　고사쿠가 문타와 싸우다가 이마를 돌로 친 것은 도무지 큰일이라고는 벌어지지 않는 이 마을에서 일대 사건이 되어 버렸다. 문타의 아버지는 다다미 가게를 하는데 4, 5년 전에 타지에서 흘러 들어와 유가시마에 눌러앉은 인물이었다. 이들 부자는 엄마 없이 단둘이 살고 있었다. 처음 나타날 때부터 엄마의 모습은 보이지 않았기에 문타는 어릴 때 엄마를 여읜 모양이었다.
　고사쿠가 여전히 흥분을 가라앉히지 못한 채 가쁜 숨을 내쉬며 흙집에 들어섰을 때, 이미 사건을 전해 들은 할머니는 현장으로 달려가려고 막 흙집을 나오려는 참이었다. 마당에 들어오는 고사쿠를 발견하자 혼비백산하여 한걸음에 달려와 머리끝부터 발끝까지 유심히 살피다가,
　"고짱, 어디 다친 데 없지?"
　하고 다짐하듯 묻고는 어깨를 아래로 떨어뜨리며 커다란 한숨을 내쉬었다. 그러다 이내 잊었던 사실을 떠올린 듯 고개를 뻣뻣이 세웠다.
　"흙집에 들어가 있어라. 누가 고짱한테 손끝 하나 건드렸담 봐라. 이 할미가 가만있지 않을 거다!"
　상대가 앞에 있기라도 한 것처럼 할머니는 눈에 쌍심지를 켜고 노발대발했다. 얼마 뒤 외할아버지와 유키오의 어머니가 찾아왔다. 외할아버지는 고사쿠의 얼굴을 보자 무서운 얼굴이 한층 무섭게 일그러졌다.
　"멍청한 놈!"
　그리고 성큼성큼 다가와 고사쿠의 뺨을 두 번 후려갈겼다.

"시방 이게 무슨 짓인가?"

깜짝 놀란 할머니가 날카롭게 외쳤다.

"누구 맘대로 손찌검이야? 자네 자식과 고짱이 같은가. 평소엔 남보다도 매정하게 대하면서 이럴 때만 할아버지 행세를 하려는 건가!"

"혼내야 될 때 혼내는 게 뭐가 나쁩니까!"

외할아버지도 지지 않고 응수했다.

"멍청한 놈, 평소에도 그리 철없이 맹랑하게 굴더니. 지금 네가 무슨 짓을 저질렀는지 알기나 해! 뭐 하고 있어? 퍼뜩 사과 드리러 가지 않고!"

지금껏 이토록 외할아버지에게 심하게 꾸중 들은 것은 처음이었다. 고사쿠는 눈물이 핑 도는 걸 간신히 참았다.

"왜 우리 고짱이 사과를 해야 되는데!"

할머니가 목에 핏대를 세우며 대들었다.

"고사쿠가 다른 집 아들을 때려서 지금 병원에 실려 갔는데 그럼 사과를 안 합니까!"

"싸움은 원래 양쪽 다 책임이 있는 법이야. 고짱이 상대를 다치게 했다고? 그게 뭐 어때! 때릴 만하니 때렸지. 자넨 대체 누구 편인가!"

"시끄럽습니다. 자꾸 저놈을 싸고도니까 점점 망나니가 되는 거 아닙니까. 더 이상 간섭하지 마십시오!"

"그렇게 못 해!"

"시끄럽다니까요!"

외할아버지는 노기 띤 눈초리로 할머니를 바라보다가 다시 고사쿠에게 고개를 돌렸다.

"따라와!"

그리고 휙 등을 돌려 성큼성큼 대문 쪽으로 걷기 시작했다.

"할머니, 이건 할아버지 말씀이 맞아요. 고짱이 일단은 사과를 해야 되겠구먼요."

조마조마한 표정으로 두 사람의 말다툼을 지켜보던 유키오 어머니가 그제야 간곡한 말투로 한마디 거들었다. 고사쿠는 일이 심상치 않게 돌아가고 있음을 직감했다.

고사쿠는 잠자코 외할아버지 뒤를 따라 큰집으로 향했다. 큰길로 나오자, 길 한가운데에 마을 아낙네 두세 명이 외할머니를 둘러싸고 수군거리는 모습이 보였다. 외할머니는 고사쿠를 발견하자,

"고짱, 이게 대체 무슨 일이냐. 얼른 할아버지랑 같이 사과하고 와. 잘못했습니다, 정말 죽을죄를 지었습니다, 라고 하는 거야. 알았지? 다 고짱이 잘못한 거다."

하며 질책하듯 말했다. 그러고는 시무룩한 고짱을 보고 이내 마음이 약해졌는지 이번엔 다소 누그러진 표정으로 다독이듯 덧붙였다.

"사과하고 오면 경단이랑 식혜랑 만들어 줄게. 응? 고짱, 알았지? 무조건 잘못했습니다, 하는 거야."

고사쿠는 묵묵히 그곳을 벗어나 큰집 앞으로 갔다. 때마침 외할아버지가 나왔다.

"멍청한 놈, 따라와!"

외할아버지는 고사쿠를 앞질러 걷기 시작했다. 도중에 몇 번이고 벌건 코끝을 손수건으로 닦았다.

두 사람은 우체국 옆에 있는 야마시로 병원에 들어갔다. 문

타는 치료를 끝내고 이미 집에 돌아갔다고 했다.

"멍청한 놈, 따라와!"

외할아버지는 몇 번이고 같은 말을 반복하며 슈쿠 마을 변두리에 위치한 다다미 가게로 향했다. 안으로 들어가자 문타 아버지가 한창 다다미를 만드는 중이었다. 짧게 자른 백발에 우락부락한 인상을 보고 고사쿠는 어깨를 잔뜩 움츠렸다.

"이 멍청한 놈이 자네 아들을 다치게 하고 말았구려. 내가 따끔하게 혼쭐을 내고 사과하러 데려왔으니 부디 너그러이 용서해 주게."

외할아버지는 고사쿠에게 턱을 치켜들었다.

"고짱, 뭐 해, 사과드리지 않고!"

그제야 문타 아버지는 일손을 잠시 멈추고,

"됐어요, 어르신."

하며 손사래를 쳤다.

"자고로 애들은 싸우면서 크는 건데 뭐 그런 걸 가지고……. 안 그래도 아까 우리 집 녀석이 질질 짜면서 들어오기에 머리 두세 대 쥐어박고 학교로 쫓아 버렸구먼요. 사과는 무슨, 우리 집 놈보다 그쪽 꼬맹이가 훨씬 배짱이 두둑하네요. 싸움을 했으면 고짱처럼 상대 머리를 돌로 쪼개 버릴 정도의 담력이 있어야지, 사내자식이 오죽 못났으면 맞고나 다니고, 내가 아주 동네 창피해서……. 저도 소싯적에 숱하게 싸움질하고 댕겼죠. 한번은 상대 놈 팔을 똑 분질러 버린 적도 있었는데 죽어도 사과는 안 했구먼요. 애들 싸움이 다 그렇지 안 그렇습니까, 어르신. 애들 싸움에 일일이 부모가 사과하러 다니면 나 같은 건 아마 일할 틈도 없을 거예요."

문타 아버지는 말을 마치고 안으로 들어가 작은 귤 봉지 하나를 들고 나왔다.

"고짱, 쌈에서 이긴 상이다. 이거 먹고 후딱 학교 가거라."

그러고 보니, 이미 수업이 한창일 시간이었다.

다다미 가게에서 돌아오는 길에 외할아버지는 가타부타 한마디도 없었다. 고사쿠도 말없이 걷다가 큰집 앞에서 외할아버지와 헤어지고 흙집에 돌아왔다. 할머니는 무를 말리고 있다가 집으로 들어오는 고사쿠를 발견하자 부리나케 달려왔다.

"어떻게 됐어?"

아직도 외할아버지와의 실랑이로 분이 가시지 않은 듯 얼굴이 잔뜩 상기되어 있었다.

"다다미 가게 아저씨가 이거 줬다."

고사쿠는 봉지를 내밀었다.

"혼내디?"

"아니."

"그럼 그렇지, 자기 자식이 잘못했는데 고짱을 혼내면 사람이 아니지, 암!"

"……."

"멍청한 놈!"

이 말은 외할아버지에게 하는 말이었다.

고사쿠는 흙집 입구에 내던져 둔 교과서 꾸러미를 들고 곧장 집 밖으로 나왔다. 학교로 향하는 발걸음이 한없이 무겁기만 했다. 혹시 또 꾸중 듣는 건 아닐까. 얼굴이 피로 범벅된 문타가 교실에 앉아서 자신을 노려보고 있을 것만 같았다. 산수 수업 중이었다. 고사쿠는 크게 숨을 들이쉬고 교실 문을 열었다. 서른 명가량 되는 아이들의 눈동자가 일제히 고사쿠에게 쏠렸다.
갓 사범학교 2부를 졸업한 젊은 교사는 고사쿠가 자리에 앉자,

"싸움은 나쁜 짓이다."

하고 말했다.

"알았냐?"

"알겠습니다."

고사쿠는 기어들어 가는 목소리로 대꾸했다. 이제 본격적으
로 꾸지람을 듣겠구나 싶더니 그것으로 끝이었다. 다시 수업이
시작되었다. 고사쿠보다 두 열 앞 오른쪽에 하얀 붕대를 머리
에 감은 문타가 앉아 있었다. 왠지 평소보다 얌전했다.

수업이 끝나자, 교사는 문타와 고사쿠를 교무실 옆으로 불러
냈다.

"앞으로 한 번만 더 싸우면 둘 다 퇴학시켜 버릴 테니 그런
줄 알아. 알았어?"

교사가 다시 한 번 주의를 주고 물러가자 문타는 무던히도
심란한 표정으로 고사쿠를 바라보았다. 그러다 이내 눈 코 입
을 한군데로 모아 몹시 표독스러운 표정을 짓고는 아래턱을 내
밀었다.

"쳇!"

그리고 바로 등을 돌려 교실로 들어갔다. 고사쿠는 가만히
있었다. 문타의 그런 행동은 참 얄미웠지만 지금까지와 다르게
어딘가 약하고 못난 구석이 있었다. 안 그래도 자신을 책망하
지 않는 문타의 아버지로 인해 죄책감에 사로잡혀 있었는데 방
금 전 문타의 밉살맞은 태도로 다소 마음이 편해졌다. 역시 문
타는 기분 나쁜 놈이었다.

문타의 붕대는 겨울 방학이 올 때까지 풀릴 기미가 안 보였고 그걸 볼 때마다 고사쿠는 마음이 착잡했다.

　고사쿠가 문타를 돌로 때린 사건은 무료하기 짝이 없는 시골에서 화제가 되기에 충분했다. 마을 사람들은 고사쿠가 지나칠 때마다,

　"아이고, 우리 고짱이 한 건 했네!"

　라든지

　"제 어미 닮아 무모한 구석이 있구먼. 나나에도 어렸을 때 화가 머리끝까지 나서 벼랑에 올라가 뛰어내린 적이 있었는데 말이야."

　같은 말을 했다. 힘으로는 누구에게도 지지 않던 문타의 큰 코를 납작하게 만들었다는 사실에 아이들은 고사쿠를 동경의 시선으로 바라보았다. 예전과 달리 문타를 두려워하는 아이들이 부쩍 줄어들었다.

　이 사건으로 아키코는 전보다 더욱 차가워졌다. 우연히 길에서 마주치기라도 하면 아키코는 눈을 잔뜩 내리깔고 싸늘히 지나쳐 버리기 일쑤였다.

　놀라운 변화는 고사쿠에게 일어났다. 언제 그랬냐는 듯 아키코에 대한 감정이 사르르 사라져 버리고 만 것이었다. 무엇 때문일까. 자신도 이유를 알 수 없었다. 아키코를 처음 본 순간, 고사쿠는 한 살 연상의 소녀가 지닌 도회적이고 이지적인 매력에 마음을 빼앗겼다. 그러나 문타와의 격렬한 싸움을 계기로, 아키코가 내뿜던 눈부신 빛은 어느덧 희미해져 버리고 그녀는 여타 여학생들과 다를 바 없는 진부한 존재가 되어 버리고 말았다.

# 4장

겨울방학을 맞이한 아이들이 목이 빠지게 기다리는 것은 뭐니 뭐니 해도 정월이었다. 28일 즈음부터 집집마다 모치쓰키[67]를 하는 소리가 쿵쿵 들려왔다. 요 근래 집합소에 발걸음이 부쩍 뜸해진 고사쿠도 간혹 근처를 지나치기라도 하는 날에는 모치쓰키에 대한 얘기를 전해 듣곤 했다. 누구네 집에서 방아 몇 개에 떡을 찧었다는 둥, 그중에서 사각형 모양 찰떡이 몇 개고 팥이 들어간 동그란 떡이 몇 개라는 둥, 시시콜콜한 것까지 아이들은 훤히 꿰고 있었다.

"아랫집 누이는 아랫배에 잔뜩 힘주고 방아질 하다 그만 아기가 쑥 나와 버렸다."

"염색 가게 가족은 한 명당 열세 방아를 찧다 밤에 죄다 몸

67 떡방아를 찧어 떡을 만드는 신년 행사.

져누워 버렸다."

사실인지 거짓인지 알 수가 없는 소문들이 아이들 입에서 줄줄 흘러나왔다. 그러다 모치쓰키가 끝나고 나면, 아이들의 관심사는 도시로 일하러 갔다가 고향에 내려오는 사람들에게 모아졌다. 28, 29일 무렵부터 마차는 부지런히 귀향자들을 실어 나르기 시작했던 것이다. 이들에 대한 아이들의 정보는 실로 놀라운 구석이 있었는데, 누구는 아이를 데려오려고 했는데 아이가 병에 걸려 그만두었다든지, 언제 도쿄를 떠나 미시마에 도착해 언제 유가시마로 들어올 예정이라는 것까지 그야말로 모르는 게 없었다.

고사쿠는 하급생 꼬마들처럼 마차가 도착할 때마다 정류장으로 달려가는 일은 없었지만, 때때로 그 무리에 끼는 경우가 있었다. 마차는 한가한 평소와 달리 꾸역꾸역 승객들을 토해 냈다. 그 중엔 미시마나 오히토 지역에서 정월에 쓸 물건을 사 가지고 오는 사람도 있었고 오랜만에 고향에 오는 사람도 있었다.

귀향자의 모습이 보이면 아이들은 하나같이 우와, 하고 함성을 내지르고는 쫄래쫄래 그들의 집까지 따라가곤 했다. 최근 1, 2년 전까지만 해도 그 놀이에 푹 빠져 있던 고사쿠였지만 한두 살 나이를 먹으니 점차 시들해졌다. 그럼에도 몇 달, 혹은 몇 년 만에 고향 땅을 밟는 귀향자의 모습을 바라보는 것은 여전히 즐거운 일이었다. 낯익은 얼굴이 예전과 사뭇 달라진 분위기를 풍기며 마차에서 내려와 감회가 새로운 듯 주변을 찬찬히 둘러보는 표정은 고사쿠의 마음까지 벅차게 했다.

12월 31일 저녁, 고사쿠는 정류장으로 향했다. 자기보다 다섯 살 위인 신덴 마을의 야마구치 헤이치가 돌아오는 모습을 보기 위해. 연령대가 달라 함께 어울린 적은 없지만 고등과를 1등으로 졸업한 총명한 청년에게 고사쿠는 일종의 경외심 비슷한 마음을 품고 있었다. 언젠가 교사가 안타까운 듯 말했더랬다. 가난한 농가의 막둥이로 태어난 탓에 상급학교로 진학하진 못했지만, 집안 형편이 좀 더 좋았어도 분명 뛰어난 기술자나 국가 공무원이 되어 일본에서 이름을 날렸을 거라고.

아이들은 헤이치의 귀향에 대해 거의 아는 바가 없었다. 겨우 고향에서 정월을 맞이한다는 소식만 어디선가 전해 들었을 뿐. 31일 오후 마차에서도 헤이치가 타지 않았다고 했다. 고사쿠는 그날 마지막 마차에 희망을 걸었다.

잿빛 어둠이 짙게 깔린 도로 위에 드디어 마지막 마차가 모습을 드러냈다. 승객은 세 명. 두 사람은 관청 직원이고 한 사람은 헤이치였다. 마차에서 내려오는 그를 본 순간, 고사쿠는 깜짝 놀라고 말았다. 후줄근한 핫피[68]를 걸치고 행전[69]에 지카타비[70]를 신은 꾀죄죄한 몰골의 저 사람이 정녕 헤이치란 말인가. 빈손으로 고향 땅을 밟은 그는 추운 듯 양손을 핫피 아래에 쑤셔 넣었다. 고사쿠가 지금까지 본 어떤 귀향자보다 초라하고 볼품없었다.

마을에서 수재로 유명했던 학교 선배에게 공부에 대한 조언이라도 듣고 싶었던 고사쿠는 영락없는 부랑자 행색으로 돌아온 헤이치를 보자 그러한 마음이 싹 가셨다. 헤이치는 무심한 눈길로 주변을 쓱 둘러보더니 어슬렁거리며 이내 4킬로미터

---

68  허리나 무릎까지 오는 통소매 옷에 끈으로 허리를 묶는 작업용 의복.
69  바짓가랑이를 좁혀 움직임을 간편하게 하기 위해 정강이에 감아 무릎 아래 매는 띠.
70  엄지와 집게 발가락이 갈라지는 버선 아래에 고무 밑창을 댄 작업용 신발.

남짓한 신덴 마을 방향으로 걸음을 옮기기 시작했다.

고사쿠는 혼란스러웠다. 대관절 헤이치에게 무슨 일이 있었던 걸까. 그토록 영특했던 수재가 출세도 못하고 저 꼴이라니. 그러나 곰곰이 생각해보면, 그리 이상한 일이 아닐지도 몰랐다. 찢어지게 가난한 집 막내아들이 고등소학교를 졸업하고 돈을 벌기 위해 도시에 나간 것이다. 그저 그런 노동자가 되었다 한들 그게 어쨌단 말인가.

머리로는 이해할 수 있었지만 가슴에선 뜨거운 울분이 솟구쳤다. 뭔가 단단히 잘못되었다. 그토록 뛰어난 머리를 가진 사람이 능력을 제대로 꽃피우지도 못하고 저렇게 사그라지다니. 참으로 불공평한 일이 아닌가.

그날 밤, 고사쿠는 큰집에 가서 도시코시소바[71]를 먹으며 넌지시 헤이치에 대한 이야기를 꺼냈다. 모두가 동정 어린 눈길로 개탄해 주기를 기대했건만 누구 하나 관심을 기울이지 않았다.

"도시에 가 봤자 별 볼 일 없을 게 뻔한데 분수도 모르고 설쳐 대니 그 꼴이 나지."

외할아버지만이 낯을 찌푸리며 이런 말을 내뱉을 따름이었다. 고사쿠는 외할아버지를 원망스러운 눈길로 바라보았다.

정월은 아이들에게 근사한 선물 꾸러미였다. 고사쿠도 가슴이 설레었다. 더 이상 2, 3년 전처럼 밤잠을 설치며 정월이 다가오는 발소리에 귀를 쫑긋하진 않았지만 말이다.

그리고 드디어 찾아온 정월, 고사쿠는 새벽 5시에 일어나 신

71  12월 31일 밤에 먹는 메밀국수.

사에 참배하러 나섰다. 논길을 걸어가는 참배객들이 속속 눈에 띄었다. 고사쿠만 혼자였다. 어쩔 수 없었다. 할머니는 집에서 떡국을 만들어야 했으니까. 큰집 식구들과 함께 갈 수도 있었지만 외할아버지 얼굴이 보기 싫어 그만두었다. 멀리서 얼굴만 보여도 금세 떠들썩하게 모여드는 아이들이었지만 이날 아침만은 예외였다. 모두들 정월이 찾아왔다는 사실에 벅찬 감동을 느끼며 엄숙한 표정으로 동 트기 전 어슬어슬한 들판을 거쳐 신사로 향했다. 참배객 무리는 점점 불어나 끝없는 줄이 이어졌다. 얼어붙은 논두렁 위를 바스락거리며 지나가는 게타와 짚신 소리만이 고요한 적막을 뚫고 들려왔다.

정월 초하루 날 아침에 신사참배를 하는 기분은 무엇보다 특별한 것이었다. 새벽같이 일어나 나른한 졸음을 떨치지 못하면서도 아이들 얼굴에 자못 긴장한 빛이 어렸다. 다정한 동무들을 만나도 인사를 건네는 일은 없었다. 고사쿠도 묵묵히 신사에 들어가 어른들이 하듯 조그만 신전 앞에서 머리를 한 번 숙이고 손바닥을 마주치고 이내 발길을 돌렸다.

1월 1일만은 학교가 9시부터 시작하는 게 관례였다. 8시 무렵이 되자 나들이 기모노를 입고 새로운 짚신을 신은 아이들이 집합소인 마차 정류장에 하나둘씩 모여들었다. 몰라보게 말쑥해진 모습에 저마다 쑥스러운 듯 쭈뼛거리며.

학교에서는 수업 없이 신년 행사로만 진행되었다. 국가를 합창하고 노래를 부르고 교장의 신년 인사로 모든 식이 끝났다. 학교에서 돌아온 아이들은 그제야 긴장이 풀린 듯 신바람을 내며 집합소에 집결했다. 새벽의 엄숙한 분위기는 어디에도 없었다. 드디어 아이들의 정월이 시작된 것이다.

찬바람이 사정없이 덮쳐 왔지만, 아이들은 몸을 잔뜩 웅크리고 땅에 발이 붙은 듯 꼼짝도 하지 않았다. 무언가 굉장한 일이 생기리라 기대하면서. 정월 아침에는 으레 연날리기가 정해진 일과였지만, 그날은 거센 바람 탓에 연날리기는 엄두도 내지 못했다. 오후에 첫 마차가 출발했다. 원래는 오전 중에 두 번은 떠났겠지만 정월은 가족과 설을 즐기는 사람이 많아 첫 차가 다소 늦어진 모양이었다.

그토록 손꼽아 기다리던 정월이건만, 기승을 부리는 추위로 인해 아무것도 할 수가 없었다. 아이들은 야속한 날씨를 탓하며 첫 마차가 출발하기만을 마냥 기다렸다. 승객은 단 한 명, 헤이치였다. 어제처럼 추레한 행색으로 나타난 헤이치는 보자기를 하나 들고, 설날을 경축하는 알록달록한 장식이 달린 마차에 올라타 털썩 자리에 앉았다.

고사쿠는 먼발치서 헤이치의 모습을 바라보았다. 다른 아이들은 그가 정류장에 모습을 드러내고 마차가 출발 준비를 끝마칠 때까지 무던히 야단법석을 떨었지만 고사쿠는 한 걸음도 다가가지 않았다. 생각해 보면, 그가 고향에서 보낸 시간은 하루도 채 안 되는 셈이었다. 남몰래 고향집에 돌아와 정월 첫날을 맞이하고 사람들 눈에 띄기 전에 도망치듯 떠나는 헤이치. 만일 다른 사람이었다면 아무리 허름하고 누추한 꼴로 돌아왔더라도 고사쿠는 눈 하나 깜짝하지 않았으리라. 하지만 상대는 그토록 동경하던 헤이치였다. 먹먹하고 답답한 고사쿠의 마음을 아는지 모르는지, 마차가 덜컹거리며 움직이기 시작했다.

"이치야마까지 따라가자!"

고사쿠는 별안간 이렇게 외치고 마차를 따라 달리기 시작했다. 매서운 칼바람을 맞으며 우두커니 서 있기보다 낫겠다 싶었는지 한 무리가 뒤를 따랐다. 휘장에 가려 헤이치의 얼굴은 보이지 않았다. 마차는 출발할 때만 잠깐 속력을 내고 그 뒤로는 보통 속도로 달렸다. 아이들은 마차를 앞지르거나 옆으로 빙글빙글 돌면서 시모다 도로를 달려갔다.

혹시 헤이치가 휘장을 걷고 자신들을 바라봐 주지 않을까. 고사쿠는 내심 기대했다. 그가 얼굴을 내밀면 예전에 그랬던 것처럼 헷짱! 하고 힘차게 불러 주리라. 그러나 이치야마 마을이 가까워 올 때까지 휘장은 단 한 번도 열리지 않았다. 고사쿠와 아이들은 이치야마 마을 초입에서 그렇게 마차를 떠나보내고 말았다.

돌아오는 길, 아이들은 공연히 딴 짓을 하며 아쉬운 마음을 숨겼다. 곳곳에 떼 지어 모인 이치야마 아이들도 추위에 오들오들 떨면서 무료한 시간을 보내고 있었다. 고사쿠 일행은 서로 돌을 던지며 지루하기 짝이 없는 시간을 죽였다.

정류장에 도착하자 막 두 번째 마차가 출발하려는 참이었다. 이번에는 승객이 세 명이었다. 아키코와 고이치, 그리고 그들의 어머니.

"도쿄에 사는 친척집에 갔다 올 거야."

물어보지도 않았는데 고이치가 자랑스레 말했다. 딱히 외양이 다른 것도 아닌데 헤이치를 태운 첫 마차와 달리 두 번째 마차는 훨씬 밝고 화사해 보였다.

"너희들, 이치야마까지 같이 타고 가지 않을래? 타고 싶으면 태워 줄게."

아키코 어머니의 말은 안 그래도 심심한 아이들에게 더없이 달콤한 제안이었다.

"탈까…….."

누군가 말하자, 갑자기 아이들 몇 명이 기다렸다는 듯이 우르르 마차에 달려들었다. 고사쿠는 그저 뒤에 물러서서 아이들의 모습을 가만히 지켜보고 있었다. 뒤늦게 마차에 달려들어 미처 타지 못하고 계단에 들러붙어 낑낑대는 1학년 두 명을 마부가 간신히 떼어 놓은 다음에야 마차는 출발했다. 말발굽 소리가 울려 퍼지자 갑자기 아키코가 휘장을 휙 걷어 올리더니 고사쿠 쪽을 향해 손을 흔들어 보였다. 문타와의 싸움 이후, 고사쿠는 아키코에 대해 일절 마음을 쓰지 않게 되었지만 그 순간만은 머릿속이 훤해진 기분이었다. 까마득하게 잊고 있던 어떤 감정이 불쑥 샘솟아 오르듯. 고사쿠는 마차가 이치야마 마을로 완전히 사라질 때까지 그 자리에 우두커니 서 있었다.

다음 날도 그 다음 날도 바람이 불었다. 아이들은 신나야 할 정월 3일을 통째로 심술궂은 바람에게 도둑맞고 말았다. 엄청난 일이 일어나야 하는데, 무언가 재미있는 일이 생겨야 하는데, 마을은 평소와 아무것도 다를 바가 없었다. 그럼에도 아이들은 기대감을 거두지 않았다. 아직 겨울방학은 끝나지 않았다. 그 사이에 틀림없이 근사한 일이 벌어지리라.

그리고 아이들의 기대에 부응하듯 얼마 뒤 마을에 획기적인 사건이 생겼다. 정월이 지나 닷새가 지난 날, 집채만 한 괴물이 유가시마 마을에 모습을 드러낸 것이다. 말로만 듣던 버스였다. 언젠가 오히토와 유가시마 사이를 버스가 달리게 되리란 소문은 작년 봄부터 돌았지만 아이들은 아무도 믿지 않았다. 그렇게 허무맹랑한 일이 일어날 리가 없었다. 어른들은 숱하게 회의를 열어 버스에 대한 것을 상의하거나 버스 회사 관련자들을 불러 술자리를 갖곤 했어도 시큰둥한 아이들의 태도는 여전했다. 아무리 상상력을 발휘해 보아도 시모다 도로를 무시무시한 속도로 달리는 육중한 직사각형 물체라니, 도저히 실감이 나지 않았다. 그런데, 그 직사각형 물체가 실제로 눈앞에 나타난 것이다. 버스라는 괴물이.

버스가 소학교 옆 마을 사무소 앞에 멈추자, 어른 아이 할 것 없이 우르르 버스 주변으로 모여들었다. 지금은 시운전을 위해 나왔고 실제 운행은 봄 이후부터라고 했다. 처음엔 잔뜩 경계심을 갖고 멀찍이서 바라보던 아이들은 호기심을 참지 못하고 살그머니 다가왔다. 신기한 듯 차체를 슬쩍 만져 보다가 신이 난 듯 내부에 폴짝 뛰어들었다. 그렇게 주민들이 버스 구경에 여념이 없는 사이, 난데없이 사이렌이 요란하게 울리기 시작했다. 나가노 마을의 농가 한 채가 불에 타고 있다는 소식이 다급하게 전해졌다.

아이들은 불구경과 버스 구경 사이에서 발을 동동 굴렀다. 화재는 지붕만 조금 태우고 진화되었지만, 실수로 불을 낸 며느리가 화재 진압 후에 감쪽같이 종적을 감추어 버렸다는 소식이 전해지면서 아이들은 범인을 수색하러 나가노 마을에 있는 산으로 출동해야 한다며 야단법석이었다. 몸이 한 개밖에 없는 게 원통할 따름이었다. 정월 들어 3일 동안 찾아오지 않았던 굉장한 일이 닷새째 되어서야 한꺼번에 불어 닥친 것이다.


버스는 3일 동안 마을 사무소 옆에서 거대한 위용을 과시하며 세워져 있었다. 아이들은 3일 내내 버스 주위에서 하루를 보냈다. 하루 종일 버스에서 떨어지지 않는 아이도 있었다. 꽤 먼 곳에서도 사람들이 버스를 구경하러 유가시마에 왔다. 눈앞에 서 있는 어마어마한 물체가 조금만 있으면 날마다 사람들을 가 득 싣고 오히토와 유가시마를 달린다니, 사람들은 상상만으로 도 설레었다.

고사쿠도 흙집을 나오면 늘 버스가 있는 곳으로 달려가고픈 충동에 휩싸였다. 큰집에 갈 때도 일부러 마을 사무소 앞을 지 나갔다. 버스 주변에는 언제나 마을 어른들과 아이들로 붐볐다.

여느 때처럼 버스 앞을 지나치던 어느 날이었다. 버스 옆에 서 뻐쩍 마른 50대 중년 남성 두 명이 옥신각신하는 모습이 보 였다. 고사쿠는 가까이 다가갔다. 마부인 슈사쿠 씨와 학교 사 환 아저씨였다. 둘이 다투는 모습이 격렬해질수록 아이들이 하 나둘씩 몰려들었다.

"제아무리 버스가 달려 봤자 별 볼 일 있나. 보기에도 무시무 시한 저놈이 한 번 삐꺽 하는 날에는 언덕 위에서 그대로 골짜 기에 처박혀 버릴 텐데 어떤 미친놈이 제 목숨을 내놓고 탈까."

마부가 벌겋게 상기된 얼굴로 거칠게 뇌까렸다.

"하면, 마차는 뭐 다른가. 말이야 말로 살아 있는 동물인데 언제 흥분해서 미쳐 날뛸지 누가 알아. 당신이 아무리 믿기 싫 어도 지금부턴 버스의 시대라 이 말이야. 저놈이 달리기만 시 작해 봐. 자네가 목이 터져라 나팔을 불어도 누가 제대로 눈길 이나 줄줄 알고?"

사환 아저씨가 비아냥거렸다. 자신의 친척이 누마즈에서 버 스 운전사를 하는 연유로 그는 버스의 절대적인 지지자였다. 마부는 마부대로 요 며칠 신경이 바싹 날카로워져 있었다. 마

을 사람들은 그를 볼 때마다,

"이제 마차도 퇴물 되는 건 시간문제네."

"자네 이제 큰일 났네. 슬슬 딴 일 찾아보지 않으면 손가락 빨게 생겼구먼."

따위의 말로 신경을 박박 긁어 놓았다. 두 사람은 한참을 그렇게 으르렁거렸다. 그러다 마부가 홧김에 버스를 게타로 뻥 차 버렸다. 그러자 사환도 더 이상은 못 참겠다 싶었는지 고함을 빽 지르며 단숨에 마부에게 달려들었다.

곁에서 말다툼을 구경하던 어른들이 황급히 두 사람을 뜯어 말려 큰 사고는 없었지만 이 일은 고사쿠 마음에 작은 생채기를 남겼다. 새삼 버스가 달리면 마부가 곤란해지겠다는 사실을 상기했다. 슈사쿠 씨에 대해 평소 그다지 호감은 없었지만 그가 자신의 말을 얼마나 애지중지하는지 고사쿠는 잘 알고 있었다. 아이들이 말에 해코지라도 할라 치면 그는 금세 얼굴이 붉으락푸르락해져서는 노발대발했고 말에게 당근을 주는 아이들에게는 싱글벙글하면서 진심으로 고마워했다. 그러면서 자신이 말이라도 되는 양 이렇게 인사를 건네는 것이었다.

"정말로 고맙구먼. 난 당근이 세상에서 제일 좋다. 마누라보다 당근이 백배 천배 좋구먼."

고사쿠는 1년 전에 정류장에 있는 슈사쿠 씨를 찾아가 말에 대한 이야기를 듣고 글짓기를 한 적이 있었다. 그때 그는 침을 튀기며 열변을 토했었다. 이 세상에 말만큼 사랑스러운 건 없다면서. 아무리 괴로운 일이 있어도 불평 없이 그저 닭똥 같은 눈물을 뚝뚝 흘리며 흐느낄 뿐이라고. 말이 정말로 그렇게 눈물을 흘리는지 확인할 길은 없었지만 어쨌든 고사쿠는 그 이야기에 무척 감동을 받았더랬다.

그렇기에, 고사쿠는 두 사람의 승강이에 대해 마부의 편을 들고픈 심정이었다. 그러나 멀리서 바라보아도, 보란 듯이 고개를 쳐들고 날카롭게 공세를 펼치는 상대에 비해 슈사쿠 씨는 몹시 패색이 짙어 보였다. 몇 명의 어른들에게 떠밀려 힘없이 마차역으로 돌아가는 그의 뒷모습에 초라한 패자의 그림자가 어른거렸다. 사환 아저씨에게 졌다기보다 마을 사람 모두에게 졌다는 느낌이 들었다.

이번 정월은 예전과 달리 씁쓸한 사건이 많았다. 누추한 행색으로 귀향한 헤이치, 시대의 변화에 적응하지 못하고 도태되는 마부, 자신들의 의도와 상관없이 삶의 내리막길에 접어든 그들의 모습은 고사쿠의 마음을 적잖이 아프게 했다.

학교는 8일부터 시작이었다. 학교가 시작되기 전날 소장네 가족이 돌아왔다. 청량한 도쿄의 공기를 잔뜩 내뿜으면서. 마침 큰집에 놀러 갔다 흙집으로 돌아가는 길이었던 고사쿠는 유키오 집 앞에서 이제 막 언덕을 올라오던 그들과 마주쳤다. 아키코 어머니는 고사쿠 얼굴을 보자,

"고짱, 도쿄에서 선물 사 왔으니 나중에 집에 오렴."

했다.

"나중에 봐."

아키코도 이렇게 덧붙였다. 흙집에 돌아온 고사쿠는 망설였다. 정말 소장네 집에 선물을 받으러 가도 되나. 아키코도 그녀의 어머니도 오라고 했으니 예의상이라도 가는 게 맞지만 일부러 찾아가면 선물 받으러 왔다고 광고하는 격이니 그것도 머쓱한 노릇이었다.

고사쿠는 날이 어둑해질 때까지도 결심하지 못하고 갈팡질팡하다 저녁밥을 먹을 때 넌지시 할머니에게 이 사실을 털어놓았다.

"대관절 도쿄에서 고짱 선물로 뭘 가져 왔을까."

할머니는 조금 고개를 갸우뚱하더니,

"하여간 후딱 가 봐라."

했다.

"난 뭐 별로……. 안 가도 괜찮아."

"고짱이 내키지 않으면 이 할미가 대신 갔다 올까."

"그런 말은 안 했어."

"고짱 대신 받으러 왔다고 하면 되잖냐."

"싫어. 창피하게."

"뭐가 창피해. 저쪽에서 준다고 했으니 가는 건데."

저녁 식사가 끝나고, 할머니는 1층으로 설거지하러 내려갔다. 고사쿠는 잔뜩 경계의 눈초리로 할머니를 주시했다. 할머니가 소장네 집에 가려는 건 하늘이 두 쪽이 나도 막아야 했다. 얼마 뒤 고사쿠와 친척 관계인 양조장집 며느리가 흙집 문을 두드렸다. 두 사람은 2층에서 도란도란 이야기를 나누기 시작했고 그 바람에 고사쿠는 다소 마음이 놓였다. 이미 해가 저물고 깜깜해진 뒤였다. 제아무리 할머니라도 이 늦은 시간에 소장네를 찾아가지는 않겠지.

고사쿠는 2층 옆방에 들어가 책상머리에 앉았다. 내일이 개학이라 남은 숙제를 끝마쳐야 했다. 한참을 공부하고 있는데 문득 낌새가 이상함을 알아차렸다. 옆방이 너무 조용했다. 고사쿠는 덜컥 맹장지를 열었다. 아뿔싸, 아무도 없었다. 후다닥 계단을 뛰어 1층으로 내려갔다. 역시나 아무도 없었다.

고사쿠는 다급히 짚신을 신고 집 밖으로 나갔다. 환하게 내리쬐는 달빛을 받아 앞뜰에 있는 나무 그림자가 선명한 윤곽을 드러냈다. 고사쿠는 곧장 큰집으로 달렸다.

"혹시 할머니 여기 안 왔어?"

열려 있는 문틈 사이로 대뜸 소리를 질렀다. 곧이어 들려오는 외할머니 목소리.

"소장네 간다고 지금 막 나갔는데 오는 길에 없던?"

고사쿠는 냅다 관청 뒷문으로 뛰었다. 문안으로 들어가니, 널 따른 마당을 가로질러 관사로 느릿느릿 향하는 희끄무레한 그림자 하나가 시야에 들어왔다. 머리가 땅에 닿을 만큼 등이 굽은 뒷모습. 고사쿠는 한걸음에 그 뒤를 쫓아갔다.

"할머니!"

천천히 할머니가 돌아보았다. 백발이 달빛을 받아 허옇게 빛나고 쭈글쭈글한 주름살은 낮보다 한층 두껍게 접히고 패어 보였다. 고사쿠는 문득 할머니 얼굴이 기괴한 탈바가지 같다고 생각했다.

"돌아가자."

"……"

"돌아가자."

나지막하지만 단호한 고사쿠의 목소리에 할머니가 뭐라고 웅얼거렸다. 고사쿠는 할머니 등을 반쯤 껴안고 억지로 반대쪽으로 돌려세웠다. 고사쿠의 심상치 않은 표정과 노기 띤 음성에 기가 눌린 듯 할머니는 두세 걸음 발걸음을 떼면서도 아쉬운 듯 입맛을 다셨다.

"소장네 집이 바로 저긴데……."

"거길 뭐 하러 가."

"뭐 하러 가긴, 도쿄에서 가져온 선물 받아야지. 그래도 여기까지 왔는데 할미가 얼른 그것만 받아 가지고……"

"추잡스럽게 왜 그래!"

고사쿠는 끝내 버럭 악을 쓰고 말았다.

지금껏 할머니에게 그토록 심한 말을 한 적은 없었다. 할머니는 어리둥절한 낯으로 고사쿠를 바라보았다.

"왜 화를 내냐?"

"정말 몰라서 그래?"

"하이고, 무서워라!"

할머니는 과장된 몸짓을 취하며 몸을 움츠렸다.

"알았다, 알았어. 돌아가자. 고짱 무서워서 할머니 못살겠다."

슬픔에 가까운 분노가 북받쳤다. 작년 즈음부터였다. 할머니의 물욕이 부쩍 심해진 것은. 2, 3년 전까지만 해도 사사로운 욕심이 적었는데 왜 이리도 점점 탐욕스러워지는 건지 알 수가 없었다. 외할아버지 말마따나, 할머니 허리가 점점 굽어 갈수록 추한 욕망이 밖으로 터져 나오는 걸까.

달라진 할머니 모습에 적잖이 속상하면서도 다짜고짜 악을 써 버린 사실에 고사쿠는 영 마음이 무거웠다. 그런데 막상 집에 오고 나니 도리어 할머니가 무안해서 쩔쩔 매는 것이었다.

"아이고, 오늘 할머니가 고짱한테 된통 혼났다."

마치 어린 소녀처럼 얼굴을 잔뜩 붉히며 진심으로 부끄러워했다.

이튿날, 학교 점심시간에 아키코는 색연필 열두 자루가 든 상자를 고사쿠에게 내밀었다.

"이거 어머니가 주래."

고사쿠는 집에 돌아와 색연필 상자를 할머니에게 보여 주었다.

"이거여? 아유 근사해라."

할머니는 감탄사를 내뱉으며 한 자루씩 꺼내 곰곰이 살펴보았다.

"역시 소장 부인이 주는 선물은 때깔부터 다르구먼."

아이처럼 좋아하는 천진난만한 할머니의 모습을 보자 고사쿠는 무거웠던 마음이 사르르 풀어졌다.


1월 14일, 돈돈야키[72] 날이 다가왔다. 돈돈야키는 정월 행사 중에서도 아이들이 무척이나 고대하는 날이었는데, 그때만은 아이들이 주인공 행세를 할 수 있는 까닭이었다. 이날 아침은 고사쿠와 유키오가 하급생들을 지휘했다. 아이들은 역할을 분담해 옛길에 따라 늘어선 집들을 돌며 정월 장식을 모았다. 원래 1월 7일에 하는 게 관습이었지만, 이때는 특별히 돈돈야키를 부치는 당일에 모으기 시작했다. 가가미모치 위에 장식한 등자 열매[73]를 빼고 장식품만 주는 집이 있는가 하면, 등자 열매는 물론이거니와 곶감까지 달아서 주는 인심 좋은 집도 있었다.

하나둘 모은 장식이 논 한구석에 두둑이 쌓이자 유키오가 불을 붙였다. 금세 불길이 활활 타올랐다.

---

72  새해 다짐을 적은 종이를 불에 태우는 행사. 새해에 내려온 신이 부침개의 일종인 돈돈야키 연기를 타고 올라간다고 믿은 데서 유래.

73  가가미모치는 정월에 신에게 바치는 떡 모양의 장식. 등자는 일본어로 다이다이(橙)라고 하는데 이 발음이 '대대로 번창하다'의 '대대로(代々)'와 발음이 비슷해서 정월에는 번창하라는 의미로 장식함.

"모두 가키조메[74]를 던져 넣어!"

유키오가 소리쳤다. 남녀 아이들은 일제히 가키조메를 불길 속으로 던졌다. 이것이 모두 끝나면 드디어 조장나무의 뾰족한 가지 끝에 끼운 작은 경단을 불에 구워 먹을 수 있는 것이다.

이날만은 남녀 아이들이 함께 어울렸다. 가키조메를 적은 아이들은 다른 이들이 보지 못하도록 둘둘 접어서 불 속에 던졌는데, 그중 장난기가 발동한 남학생 하나가 여학생의 종이를 불 속에서 막대기로 건져 올렸다. 시커멓게 재로 변해 버린 것도 있는가 하면, 아직 불이 붙지 않은 것도 있었다.

"그만둬!"

어디선가 날카로운 외침이 터져 나왔다. 고사쿠는 목소리만으로도 누군지 알 수 있었다. 3학년 다메오가 나무 막대기로 종이를 건지려는 찰나, 아키코가 허겁지겁 달려와 종이를 자신이 든 막대기로 빼앗으려 했다. 가키조메 일부는 불에 타 버렸지만 글자가 적힌 부분은 멀쩡했다.

少年易老學難成 – 소년은 늙기 쉬우나 학문을 이루기는 어려우니
一寸光陰不可輕 – 순간의 세월을 헛되이 보내지 마라

몇 장인가 이어 붙인 한지에 크고 또렷한 글자가 고사쿠 눈에 들어왔다. 소년은 쉽게 늙고 학문은 이루기 어렵나니. 그 순간 고사쿠는 온몸이 사정없이 죄어 오는 듯한 긴장감에 휩싸였다. 당장이라도 흙집으로 돌아가 2층 책상 앞에 앉아 공부하고

74  신년의 다짐을 적은 종이.

싶었다. 고사쿠는 감탄의 눈빛으로 아키코를 바라보았다. 예전처럼 애틋한 동경의 감정이 아니었다. 그것은, 자신의 학구열을 자극시킬 정도로 감동적인 문장을 적어 낸 소녀에 대한 존경이자 찬미였다.

돈돈야키도 끝나 버리자 아이들에게 정월은 이미 지나가 버린 과거에 불과했다. 이즈음부터 아가미 산기슭에 지독한 맹추위가 찾아왔다. 아침마다 땅바닥을 꽁꽁 얼리는 서릿발이 내려앉고 시냇가마다 푸른 잎사귀에 뿌옇게 고드름 덩어리가 달라붙었다. 아이들은 고드름을 비드로[75]라고 불렀다. 정월 며칠 동안 마을을 집어삼킬 듯 사납게 날뛰던 바람은 얼마 후 잠잠해졌고 차분한 햇살이 비추기 시작했지만, 살벌한 한파는 사그라질 줄을 몰랐다.

본격적인 추위가 뼛속까지 스며들 때면, 따분한 일상에 지친 아이들 사이에서 새로운 놀이가 유행하기 시작했으니 그것은 바로 새덫 놓기였다. 매년 이맘때가 되면 마을 곳곳에 직박구리가 날아들기 시작했던 것이다. 특히 나가노 강이 흐르는 계곡 사이에 중점적으로 모여들었다.

고사쿠는 학교에서 돌아오자마자 보자기를 던져 놓고 동무들과 나가노 강으로 이어지는 계단식 논에 내려가 새덫을 놓는 데 열중했다. 덫 하나를 만드는 데는 상당한 시간과 노력이 필요했는데, 유키오와 가메오가 무리 중에서 단연 능숙했다. 부드럽게 구부러지는 나뭇가지를 건조한 겨울철 논 속에 단단히 끼워 넣고 땅 위로 솟은 가지를 조심스레 휘어서 덫을 만든다. 그

---

75  vidro, 유리의 옛 이름.

리고 미끼가 되는 빨간 나무 열매를 그 안에 흩뿌려 놓고 새를 유인한다. 열매를 발견한 작은 새가 다가와 나뭇가지를 건드리면, 빵빵하게 휘어진 나뭇가지가 원래대로 되돌아오려는 관성으로 강하게 튀어 오르면서 뾰족한 나무틀이 새의 몸을 덮치는 구조였다. 덫에 물린 새는 예외 없이 날카로운 가지에 몸이 찔려 죽어 버렸다. 생각해 보면 참으로 무시무시하기 짝이 없는 사형대인 셈이다.

그러나 시간이 지날수록 새들도 영리해져서 빨간 열매만 쪼아 먹고 교묘하게 덫을 빠져나가는 경우도 비일비재했다. 고사쿠는 유키오와 함께 날마다 덫 만들기에 골몰했지만 번번이 허탕을 치기 일쑤였다.

어느 날 아침, 고사쿠는 평소대로 학교에 가기 전에 유키오와 덫을 보러 갔다. 강가 절벽에 놓은 덫을 하나하나 점검해 보다 그 중 하나에 걸려든 직박구리 한 마리를 발견했다. 목이 뾰족한 나무틀에 끼어 비참한 사체가 되어 쓰러져 있었다.

두 사람은 왠지 꺼림칙한 마음에 숨을 죽이고 조그만 몸뚱어리를 위에서 내려다보았다. 그때였다. 강물 소리와 함께 조잘대는 여자 아이들의 목소리가 귓가에 스쳤다. 얼른 돌아다보니, 붉은 동백꽃 가지를 손에 쥔 여학생 몇 명이 깔깔거리며 숲속 오솔길을 올라오고 있었다. 무리의 선두에 선 아키코 모습도 보였다.

"어이, 여기 덫에 걸린 새 좀 봐라."

유키오가 여학생들을 향해 큰 소리로 외쳤다. 그러자 아키코 무리는 웅성거리며 좁은 길을 달려왔다. 그중 여학생 몇 명이 조심스레 덫을 풀었다. 긴장한 낯빛의 아키코가 그 모습을 주시하고 있었다. 유키오는 몸을 구부리고 사체를 덫에서 빼어내는 작업에 착수했다.

"슉!"

유키오는 놀래는 소리를 내며 죽은 직박구리를 고사쿠에게 내밀었다. 사체는 얼음처럼 차갑고 솜털처럼 보드랍고 꼭 쥐면 바스러질 만큼 연약했다.

고사쿠는 손 위에 놓인 물체를 어떻게 처치해야 할지 몰라 난감했다. 여학생들이 얼굴을 쑥 내밀었다.

"집에 갖고 가서 털 뽑아 반찬으로 구워 먹어라."

유키오가 정적을 깨며 이렇게 뇌까렸다. 고사쿠는 고개를 저으며 손을 내밀었지만 유키오는 꿈쩍도 하지 않았다. 겉으로는 태연한 척해도 유키오 역시 전리품을 어떻게 처리할지 곤란한 것이리라.

"고짱, 너한테 줄게."

"나 필요 없어."

"그럼 누구 이거 가질 사람!"

유키오는 마지못해 여학생들의 얼굴을 둘러보았다. 고사쿠도 그들을 바라보았지만 누구 하나 받겠다는 사람은 없었다.

바로 그 순간, 누군가 와락 울음을 터트렸다. 아키코였다. 양손바닥으로 얼굴을 감싸고 발작적으로 어깨를 부들부들 떨면서 뜨겁게 오열했다. 마치 갓난아이가 뜨거운 불에 데어 본능적으로 울음을 터트리듯이.

그 자리에 있던 모두가 갑작스런 사태에 어안이 벙벙해졌지만, 그녀가 무엇 때문에 우는지 어렴풋이 이해할 것 같았다. 가녀린 새의 처참한 죽음은 아키코처럼 격렬한 반응까진 아니더라도 모두의 마음속에 비장하고 강렬한 감정을 불러일으켰던 것이다.

고사쿠는 당혹감에 휩싸였다. 아키코의 절규는 단연코 덫을 놓은 유키오와 자신을 향한 비난이었다. 설상가상으로 죽은 새는 지금 자신의 손에 들려 있지 않은가.

"이거 돌려줄게. 네 거잖아."

모두의 시선이 자신에게 향한 것을 느낀 고사쿠는 연거푸 직박구리를 유키오에게 내밀었다. 이 상황을 모면하려면 어떻게든 새를 손에서 떨쳐 내야 했다.

"내 거 아냐, 고짱이 만든 덫이잖아."

유키오가 두세 걸음 뒤로 물러섰다. 낭패였다. 한시라도 빨리 축축한 사체를 넘겨 버리고 싶었지만 그렇다고 땅 위에 도로 올려놓을 수도 없는 노릇이었다.

"너 가져."

유키오를 바라보는 고사쿠의 표정에 절박한 빛이 감돌았다. 그러자 이번에는 유키오가 그것을 덥석 받아들였다. 그러더니 돌이라도 던지는 양 벼랑 건너편으로 훌쩍 던져 버리는 것이었다.

"고짱, 돌아가자."

유키오는 이렇게 말하며 여학생들을 남겨 둔 채 성큼성큼 산길을 내려가기 시작했다. 고사쿠는 이내 뒤를 따랐다. 유키오의 행동은 훌륭하다고는 할 수는 없을지라도 이 불편하기 그지없는 상황을 마무리 짓는 방법임은 분명했다.

작고 연약한 생명을 죽인 잔인한 놀이에 대해 아키코는 격렬한 방식으로 비난을 퍼부었다. 고사쿠는 속이 뜨끔했지만 한편으로 반발심도 적지 않았다. 잔혹한 짓을 저질렀다는 건 알고 있다. 하지만 갑자기 울음을 터트리면서까지 자신과 유키오를 범죄자라도 되는 양 궁지에 몰아넣었어야 했을까.

유키오도 마찬가지 기분이었으리라. 죽은 새를 난폭하게 던져 버린 건 그 나름대로 깔끔하고 남자다운 항의의 표시인 셈이었다. 반면 죽은 새를 손에 쥔 채 이러지도 저러지도 못하고 우물쭈물했던 자신은 어떤가. 참으로 비겁하고 한심하기 짝이 없었다. 못난 것, 못난 것.

이 사건을 계기로, 고사쿠는 처음으로 자신에게 강렬한 혐오를 느꼈다. 잔혹함에 대한 둔감함을 아키코에게 지적받은 것, 그러한 아키코에게 반발하고 싶으면서도 오로지 유키오에게 행동을 떠밀었던 자신은 얼마나 비겁한 인간인가. 그에 비해 유키오는 자신보다 훨씬 용감하고 의연했다.

고사쿠는 새덫 만들기를 그만두었다. 덫을 보기만 해도 아키코의 찢어지는 오열이 들려오는 듯했다. 고사쿠는 이번 일로 새삼 여자들은 참으로 연약하고 예민한 존재라고 느꼈다. 조금이라도 힘을 주면 바스라질 것 같았던 죽은 새처럼. 그러자 평소에 무심히 지나쳤던 여학생들이 지금까지와는 사뭇 다르게 보이기 시작했다. 그녀들은 상냥하고 부드럽지만 신경질적이고 날카로운 구석이 있었다. 결코 자신의 의견을 입 밖에 내는 일이 없지만 뜬금없이 울음을 터트려 상대를 당황시키기도 했다. 고사쿠는 생각했다. 여자란 동물은 알면 알수록 종잡을 수 없는 존재라고.

# 5장

봄방학을 맞이한 고사쿠는 누마즈 친척집에 놀러 가기로 했다. 란코와 레이코의 집은 이번이 세 번째 방문이었다. 3년 전 할머니와 누마즈 역전 여관에서 묵고 이튿날 자매가 사는 으리으리한 저택을 찾아간 게 처음이었다. 원래는 그날 밤 돌아올 예정이었지만, 란코와 상점가에서 군것질을 하다 그만 배탈이 나는 바람에 하룻밤 신세를 졌다. 두 번째는 학교 여행으로 누마즈에 갔을 때였는데 10분가량 머물고 아주머니에게 용돈을 받고 역전 광장으로 돌아온 게 다였다. 그때는 란코도 레이코도 만나지 못했다.

이번 누마즈 여행은 수험 참고서를 사기 위해서였다. 중학교 입학 시험이 1년 앞으로 훌쩍 다가온 고사쿠는 더 이상 여유를 부릴 처지가 아니었다. 번번이 공부에 훼방 놓던 할머니도 이번에는 웬일인지 태도가 퍽 달라졌다. 하기야 짐작 가는 바가 없진 않았다. 할머니도 세상 돌아가는 걸 모르는 건 아닐 것이다. 중학교에 들어가려면 입학시험이라는 걸 쳐야 하고, 죽기 살기로 공부하지 않는 한 외딴 산골 출신이 도시의 중학교에 합격하기란 낙타가 바늘구멍을 통과하는 것만큼이나 어렵다는 것을. 그리고 만일 고사쿠가 떨어지기라도 하는 날에는, 큰집 식구들이며 도요하시 부모에게 나올 비난의 화살이 고스란히 자신에게 쏟아지리라는 것을. 할머니가 모를 리가 없었다.

"고짱도 수험 준비 하려면 참고서 정도는 필요하지?"

누마즈에 가서 참고서를 사오라고 넌지시 권한 것도 할머니였다. 친한 이웃 누군가가 수험 공부에 참고서가 없으면 안 된다고 귀띔이라도 한 모양이었다.

아닌 게 아니라, 고사쿠는 교장에게도 참고서로 공부하라고 반 명령조로 훈계를 들은 터였다. 봄방학 중에 고사쿠는 교장실로 호출받은 적이 있었다. 늘 그렇듯 잔뜩 찌푸린 표정의 교장이 눈앞에 선 고사쿠를 지그시 노려보는가 싶더니,

"공부 열심히 하고 있나?"

하고 무뚝뚝하게 내뱉었다.

"네, 하고 있습니다."

"어림없는 소리! 일전에 제출한 작문에서 오자가 세 개나 있었다. 그래 가지고서 어디 합격이나 하겠느냐?"

"……."

"넌 어째 지금이 1, 2학년 때보다 더 못하냐. 이대로라면 결과야 뻔하다. 망신당하고 싶지 않으면 이 악물고 공부하란 말이다!"

어이가 없었다. 고학년이 되어 성적이 떨어졌다는 얘기는 사

실무근이었다. 실제로 고사쿠의 성적은 줄곧 상위권이었다. 고사쿠는 교장이 왜 터무니없는 얘기로 자신을 몰아붙이는 이해할 수가 없었다.

"누마즈에 가서 참고서나 사 와라. 교과서만 가지고는 어림도 없다."

고사쿠는 이번에 아키코가 너끈히 붙으리라 여겼던 누마즈 여학교에 낙방했다는 사실을 나중에 전해 들었다. 그제야 왜 교장이 그때 자신을 그리 닦달했는지 짐작이 갔다. 유일한 수험생이 탈락해 자존심이 상할 대로 상한 교장은 다음해 고사쿠마저 떨어진다면 그야말로 제대로 체면을 구기는 셈이었다. 그러니 조마조마한 심정에 미리부터 으름장을 놓은 것이다. 고사쿠가 교장실에 다녀 온 2, 3일 뒤에 아키코의 낙방 소식이 온 마을에 퍼졌다. 버스가 다니기 시작한 이후 두 번째로 마을을 들썩이게 한 사건이었다.

"들었나? 소장네 딸내미가 중학교 시험에서 떨어져 버렸대."

"아이고, 이제 창피해서 어디 시집도 못 가겠네."

마을 아낙네들은 모이기만 하면 이렇게 수군거렸다. 아이들은 아이들대로, 아키코를 보려고 관청 마당을 서성거렸다. 그러다 집에서 나오는 아키코를 발견하면 우와! 하고 함성을 내지르고는 후다닥 달아나는 것이었다. 짓궂게 약을 올린다기보다 정말 무서운 괴물이라도 맞닥뜨린 양 허겁지겁 도망가는 모양새였다.

고사쿠는 교장이 그래서 그토록 짜증을 냈구나 싶으면서도 내심 아키코가 떨어진 분풀이를 애꿎은 자신에게 한 것이라 생각하니 이만저만 억울한 게 아니었다.

결국 고사쿠의 누마즈행은 아키코의 낙방과도 맞물려 결정된 일이었다. 태어나서 처음으로 홀로 가는 여행에 고사쿠는 가슴이 두근두근했다. 혼자 마차와 경편 열차를 타는 데 두려움은 없었다. 오직 부푼 기대와 설렘으로 가득 찬 고사쿠의 오감은 모든 자극을 남김없이 빨아들이겠다는 듯 전에 없이 활짝 열려 있었다.

마차를 타고 오히토에서 내려 경편 열차로 갈아타고는 미시마에서 기차를 탔다. 그리고 한 정거장을 지나 누마즈 역에서 내렸다. 역전 상점에서 두 자매가 사는 집의 방향을 물었다. 길은 한 군데뿐이었다. 고사쿠는 번잡한 상점가 풍경을 여유롭게 음미하며 천천히 걸었다. 오나리 다리에 이르자 예전의 기억이 생생이 되살아났다.

고사쿠는 집안으로 살며시 들어갔을 때, 때마침 아주머니가 외출이라도 하는 듯 토방으로 내려오려는 참이었다. 고사쿠 얼굴을 보자마자,

"어머, 고짱?"

하며 눈을 동그랗게 떴다.

"네."

"혼자 왔니?"

"네."

"어머나, 이제 다 컸네. 혼자서도 씩씩하게 다니고. 자, 어서 올라와."

아주머니는 반갑게 고사쿠를 집 안으로 맞이했다.

"잠깐 밖에 좀 다녀올 테니까 란코랑 놀고 있어, 알았지?"

아주머니가 집 밖으로 나가자, 고사쿠는 마루 위로 올라가

안쪽 거실을 힐끗 들여다보았다. 봄빛 햇볕이 한가득 내리쬐던 거리에 있다가 온 탓인지 방안은 제법 어두컴컴했다.

"누구?"

어둠 속에서 청아한 목소리가 들려왔다. 란코였다.

"……고사쿠."

"어머, 어서 와."

란코는 고사쿠가 온 것을 알리려고 엄마를 불렀다.

"아주머니는 외출하셨어. 좀 전에 만났어."

"엄마도 참, 아무 말도 안 하고 나가 버리면 어떡한담……."

란코는 살짝 낯을 찌푸리며 투덜거리더니,

"일단 우물가 가서 손 좀 씻고 와. 기차 타고 왔으면 더러워졌겠다."

했다.

"응."

고사쿠는 순순히 토방에 내려가 우물가에서 손을 씻었다. 다시 거실로 들어왔을 때는 눈에 익은 건지 아까처럼 어둡지 않았다. 목에 붕대를 감은 란코가 다리를 옆으로 비스듬히 풀고 편한 자세로 화롯가에 앉아 있었다. 귤을 먹고 있었는지 옆에는 귤껍질이 가득했다.

고사쿠는 몰라보게 성숙해진 란코의 모습에 적잖이 놀랐다. 철없고 이기적이던 말괄량이 소녀는 어디에도 없고, 성숙한 여인이 자신의 눈앞에 있었다.

"귤 먹을래?"

"아니."

"과자 갖다 줄까."

"괜찮아."

고사쿠는 다시 한 번 놀랐다. 자신을 무시하던 밉살맞은 그 소녀가 맞나 싶었다.

"내 공부방에 가 볼래?"

"응."

"책갈피 하나 줄게."

"응"

고사쿠는 란코 뒤를 따라 2층 계단을 올라갔다. 좁다란 방 한 가운데 작은 책상 두 개가 마주 보고 구석에 놓인 책장 위에 인형이 산더미로 쌓여져 있었다. 란코와 레이코가 함께 쓰는 방인 듯했다.

"여기서 공부해?"

"공부 같은 거 안 해. 그냥 빈둥거리는 거야."

란코가 건성으로 대꾸했다. 그리고 책상 서랍을 열어 종이 상자를 꺼내 들고 안에서 수북한 책갈피 뭉치를 꺼냈다.

"하나 줄게. 골라 봐."

"아무거나?"

"응. 아무거나 골라."

고사쿠는 망설이다 푸른색 천으로 만든 책갈피를 꺼내 들었다.

"그거 나만 특별히 예뻐하는 선생님이 준 거야."

란코의 새하얀 얼굴이 초록빛으로 물들었다. 창가 안으로 고개를 내민 수북한 잎사귀 때문일까.

그때였다. 갑자기 사다리 모양 계단을 쿵쾅거리며 누군가 올라왔다. 레이코였다. 란코와 달리 레이코는 예전 모습 그대로였다.

"어? 고짱이야?"

"응."

"언제 왔어?"

"방금."

"자고 갈 거야?"

"응."

"얼마나?"

"몰라."

"너무 오래 묵음 곤란해. 할머니가 그러는데 사람들이 하도 우리 집에서 신세를 져서 우리가 점점 가난해진다고 했어."

"가난해진다고?"

뜻밖의 소리에 고사쿠가 놀라서 되묻자,

"조용히 해! 아무것도 모르는 주제에 모르면 좀 가만히 있어!"

란코가 버럭 화를 내며 레이코를 타박했다.

"내 말 맞잖아. 할머니가 분명히 그랬어!"

"할머니가 뭘 알아. 우리 집이 가난해진다니 말도 안 되는 소리야!"

"쌀도 없다고 하던데?"

"뭐라고?"

"정말이야. 엄마가 아빠한테 그랬어."

"네가 잘못 들은 거야!"

란코는 레이코를 내려다보며 턱을 한껏 치켜들며 잠시 뜸을 들이다가,

"아빠가 허구한 날 일도 안 하고 계집들이랑 놀러만 다니니까 엄마가 속상해서 골려 준 거야. 쪼끄만 게 아무것도 모르면서!"

하며 레이코 이마를 오른손 손바닥으로 탁 쳤다. 레이코는

두세 걸음 뒤로 비틀거리다 그 자리에 우뚝 섰다. 점점 숨결이 거칠어지는가 싶더니 이내 레이코의 눈에서 불길이 확 튀었다.

그 후엔 모든 일이 그야말로 순식간에 일어나 버렸다. 란코의 책상 위에 있던 물건이 와르르 옆으로 쏟아짐과 동시에 두 소녀는 포효하는 짐승처럼 무서운 기세로 달려들었다. 고사쿠는 크고 화사한 꽃다발 두 개가 격렬하게 맞부딪혀 잎사귀와 꽃잎이 사정없이 흩날리는 광경을 보는 듯한 착각에 빠졌다. 태어나서 이토록 요란하고 화려한 싸움을 본 적이 없었다. 이것에 비하면 유가시마 아이들의 몸싸움 따위는 그저 조무래기 장난으로 보일 지경이었다. 격렬한 싸움 끝에 급기야 란코 입에서 날카로운 비명이 터져 나왔다. 자기보다 몸집이 작은 레이코에게 팔을 비틀려 단단히 제압당한 채로.

"사과할 테야?"

레이코는 낮게 으르렁댔다. 이 말을 세 번이나 반복했다. 그때마다 란코 입에서 찢어지는 소리로 비명이 터져 나왔다. 살점이 떨어져라 꼬집히기라도 하는 모양인지.

마침내 레이코는 몸을 일으켜 언니에게 떨어졌다. 그리곤 그대로 방을 나가 총총히 계단을 내려가 버렸다. 간신히 몸을 일으킨 란코는 참았던 울음을 터트리며 레이코 책상 서랍을 모조리 빼내 창밖으로 내던지기 시작했다. 색연필이며, 종잇조각, 공책, 작은 인형, 가위 등이 요란스러운 소리를 내지르며 1층 지붕 위에 와장창 나뒹굴었다.

고사쿠는 그저 멍하니 두 소녀의 피 터지는 난투극을 지켜만 볼 따름이었다. 그러고 있자니 언제 돌아왔는지 아주머니가 방 안으로 얼굴을 슬쩍 내밀었다.

"이런, 이런, 또 싸웠니? 정말 못 말린다니까. 원래대로 정리해 놔!"

별로 놀랍지도 않다는 투였다. 그러고는 갑자기 분위기가 확 바뀌어 나긋나긋한 목소리로,

"그건 그렇고 란짱, 1층에서 고짱하고 같이 과자 먹자."

하고 다정하게 말했다. 방금 전 싸움은 더 이상 왈가왈부할 필요 없다는 듯 천연덕스러운 태도였다.

"고짱, 가자. 란코도 기분 풀고 내려와."

아주머니는 그렇게 간단히 상황을 정리해 버리고는 계단을 내려갔다.

그날 고사쿠는 혼자 가까운 서점에 들러 참고서를 샀다. 그리고 이틀 밤을 자매 집에서 묵었다. 레이코는 집에 쌀이 떨어졌다는 둥 믿기 힘든 말을 했지만 아무리 봐도 그런 기색은 안 보였다. 식모도 부리고 눈이 휘둥그레질 만큼 사치스러운 물건이 가득했으며 삼시 세끼마다 상다리가 부러질 만큼 진수성찬이 차려졌다. 고사쿠는 무엇보다 깨끗하고 고급스러운 이불이 마음에 들었다. 깃털처럼 가볍고 보드라운 이불을 덮으면 어느새 잠이 솔솔 왔다.

그럼에도 불구하고, 어린 고사쿠 눈에도 이 집의 생활은 어딘지 모르게 기묘하고 부자연스러운 구석이 있었다. 섬뜩할 정도로 무시무시한 자매의 싸움이 그 일면을 드러낸 것일까. 아주머니는 툭하면 저녁상 차리는 게 귀찮다며 하인들 수까지 합친 장어덮밥을 집으로 배달시켰고 생선 가게에서 가져온 물건을 건성으로 쓱 둘러보고는,

"괜찮아 보이네. 전부 두고 가요."

하고 예의 나른하고 부드러운 목소리로 말하곤 했다. 고사쿠는 아름다운 인형 같은 아주머니가 참 좋았지만 풍족하고 여유로운 모습 어딘가에는 아슬아슬한 위태로움이 느껴졌다. 그동안은 예쁘고 상냥한 분이라고만 여겼지만 이번에는 왠지 묘한 위화감이 들었다. 아주머니는 알까. 당장 오늘 먹을 쌀이 떨어진 사람의 고통을, 하루하루 근근이 입에 풀칠하며 살아가는 사람의 삶을.

둘째 날 오후, 고사쿠는 란코와 함께 센본하마로 바다를 보러 갔다.

"고짱, 먼저 나가서 모퉁이에 있는 채소 가게에서 기다려. 함께 나가면 사람들이 이상하게 볼 거야."

"왜 이상하게 생각해?"

"남자랑 여자가 함께 집 밖으로 나가면 수상해 보이잖아. 고짱은 참 아무것도 모르네. 시골에는 별일 아닐지 몰라도 도시에선 사람들이 얼마나 수군대는데."

란코는 외출하기 전, 서랍에서 기모노를 몇 벌이나 꺼내 들며 그중 한 개를 고르느라 무진장 시간을 들였다. 마음에 안 드는 기모노는 휙 던져 놓고 서랍을 헤집기를 수차례, 방안은 온통 난장판이 되어 버렸지만 란코는 눈 하나 깜짝하지 않았다.

고사쿠가 먼저 집을 나가 채소 가게 앞에서 기다리고 있자니 얼마 뒤 알록달록한 화살 무늬 기모노를 입은 란코가 집 밖으로 나왔다. 소녀라기보다 아가씨처럼 보였다. 고사쿠는 그녀와 함께 거리를 걷는 게 영 부담스러웠다. 필시 주인 아가씨를 모시는 하인처럼 보이리라.

"오래 기다렸지?"

"아니."

"좀 빨리 걷자. 레이코 그 계집이 쫓아올지도 몰라. 걘 질투가 심하거든."

"질투가 뭐야?"

"어머, 질투라는 말 몰라? 샘이 나서 미워한다는 뜻이야. 엄마도 아빠가 집에 돌아오지 않으면 얼마나 질투를 하는지 아주 보기 딱해 죽겠어."

고사쿠는 머쓱해져서 입을 꾹 다물었다. 두 사람은 나란히 큰길을 걸어 센본하마 입구에 도착했다. 10분 정도 걸으니 금방이었다. 란코는 이시카와 다쿠보쿠의 노래를 아는지 물었다.

"몰라."

"세상에, 다쿠보쿠를 모른다고? 역시 시골이라 그런가."

"학교에서 안 배웠단 말이야."

"나도 안 배웠어. 그래도 여기 애들은 다쿠보쿠 정도는 다 알고 있다고. 엄청 유명한 가수잖아."

"몰라."

빈정이 상한 고사쿠는 퉁명스레 대꾸했다.

"아리모토 호스이는 알아?"

"몰라."

"유명한 소설가야."

"몰라."

"집에 가서 책 빌려줄게."

바람이 휘익 불었다. 천 그루[76]가 있다는 소나무 숲 사이로

---

76  센본하마의 센본(千本)은 천 그루라는 뜻.

거센 바람이 모래를 감아올렸다. 바람 쪽으로 얼굴을 돌리면 모래가 날아와 얼굴을 사정없이 때렸다.

"고짱, 거꾸로 걸어."

고사쿠는 란코가 하듯이 뒤돌아 걸었다. 그렇게 소나무 숲을 빠져나오자 새하얀 파도가 밀려오는 옥빛 바다가 한눈에 펼쳐졌다.

"다쿠보쿠 노래 한 곡 불러 줄까?"

고사쿠가 대답도 하기 전에 란코 잎에서 노래가 흘러나왔다. 가냘프고 고운 목소리. 노랫가락은 그녀 입에서 나오자마자 바람에 휩쓸려 순식간에 등 뒤로 날아가 버렸다. 고사쿠는 가만히 귀를 기울였다. 가사는 몰랐지만 고사쿠의 마음을 강하게 매료시키는 곡조였다.

"그 노래, 학교에서 배웠어?"

"배우긴 뭘 배워. 사랑 노래 따위 부르면 혼만 날 텐데."

"사랑 노래?"

"그래, 이건 첫사랑 노래거든."

사랑이라는 말을 다른 사람 입에서 듣는 건 처음이었다. 하지만 고사쿠는 그게 어떤 것인지는 어렴풋이 알 것 같았다.

란코는 다쿠보쿠의 노래 몇 곡을 더 흥얼거렸다. 어떨 땐 애절하고 어떨 땐 기쁜 표정을 지어 가면서.

두 사람은 소나무 숲을 나와 모래사장에 앉았다. 바람에 휘날리는 모래가 따가웠지만, 고사쿠는 처음으로 느끼는 청춘의 감정에 사로잡혀 모래 따위 신경 쓰지 않았다.

고사쿠는 일어나 바다를 향해 돌을 던졌다. 그러자 란코도 기모노 옷자락을 걷어 올리고 돌을 던졌다. 다시 장난기 어린 소녀로 돌아온 걸까. 함께 나란히 서 있으니 란코가 고사쿠보다 키가 한 뼘은 더 컸다. 고사쿠는 바싹 주눅이 들었다. 자신보다 나이가 어린데도 자신보다 키가 크다니. 왠지 자신은 그녀의 마음을 온전히 이해할 수 없다는 자조감이 들었다.

3월 봄방학의 누마즈 여행은 고사쿠에게 단연코 하나의 사건이었다. 고사쿠는 여태껏 알지 못했던 고귀하고 감미로운 세계에 눈을 떴다. 란코라는 조숙한 소녀로 인해서. 센본하마에서 들었던 노랫가락은 유가시마에 돌아온 뒤에도 꿈결처럼 귓가에 감겨 왔다. 천상의 목소리에 실린 곡조에는 듣는 이의 마음을 애절하게 감싸는 달콤함과 강렬하게 뒤흔드는 격렬함이 섞여 있었다.

신학기가 시작되었다. 고사쿠는 고등과로 진학한 아키코와 종종 얼굴을 마주쳤다. 란코를 만나고 와서부터 아키코는 예전처럼 더 이상 세련되고 조숙한 소녀가 아니었다. 자신보다 나이가 많았지만 어딘지 모르게 어린애 같고 몸짓이나 말투 또한 투박하고 촌스럽게 보였다.

란코는 큰집에서도 곧잘 화제에 올랐는데, 그럴 때마다 안하무인, 오만불손, 등등의 말이 예외 없이 따라 나왔다. 고사쿠가 보기에 란코는 이기적이고 난폭한 면이 없지 않지만 묘하게 사람의 마음을 끄는 힘을 분명 갖고 있었다. 레이코도 란코와 비슷한 구석이 있지만, 야무지고 당찬 동생에 비하면 언니는 보다 여성스럽고 아름다운 느낌이 들었다.

6학년이 된 고사쿠는 본격적인 수험 준비에 돌입했다. 앞으로 1년 동안은 시간을 허투루 쓸 수 없었다. 북쪽 창가 쪽에 책상을 놓고 그 옆에 조그만 책장을 세워 두고는 교과서와 누마즈에서 사온 참고서를 나란히 꽂았다. 참고서 한 권에는 란코에게 받은 푸른색 천 책갈피를 끼워 두었다. 이성에게 받았다는 사실만으로도 왠지 마음이 두근거렸다.

학교에서 돌아오면 늘 책을 던져 놓고 계곡 온천탕으로 향했다. 예전에는 자기 발로 나선 적이 없었지만 6학년이 되고 나서부터는 날마다 계곡으로 난 길을 스스럼없이 걸어 다녔다. 유키오나 가메오도 수건을 들고 흙집으로 찾아왔다. 이들이 계곡으로 향하면 근처 하급생들도 쫄래쫄래 뒤를 따라왔다. 어느새 계곡 온천은 마을 아이들의 방과 후 일과가 되어 버렸다.

고사쿠는 이 상황이 마냥 반갑지 않았다. 애당초 온천에 다니기 시작한 건 혼자만의 시간을 갖기 위해서였다. 누구에게도 방해받지 않고 천천히 길을 걷고 아무도 없는 한낮의 욕조 속에 들어가 나른한 여유로움을 만끽하고 싶었다. 온천물에 가만히 몸을 담그고 있으면 갖가지 상념이 떠올랐다. 수험 공부, 중학교, 란코, 그녀의 어머니, 도요하시 부모님과 형제들⋯⋯. 아무런 연관도 없는 잡다한 생각들이 꼬리에 꼬리를 물고 머릿속을 어지러이 맴돌다 사라지곤 했다.

하지만 아이들과 동행하면 한가한 온천탕이 떠들썩한 놀이터로 변하는 건 시간문제였다. 누구랄 것 없이 괴성을 지르며 욕조로 풍덩 뛰어들고 물장구를 치고 아주 난장판이 되어 버리는 것이었다.

결국 고사쿠는 보름쯤 뒤에 온천에 다니기를 그만두었다. 그 사이에 찜찜한 사건도 있었다. 아이들과 함께 여느 때처럼 욕조에 들어갔는데, 오타키 마을의 고등과 여학생들이 몇 명이 일제히 꺄악! 하고 비명을 지르며 황급히 욕조 밖으로 나와 몸을 가리느라 한바탕 난리를 치는 게 아닌가. 고사쿠는 여자들 입에서 자기 이름이 불쑥 튀어나오는 소리를 들었다. 하급생 때문이 아니라 자신 때문에 이토록 야단법석을 떤다는 투였다. 그중 한 명은 서둘러 기모노를 입고 욕조를 나가면서 밉살스럽게 고사쿠를 째려보았다.

"고짱은 변태야!"

고사쿠는 몹시 불쾌했다. 그 일이 있고부터 학교에서 그 여학생을 마주칠 적마다 속으로 온갖 저주를 퍼부었다. 그러면서도 차츰 깨달았다. 이제는 예전처럼 멋대로 여자아이들을 대할 수 없는 나이가 되어 버렸다는 걸. 누마즈에 갔을 때 란코가 먼저 밖에 나가서 기다리라고 한 것처럼.

그해 봄은 고사쿠에게 인생에서 하나의 전환점이 되었다. 지금껏 무심하게 접했던 모든 것들이 다르게 보이기 시작했다. 그렇다. 말하자면, 고사쿠는 사춘기에 들어선 것이다.

버스가 본격적으로 오히토와 유가시마 사이를 왕복하게 된 건 4월 중순에 이른 무렵이었다. 원래는 5월부터 개통될 예정이었는데 한 달 앞당겨졌다고 했다. 가지마다 솜사탕처럼 풍성하던 벚꽃이 소복이 떨어져 꽃길을 만들고 며칠 뒤, 드디어 최초의 버스가 유가시마 마을에 위풍당당한 모습을 드러냈다. 마을 어른들은 너나 할 것 없이 버스를 구경하러 나왔다. 학교에서도 특별한 일이라 여겼는지 수업을 한 시간 일찍 끝내 준 터라 아이들은 신이 나서 버스를 보기 위해 우르르 몰려갔다. 빨간색과 하얀색 천으로 멋들어지게 장식한 버스가 따스한 봄바람을 가르고 뽀얀 모래 바람을 일으키며 마을로 입성했다. 사람들 입에서 일제히 함성이 터져 나왔다. 실로 역사적인 순간이었다.

다음 날부터 버스는 하루에 두 번 마을에 들어왔다. 며칠 동안 학생들은 흥분을 가라앉히지 못했다. 수업 시간에도 부르릉하는 소리가 들리면 누가 먼저랄 것도 없이 용수철처럼 튀어 올라 창문께로 달려들기 일쑤였다.

버스가 지나가는 시간마다 학교는 아주 난리가 났다. 쉬는 시간에 버스가 보이면 교정에 뿔뿔이 흩어져 있던 학생들 모두 함성을 지르며 교문으로 와글와글 몰려갔다. 버스를 향해 손을 흔들며 무언가를 외치고 그중 열댓 명가량은 그것으로도 부족했는지 버스 뒤를 따라 달리기까지 했다.

한편, 버스의 등장과 동시에 사라질 거라는 주민들의 예상과 달리 마차는 변함없이 하루에 몇 번 오히토와 유가시마 사이를 왕복했다. 신기해하며 버스에 타는 사람도 있었지만 익숙한 마차가 편하다는 사람도 있었다. 젊은이는 버스를 타고 노인은 마차에 탔다. 당연히 버스와 마차는 자주 티격태격했다. 좁다란 길에서 뒤에 가는 마차가 버스를 앞지르지 못해 꼼짝없이 뒤꽁무니만 졸졸 따라가거나 다리에서 마주쳤을 때 영락없이 마차가 물러서야 했기에 마차의 불평은 하늘을 찌를 듯했다. 때문에 마부가 버스 운전사에게 시비를 거는 일이 대부분이었다. 혼자라면 버스의 기세에 눌렸을 테지만 마차 승객들이 전부 늙은 마부의 편을 들며 거들었기에 기세등등하게 맞섰다.

아이들 사이에서는 역시 버스가 인기 만점이었다. 집합소도 마차 정류장에서 버스 정류장으로 바뀐 지 오래였다.

4월 끝자락에 들어선 어느 날, 흙집에 편지 한 통이 날아들었다. 고사쿠의 어머니가 2, 3일 예정으로 유가시마에 온다는 내용이 담겨 있었다. 혹시나 고사쿠를 데려가려는 건 아닐까 싶어 할머니는 안절부절못했다.

"대체 무슨 꿍꿍이야. 중학교 가기 전까지는 데려가지 않겠다고 분명히 말했는데. 행여나 이제 와서 말을 바꿨다간 봐라. 고짱을 위해서라도 가만있지 않을 테니!"

할머니는 주먹을 불끈 쥐며 살벌하게 내뱉고는 큰집에 가서 한바탕 으름장을 놓았다. 그러고는 여전히 성이 차지 않았는지 근처 이웃집을 일일이 돌아다니며 하소연하기 시작했다.

하기야 그럴 수도 있겠다 싶었다. 중학교 수험이 1년 앞으로 훌쩍 다가왔으니 도시에 있는 학교에서 제대로 준비를 시키려는 건지도 모른다고 고사쿠는 생각했다. 아무래도 유가시마보다 도요하시에서 공부하는 게 정보도 빠르고 효과적일 터. 정작 당사자는 가만있는데 다짜고짜 흥분하며 온 마을을 들쑤시고 다니는 할머니 모습이 고사쿠는 우스꽝스러운 한편으로 보기 딱했다.

어머니가 오랜만에 유가시마를 찾은 건 5월 초순께였다. 거의 3, 4년 만이었다.

하룻밤은 누마즈 란코네 집에서 묵고 다음 날 유가시마로 온다고 했다. 버스로 올지 마차로 올지는 알리지 않았다. 때문에 할머니와 외할머니를 비롯한 마을 아낙네들은 하루 종일 마차역과 버스 역을 왔다 갔다 했다. 그날은 학교에서 체조와 도덕 수업 이후 오후부터 뒤쪽 터를 일구는 작업에 동원되기로 되어 있었지만 고사쿠는 담임의 배려로 오전 수업만 듣고 어머니를 마중하기 위해 학교를 빠져 나왔다.

마차 역과 버스 역 사이에서 번번이 허탕을 친 마을 아낙네들은 그때마다 흙집에 모여 어머니가 대관절 무엇을 타고 올지에 대해 설왕설래했다. 도시 생활을 오래 해서 더 이상 마차는 거들떠 보지도 않을 거라는 둥, 워낙 신경이 예민해서 버스의 가솔린 냄새를 참지 못할 거라는 둥 양쪽 의견이 팽팽히 맞섰다.

시간이 시나브로 흘러갔다. 결국 어머니는 해가 훌쩍 떠오른 아침부터 산등성이 아래로 자취를 감춘 저녁나절까지 나타나지 않았다. 사람들은 여전히 그 자리를 지켰고 외할머니는 연신 머리를 조아리며 전전긍긍했다.

"아이고, 이거 정말 미안해서……. 못난 딸내미 때문에 하루 종일 고생하시고……. 정말 면목이 없어요. 이번엔 꼭 올 겁니다. 틀림없어요."

"아마 오는 길을 깡그리 잊어버린 거 아니야? 몇 년 동안 고향 근처는 얼씬도 안 했으니 잊어 먹지 않고 배기나."

할머니가 짐짓 퉁명을 부렸다.

"아이고, 무슨 말을 그리 섭섭하게…… 그럴 리 없어요."

외할머니는 할머니가 싫은 소리를 할 적마다 손사래를 치며 자신의 딸을 감싸고돌았다. 마지막 마차만 남았을 때 고사쿠는 어머니가 살짝 야속해졌다. 이토록 많은 사람들이 온종일 눈이 빠지게 기다리는데 왜 좀 더 빨리 오지 않는 걸까. 란코네 집에서 묵고 아침까지 먹는다 해도 오전 10시쯤 누마즈를 떠나면 늦어도 3시 마차는 탈 수 있을 텐데.

사람들이 마지막 마차를 맞이하기 위해 역으로 향하기 시작했다. 먹빛 어둠이 내려앉은 시모다 도로를, 고사쿠는 잔뜩 볼이 부어서 터벅터벅 내려갔다. 저 아래 이치야마 마을 끄트머리에 옹기종기 모인 집들이 내려다보였다. 저녁밥을 짓는 모양인지 농가마다 조그만 굴뚝에서 모락모락 피어오른 연기가 자욱한 안개처럼 산허리를 둘러쌌다. 어스름이 짙어진 마을에 꼬불꼬불 기다랗게 이어진 도로가 구렁이 배처럼 허옇게 빛났다.

어쩌면 오늘 안 올 수도 있다. 올 거라면 벌써 왔어야 했다. 늦은 봄 저녁, 싸늘한 기온이 느껴지는 마차 역에서 고사쿠는 사람들 뒤에 서서 속으로 중얼거렸다. 사람들한테 폐만 끼치는 어머니 따위 와도 그만, 안 와도 그만이다.

달그락 달그락. 멀리서 마차 소리가 들려왔다. 스노코 다리 초입에서 마부는 나팔을 불었다. 마차는 종착점을 향해 경사가 완만한 길을 덜컹거리며 달려왔고 사람들은 웅성거리며 마차에 시선을 집중했다. 말이 역에 멈춰서고 문이 열리니 승객은 단 한 명, 어머니였다. 마을 아낙네들은 두세 걸음 뒷걸음치며 오랜만에 보는 반가운 손님을 맞이할 때의 그리움과 서글픔, 기쁨과 호기심이 뒤섞인 복잡한 표정을 지어 보였다.

심지어 어머니의 귀향을 대놓고 마뜩잖게 여기던 할머니마저도 언제 그랬냐는 듯 입을 조금 벌리고 그윽한 눈빛을 보내는 것이었다. 고사쿠도 어머니를 본 순간 아까의 원망이 눈 녹듯 사라지고 기쁨으로 얼굴이 붉게 달아올랐다. 그러다가 행여나 누가 볼세라 얼른 고개를 숙였다.

외할머니는 마중 나온 무리의 가장 뒤에 서서 혼잣말처럼 중얼거렸다.

"아이고, 참말로 이 먼 곳을 다……."

그러고는 겨우 안도의 한숨을 내쉬고 다시 한 번 주위를 둘러보았다.

"여러분, 정말 고맙습니다. 괜히 하루를 허투루 써 버리게 해서……."

외할머니의 목소리는 너무 작아서 고사쿠 외에는 누구에게도 들리지 않았다. 마을 아낙네들은 하나같이 입을 다물고 멍하니 서 있다가 그토록 기다린 어머니와 눈이 마주치면 겸연쩍은 표정을 지으며 이렇게 중얼거렸다.

"……오랜만이에요."

어머니는 당당하고 근사했다. 다른 세계에서 온 멋진 주인공처럼. 마부가 몇 개의 짐을 내려놓자 어머니는 일일이 수를 세어 보고 고개를 끄덕이고는,

"이거 받아 두세요."

하고 또랑또랑한 어조로 말하며 얼마의 돈을 건넸다.

"여러분, 오랜만이에요."

이윽고 어머니가 마중 나온 사람들을 향해 입을 열었다.

"많이 기다리셨죠? 경편 열차 운행에 착오가 있었는지 오히토에서 두 시간이나 기다렸지 뭐예요. 정말 민원을 넣든지 해야지 안 되겠어요."

여전히 야무지고 똑 부러지는 말투였다. 어머니 앞으로 마을 아낙네들이 한 명씩 인사하러 다가왔다.

"잘 왔소."

하고 머리를 푹 숙이는 사람이 있는가 하면,

"고생 많았어요."

하며 짐을 들어 올리는 사람도 있었다. 이윽고 여자들은 어머니 주위를 둘러싼 채 비탈길을 올라가기 시작했다. 그녀들은 자신들이 얼마나 목이 빠지게 어머니를 기다렸는지 떠들썩하

게 설명하느라 정신이 없었다.

고사쿠는 조용히 무리의 뒤를 따라갔다. 외할머니도, 할머니도 고사쿠처럼 무리 끝에서 말이 없었다. 무리는 큰집 앞에 다다라서야 비로소 각자의 집으로 흩어졌다. 고사쿠는 큰집에 들어가 처음으로 어머니와 얘기를 나눌 수 있었다.

"인사 아직 안 했지? 자, 어서."

그것이 아들에 대한 어머니의 첫 마디였다.

"어서 오세요."

고사쿠는 가볍게 머리를 숙였다.

"그래, 그거면 됐어."

어머니는 살짝 고개를 끄덕이더니 유심히 고사쿠의 얼굴을 바라보았다.

"고짱, 그새 많이 컸네. 아까 정류장에서 보고 깜짝 놀랐어."

안 그래도 정류장에서 어머니가 한 번도 자신을 돌아보지 않아 몹시 섭섭했던 차였다. 고사쿠는 마음이 좀 풀렸다. 그런데 언제 자신을 보았던 것일까.

"공부는 열심히 하고 있어?"

"응."

"또 응이라고 한다! 하고 있습니다, 라고 말해야지!"

"……하고 있어."

"고짱도 내년에는 중학생이야. 이제 슬슬 철들 때도 됐잖니? 참, 그건 그렇고 내일 도요하시에서 선물 오니까 그거 가지고 흙집에 들를게."

어머니는 3, 4년 전에도 그랬던 것처럼 이번에도 큰집에서만 묵을 태세였다. 태어나고 자란 집이니 그럴 만도 했지만 자신이 있는 흙집에서 한 밤도 자지 않다니 퍽 서운했다. 아들이 살고 있는 곳임에도 끝내 흙집에는 정을 주지 않겠다는 심산인지.

그날 밤, 어머니가 돌아온 관계로 고사쿠와 할머니는 큰집 식구들과 함께 저녁을 들었다. 할머니는 좀처럼 말이 없었다. 어머니 앞이라 기가 죽은 것일까. 고사쿠는 할머니가 안쓰러웠다. 예전만 해도 어머니 앞에서 노골적으로 싫은 소릴 내뱉거나 대놓고 불편한 심기를 드러내곤 했는데 이번에는 고양이 앞의 쥐처럼 설설 기는 모습이었다.

그에 반해, 어머니는 키가 작고 가녀린 체구임에도 한층 관록이 붙고 당당한 아우라를 뿜어내고 있었다. 그러고 보니 예전보다 몸집이 더 커 보이기도 했다. 갈수록 볼품없이 쪼그라드는 할머니 옆이라 더욱 그렇게 보이는지도 몰랐다. 어머니는 유가시마에 돌아온 이유를 모두에게 설명했다. 공개적으로 발표회를 하는 착각마저 들 만큼 거침없는 어조로. 고사쿠의 아버지가 이번에 도요하시에서 하마마쓰[77]로 전임을 가게 되었는데 가족이 머물 적당한 집을 찾지 못해 당분간 아이들을 데리고 유가시마에 돌아와 지내겠다는 얘기였다. 1년이 될지 반년이 될지 모르지만 하여튼 잠시 돌아올 테니 지금 마을 의사에게 세를 준 본채를 하루빨리 비워 달라고 했다.

"글쎄다. 아무리 급하다고 해도 오쿠무라 양반도 나름대로 사정이 있을 텐데……."

외할아버지는 난색을 표했다. 오쿠무라는 흙집 앞 본채에 세들어 사는 의사의 이름이었다.

77  시즈오카 현에서 가장 큰 시.

"대체 그 사람은 언제까지 그곳에 눌러 살 작정이죠? 이럴 때를 대비해서 거의 공짜나 다름없이 살고 있던 거잖아요."

어머니가 다부지게 응수했다.

"그야 그렇지만……."

"제 말이 틀렸나요?"

"그건 아니지만, 그리 간단한 문제가 아니란다."

"왜죠?"

"당장 비워 주라고 하면 그쪽이 곤란해지잖니."

"어머나, 무슨 말씀이세요! 그쪽은 언제라도 집을 비워 줘야 한다는 조건에 그 집에 들어온 거라고요."

실제로 그랬다. 하지만 외할아버지 부부는 세상일이 그리 약속한 대로 되는 건 아니라는 의견이었다. 외할머니는 또 골치 아픈 일이 생겨 버렸다는 듯 한숨을 내쉬었다. 어머니로부터 따가운 핀잔을 잔뜩 듣고 나서야, 외할아버지와 외할머니는 일단 의사 가족이 집을 비우도록 노력해 보겠다고 약속했다. 어머니 앞에서는 그 누구도 적수가 되지 못했다.

땅거미가 짙게 드리우고 나서야 고사쿠와 할머니는 흙집으로 돌아왔다.

"하이고."

할머니가 혀를 내둘렀다.

"그 드센 나나에가 유가시마에 돌아온다니, 우리 이제 단단히 각오해야겠다."

그러나 고사쿠는 달랐다. 가족과 함께 살게 되어 기쁜 마음이 더 컸다.

"도요하시 가족들이 돌아오면 본채에서 살게 되는 거야?"

"그러겠지."

"그럼 여기는?"

"할머니만 혼자 남는 거지 뭐."

"……그럼 나도 여기 있을래."

할머니는 적이 감격한 모양이었다.

"그래, 그래. 고짱도 흙집에 얼마나 정이 들었는데 이제 와서 그쪽으로 가는 건 말이 안 되지. 고짱, 할머니랑 둘이서 여기 있자, 응?"

할머니는 이부자리를 펴면서도, 그 위에 몸을 눕히면서도 이 말을 몇 번이고 되풀이했다.

다음 날 고사쿠가 학교에서 돌아와서 공부를 하고 있는데 불쑥 어머니가 흙집에 들어왔다.

"이거 한번 입어 봐."

어머니는 도요하시에서 갖고 온 새 모직 기모노를 보자기 안에서 꺼냈다. 고사쿠에게 기모노를 입혀 주는 어머니는 손짓은 더없이 야무지고 빈틈이 없었다. 오비를 단단히 매고 매듭을 묶으니 할머니가 입혀 줄 때와 달리 몸에 꼭 맞고 편했다.

"어제 보니 너 오비를 헐렁하게 매고 있더라? 오비는 항상 꽉 당겨서 단단하게 매야지, 안 그럼 칠칠치 못해 보여."

그러면서 어머니는 고사쿠가 보낸 편지를 꺼내 들었다.

"오자나 문장이 이상한 곳 고쳐 놨어. 나중에 찬찬히 읽어 둬."

고사쿠는 곧바로 편지를 열었다. 아버지 필체로 군데군데 빨간 색연필 표시가 되어 있었다.

어머니는 볼일은 이제 다 끝났다는 듯 이웃 주민들에게 인사해야겠다며 나가 버렸다. 할머니는 어머니가 돌아가자,

"고쌍 엄마는 너무 제멋대로야. 흥, 맏딸은 늘 자기가 세상에서 제일 잘난 줄 안다니까."

하며 흥을 봤다. 맏딸인 어머니는 둘째와도 터울이 커서 어릴 적부터 무슨 일이든 자신의 의견을 관철시키는 데 익숙했다. 더욱이 남편도 데릴사위로 맞이해 시댁 눈치를 볼 일도 없었던 데다 큰집의 가세가 기울어지기 시작한 뒤부터는 외할아버지와 외할머니마저 큰딸에게 함부로 대하지 못했다. 어머니가 갈수록 기세등등해지는 건 당연한 일이었다.

어머니는 3일 밤을 묵고 도요하시에 돌아갔다. 한차례 폭풍우가 휩쓸고 지나간 뒤 큰집은 언제 그랬냐는 듯 평온을 되찾았다. 고사쿠가 놀러 가면 외할머니는,

"나나에가 돌아가고 나니 이렇게 평화로울 수가 없다."

하고 후련한 표정으로 말했다. 고사쿠는 왠지 어머니가 죽은 사키코와 닮았다는 생각이 들었다. 자매이다 보니 닮은 건 당연하겠지만 고사쿠에겐 새로운 발견이었다. 사키코가 좀 더 차분하고 다정한 데가 있었지만 외모에서 풍기는 분위기는 쌍둥이처럼 똑같았다. 그러고 보니, 걸음걸이도 목소리도 비슷한 것 같았다. 고사쿠는 어머니가 고쌍! 하고 자신을 부를 때마다 사키코가 부르는 기분이 들어 흠칫흠칫 놀라곤 했다.

가까운 앞날에 어머니가 돌아온다는 사실은 할머니에게 여간한 걱정거리가 아니었다. 할머니는 날마다 한 번 이상 그 얘기를 꺼내면서 땅이 꺼져라 한숨을 쉬었다.

"올 여름부터 유가시마에 사나운 회오리가 몰아닥치겠구먼. 고쌍도 단단히 마음먹어라."

마치 무시무시한 귀신이라도 오는 듯한 말투였다.

5월 중순께 느닷없이 교장이 정년퇴직한다는 소문이 온 마을에 퍼졌다. 그리고 얼마 후 소문은 현실이 되었다.

조례 시간에 교장은 교직을 그만두고 후임으로 시즈오카 현에서 가장 평판이 좋은 분이 온다는 사실을 발표했다. 평소와 조금도 다름없이 잔뜩 찌푸린 낯으로 전교생 전체를 노려보면서. 학생들 사이에서 낮은 탄식이 터져 나왔다. 그것은 세상천지에 둘도 없이 무서운 사람이 갑자기 사라져 버린다는 것에 대한 놀라움이었다.

곧바로 후임으로 결정된 이나하라라는 새 교장이 계곡에 있는 여관에 묵고 있다는 이야기가 돌았고 2, 3일 후 실제로 그가 학교에 모습을 드러냈다. 조례 시간에 교장은 자신의 후임을 학생들에게 소개하고 오늘부터 새로운 교장 밑에서 공부하게 될 것이라고 덧붙였다.

뚱뚱하고 키가 작은 새 교장은 연신 싱글벙글했다.

"여러분!"

몹시 다정한 어투였다. 곳곳에서 웃음보가 터졌다. 언제나 이놈들!이라는 말에 익숙해진 아이들에게 새 교장의 호칭은 왠지 낯간지럽고 어색하기만 했다.

그사이에 교장은 전교생이 줄을 맞추어 서 있는 운동장을 뚜벅뚜벅 가로질러 그대로 학교에서 나가 버렸다. 전교생의 모든 시선이 그에게 향하고 있었지만 단 한 번도 뒤돌아보지 않았다. 이내 여학생들 사이에서 낮은 흐느낌이 새어 나왔다. 감정의 파도는 일순 모든 학생들을 휘감았고 눈 깜짝할 사이에 운동장은 울음바다로 변해 버리고 말았다.

고사쿠는 큰 키에 바싹 마른 교장이 특유의 구부정한 걸음걸이로 저벅저벅 교문을 향하는 뒷모습을 물끄러미 바라보았다. 바늘로 찔러도 피 한 방울 안 나올 것 같은 냉정한 교장, 5년 동안 자신에게 다정한 말 한 마디 건넨 적 없는 큰아버지, 그런 그가 막상 학교를 그만둔다고 하니 무언가 소중한 존재가 곁에서 사라지는 듯 마음이 허탈했다.

이런 마음을 아는지 모르는지 교장은 교문 밖으로 나가 학교 옆에 있는 마을 사무소 안으로 쑥 들어가 버렸다.

점심시간에 4학년 아이 한 명이 헐레벌떡 운동장을 가로질러 왔다.

"교장이 마을 사무소에서 지금 막 나왔어. 집에 돌아가려나 봐."

고사쿠는 문득 작별 인사를 해야겠다는 생각이 들었다. 자신은 다른 학생과 달랐다. 아무리 그래도 큰아버지가 아닌가.

고사쿠는 부리나케 마을 사무소로 달려갔지만 어디에도 큰아버지의 모습은 찾을 수 없었다. 지체 없이 마차 정류장으로 뛰었다. 멀리서 스노코 다리를 건너려는 그의 모습이 보였다.

고사쿠는 그 뒤를 쫓아가 이치야마 마을 들머리에서 겨우 따라잡았다. 그러나 막상 그 앞에 서자 무슨 말을 해야 할지 몰라 머릿속이 하얗게 변해 버리고 말았다.

"무슨 일이냐?"

큰아버지가 뒤를 돌아보았다.

"……."

고사쿠는 꿀 먹은 벙어리처럼 한 마디도 못했다.

"도요하시에서 무슨 기별이라도 있었냐?"

"……네."

고사쿠는 추궁당하는 사람처럼 기어들어 가는 목소리로 대꾸했다.

"뭐냐."

"……어머니랑 형제들이 좀 있으면 유가시마로 이사 온다고 합니다."

"그건 이미 알고 있다."

"……"

"너도 하마마쓰 중학교에서 시험을 보겠군. 공부 열심히 해라."

"하고 있습니다."

"어림없는 소리! 자는 시간도 아껴 가면서 공부하란 말이다."

"……"

"이제 그만 돌아가라."

고사쿠는 묵묵히 물러났다. 꾸중을 듣고 말았지만 그래도 작별 인사를 나눌 수 있어서 다행이라고 생각했다.

새 교장이 부임하고 열흘 뒤, 고사쿠는 교장실로 불려 갔다. 오늘 밤부터 날마다 계곡에 있는 온천 여관에서 머물고 있는 이누카이라는 교사 곁에서 수험 공부를 하라는 얘기였다. 그는 이나하라 교장보다 2, 3개월 전에 학교에 새로 부임해 온 젊은 교사였는데, 고등과 담임이라 고사쿠와는 대화해 본 적이 없었다. 어딘지 도회적인 분위기를 풍기는 하얀 피부를 가진 사내로 지금까지 알던 교사와는 사뭇 다른 느낌이었다.

고사쿠는 그날부터 이누카이 선생이 묵고 있다는 계곡의 여관을 다녔다. 저녁밥을 6시까지 먹고 공부하러 갔다가 집에 돌아오면 늘 10시가 넘었다.

첫날은 그가 시험 삼아 문제 몇 개를 냈다. 계산 문제, 읽기

문제가 섞여 있었는데 고사쿠가 풀 수 있는 것도 있고 풀 수 없는 것도 있었다. 이누카이 선생은 그 자리에서 고사쿠가 적은 답을 확인했다.

"흠, 생각보다 꽤나 뒤쳐져 있군."

"……."

"너는 이 학교 6학년 중 제일 성적이 좋다고 들었는데 정(町)에 있는 소학교라면 상위권은 어림도 없다. 이대로 하다간 중위권 이하로 미끄러질 걸. 그래, 중학교는 어디 칠 생각이지?"

"아마 하마마쓰로 가게 될 것 같습니다."

"하마마쓰는 시즈오카 현에 있는 중학교 중 가장 어려운 곳이야. 네다섯 명 중 한 명만 붙으니까. 이대로라면 어려울 거다. 요행을 바란다 해도 힘들어."

이누카이 선생은 어떻게 할래? 하고 묻는 듯이 물끄러미 고사쿠를 바라보았다. 온화하고 단정한 이목구비 속에 두 개의 눈동자가 차갑게 빛났다.

"하지만, 합격 못하면 곤란해지지?"

"네."

"이거 참 낭패다. 어떻게든 붙어야 한다라……."

이누카이 선생은 곰곰이 생각에 잠겼다.

"자, 그럼 해 볼까!"

"……?"

"무슨 일이 있어도 붙어야 한다면 붙게 해야지. 오늘부터 정에 있는 학생들보다 두 배로 공부를 하는 거다. 세 배라고 하고 싶지만 현실적으로 불가능해. 자는 시간을 최대한 줄인다면 두 배는 가능할지도 모른다. 너 날마다 몇 시간 자고 있지?"

고사쿠는 선뜻 대답하지 못하고 우물쭈물했다. 지금까지 몇 시간을 자는지 계산해 본 적이 없었던 것이다.

"……밤 11시쯤 자서 아침 7시에 일어납니다."

"그럼 여덟 시간이군. 이제부터 여섯 시간으로 줄여. 일요일 이외에는 12시에 자서 6시에 기상. 대신 일요일은 충분히 자 둬. 자지 않는 시간은 무조건 공부다. 학교에서 쉬는 시간에도 마찬가지야. 넌 지금 도저히 불가능한 일을 해 내야 하는 거야. 알았지? 그 정도도 하지 않으면 합격은 꿈도 못 꿔. 밥을 먹을 때도, 변소에 갈 때도, 목욕할 때도 무조건 공부다. 어때, 할 수 있겠나?"

이누카이 선생은 눈을 번뜩이며 물었다.

"할 수 있습니다!"

고사쿠는 온몸에 소름이 돋는 것을 느끼며 엉겁결에 외쳤다.

"좋다! 그렇다면 나도 한번 해 보지. 원래 내일 당장 교장실에 가서 거절할 작정이었다. 하지만 이왕 이렇게 된 거 나도 진지하게 덤벼 볼 테니 너도 진지하게 따라와라."

그날 밤, 고사쿠는 이누카이 선생과 온천탕에 들어갔다. 산속에 고즈넉하게 자리 잡은 여관의 긴 계단을 내려가면 지하에 욕조가 있고 건너편은 깎아지른 낭떠러지였다. 온천물 속에 몸을 푹 담그면 고요한 정적 속에 계곡에서 콸콸 흐르는 물소리만 들려왔다. 그날따라 다른 손님은 아무도 없었던지라 두 사람이 온천탕을 전세 내다시피 했다. 대뜸 이누카이 선생은 커다란 목소리로 노래를 부르기 시작했다.

"동해의 작은 섬 갯벌 모래밭에, 내 눈물에 젖어 게와 어울려 노닐다."

고사쿠는 화들짝 놀랐다. 언젠가 누마즈 바닷가에서 란코가 불러 준 노래였다. 이번에도 그때처럼 노랫가락이 고사쿠의 몸에 사르르 흘러들어 마음을 강하게 흔들었다.

"이 노래 알아?"

"잘은 모르지만 예전에 한 번 들은 적이 있어요. 다쿠보쿠 노래죠?"

"가르쳐 줄 테니 불러 봐."

고사쿠는 다쿠보쿠의 노래 중 두 소절을 배웠다. 하나는 위의 것, 다른 하나는 다음과 같았다.

하코다테의 아오야기초 애달프도다. 벗이 부른 사랑 노래 수레국화꽃이여.

그날 밤, 여관을 나온 고사쿠는 홀로 칠흑처럼 어두운 계곡을 걸었다. 심장이 두근두근 뛰었다. 몇 번이고 하늘 높이 반짝이는 별들을 올려다보며 고사쿠는 두 주먹을 불끈 쥐며 다짐했다.

"그래, 한번 해 보는 거야!"

문득 작년 1월, 5학년이 되었을 때 같은 여관에 하숙하던 교사 밑에서 공부하러 다녔던 때가 떠올랐다. 당시 고사쿠를 가르치던 교사는 '극기'라는 단어를 강조했는데 이누카이 선생은 달랐다. 훨씬 대담하고 강렬했다. 온화한 표정과 달리 입에서 나오는 말은 어딘지 거칠고 명령하듯 고압적인 구석이 있었다.

고사쿠는 다음 날부터 즉각 실행에 돌입했다. 수면을 여섯 시간으로 제한하고 남은 시간은 고스란히 공부에 할애했다.

"어이구 무서워라! 고쨩이 이번엔 단단히 독기를 품었네."

이번에는 정말로 분위기가 심상치 않음을 눈치챈 할머니는 큰집은 물론 동네방네 고사쿠가 달라졌다며 떠들어 댔다.

"이번에 고쨩 공부를 봐주는 선생이 보통내기가 아닌가 봐."

"그 젊은 선생이 하도 닦달을 해 대니까 걱정이구먼. 저러다 우리 고쨩 쓰러지면 큰일인데."

절반은 자랑, 절반은 걱정이었다.

고사쿠는 잠자리에 들 때면 다음 날 아침 6시에 깨워 달라고 할머니에게 신신당부했다. 하지만 그 약속은 한 번도 지켜지지 않았다. 아침잠이 없어 새벽 5시가 되기도 전에 눈을 뜨는 할머니는 마음만 있으면 얼마든지 고사쿠를 깨울 수 있었다. 그러나 아무리 이름을 부르고 몸을 흔들어 보아도 도저히 깰 기미가 없었다며 뻔히 보이는 변명만 해 댈 뿐이었다.

결국 참다못한 고사쿠가 큰집에서 큼지막한 알람시계를 빌려오고 나서야 비로소 제 시간에 일어나게 되었다.

"6시만 되면 귀청이 떨어져라 울어 대니 이러다 할미 귀 먹겠다."

할머니는 아침마다 이렇게 투덜거렸지만 고사쿠는 눈 하나 깜짝하지 않았다.

알람이 울리면 고사쿠는 이부자리에서 박차고 일어나 도랑가에 달려가 얼굴을 씻고 후다닥 2층으로 올라가 북쪽 창가에 놓인 책상 앞에 정좌했다. 아침 시간에는 산수 문제집을 풀었다. 아무래도 안 풀리는 문제는 밤에 이누카이 선생에게 물었다.

마을 주민들은 고사쿠를 볼 때마다,

"건강도 챙겨 가며 공부해야지 그러다 탈 나면 어떡하냐."

라든지

"너무 무리하지 말고 쉬엄쉬엄 해."

처럼 위로인지 격려인지 모를 말을 건넸다. 짐작건대 할머니의 계략이 분명했다.

할머니의 걱정과 달리, 고사쿠는 계곡 여관에서 이누카이 선생과 책상을 마주한 저녁이 하루 중 가장 행복한 시간이었다. 공부하고 돌아올 때면 고사쿠는 뿌듯한 충만감에 사로잡혔다. 풀지 못한 문제는 이누카이 선생이 가르쳐 주고 새로운 문제를 풀었다. 숙제는 언제나 산더미였지만 그는 하지 못한 숙제는 절대 풀어 주지 않았다.

여관에서 두세 시간 공부하고 나면 두 사람은 으레 온천탕으로 내려갔다. 여전히 다른 손님은 보이지 않았다. 그래 봤자 10분에서 15분가량 몸을 담그는 게 고작이었지만 공부에서 해방되어 노곤해지는 기분이 무척 좋았다. 고사쿠는 매일 밤 새로운 단가를 하나씩 배웠다.

이누카이 선생은 평생 촌구석 소학교 교사로 썩을 생각은 없다고 말하곤 했다. 중등학교 교사 시험이라도 치를 생각인지, 고사쿠가 산수 문제를 풀고 있으면 그도 자기 공부에 열중했다. 어떨 때는 거칠고 누런 종이에 알 수 없는 숫자를 적어 내리는 경우도 있었다.

학교에서 이누카이 선생은 늘 외톨이였다. 웃음에 인색하고 매사에 심드렁하며 동료 교사들을 은근히 무시하는 듯한 태도 때문일지도 몰랐다.

언젠가 고사쿠는 방과 후 운동장 구석에서 이누카이 선생의 모습을 본 적이 있었다. 학생들은 새로 지어진 철봉에 매달려 마치 기계체조 선수처럼 몇 바퀴고 날쌔게 회전하는 그의 모습을 입을 벌린 채 쳐다보면서도 선뜻 다가가진 않았다. 아이들도 이누카이 선생에게는 묘한 거리를 느끼고 있었다. 고사쿠는 철봉을 도는 그의 모습에서 알 수 없는 고독을 느꼈다. 자신도 모르게 그쪽으로 다가갔다. 그러자 고사쿠를 발견한 이누카이 선생은,

"지금 여기서 뭐 하는 거냐. 어서 가서 공부하지 않고!"

하며 무섭게 눈을 부릅뜨며 다그치는 것이었다.

# 6장

  6월 끝자락의 어느 날, 어머니와 여동생, 남동생, 식모 하나가
유가시마에 도착했다. 아버지가 부임한 하마마쓰에 관사가 빌
때까지만 머무를 예정으로. 마침 중학교 수험 시기도 다가오고
해서 고사쿠는 가족이 하마마쓰로 옮겨갈 때 함께 가기로 했다.
유가시마를 떠날 시간이 시나브로 다가오고 있었다.

  다행히 가족이 오기 며칠 전, 의사 부부는 근처에 있는 빈집
으로 이사를 갔다. 고사쿠네가 하마마쓰로 떠나면 다시 본채로
들어오기로 합의를 본 모양이었다.

  외할머니와 마을 아낙네들은 2, 3일 전부터 본채와 앞마당을
청소하느라 무척이나 분주했다. 그러나 할머니는 흙집에 콕 틀
어박혀 모르쇠로 일관했다. 일손을 도와주는 사람들은 흙집을
바라보며 쑥덕거렸지만 할머니의 관심은 오로지 고사쿠가 앞
으로 어디서 살게 될지뿐이었다.

"고사쿠가 소학교 졸업하면 정에 있는 중학교에 가게 된다는 건 나도 아는 사실이야. 누가 거기에 토를 단대? 다만 유가시마에 있을 때만큼은 흙집에서 나와 살아야 된다는 얘기지. 고짱역시 그걸 바라고 있고. 억지로 우리를 떼어 놓으려고 하면 사생결단을 내는 한이 있더라도 가만히 있지 않을 거다."

할머니는 큰집에 가서 외할머니를 붙잡고 단단히 엄포를 놓았다.

"암요, 지당하신 말씀이지요."

외할머니는 연방 고개를 끄덕이며 맞장구를 쳤다.

"나나에한테 잘 말해 둘게요. 그 아이도 고짱을 흙집에서 데리고 갈 생각은 안 할 거예요."

주변에 시끄러운 일이 생기는 걸 극단적으로 두려워하는 심약한 외할머니는 어떻게든 딸을 설득시킬 작정이었다. 그러나이런 기대는 어머니가 유가시마에 온 첫날, 대번에 무너지고말았다.

"어머니, 그게 대체 무슨 소리예요! 고사쿠가 의붓자식도 아니고 가족이 왔는데 혼자 흙집에 둘 리가 없잖아요. 할머니가외롭다면 본채에 함께 들어와 살면 그만이에요."

"하지만 얘야……."

"그만둬요. 어머니도 참 그쪽 구슬림에 쏙 넘어가서는…….같은 마을에서 따로따로 지내는 모자가 세상천지에 어디 있답니까? 그게 말이나 되냐고요."

어머니의 따끔한 일침에 외할머니도 더 이상 입을 열지 못했다.

어머니와 형제들은 하룻밤만 큰집에서 묵고 다음 날 본채로옮겼다. 고사쿠도 짐을 쌌다. 외할머니는 아침부터 흙집에 건너와 연신 굽실거리며 할머니의 기색을 살폈다.

"아이고, 누가 저 아이 고집을 꺾겠어요. 화가 나겠지만 제발 날 봐서라도 부디 참아 주세요."

할머니의 얼굴은 딱딱하게 굳어 버렸지만 기어이 올 것이 오고 말았다는 듯,

"난 괜찮아, 괜찮고말고. 다만 저 어린 것이 가여워서……. 나나에한테 전하게. 다섯 살 때부터 지극 정성으로 키운 귀한 아이야. 혹시라도 몸에 탈이 나거나 조금이라도 홀쭉해지는 날엔 당장 데리고 올 거라고."

마지막 말을 할 때의 할머니의 표정에는 서슬 퍼런 독기가 가득 차 있었다.

"한 가지 더! 공부는 흙집에서 하는 거다."

"암요, 암요."

외할머니가 황급히 고개를 끄덕였다.

"본채에서는 잠만 자는 거다. 이것만은 절대로 양보 못해."

흙집에서의 생활에 익숙해진 고사쿠도 본채로 옮기는 건 퍽이나 귀찮고 번거로운 일이었다. 하지만 이 문제에 있어서는 어머니가 옳다고 생각했다. 가족이 돌아왔는데 자신만 따로 떨어져 사는 것도 어색하지 않은가. 할머니를 홀로 흙집에 남겨 두는 게 마음에 걸리긴 했지만 어쩔 수 없었다.

그날부터, 고사쿠는 본채 2층을 혼자 쓰게 되었다. 다다미 여덟 장 넓이의 방은 흙집에 비하면 그야말로 운동장이었다. 그날 밤 고사쿠는 태어나서 처음으로 혼자 잠자리에 들었다. 도요하시에서 가지고 온 새 이불은 구름처럼 푹신푹신했지만 어두침침한 흙집에서 혼자 누운 할머니를 생각하니 영 마음이 편

치 않았다.

고사쿠는 한참을 뒤척거리다 기어이 한밤중에 흙집으로 살금살금 걸어갔다. 창문에서 희미한 불빛이 새어 나왔다.

"할머니."

물레방아 돌아가는 소리에 목소리가 묻혔다. 둔탁한 미닫이 문은 6센티미터가량 열려 있었다. 평소 문단속은 언제나 고사쿠 몫이었다. 자신도 제법 힘이 가는 일인데 할머니처럼 자그마한 체구로는 여간 고생이 아니리라. 힘주어 밀자 끼이익 소리를 내며 문이 열렸다.

"고짱 왔나?"

기다렸다는 듯 할머니의 목소리가 2층에서 들려왔다.

"응, 책 좀 가지러."

"그래, 그래."

할머니는 계단 위에서 힐끗 얼굴을 내밀었다. 불빛 때문에 반쪽만 보이는 얼굴에는 깊고 굵은 고랑이 가득 파여 있었다. 괴이한 탈바가지 같은 할머니 얼굴을 보자, 고사쿠는 괜히 왔나 싶었다. 고사쿠는 서둘러 2층에 올라가 아무 책이나 대충 한 권 집어 들고 곧바로 발길을 돌리려다가 멈칫했다. 그래도 여기까지 왔는데 이대로 그냥 돌아서기도 마음에 걸렸다.

"할머니, 뭐 하고 있었어?"

"쥐하고 얘기하고 있었지. 오늘 밤에 쥐들이 운동회 하느라고 아까부터 어찌나 시끄럽게 떠들던지 할미가 아주 정신 사나워 죽겠다."

할머니는 배시시 웃었다. 의외로 밝은 모습이었다. 1층까지 고사쿠를 뒤따라 내려온 할머니는,

"늦었으니 어서 자야지."

하고 말했다. 할머니 얼굴에 다소 쓸쓸한 빛이 감돌았다.

다음 날부터 고사쿠는 낮에만 흙집에서 공부를 했다. 조그만 앉은뱅이책상 앞에 가지런히 놓인 방석은 온종일 주인을 기다리는 듯했다. 할머니는 고사쿠가 올 때마다 과자 챙기기를 잊지 않았다.

저녁때까지 공부하다 식사 시간이 되어 본채에 돌아오면, 여동생이 음식 쟁반을 들고 흙집으로 향했다. 할머니를 위한 것이었다. 어머니는 본채에서 함께 저녁을 먹자고 수차례 권했지만 할머니는 한사코 마다했다. 혼자서 먹는 게 더 편하다면서.

저녁상을 물리면 이누카이 선생에게 공부를 배우러 갔다. 그러고 돌아오면 흙집에 5분이나 10분가량 들렀다가 본채로 향했다. 고사쿠는 이 사실을 어머니에겐 비밀로 했다. 특별한 이유는 없었다. 그저 일부러 알려서 좋을 건 없다고 생각했을 뿐.

딱히 볼일이 있어서 흙집에 가는 건 아니고, 이튿날 학교에 갖고 갈 교과서를 챙기고 할머니와 형식적인 얘기를 몇 마디 나누다 가는 게 고작이었다. 고사쿠가 흙집에 들어서면 할머니는,

"오늘은 빨리 왔네."

혹은,

"오늘은 좀 늦었네."

같은 말을 하고 억지로 과자를 입 안에 넣어 주고는,

"이제 그만 돌아가서 자야지. 그래야 내일 또 일찍 일어나지. 안 그래?"

하며 틀에 박힌 말을 하고 고사쿠를 돌려보내곤 했다.

고사쿠가 본채로 옮기고 열흘쯤 지났을 때였다. 여느 때처럼 계곡 여관에서 공부하고 돌아와 흙집에 들렀는데, 할머니 표정이 심상치 않았다.

"후딱 집에 가 봐라. 엄마가 머리끝까지 화가 났다."

고사쿠는 무슨 큰일이 났나 싶어 그대로 흙집을 나왔다. 2층 방으로 올라오자 곧바로 어머니가 뒤따라 올라왔다.

"너 방금 흙집에 갔다 왔니?"

"응."

"어젯밤은?"

"갔었어."

"그제 밤은?"

"갔었어."

"매일 밤마다 갔던 거야?"

"응."

"왜?"

"학교 책 가지러."

"……역시 그렇구나. 그런데 할머니는 하늘에 맹세코 고짱이 온 적이 없다는 거야. 정말이지 새빨간 거짓말쟁이야."

"그냥 잠깐 들르는 것뿐인데……."

고사쿠가 할머니를 두둔하고 싶은 마음에 이렇게 중얼거렸다. 그러자 어머니의 표정이 단번에 무섭게 변했다.

"너도 참 이상한 말을 하는구나. 내가 언제 흙집에 가면 안 된다고 하디? 주절주절 변명할 필요 없잖아! 가만 보면 너도 할머니랑 닮은 구석이 있어."

어머니는 휙 돌아 내려가 버렸다. 그러나 그걸로 끝이 아니었다. 다음 날 고사쿠가 학교에서 돌아와 보니, 본채 부엌 쪽에서 어머니와 할머니가 앙칼지게 다투는 소리가 들려왔다. 2층에 책보를 던져 놓고 후다닥 계단을 내려왔지만 부엌은 텅 비어 있었다. 고사쿠는 얼른 뒷문으로 나갔다. 어머니와 할머니는 어느새 흙집 앞마당까지 옮겨와 싸움을 벌이는 중이었다.

할머니가 잔뜩 벌게진 얼굴을 앞으로 내밀며 씩씩거렸다.

"내가 왜 너 따위가 하는 말을 들어줘야 하지?"

"뭐라고요? 지금 너, 라고 했어요?"

"아이고, 그래. 죽을죄를 지었구면. 그럼 너님이라고 불러줄까?"

"부인이라고 하세요!"

"허, 길을 막고 물어봐라. 자기 딸을 부인이라고 부르는 사람이 어디 있는지 말이야."

"지금까지 당신을 어머니라고 생각한 적은 맹세코 단 한 번도 없어요. 마을 사람들도 마찬가지고요. 처지가 하도 불쌍해서 그러려니 봐줬더니…… 거짓말을 왜 해요? 앞으로 또 거짓말하면 흙집에서도 당장 쫓겨날 줄 알아요!"

어머니가 얼음처럼 차갑게 쏘아붙였다.

"뭐라고? 시방 지금 나 협박하는 거냐?"

할머니는 몸을 부들부들 떨면서 입에 거품을 물고 악을 쓰기 시작했다.

"여기는 내 집이야! 나가려면 네가 나가라! 천하에 인정머리 없는 것 같으니."

고사쿠는 말없이 두 사람의 모습을 지켜보다 주춤거리며 다가가서는,

"할머니."

　하고 할머니의 기모노 소맷자락을 붙잡고 가만히 흙집으로 잡아끌었다.

　"고짱!"

　격노한 어머니의 음성이 고사쿠의 목덜미를 붙잡았다.

　"넌 오늘부터 흙집에 한 발자국도 못 들어갈 줄 알아. 저런 몹쓸 거짓말쟁이랑 있다간 너도 몹쓸 녀석이 되어 버릴 테니까!"

　"뭣이야?"

　할머니의 눈에서 섬뜩한 불꽃이 튀었다. 그러고는 흡사 정신 나간 사람처럼 땅 위를 두리번거리며 마당을 빙빙 돌기 시작했다. 어머니에게 던질 돌이라도 찾는가 싶어 고사쿠는 머리칼이 쭈뼛 섰다. 그 순간이었다. 어머니가 실신하듯 스르륵 땅바닥에 주저앉아 버린 것이다. 온 몸에 힘이 빠져나간 어머니는 한 손은 이마에 대고 한 손은 땅을 짚어 간신히 몸을 지탱하면서,

　"고짱, 물!"

　하고 이를 악물며 외쳤다. 핏기가 가셔 백지장처럼 하얗게 변해 가는 어머니 얼굴에 당황한 고사쿠는 부리나케 본채 부엌으로 뛰어 들어가 밥그릇에 물을 담아 왔다. 어머니는 감나무에 몸을 기대고 힘없이 서 있었다. 여전히 얼굴이 창백했다. 물을 한 모금 마신 어머니는,

　"고짱, 어서 큰집 가서 외할머니 불러와!"

　하고 맥없는 소리로 중얼거렸고, 할머니는 뜻밖의 사태에 어찌할 바를 모르고 눈만 껌벅거리다가,

　"그렇게 서 있지 말고 어서 흙집에 가서 몸 좀 누이자!"

　하고 다급히 외쳤다. 좀 전의 살기등등한 모습은 어디에도 없

었다.

"아무래도 그래야겠어요."

어머니는 힘없이 대꾸하고는 흙집으로 천천히 걸음을 떼었다. 고사쿠는 두 사람을 뒤로 하고 쏜살같이 큰집으로 달려갔다.

"할머니! 어머니가 쓰러지려고 해요!"

고사쿠의 숨넘어가는 외침에 외할머니는 하얗게 질려서 뛰어 나왔다. 정원용 게타를 외출용으로 갈아 신을 새도 없이 집 밖으로 뛰쳐나온 외할머니는 당황한 나머지 평소보다 걸음이 한결 더뎠다. 조금 걷다가 멈춰서 땅이 꺼져라 한숨을 내뱉고는 몇 번이고 알 수 없는 말을 중얼거렸는데, 어렴풋이 '딸 아이 대신 절 데리고 가세요'라고 하는 것 같았다. 외할머니는 곤란한 일이 생기면 언제나 자신을 대신 벌해 달라고 기도문처럼 말하곤 했던 것이다.

흙집으로 돌아와 보니, 어머니는 흙집 1층 마루방에 드러누워 있고 할머니가 옆에서 젖은 수건을 이마에 올려 주고 있었다. 사색이 된 외할머니는 어머니 상태를 이리저리 살피더니,

"뱃속에 아이도 있는데 무리하면 어떡하니!"

하고 책망하듯 말했다.

그러고는 생각보다 괜찮은 모습에 안도의 한숨을 쉬고는 할머니를 바라보았다.

"고생 많았어요."

"고생은 무슨……."

할머니는 머쓱한지 휘휘 손사래를 치고는,

"어제부터 집에 한기가 들어서……."

하며 2층에 올라가 차를 타 가지고 왔다. 어머니는 잠시 누운

채로 가만히 있다가 기분이 좀 나아졌는지 몸을 스르륵 일으켰다.

"휴, 아깐 정말 큰일 나는 줄 알았네. 할머니와 대판 싸우고 있는데 갑자기 현기증이 나잖아요."

"싸움?"

외할머니의 표정이 일순 흐려졌다.

"서로 이판사판으로 달려들었다고요."

어머니가 빙그레 웃었다.

"됐다. 그렇게 웃으면 다 나은 거나 마찬가지다."

할머니도 씩 웃으며 한 마디 했다. 얼마 뒤 근처 아주머니 두세 명이 흙집 문을 두드렸다. 어디서 소식을 전해 들은 모양이었다.

그날 밤, 이누카이 선생과 공부하고 돌아온 고사쿠는 흙집으로 향했다. 할머니는 고사쿠를 보자마자,

"아이고, 후딱 돌아가라. 또 엄마가 질투하면 어쩌느냐."

하며 검지와 중지를 세워서 이마에 대며 화난 표정을 지어 보였다. 주름투성이 얼굴이 일그러지니 정말 도깨비 탈 같았다. 본채에 돌아오자 이불 위에 반듯이 누워 있던 어머니가 고사쿠를 불렀다.

"흙집에 갔다 와라. 저승사자 같은 할멈이 너만은 금쪽같이 아끼는구나. 오늘 밤은 거기서 자고 와. 대신 내일부터는 일절 방문하는 거 금지야! 안 그럼 습관이 되어 버리니까."

군말 없이 본채에서 나오긴 했지만 고사쿠는 흙집에 들어가지 않고 하릴없이 앞마당을 서성댔다. 유난히 달빛이 밝은 밤이었다. 논두렁에서 개구리가 요란스레 울어 대고 습한 열기가 확 다가왔다. 고사쿠는 왠지 서글퍼졌다. 낮에 있었던 다툼 때문인지 숨 막히는 무더위가 문턱까지 다가왔다는 심란함 때문

인지는 알 수 없었다.

7월 막바지에 여름방학이 시작되었다. 이누카이는 덴류 강 상류에 위치한 고향으로 돌아가 버렸다. 아쉽지만 여름방학은 혼자서 공부하는 수밖에 없었다. 그는 떠나면서 숙제로 오래된 시험 문제집 한 권을 건네주었다. 그 안에 있는 어마어마한 산수 문제를 방학 동안 전부 풀어놓으라는 말과 함께. 표지는 다 헤져 너덜너덜했고 빨간 색연필로 곳곳에 빽빽이 선이 그어져 있었다. 이누카이 선생이 사용했던 책일까. 아니면 누마즈나 미시마에 갔을 때 중고 책방에서 샀을지도 모른다.

고사쿠는 손때 묻은 지저분한 시험 문제집을 황송하게 받아 들었다. 커다란 감동이 뼛속 깊이 전해졌다. 이 문제집을 가지고 공부했을 이름 모를 누군가의 존재가 고사쿠의 경쟁심에 불을 붙였다. 고사쿠는 빨간 색연필로 밑줄을 그어 가며 열심히 공부했다.

8월 초순께 고사쿠는 서해안 어촌 마을인 미토에 있는 친척 집에 놀러 가게 되었다. 그곳은 어머니의 바로 아래 여동생인 스즈에 이모의 집이었다. 미토에 이모가 산다는 건 예전부터 알고 있었지만 실제로 방문하기는 처음이었다. 듣기로는 꼬맹이 때부터 마쓰무라 집안의 양녀로 들어가 친딸처럼 길러졌다고 했다. 스즈에 이모는 어릴 나이에 이미 자신이 양녀임을 알아차렸지만 양부모는 끝까지 그 사실을 숨기고 이날 여태껏 살아왔으며, 이모가 30대 중반에 이른 지금도 부부는 자신의 딸이 아무것도 모르고 있다고 철석같이 믿고 있었다.

그러한 사연도 있고 해서, 같은 이즈 반도에 살고 있지만 이른바 친척 간 교제는 그다지 많지 않았다. 하지만 스즈에 이모의 양어머니가 원래는 어머니와 피가 섞인 이모인지라 일절 왕래를 끊기도 부자연스러운 면이 있었다. 고사쿠가 스즈에 이모네 집에 가게 된 것은 이러한 사연을 고려한 어머니의 적극적인 권유 때문이었다.

"고짱, 미토에서 실컷 해수욕하고 오렴. 공부도 좋지만, 여름 방학 때는 바다에서 새카맣게 그을어 오는 것도 나쁘지 않아."

어머니 눈에도 온종일 책상 앞에 앉아 있는 고사쿠가 퍽 안쓰럽게 보인 모양이었다. 고사쿠는 지금껏 바다에 가 본 적은 있어도 수영해 본 적은 없었다. 그래서 그런지 해수욕이라는 단어는 몹시도 신선하고 매력적으로 다가왔다. 아울러 귤 밭이 가득하다는 이모네 집도 구경하고 싶었다.

고사쿠는 책보를 들고 유가시마를 떠났다. 오히토까지 버스를 타고 가서 경편을 탄 다음, 나가오카 역에서 내려 4킬로미터 정도 걸었다.

어머니는 고사쿠가 떠날 때,

"스즈에는 내 여동생이지만 그 부모에게는 비밀로 해야 돼, 알았지?"

하고 신신당부했다. 할머니도 마찬가지였다.

"자기 배 아파 낳은 자식도 아니면서 끝까지 속이려는 건 애당초 글러 먹은 일이야. 이모와 조카딸이면 어때, 그게 무슨 흠이라고. 꼭 그렇게 유난스러운 사람이 있다니까. 하여튼 고짱 때문에 그쪽 할머니가 꽤나 마음 졸이겠네."

애당초 할머니는 고사쿠의 미토 행을 탐탁지 않게 여긴 터였다. 이가미 집안의 귀중한 후계자를 해수욕 따위를 시키려고 굳이 먼 곳까지 보내려는 어머니를 도통 이해할 수 없다면서.

하지만 자신의 이런 생각을 고사쿠 말고는 누구에게도 일절 내비치지 않았다. 흙집 앞에서 어머니와 한바탕 격렬한 말다툼을 한 뒤로, '인내 또 인내'와 '힘 있는 자에겐 숙이는 게 상책이다'가 삶의 신조라도 되는 양 입버릇처럼 중얼거리곤 했다.

미토 마을은 몹시 여유롭고 아름다운 곳이었다. 나가오카에서 4킬로미터쯤 산길을 걷다가 작은 터널을 통과한 다음 언덕을 내려갔더니, 한여름 태양이 눈부시게 내리쬐는 푸른 바다와 해안가 주변에 옹기종기 늘어선 집들이 파노라마처럼 눈앞에 펼쳐졌다.

이모 집은 큰길에서 다소 안쪽으로 들어간 언덕배기에 있었다. 농가풍 본채 입구에는 커다란 화로가 놓인 방이 보이고 안쪽으로 거실용 방과 창고용 방이 있었다. 본채 이외에 앞마당을 사이에 두고 헛간과 별채가 바다를 뒤로 하고 자리했다. 거실용 방 툇마루에서 푸른 바다 한 자락이 보이고 통통거리는 기동선 엔진 소리가 귓바퀴에 감겨 왔다.

이 집에 발을 들여놓은 순간부터 고사쿠는 자신이 환영받고 있음을 느낄 수 있었다. 토방에 들어선 고사쿠의 모습을 발견한 스즈에 이모는,

"어머나, 유가시마에서 고짱이 왔다!"

하고 부드럽고 독특한 어조로 안쪽 방을 향해 소리쳤다. 곧이어 남편으로 보이는 소탈한 남자가 뒷문 쪽에서 토방으로 훌쩍 나왔다.

"이야, 어서 오시게."

마치 어른 손님이라도 맞이하는 말투였다. 얼마 후에는 노인 부부가 헛간에서 얼굴을 내밀었고 어디선가 아이들 세 명이 쪼

르르 나타났다.

한눈에도 이모 외할머니는 큰집 외할머니와 얼굴 생김새와 몸집이 비슷했고 체구는 훨씬 아담했다. 상냥하고 인정 많아 보이는 할머니에 비해, 할아버지는 다소 무뚝뚝하고 투박해 보였다.

"이 아인가. 잠자는 시간 빼고는 공부만 한다는 녀석이."

그는 물끄러미 고사쿠를 바라보다가,

"여름 내내 바닷가에서 실컷 놀아라. 어부처럼 까무잡잡해지기 전까지는 집에 못 간다!"

하고 농담인지 진담인지 아리송한 말을 했다. 고사쿠는 속으로 콧방귀를 뀌었다. 그러다간 숙제도 못 하고 중학교도 못 들어갈 텐데 누구 앞길을 막으려고.

맏아들 기이치는 고사쿠와 동갑이고 둘째 다케지는 두 살 아래였다. 두 명 모두 새카만 얼굴 속에서 눈만 반짝거렸다. 할아버지 말대로 온종일 바다에서 죽치고 지내는 모양이었다. 막내 여동생 하루에는 동그란 얼굴에 포동포동 살이 오른 소학교 1학년생으로 스즈에 이모 옆에 찰싹 달라붙어 있었다. 공부할 생각은 하지도 말라는 할아버지 말과 달리, 이미 거실방은 고사쿠의 공부방으로 꾸며져 있었다. 어머니가 사전에 부탁해 둔 것일지도 몰랐다.

이튿날, 고사쿠는 두 형제와 바다로 나갔다. 끝도 없이 펼쳐진 모래사장 위로 백 명쯤 되는 벌거벗은 아이들이 모래투성이가 되어 마구 뛰어다녔다. 바다에는 30명 남짓한 아이들이 수박처럼 해면 위에 둥둥 떠 있었다. 하나같이 숯검댕이처럼 새카맣게 그을린 아이들. 고사쿠는 자신의 허여멀건 몸뚱이가 몹시도 부끄러웠다.

바다는 한참을 가도 얕았다. 그중 조금 깊은 곳에 설치된 다이빙대에서 양손을 올린 아이들이 머리부터 물속으로 꼬리를 물고 뛰어들었다. 유가시마 계곡에서 수영 실력을 다진 고사쿠도 자신만만하게 다이빙대에 섰다. 그러나 이내 다리가 후들거리고 멋들어진 자세로 뛰어내릴 자신이 없어 살그머니 내려오고 말았다.

다케지는 수영도 능숙하고 다이빙 실력도 뛰어났다. 맏이답게 어른스러운 기이치와 달리 다케지는 성미도 급하고 힘도 장사였다. 고사쿠는 형제와 곧바로 친해져 모래사장에서 스모를 하며 놀았는데 다케지 앞에서는 형도 고사쿠도 맥없이 자빠졌다.

애당초 오전에는 공부하고 오후에는 바닷가에 나가서 머리를 식히기로 마음을 먹었지만 아침부터 두 형제가 놀자고 살살 꼬드기면 도저히 넘어가지 않고는 못 배겼다. 그렇게 진탕 물놀이를 하다가 집에 돌아와 점심을 먹고 나란히 거실에 벌렁 드러누워 낮잠을 늘어지게 잤다. 그리고 눈을 뜨자마자 다시 바다로. 그렇게 온종일 놀고 나면 밤에는 녹초가 되어 눕자마자 곯아떨어지는 것이었다.

고사쿠가 이곳에 오고 닷새 뒤, 누마즈에서 란코가 찾아왔다. 그녀의 등장에 고사쿠는 절로 가슴이 뛰었다. 안 그래도 눈에 띄게 사그라지던 공부에 대한 의욕은 이로서 남김없이 꺾여 버린 셈이었다. 샛노란 수영복을 입은 란코는 커다란 수건을 걸치고 바다에 나갔다. 고사쿠와 두 형제는 란코와 동행하기 창피했지만,

"나 바다 갈 거니까 모두 따라와!"

하고 그녀가 명령조로 말하면 꿀 먹은 벙어리처럼 말 한 마디 못하고 뒤를 따를 수밖에 없었다. 한껏 고개를 쳐든 그녀 뒤를 쫄래쫄래 따라오는 소년들은 누가 봐도 머슴 꼴이었다. 다른 아이들이 아무리 짓궂게 놀려 대도 그녀는 표정 하나 변하지 않았다. 오히려 그런 분위기를 즐기는 눈치였다. 고사쿠는 얼굴이 화끈 달아올랐고 다케지는 어느새 무리에서 벗어나 란코를 놀리는 아이들 대열에서 얼쩡거렸다.

어느 날, 란코는 심술궂은 얼굴로 고사쿠를 바라보았다.

"고짱은 다이빙대에서 못 뛰어내리지?"

고사쿠는 발끈했다.

"왜 못 뛰어. 할 수 있어."

"어머, 할 수 있다고? 그렇담 한번 뛰어내려 봐. 내가 봐 줄게."

"싫어."

"싫다고? 그것 봐. 무서우니까."

"무섭긴 뭐가 무서워."

"그럼 뛰어내려 보라니까?"

란코는 노골적으로 빈정거렸다.

고사쿠는 기이치와 다케지와 함께 다이빙대 위에 올라섰다. 먼저 기이치가 뛰어들고 다음에 다케지가 뛰어들었다. 마지막에 남은 고사쿠는 다이빙대 위에 잠시 그대로 섰다. 까마득하게 먼 바다. 눈앞이 아찔했다. 하지만 이제 와서 내려갈 수도 없는 노릇이었다. 고사쿠는 눈을 질끈 감고 몸을 날렸다. 머리부터 매끄럽게 다이빙할 작정이었지만 몸이 다이빙대에서 떨어지는 순간 더럭 겁이 나서 결국 다리부터 빠졌다. 지독하게 꼴사나운 자세였다. 배가 얻어맞은 듯 아팠다. 물위로 둥실 떠오

른 고사쿠는 뭍으로 헤엄치면서 힐끔 란코를 보았다. 그녀는 무심한 표정으로,

"고짱도 참. 누가 등이라도 떠민 줄 알겠어."

하고 대수롭지 않게 한 마디 툭 내뱉었다. 생각만큼 보기 흉하진 않았나 보다. 고사쿠는 내심 안도했다.

미토의 생활은 더없이 쾌적했고 식구들도 모두 친절했다. 여차하면 그냥 돌아갈 작정이었지만 지내고 보니, 유가시마보다 여기가 훨씬 즐거웠다. 그건 란코도 매한가지인 듯, 애당초 이틀 밤만 자고 갈 예정이었던 게 나흘, 닷새가 지나도 돌아갈 기미가 없었다.

"언제 갈 거야?"

고사쿠가 넌지시 묻자 란코는 제법 어른스러운 투로,

"나 여기서 더 놀 거야. 도시보다 물가도 저렴하고."

하고 대꾸했다.

란코가 오고 엿새째 되는 날에 어머니에게서 연락이 왔다. 미시마에 사는 친척이 신사에서 하는 불꽃놀이를 보러 오라고 고사쿠를 초대했다는 얘기였다. 어머니는 미시마에 가서 불꽃놀이도 구경하고 친척네 집에 들러 인사도 하고 오라고 권유했다. 친척은 이시모리 집안에서 태어난 아버지의 누이, 그러니까 고사쿠의 고모였다.

바다에서 수영하는 재미에 푹 빠진 고사쿠는 불꽃놀이에 별반 흥미가 일지 않았지만 어머니 말을 거역할 수도 없었다. 게다가 스즈에 이모도,

"고짱, 잠깐이라도 미시마에도 가 보렴. 괜히 이모가 고짱 못 가게 잡아 두고 있다고 엄마가 생각하면 곤란하잖니."

하고 말하니 더더욱 안 갈 수가 없었다. 결국 고사쿠는 기이치, 다케지, 란코와 함께 불꽃놀이가 있는 당일에 버스를 타고 미시마로 향했다. 기이치, 다케지, 란코까지 가면 폐가 된다며 이모는 극구 말렸지만 란코는 막무가내였다.

"생판 남도 아니고 고짱 고모네 집이잖아요. 우리가 하룻밤 신세 져도 괜찮을 거예요."

천연덕스럽게 응수하는 란코 앞에서 이모는 마지못해 고개를 끄덕였다.

"그럼 하룻밤만 묵고 바로 돌아와야 해."

네 명이 집을 나설 때까지 이모는 근심 어린 표정으로 신신당부했다.

처음 방문하는 고모네 집에는 도시키라는 동갑내기 사촌이 한 명 있었다. 고모부는 미시마에서 마을 대표라고 했다. 신사 앞에 자리한 집은 마을 대표가 사는 곳답게 위엄이 넘치는 2층 저택이었다.

미시마를 방문한 첫날 밤, 아이들은 2층 거실에 모여 불꽃놀이를 구경했다. 불꽃놀이를 보는 것도 고사쿠는 처음이었다. 고모는 다소 무뚝뚝한 인상에 완고한 원칙주의자의 면모를 풍겼다. 역시 이시모리 피는 못 속이는 모양이었다.

고모는 분주히 수박이나 사이다를 내어 왔다. 란코는 도시키에게 카드를 가져오라고 한 다음 모두에게 하는 방법을 알려주었다. 고사쿠는 카드라는 것도 이번에 처음 봤다. 도시에는 참 신기한 놀이가 많다고 생각했다. 다섯 명이 카드에 열중하고 있는 와중에 창밖으로 요란한 폭죽이 울리면서 밤하늘을 알록달록한 빛깔로 수놓았다. 그때마다 빨갛게 또는 파랗게 물드는 란코의 얼굴.

"참 예쁘다."

고사쿠가 공연히 창밖으로 눈길을 던지며 중얼거렸다.

"누마즈에서 하는 불꽃놀이가 훨씬 더 예뻐. 규모도 더 크고."

란코는 고모나 도시키가 있는데도 이렇게 내뱉었다.

"규모가 무슨 상관이야."

"왜 상관이 없어? 큰 게 훨씬 보기 근사하지. 돈도 몇 배가
차이 나는데."

"돈이 얼마가 들든 무슨 상관이야. 저런 데 돈 들이는 게 뭐
가 좋다고."

"어머, 그럼 넌 싼 게 더 좋아?"

란코가 깜짝 놀란 표정을 지어 보였다.

"아참, 고짱 그러고 보니 다이빙할 때 엄청 우스꽝스러웠던
거 알아? 꼭 개구리가 살려 달라고 꼴사납게 아우성치면서 떨
어지는 것 같았다니까."

그녀는 이렇게 이죽거리며,

"그치?"

하고 동의를 구하는 모양으로 기이치와 다케지를 바라보았
다. 둘은 묵묵부답이었다.

"떨어지긴 누가 떨어졌다고 그래?"

고사쿠는 성난 목소리로 대들었다. 머리끝까지 화가 치솟았다.

"어머, 거짓말!"

란코는 새치름하게 고개를 획 돌려 버렸다.

"너희들 왜 싸우고 있니."

때마침 고모가 올라와 상황은 일단락됐다. 고사쿠는 괜히 카

드를 만지작거리고 밤하늘에 쏘아 올린 불꽃으로 애써 시선을 돌렸지만 좀처럼 화가 진정되지 않았다.

그날 밤, 고사쿠는 기이치와 다케지와 나란히 거실에 누워 잠이 들었다. 옆방에 누운 란코는 심심한 양 이불 속에서 두 형제에게 간간이 말을 걸었지만 고사쿠에게는 한 마디도 하지 않았다.

"다음번엔 너희 둘 누마즈에 있는 우리 집에 놀러 와."

일부러 둘이라고 못 박는 걸 보고 고사쿠는 부아가 치밀었다. 오라고 애원해도 갈까 보냐. 고사쿠는 이를 앙다물었다.

그러나 해가 밝자 란코는 고사쿠에게 다가와 살갑게 말을 걸어왔다. 어젯밤 일을 깨끗이 잊어버리기라도 한 것처럼.

"고짱, 나 어떻게 할까? 미토에 다시 갈까, 아님 누마즈에 돌아갈까. 응? 어떻게 했음 좋겠어?"

"미토에 가서 놀면 되잖아."

란코가 오고 나서 집안 공기가 어수선해졌고 고사쿠도 정신이 산만해진 건 사실이었다. 그러나 란코가 내뿜는 화사하고 떠들썩한 분위기가 고사쿠는 내심 싫지 않았다. 이러저러한 끝에 란코는 결국 혼자 누마즈에 돌아가기로 했다. 고사쿠는 기이치와 다케지와 이모 집을 나와 기차역에서 란코를 배웅하고는 나가오카까지 가는 경편 열차에 올랐다.

고사쿠가 나가오카에서 내려 미토까지 걷는 건 두 번째였다. 요전번처럼 바다가 내려다보이는 비탈길에 서서 잠시 동안 미토의 마을을 감상했다. 맹세컨대 지금까지 본 풍경 중 으뜸이었다. 어쩌면 일본에서 첫 손가락에 꼽힐지도 모를 만큼. 고사쿠는 잊지 않겠다는 듯 그 풍경을 눈에 꾹꾹 담았다. 이토록 멋진 경치는 어디에도 없으리라고 굳게 믿으며.

미토에서 8월 중순까지 지낸 고사쿠는 새카맣게 그을린 채 유가시마로 돌아왔다. 우려한 대로 책은 한 글자도 보지 않았던 터라 유가시마에 돌아가자마자 공부에 돌입하자고 단단히 마음을 먹었다.

잠시 못 본 사이에 할머니는 더욱 볼품없이 쪼그라든 것 같았다. 고사쿠는 미토에서 사온 양갱 상자를 어머니에게 내밀었지만 어머니는 도로 주며 이렇게 덧붙였다.

"흙집에나 갖다 주렴. 요즘 날마다 과자 가게에서 군것질거리를 사 가지고는 집에서 혼자 야금야금 먹는 것 같던데. 어휴, 지지리 궁상이야 하여튼."

할머니가 과자를 좋아하는 건 고사쿠도 아는 바였다. 다만 작년부터 유난히 단 게 당기는지 하루에 몇 번이고 단 과자를 입안에 넣어야 직성이 풀렸다. 결코 과자를 한 아름 사오는 일은 없었다. 그날그날 먹을 양만 찔끔찔끔 샀다. 고사쿠가 이유를 물으니 할머니는,

"내가 그런 돈이 어디 있나."

하며 고개를 설레설레 흔들 뿐이었다. 그렇게 돈이 궁하면 애당초 과자를 안 먹으면 될 것을.

고사쿠가 양갱 상자를 건네자 할머니는 두 손으로 정중히 받아 들었다.

"살다 보니 고짱한테 선물도 다 받고…… 아까워서 어떻게 먹나. 그래도 마을 사람들한테 조금씩 나눠 줘야지."

"그냥 할머니가 다 먹어."

"아녀. 자고로 기쁜 마음은 많은 사람들에게 나눌수록 좋은 법이야."

그리고 할머니는 실제로 그렇게 했다. 양갱을 조금씩 나누어 일일이 종이에 싼 다음 집집마다 돌아다니며 양갱 쪼가리를 나눠 주었다. 그 사실을 전해 들은 어머니는 기함했다.

"누구누구에게 줬는지 고짱이 슬쩍 물어봐."

어머니는 양갱을 받은 집을 전부 방문해서 자초지종을 설명할 기세였다.

고사쿠는 늦은 밤 다시 흙집으로 갔다.

"의사 부부랑 스님에겐 큰 거 줬다. 아무래도 그동안 할머니가 신세를 많이 졌으니까. 나머지는 평소에 말동무해 주는 사람들한테 나눠 줬지."

"누구누구?"

"나카이네 며늘아기, 오스기네 영감, 바느질 가게 주인, 그리고…… 시미즈네 할멈."

"……"

"나카이네 며느리는 보기 드물게 예의가 얼마나 바른지 몰라. 고짱이 미토에 가 버렸을 때 외롭지 않느냐고 걱정도 해 줬지. 오스기네 영감은 2, 3년 전까지만 해도 심술보만 그득한 노인네였지만 요즘은 무슨 바람이 불었는지 살뜰히 챙겨 주더라고. 참말로 고마운 일이지. 얼마 전에도 '고짱 없어서 적적하지 않아?' 하고 걱정해 주더라니까."

고사쿠는 틀니를 우물거리며 중얼중얼 말하는 할머니의 얼굴을 뭐라 말할 수 없는 복잡한 심경으로 바라보았다. 할머니가 열거한 집들 중 평소에 친하게 지내는 곳은 하나도 없었다. 그들이 쥐꼬리만 한 양갱을 받아 들고 얼마나 황당한 표정을 지었을지 안 봐도 눈에 선했다. 하지만 그렇다고 할머니를 나무라고 싶진 않았다.

고사쿠에게 명단을 전해 들은 어머니는,

"맙소사!"

하고 한숨을 크게 내쉬었다.

"예전엔 당차고 통 큰 여장부였는데, 이젠 완전 구질구질한 늙은이가 되어 버렸어!"

고사쿠는 여름방학 마지막 날까지 숙제에 매달린 끝에 겨우 이누카이 선생이 낸 숙제를 끝마칠 수 있었다. 스무 문제 정도는 아무리 머리를 쥐어짜도 도저히 풀 수가 없었지만 급한 대로 일단 답은 적었다. 두툼한 문제집을 몽땅 풀었다는 사실만으로도 고사쿠는 누구에게도 지지 않을 듯한 뿌듯한 자신감이 몰려왔다.

9월이 되고 얼마 후, 이누카이 선생이 돌아왔다. 이미 엽서로 유가시마에 오는 날짜를 고지받은 터라 고사쿠는 버스 정류장까지 마중하러 나갔다. 오랜만에 만나는 이누카이 선생은 몰라보게 초췌해진 몰골이어서 고사쿠를 놀라게 했다.

"선생님, 살이 많이 빠졌어요."

"공부를 하도 열심히 해서 그렇다. 그 정도로 하지 않으면 훌륭한 사람이 될 수 없어."

그의 눈빛이 날카롭게 번뜩였다.

두 사람이 계곡 여관까지 함께 걷는 동안, 그가 불쑥 입을 열었다.

"고짱, 죽음에 대해 생각해 본 적 있나."

"아니요."

"죽음을 생각해 본 적이 없다고? 멍청한 놈! 나는 밤새 잠 한숨 안 자고 오로지 죽음에 대해서 생각하고 있단 말이다!"

그는 노기 찬 음성으로 윽박을 지르고는 나중에 혼잣말처럼 나직하게 읊조렸다.

"아아…… 난 이제 끝장이다."

"뭐가 끝장이에요?"

"뭐가 끝장이냐고? 건방진 소리 하지 마! 재능도, 돈도, 건강도 없는 인간은 그걸로 끝장인 거다!"

이누카이 선생은 포효하듯 으르렁댔다.

그가 아무래도 정신병에 걸린 것 같다는 소문이 마을에 퍼진 건 2학기가 시작되고 며칠 뒤였다. 고사쿠 눈에도 이누카이 선생의 모습은 평소와 많이 달라 보였다. 고사쿠는 계곡 여관에 매일 밤마다 공부하러 갔지만 더 이상 예전처럼 즐겁지 않았다. 그는 고사쿠가 와도 흥 없이 한 번 쳐다볼 뿐, 철저히 무심한 태도로 일관했다. 고사쿠는 늘 자습만 하다 돌아왔다. 그러는 동안 이누카이는 혼자서 여관 뜰을 서성이거나 툇마루에 벌렁 드러누워 빈둥거리곤 했다. 예전의 침착하고 차분했던 모습은 온데간데없었다.

# 7장

확실히 이누카이 선생은 예전과 달라졌다. 툇마루에 철퍼덕 주저앉아 멍하니 밤하늘을 올려다보고, 고개를 푹 숙인 채 계곡물이 들려오는 정원을 정처 없이 돌아다니기도 하고. 어떤 땐 귀신에 홀린 양 두꺼운 책 한 페이지를 무섭게 노려보며 한참이고 그렇게 있기도 했다. 행동은 날마다 달랐지만 유일한 공통점은 고사쿠에게 철저하게 무관심한 태도였다.

고사쿠가 방에 들어가면 이누카이 선생은 잠시 얼굴을 돌려 쓱 바라보고는 이내 고개를 돌려버렸다. 고사쿠가 뭘 하든지 안중에도 없었다. 구석에 놓인 책상을 가운데로 들고 나온 고사쿠가 교과서와 공책을 펼치고 자습을 끝마칠 때까지 그는 자기만의 세상에 들어가 버렸다. 하지만 고사쿠는 이누카이 선생이 나 몰라라 해도 언제나 밤이 되면 계곡 여관을 찾았다. 어차피 자습할 거라면 흙집보단 이누카이 선생 방이 낫겠다 싶었다.

더 이상 오지 말라고 할 때까지 고사쿠는 조용한 공부방에 다닌다 생각하고 열심히 다닐 작정이었다.

가끔가다 마을 사람들이 이누카이 선생의 소문에 대해 물어오는 경우가 있었다. 그럴 때마다 고사쿠는,

"달라진 거 없는데요."

하고 고개를 절레절레 흔들었다. 금시초문이라는 듯 의아한 표정으로. 고사쿠는 그를 어떻게든 지켜 주고 싶었다. 그러나 혼자는 역부족이었다. 이누카이 선생이 교무실에서 벌인 언동이나 학생을 대하는 태도에 대한 얘기가 학교 밖으로 퍼지면서 그가 정신이 이상해졌다는 소문은 이내 기정사실이 되고 말았다.

결국 이누카이 선생은 9월 말부터 학교에 더 이상 나타나지 않았다. 해고되었다는 둥, 반 강제로 휴직을 권유받았다는 둥의 온갖 이야기가 떠돌았지만 고사쿠는 여전히 밤마다 계곡 여관을 찾았다.

"고짱, 그 사람 정신이 좀 이상하다며, 이제 그만 가는 게 낫지 않겠어?"

어느 날, 어머니는 걱정스러운 낯으로 넌지시 물었다.

"아니, 선생님은 괜찮아."

고사쿠는 태연하게 대꾸했다. 만일 자신이 가지 않는다고 하면 이누카이 선생이 이상하다는 것을 인정하는 셈이 된다. 설령 그렇지 않더라도, 홀로 고독하게 여관방에 틀어박혀 있다가 병이 더 악화되기라도 하면 큰일 아닌가.

사람들은 이누카이 선생을 꺼림칙하게 여기며 가급적 멀리했지만 고사쿠는 개의치 않았다. 도리어 속을 터놓을 사람 하

나 없이 세상에 고립되어 가는 그가 안쓰러웠다.

이누카이 선생이 학교를 나오지 않게 된 지 열흘째 되던 날 밤이었다. 그날도 역시 고사쿠는 여관을 찾았다. 얼마 뒤, 오랜 침묵을 깨고 그가 입을 열었다.

"우리 폭포 보러 가자"

고사쿠는 깜짝 놀랐다. 실로 오랜만에 듣는 목소리였다.

"폭포라면 아마기 고개에 있는 조렌 폭포 말이에요?"

"그래. 지금 거기 가면 달빛이 아주 볼만할 거야."

웬일일까. 이누카이 선생은 완전히 정상으로 돌아온 것처럼 보였다. 침착한 눈빛과 부드러운 말투까지, 예전 모습 그대로였다.

"그럼 한번 가 봐요."

조렌 폭포까지는 4킬로미터가량 걸어야 했지만 은은한 달빛 아래 시모다 도로를 산책하는 것도 나쁘지 않으리라. 하룻밤쯤 공부를 쉰다고 당장 어떻게 될 일도 없겠지. 고사쿠는 책보를 놓아두고 이누카이 선생과 여관을 나섰다.

"이제 완연한 가을이구나."

이누카이 선생이 더없이 정다운 어조로 말했다.

"안 추워?"

"안 추워요"

"감기 들면 안 된다. 공부도 중요하지만 쉬는 날은 푹 쉬도록 해."

정말 제정신으로 돌아온 걸까? 고사쿠는 도통 종잡을 수가 없었다. 오늘밤 그의 모습은 여름방학 전과 다름이 없었다. 계곡에서 시모다 도로로 나오는 언덕길을 올라가는 동안 이누카이 선생은 고사쿠와 어깨를 나란히 하며 사이좋게 걸었다. 그런데 도로에 들어서자 그는 돌변했다. 별안간 혼자 성큼성큼 앞서가기 시작했다.

"선생님!"

고사쿠는 잰걸음으로 뒤를 따랐다. 몇 번을 따라잡아도 둘의 간격은 다시금 벌어졌다. 이누카이 선생은 숫제 뜀박질을 하는 모양새였다.

그렇게 오타키 마을을 빠져나왔다. 고사쿠는 연신 고개를 두리번거렸다. 누군가 있으면 달려가 사정을 설명하고 이누카이 선생을 여관으로 함께 데려가자고 부탁할 작정이었다. 아무리 봐도 그는 정상이 아니었다.

"선생님, 이제 그만 돌아가요."

간신히 이누카이 선생을 따라잡을 때마다 이 같은 말을 되풀이했지만 그는 들은 척도 하지 않았다. 급한 용무라도 있는 듯 걸음을 재촉할 뿐. 고사쿠는 더럭 겁이 났다. 달빛이 내려앉은 고즈넉한 마을, 시커먼 그림자를 드리우며 허연 도로를 휘적휘적 걸어가는 그의 모습은 명백히 광인(狂人)의 모습, 그것이었다.

오타키 마을을 지나치면 조렌 폭포까지 컴컴한 산길뿐, 여기서 멈춰야 했다. 고사쿠는 다짜고짜 이누카이 선생 등 뒤에 매달렸다.

"선생님, 돌아가요."

어떻게든 그의 걸음을 멈추려고 안간힘을 썼지만 허사였다. 이누카이 선생은 거의 괴력을 발휘하며 저벅저벅 앞으로 나아갔고 고사쿠는 속수무책으로 질질 끌려갔다. 눈앞에 시커먼 숲이 괴물처럼 아가리를 벌리고 있었다. 저 안에 들어가면 끝이다! 심장이 벌렁벌렁 뛰었다. 숲속에 들어가기 직전, 이누카이 선생은 우뚝 발걸음을 멈췄다.

"난 폭포에 뛰어들 거다."

그 말을 듣는 순간 싸늘한 한기가 고사쿠의 온몸을 관통했다.

"왜 뛰어들어요?"

"죽고 싶으니까."

"왜 죽고 싶어요?"

"건방진 소리 집어치워! 너 따위가 알 턱이 없어."

이누카이 선생은 으르렁대면서 다시 큰 보폭으로 성큼성큼 걷기 시작했다.

"너는 내가 죽는 모습을 끝까지 지켜본 다음 마을 사람들한테 본 것 그대로 전하는 거다. 알겠냐?"

"……네."

고사쿠는 입으로는 그렇게 대답하면서 온몸의 힘을 남김없이 쥐어짜 그의 방향을 바꾸려고 했다. 머릿속은 온통 그를 조렌 폭포까지 한 걸음도 가까이 가게 해서는 안 된다는 생각뿐. 꺼져! 방해하지 마! 같은 외침이 연신 이누카이 선생 입에서 터져 나왔다. 고사쿠는 도로 가운데서 그와 힘겹게 밀치락달치락하며 실랑이를 벌였다.

하지만 이누카이 선생은 꿈쩍도 하지 않았다. 고사쿠는 눈 딱 감고 이누카이 선생을 뒤에서 있는 힘껏 들이받았다. 그는 휘청대면서 앞으로 고꾸라졌다.

"이놈이!"

격노한 이누카이 선생의 고함을 뒤로 하고 고사쿠는 냅다 뛰었다. 뒤에서 쫓아오는 소리가 들렸다. 그렇게 50미터 가량을 오타키 마을 쪽으로 내달리다가 허전함을 느끼며 발걸음을 멈췄다.

뒤를 돌아보았다. 멀찍이서 이누카이 선생이 우뚝 멈춰서 있었다. 화가 머리끝까지 치솟은 듯 얼굴이 붉으락푸르락한 채로. 그러다 돌연 땅 위에 시선을 떨구고 그 주변을 빙빙 돌기 시작했다. 돌이라도 주워 자신에게 던지려는 걸까.

그 순간 고사쿠는 보았다. 거대한 고독 속에 몸부림치는 상처받고 가련한 영혼을. 형용할 수 없이 깊은 비애가 마음을 적셨다. 대체 어찌해야 한단 말인가. 가까이 다가가기엔 너무 무섭고 그렇다고 이대로 도망갈 수도 없었다.

얼마나 흘렀을까. 피곤이 몰려온 탓인지 이누카이 선생이 길섶 바위 위에 털썩 걸터앉았다. 대낮처럼 눈부신 달빛 아래, 그의 그림자가 유난히 짙었다. 10분가량 그렇게 고사쿠는 이누카이 선생을 말없이 응시했다. 차디찬 밤공기가 온몸에 켜켜이 쌓이고 귀뚜라미 우는 소리만이 적막한 고요를 깨며 구슬프게 울려 퍼졌다.

바로 그때였다. 멀리서 사람 목소리가 들려왔다. 신덴 마을의 청년들로 보이는 네다섯 명이 왁자지껄하게 떠들며 다가오고 있었다. 이윽고 무리 중 하나가 고사쿠를 발견했다.

"너 여기서 뭐 하냐?"

"이누카이 선생님이 조렌 폭포에 뛰어들겠다고 해서⋯⋯."

"누가 폭포에 뛰어들어?"

"이누카이 선생님."

"아, 그 정신병 환자? 그럼 저기 있는 사람이 이누카이 선생이냐?"

고사쿠는 간략하게 지금까지의 상황을 설명했다.

"음⋯⋯ 알겠다."

사내 한 명이 고개를 끄덕이더니 이누카이 선생에게 다가갔다. 다른 이들도 바로 뒤따랐다.

청년들은 잠시 동안 그와 길 중앙에서 뭐라고 이야기를 하더니 그중 한 명이 고사쿠에게 고개를 설레설레 흔들며 돌아왔다.

"완전히 맛이 갔구먼. 오늘 밤은 우리가 데리고 있을 테니 너는 집에 돌아가라."

고사쿠는 마을로 돌아왔다가 책보를 깜박한 게 생각나 계곡 여관에 다시 들러 주인에게 이누카이 선생이 오늘 돌아오지 않을 것임을 알려 주고 집으로 향했다.

다음 날 아침, 어젯밤 사건으로 학교 전체가 크게 들썩였다. 날이 밝자마자 마을 사무소 직원에게 인계된 이누카이 선생은 누마즈 정신병원에 입원하기 위해 마차를 타고 서둘러 유가시마를 떠났다고 했다. 소식은 삽시간에 온 마을에 퍼졌다. 사건의 현장에 있었던 고사쿠는 하루 종일 마을 사람들의 질문 공세에 시달렸다. 어른들은 호기심 어린 눈을 빛내며 이누카이 선생에 대해 꼬치꼬치 캐물으면서,

"아이고 고짱, 얼마나 놀랐니."

"십년감수했겠네."

라면서 고사쿠를 동정하듯 말했고 개중에는,

"그동안 미친놈한테 붙들려 허송세월했구먼. 이를 어쩌냐. 첨부터 다시 공부해야겠네."

라고 딱하다는 듯 말하는 사람도 있었다.

고사쿠는 이누카이 선생을 헐뜯는 사람들이 미웠다. 설령 그가 정신에 다소 이상이 있다손 치더라도 분명 그는 마을 누구보다도 고결한 정신을 가진 인간이었다. 어젯밤만 해도 시모다

도로에 나오기 전까지는 정상이 아니었던가. 그가 정답게 건넨 말이 아직도 귓가에 생생했다.

"감기 들면 안 된다. 공부도 중요하지만 쉬는 날은 푹 쉬도록 해."

이누카이 선생이 정상인 순간에 한 마지막 말이 자신의 건강을 걱정한 것이라 생각하니, 고사쿠는 가슴이 미어졌다. 이누카이 선생이 자신의 수험 공부를 신경 쓰느라 탈이 난 건 아닐까 하는 자책감마저 들었다.

고사쿠는 틈만 나면 이누카이 선생에 대해 입이 닳도록 이야기했다. 누마즈에서 잘 지내고 있는지, 상태는 좀 어떤지. 그럴 때마다 할머니는 지겹다는 듯

"고짱, 그 선생 얘기는 이제 그만 해. 무소식이 희소식이다. 공부도 이제 쉬엄쉬엄 하고. 그러다 고짱까지 정신이 이상해질라."

하며 낯을 찌푸리는 것이었다.


9월 말부터 할머니는 건강이 급격히 악화되어 대낮에도 방에 드러누워 지내는 일이 많아졌다.

"어디 아파?"

고사쿠가 물으면,

"아프긴 뭘."

하며 할머니는 주섬주섬 몸을 일으켰다.

"그냥 누워 있어."

"안 되지. 월동 준비도 슬슬 해야 하는데……."

할머니는 이런 말을 하면서 옷소매를 걷어 올리는 다스키를 걸치는 것이었다. 혹시 하루 종일 누워 지내는 건 아닐까. 고사쿠는 이런 의심마저 들었다. 창가 위에 먼지가 수북이 쌓여 있

음은 꽤 오랫동안 청소를 하지 않았다는 증거였다.

"청소는 안 해?"

"안 하기는. 오늘 아침에도 했는데…… "

고사쿠는 입을 다물어 버렸다. 어머니도 할머니의 기력이 예전보다 부쩍 떨어졌다는 사실이 신경 쓰이는 기미였다. 몇 번이고 본채에서 함께 식사를 하자고 권했지만 할머니는 번번이 사양했다. 하는 수 없이 어머니는 밥과 반찬을 올린 쟁반을 흙집에 날랐다.

할머니는 매끼마다 어머니의 식사 시중을 받는 게 미안했던지 그럼 저녁밥만 신세를 지겠다고 말했다. 그러나 익숙해진 뒤에는 고개가 점점 빳빳해졌다. 심지어,

"이렇게 밍밍하기 짝이 없는 걸 어떻게 먹으라고……."

라든지

"이런 쥐똥만 한 달걀을 누구 코에 붙이라고……."

같은 험담을 거침없이 하기에 이르렀다. 아무리 그래도 어머니 앞에서는 순순히 밥상을 받았지만 다른 사람이 가져오면 사사건건 꼬투리를 잡았다.

"걱정돼서 신경 써 줬더니 낯짝도 두껍지……. 이건 뭐 물에 빠진 사람 건져 냈더니 보따리 내놓으라는 격이야."

어머니는 정나미가 뚝 떨어진 듯 종종 분통을 터뜨렸다. 하지만 정 많고 마음 약한 외할머니는 진심으로 할머니를 동정하는 눈치였다.

"혼자 흙집에서 지내려니 오죽 적적할까……."

외할머니는 날마다 흙집에 발걸음을 했고 할머니도 외할머니가 오면,

"늘그막에 폐만 끼치고 가게 생겼네."

"자네한텐 정말 미안한 게 많아."

라며 애틋한 눈길을 던지는 것이었다.

어느 날 밤이었다. 고사쿠가 큰집에 들어서자, 마침 거실에서는 어머니를 비롯한 큰집 식구들이 할머니 얘기를 하고 있었다.

"앞으로 얼마 안 남은 것 같다고 하니 그쪽과의 인연도 여기까지다."

외할아버지의 담담한 말투에,

"요즘 들어 표정이며 태도가 아주 보살이에요. 갈 때가 된 걸 아는 건지…… 낮에도 계속 잠만 자고."

외할머니가 한숨을 쉬며 말했다.

"그 사람도 평생 하고 싶은 거 다 하고 살았죠 뭐. 주변 사람들한테 어지간히 폐도 끼쳤지만 이제 그것도 끝이군요. 더 살아 봐야 무슨 낙이 있겠어요."

어머니는 가시 돋친 소리를 했다. 할머니는 오늘 낮에 뇌빈혈을 일으켜 흙집 계단 아래 쓰러졌다고 했다. 그러고 보니 고사쿠는 오늘 흙집에 가지 않았다. 할머니가 쓰러져 의사가 달려온 것도 고사쿠가 학교에 있을 때 벌어진 일이었다.

"할머니가 아파?"

고사쿠가 끼어들었다.

"심각할 정도까진 아니지만, 의사 선생님 말로는 나이가 많아서 걱정이라네."

외할머니 말이었다. 고사쿠는 그대로 큰집을 나와 곧장 흙집으로 향했다. 문이 열려 있었다. 마루 위에 앉아 있던 할머니는 고사쿠의 얼굴을 보자,

"웬일로 오밤중에 여길 다 오고⋯⋯."

하며 유난히 정중한 말투로 맞이했다.

고사쿠는 잠자코 할머니 옆에 앉았다.

"오늘 의사 선생님이 왔었다. 이제 할미도 갈 때가 됐는가 보다. 고짱이 중학교 들어가는 건 보고 가야 하는데⋯⋯."

할머니는 지독하게 창백한 낯으로 쓴웃음을 지었다. 고사쿠는 뭔가 위로의 말을 건네고 싶었지만 딱히 적당한 말이 생각나지 않아 가만히 있었다.

"자, 늦었으니 어서 집에 돌아가라."

할머니가 재촉했다. 행여나 어머니 심기를 불편하게 할까 눈치를 보는 건지.

말없이 흙집을 나온 고사쿠는 하릴없이 마당을 서성댔다. 큰집 식구들 말대로 할머니는 오래 못 살 것 같은 예감이 들었다. 문득 '세상사 서글픈 일이 가득하다'라는 시험문제 속 문장이 떠올랐다. 인생이란 참으로 서글픈 일투성이였다. 정신이 이상해져 버린 이누카이 선생, 갈수록 흉하게 늙어 가는 할머니, 젊은 나이에 세상을 떠나 버린 사키코. 별나게 고즈넉한 그날 밤, 인생이라는 것이 너무도 서글픈 얼굴을 하고 고사쿠 앞에 모습을 드러냈다.

이튿날부터 할머니는 아예 몸져누워 버렸다. 외할머니와 어머니가 날마다 교대로 흙집에 들렀다. 근처 아낙네들도 아침이나 밤에 문병을 갔는데, 흙집에서 나온 이들은 한결같이 고개를 절레절레 흔들며 본채로 발걸음을 옮겼다.

"상태를 보아하니 올해 안에 상 치르겠네."

"저래 봬도 식욕은 있으니 추수는 넘길 거야. 기어이 새 쌀밥은 맛보고 갈 작정인가 봐."

이처럼 할머니의 죽음을 은근히 기다리는 듯한 말들을 들을 적마다 고사쿠는 화가 치밀었다.

고사쿠도 흙집에 얼굴을 보이면 할머니는 기다렸다는 듯,

"오늘은 빨리 왔네."

라든지

"오늘은 어제보다 늦게 왔네."

라며 문병객이 가져온 음식을 주섬주섬 내밀었다. 고사쿠는 가만히 고개를 내저었다. 흙집을 나온 뒤론 할머니가 내어 주는 음식은 왠지 꺼림칙해 좀처럼 손이 가지 않았다. 함께 살 때는 한 번도 그런 생각을 한 적이 없었건만.

"고짱이 먹기 전에는 쥐들도 안 먹는다. 자, 어서 먹어"

"나중에 공부하면서 먹을게."

고사쿠는 마지못해 할머니가 건네준 것을 종이에 싸서 기모노 품 안에 넣었다. 그제야 할머니 얼굴에 엷은 미소가 떠올랐다.

10월 중순께 어느 날이었다. 고사쿠는 할머니를 위해 소바가키[78]를 만들었다. 할머니가 보는 가운데, 메밀가루를 넣은 접시에 뜨거운 물을 조금씩 부으며 젓가락으로 휙휙 저었다.

"고짱, 손 데지 않게 조심하고."

할머니는 걱정스레 고사쿠의 손짓을 바라보다가 완성된 소바가키를 맛있게 먹었다.

"고짱이 만든 소바가키도 먹었으니 이제 참말로 죽어도 여한이 없다."

78  메밀 반죽을 육수에 담아 먹는 요리.

할머니는 주름살로 쪼글쪼글한 손을 눈언저리에 가져갔다. 두 눈에 치렁치렁 눈물이 고였다.

"그동안 이 할미가 고짱을 위해 소바가키를 만들었는데…… 이젠 고짱이 할미를 위해 만들어 주고."

할머니의 목소리는 파르르 떨렸다. 고사쿠의 마음도 덩달아 출렁거렸다. 사실 메밀가루를 저을 때부터, 고사쿠는 같은 생각을 하며 감회에 젖어 있었다. 할머니도 똑같은 마음이었구나.

그러나 할머니의 병세가 깊어지면서 정작 겉으로 보이는 고사쿠 태도는 눈에 띄게 무심해졌다. 문병을 가도 머리맡에 앉아 무덤덤한 낯으로 이야기를 듣기만 하거나 한두 개 부탁을 들어주고는,

"나중에 다시 올게."

하며 휭 하니 일어서는 경우가 허다했다. 다정한 말 한마디 건네고 싶은 마음이 없는 것도 아니었건만 도무지 입에서 떨어지지가 않았다.

유가시마 마을을 떠들썩하게 했던 이누카이 선생이 입원하고 한 달여가 지났을 무렵, 그가 퇴원해 슨토 군[79]에 있는 어느 소학교에 다닌다는 이야기가 나돌기 시작했다. 소문은 사실이었다. 쪽빛으로 한껏 갠 가을하늘에 청명한 바람이 불던 어느 날, 교장이 조례에서 말했다.

"이누카이 선생님은 건강을 해칠 정도로 공부에 몰두하셨습니다. 얼마나 존경스러운 분입니까. 이제 깨끗이 완쾌하셔서 고향에서 가까운 슨토 군의 소학교로 전임을 가게 되셨습니다.

---

79  시즈오카 현에 있는 군.

유가시마에 인사하러 오고 싶다고 하셨지만 제가 정중히 사양했습니다. 오랫동안 정든 학교에 오면 필시 마음이 약해져 계속 있고 싶어질 게 분명하니까요."

고사쿠는 누구보다 교장의 말을 열심히 귀담아 들었다. 안 그래도 문병을 가고 싶었지만 어른들이 말릴까 봐 차마 입을 떼지 못했는데 건강을 회복했다니. 더 이상 망설일 이유가 없었다. 당장 그를 만나러 가리라.

고사쿠가 집에 돌아오자마자 어머니에게 이런 뜻을 전했지만 단번에 거절당하고 말았다.

"얘가 무슨 말을 하는 거야. 널 보고 그때처럼 또 폭포에 뛰어들겠다고 길길이 날뛸지 누가 아니, 절대 안 돼!"

"다 나으셨대."

"그걸 어떻게 믿어? 그냥 둘러대는 게 뻔해."

어머니는 딱 잘라 말했다. 이누카이 선생을 경멸하는 듯한 말투가 몹시 거슬렸지만 별 수 없었다. 고사쿠는 급한 마음에 큰집으로 달려가 외할머니와 외할아버지에게 매달려 보았지만 결과는 마찬가지였다.

"무슨 소리냐! 미치광이를 만나겠다는 네놈이야말로 당장 병원에 가 봐야겠다."

외할아버지는 오만상을 지으며 타박했다.

"고짱, 가지 마. 그런 병에 걸린 사람은 그냥 모른 척하는 게 상책이야."

정 많은 외할머니도 이번만은 매정했다. 유일하게 이누카이 선생에게 동정의 마음을 보인 사람은 오로지 할머니뿐이었다.

"좀 특이한 사람이라고는 생각했지만 그런 병에 걸렸을 줄이야. 불쌍도 하지……"

할머니는 엄지손가락을 한쪽 귀에 가져다 대고 빙글빙글 돌리는 시늉을 했다.

"하지만, 고짱에게는 좋은 선생님이었다니 그건 그것대로 고마운 일이야. 그런데 아무래도 고짱은 가지 않는 게 좋겠어. 그러다 귀신이라도 들러붙음 어쩌려고. 나중에 할미가 꼭 가서 고짱 대신 감사 인사 드리고 올 테니 걱정 마라. 알겠지?"

12월이 되자 갑자기 맹렬한 추위가 뼛속까지 스며들었다. 새해가 밝기 전에 눈이 내리는 일은 결코 없었는데 올해는 어쩐 일인지 12월 중순부터 눈발이 희끗희끗 날리기 시작했다. 소복이 쌓이진 않았지만 해가 뉘엿뉘엿해지면 예외 없이 2, 3일 연달아 눈송이가 내려왔다.

고사쿠는 본채 2층 방에서 늦은 밤까지 책상에 앉아 공부에 열중했다. 해가 바뀌면 가족들과 하마마쓰로 옮겨 갈 예정이었다. 원래는 유가시마 소학교에서 6년 과정을 마치고 하마마쓰 중학교의 시험을 보려고 했는데 아버지는 생각이 달랐다. 단기간이나마 하마마쓰에서 분위기를 익히는 편이, 시골에서 올라오자마자 잔뜩 주눅이 들어 시험을 치르는 것보다 낫다고 했다.

고사쿠의 전학 사실은 이내 마을에 퍼졌다. 예전 같았으면, 여기저기 찾아다니며 동네방네 소문을 낼 할머니였지만 상황이 여의치 않자 문병 오는 사람들에게 유일한 화젯거리라도 되는 양 떠들어 댔다.

"최소한 소학교는 졸업하고 데리고 가면 될 것을, 뭐가 급하다고 이리 서두른대. 그렇게 무정한 사람들이 세상에 어디 있나."

할머니는 홀로 남게 된다는 사실이 참을 수 없이 서운했을 테지만 결코 내색은 하지 않았다. 오로지 유난스러운 부모님 등쌀에 휘둘리는 고사쿠가 가엾다고만 했다. 처음에는 맞장구를 치던 아낙네들도 갈 때마다 똑같은 불평을 듣는 것에 진절머리가 난 나머지, 나중에는 시큰둥한 반응을 보였다.

"뭐가 어때서 그래? 고짱 가 버리면 한결 홀가분해질 텐데 뭘."

이렇게 심술궂게 이죽거리는 사람이 있는가 하면,

"애당초 당신은 이 마을에 혈혈단신으로 온갖 수모를 겪으며 정착한 사람이야. 늘그막에 홀몸이 되었다고 이제 와서 누가 손가락질하겠나."

라며 위로인지 비아냥인지 모를 소리를 하는 사람도 있었다. 고사쿠는 하루에 한 번 흙집에 갔다. 나날이 수척해지는 흉한 몰골을 보는 게 썩 내키진 않았지만 모른 척할 수도 없었다. 할머니가 자신을 오매불망 기다릴 걸 뻔히 알기에.

연말이 코앞으로 다가온 어느 날이었다. 고사쿠는 평소보다 오랫동안 흙집에 머물렀다. 그날따라 지독한 맹추위가 파고드는 흙집에 할머니를 혼자 두기가 찜찜했다. 할머니는 평소와 달리 몹시 차분한 어조로 말했다.

"할미는 하루에도 수천 번 기도를 드린다. 고짱이 이 마을 떠나기 전에 제발 이 불쌍한 노인네를 데려가시라고 말이야. 사람 목숨 자기 마음대로 되는 건 아니겠지만……."

"왜 굳이 죽으려고 해?"

고사쿠는 통명스레 물었다.

"외할머니도 있으니 그리 외롭지도 않을 텐데."

"큰집 할머니야 마음씨가 비단결처럼 곱지. 암. 세상에 그만

한 사람도 없을 거다. 그 사람 배 속에서 나온 사키코도 참 정이 많았고. 꽃다운 나이에 왜 그리 허망하게 가 버렸는지……."

생전에는 그토록 눈엣가시처럼 미워하더니 이제는 둘도 없는 천사처럼 사키코 칭찬을 했다. 죽을 때가 되면 사람이 순하고 착해진다던데 그래서일까. 고사쿠는 고개를 갸우뚱했다.

새해 아침, 고사쿠는 어머니와 오조니[80]과 니시메[81]를 들고 흙집으로 향했다. 어머니는 부드럽게 익힌 떡국을 젓가락으로 집어 할머니 입에 넣어 주었다. 흡사 친어머니를 대하듯 다정한 모습이었다. 할머니도 떡을 받아먹을 적마다 가볍게 머리를 숙였다. 고사쿠는 가슴 깊은 곳에서 따뜻한 물결이 번져 나감을 느끼며 말없이 두 사람의 모습을 바라보았다.

새해 연휴가 끝나자, 할머니의 상태는 급격히 악화되었다. 감기에 걸려 열이 펄펄 끓어오른 탓에 고사쿠는 흙집 출입을 금지당했다. 사람들도 흙집은 얼씬도 하지 않고 본채에만 할머니의 병세를 묻곤 했다. 의사는 노환에다 디프테리아균 감염으로 인한 급성전염병이 겹쳐 지극히 위험한 상태라고 설명했다. 할머니는 결국 본채로 옮겨졌고 고사쿠와 형제들은 큰집에서 지냈다. 할머니가 걱정되었지만 전염병이라 만날 수는 없었다. 외할머니와 어머니, 마을 아주머니 두 명이 번갈아 할머니를 간호했다.

큰집으로 옮긴 다음 날 밤에 고사쿠는 고열에 시달렸다. 타고난 건강 체질은 아니었지만 지금껏 병치레 한 번 한 적이 없었다. 고사쿠는 하룻밤 사이에 몰라볼 정도로 초췌해졌다. 어머

80  일본식 떡국.
81  떡국과 곁들이는 야채 조림.

니는 할머니에게 병이 옮은 건 아닌가 싶어 걱정이 이만저만이 아니었으나 단순한 감기라는 의사 말에 가슴을 쓸어내렸다. 열이 펄펄 오른 고사쿠 이마 위에 누군가 얼음주머니를 갈아 주는 손이 부지런히 움직였다. 외할머니, 아니면 어머니겠지. 아득한 정신 속에서 고사쿠는 생각했다. 혹시 사키코는 아닐까.

그렇게 이틀 밤을 꼬박 끙끙 앓고 3일째 되는 저녁에 드디어 열이 내렸다. 몽롱한 의식 속에 서서히 눈을 떠보니 외할머니가 근심스러운 얼굴로 내려다보고 있었다.

"고짱, 힘들었지? 오늘 아침 할머니가 돌아가셨다."

고사쿠는 서둘러 몸을 일으키려 했지만 뼈마디가 쑤셔서 손가락 하나 까딱할 수도 없었다.

"고짱이 슬퍼할까 봐 신이 일부러 열을 내려 주신 게야, 틀림없어."

고사쿠는 누운 채로 묵묵히 창밖을 바라보았다. 황량하기 그지없는 잿빛 하늘. 잎사귀 한 장 없는 벌거숭이 나무 사이로 날카로운 가지들이 비죽 솟아 있었다.

할머니가 죽었다. 그러나 슬프지는 않았다.

"고짱!"

느닷없이 외할머니가 외쳤다. 고사쿠의 무덤덤한 반응에 적잖이 당황한 기색이었다.

"듣고 있니? 할머니가 죽었다고!"

"……."

고사쿠는 여전히 아무 말도 없었다. 문득 자신이 유가시마에 있을 때 눈을 감고 싶다고 했던 할머니 말이 떠올랐다. 결국 소원을 이루었구나. 외할머니가 나간 뒤 곧바로 어머니가 들어왔다.

"얘기 들었지?"

"응."

"장례식은 내일이야. 넌 참석하지 말고 여기 있어."

"응."

"큰집 앞에서 관을 잠시 세워 달라고 할 테니 작별 인사는 그때 하렴."

"응."

고사쿠는 덤덤하게 대답하고는 이내 창가로 시선을 돌렸다. 혼자 있고 싶었다. 어머니가 빨리 나가 주었으면. 다행히 1층에서 누군가 어머니를 찾았다. 문상객들이 들이닥쳤는지 떠들썩했다.

다시 혼자가 된 고사쿠는 멍하니 자리에 누웠다. 마음이 씻은 듯 개운했다. 할머니가 죽었다. 이제 흙집에 가도 더 이상 할머니의 모습은 볼 수 없으리라. 증조외할머니, 사키코처럼 할머니도 사라져 버리고 말았다.

별안간 이 세상에 홀로 남겨져 버린 기분이 들었다. 외롭고 서러운 감정이 아니었다. 그것은 분명, 드디어 혼자가 되었다는 홀가분한 해방감이었다. 이제 티끌만큼의 미련도 없이 유가시마를 떠날 수 있으리라.

다음 날 아침, 고사쿠는 잠자리에서 몸을 일으켜 앉았다. 살짝 현기증이 났지만 정신은 개운했다. 정오가 되기 전, 어머니가 기모노를 가지고 왔다. 장례 행렬이 시작될 때쯤 마을 아낙네들이 와서 고사쿠에게 기모노를 입혀 주었다.

고사쿠는 2층 창가에 섰다. 장례 행렬이 엉금엉금 기어오듯 다가오는 중이었다. 행렬 주위를 폴짝거리며 뛰어다니는 아이들. 할머니 관이 잠시 큰집 앞에 멈췄다. 상여꾼 중 한 명이 슬쩍 2층 창문을 올려다보았다. 자신을 찾기라도 하듯이.

고사쿠는 관을 향해 머리를 숙였다. 할머니가 저 속에 누워 있다. 그런 생각이 들자 갑자기 눈꺼풀 아래로 무언가 뜨겁게 차올랐다. 양 주먹을 꼭 쥐고 이를 다물었다. 저렇게 많은 사람들이 자신을 바라보고 있는데 꼴사나운 모습을 보일 순 없었다. 겨우 입에서 터져 나오려는 울음을 참아 냈다고 생각한 순간, 시야가 어룽어룽해졌다. 양 볼을 타고 쉴 새 없이 눈물이 흘러내리고 있었다. 아아, 이것만은 고사쿠도 어찌할 수가 없었다. 어머니와 외할머니가 입은 검은 상복은 그날따라 왜 그리도 슬퍼 보이던지.

이윽고 장례 행렬이 천천히 움직이기 시작했다. 2층에서 고사쿠와 함께 숙연하게 창밖을 내려다보던 마을 아낙네들이 크게 한숨을 쉬었다.

"눈에 넣어도 아프지 않을 고짱을 놔두고 떠나려니 발길이 안 떨어져 어떡한담."

고사쿠는 무의식중에 소맷자락으로 눈가를 훔쳤다. 그제야 실감이 났다. 할머니가 떠났다.

그로부터 사흘 동안, 고사쿠는 사람들의 관심 밖에 있었다. 매일 밤마다 염불을 외는 노파들의 목소리가 본채에서 울려 퍼졌다. 큰집에서 지내는 고사쿠는 번잡한 장례식 분위기에서 멀찍이 떨어져 있었다. 염불도, 향 연기도, 불단도 안 보니 할머니의 죽음이 피부에 와 닿지가 않았다. 그냥 육신이 땅에서 슉 하고 사라져 버린 것 같았다. 어느 날 갑자기 숨이 멎고 관에 눕혀져 산속에 묻혔다. 할머니는 그렇게 흔적도 없이 사라져 버린 것이다.

할머니의 장례식으로 인해 고사쿠 가족의 하마마쓰 행은 2
월 중순으로 한 달쯤 연기됐다.

어머니는 눈코 뜰 새 없이 분주했다. 장례식과 7일장, 삼칠일
법요를 치르고 틈틈이 이사 준비까지 신경 써야 했으니 그럴
만도 했다. 출장 중인 아버지는 7일장 법요에 참석하고 다음 날
떠났다. 고사쿠는 변변한 대화 한 번 못 나눈 채 아버지를 버스
정류장까지 배웅했다.

"하마마쓰에 오기 전에 큰아버지한테 작별 인사는 드리고
와라."

유일하게 아버지가 한 말이었다.

고사쿠는 그로부터 2, 3일 뒤 가도노하라를 찾았다. 큰아버지
가 교장직을 그만두고 한 번도 만난 적이 없었다. 고사쿠가 토
방에 들어섰을 때, 마침 이로리 가장자리에 앉아 있던 큰아버
지는 고사쿠를 힐끗 쳐다보았다.

"아직도 작문할 때 오자가 수두룩하냐?"

여전히 무뚝뚝한 말투. 고사쿠는 어리둥절했다. 평소에도 오
자가 많은 편이 아닌데 무슨 뚱딴지같은 소린지.

"고쳤습니다."

"그거 못 고치면 중학교 수험은 볼 필요도 없다. 네 아버지도
젊었을 적 숱하게 글자를 틀렸었지."

아버지까지 싸잡아 비난하자 고사쿠는 내심 기분이 상했다.
얼마 후 안쪽에서 이를 시커멓게 물들인 큰어머니가 나왔다. 부
부는 닮은꼴이라더니, 큰어머니도 딱히 환영하는 기미는 없었다.

"고짱, 용케도 길을 안 잊어버렸네."

큰어머니는 검은 이를 드러내며 히죽 웃었다.

"고짱은 할머니만 곁에 있으면 누가 죽어도 상관없는데 말이야. 그치? 한데 그만 할머니가 죽어 버리니까 이제야 우리가 생각났구먼. 그래서 여기까지 먼 길을 몸소 행차하시고. 응?"

속사포처럼 말을 쏟아 낸 큰어머니는 잠시 숨을 들이쉬고는, 이내 정중히 말했다.

"잘 오셨네."

큰어머니의 어법에는 특유의 무언가가 있었다. 원래부터 입이 거칠어 친척들 사이에서 평가가 좋지 않았지만 고사쿠는 큰어머니가 싫진 않았다. 얼핏 보면 도깨비 탈처럼 무섭고 사나워 보이지만 곰곰이 뜯어보면 단정한 이목구비를 가진 얼굴이었다. 날카로운 눈매는 맑고 시원했으며 까맣게 물들인 이가 드러나는 입매도 작고 야무졌다. 젊을 때는 제법 고운 얼굴이 아니었을까. 큰어머니가 뒷밭에 가 있을 동안, 고사쿠는 큰아버지와 마주 앉았다.

"넌 장래에 뭐가 될 생각이지?"

"모르겠습니다."

"대대로 의사 집안이니 의사가 되면 좋을 테지. 하지만 넌 적성에 안 맞을지도 모르겠다."

"……."

"뭐든지 하고 싶은 걸 해라. 인간의 삶은 눈 깜짝할 사이에 끝나 버리니까."

무서운 표정과 엄한 말투 탓에 왠지 꾸중 듣는 기분이었지만 차가운 표정 뒤로 따스한 진심이 느껴졌다. 일전에 인생에 대해 조언해 주던 표고버섯 할아버지처럼.

오랜만에 도헤이와도 인사를 하고 싶었지만 공교롭게도 전날 미시마에 갔다고 했다. 고사쿠는 큰아버지 부부와 2시간 남짓 이런저런 대화를 나누다가 음식을 대접받고 자리에서 일어났다.

유가시마에 돌아온 고사쿠는 어머니와 함께 흙집을 대청소 했다. 어머니는 선반에서 온갖 잡동사니를 죄다 쓸어 내 햇볕에 쬐이거나 불에 태웠다. 고사쿠는 흙집의 세간을 쓸모없고 불결한 것으로 간주하는 어머니가 몹시 언짢았다. 할머니와의 추억이 담긴 정든 물건들인데.

"맙소사, 이건 또 뭐야, 어휴 더러워! 고짱, 이거 문 밖으로 가지고 나가!"

"더럽긴 뭐가 더러워."

"더러우니까 더럽다고 하는 거지!"

"더럽긴 뭐가 더러워."

"너 참 이상한 애구나? 그렇게 깨끗하면 네가 싹 가져가던지!"

어머니가 신경질을 냈다.

"내가 다 가져갈 거야."

고사쿠도 고집스레 대꾸했다. 하지만 어머니 말대로, 흙집에서 쏟아져 나온 물건들은 하나같이 지저분하고 아무짝에도 쓸만한 게 없었다. 고사쿠는 보란 듯이 물품들을 쓸어다 담은 다음에 몰래 흙집 옆에서 불태웠다.

흙집을 정리하는 데 꼬박 이틀이 걸렸다. 고사쿠는 텅 빈 흙집 안에 들어가 가만히 앉았다. 을씨년스러운 흙집의 모습을 보니 할머니가 죽었을 때보다도 아쉽고 허탈했다. 창가에 드리워진 석류나무와 건너편 논이 보이고, 논두렁에서 불어오는 바람이 북쪽 창에서 남쪽 창으로 휙휙 빠져나갔다. 고사쿠는 추위도 잊은 채 잠시 동안 그렇게 앉아 있었다. 할머니와의 추억을 떠올리게 하는 물건은 이제 아무것도 없었다. 스산한 방 안으로 사나운 바람만 불청객처럼 드나들 뿐.

하마마쓰로 출발하기 이틀 전, 조례 시간에 교장이 고사쿠의 전학 사실을 전교생 앞에서 발표했다. 소학교 학생의 전학은 교사의 전임처럼 드문 일이었다. 아이들은 예전에 이미 알고 있었지만 막상 교장이 단상 앞에서 공식적으로 발표를 하자, 우와 하는 정체 모를 소리를 내질렀다. 선망도, 슬픔도 아니었다. 그저 지금껏 함께 생활했던 학생이 이곳을 떠나 도시 학교로 전학을 간다는 사실에 대한 복합적인 탄식이었다. 조례가 끝나자, 학생들은 약속이라도 한 듯 일제히 고사쿠를 바라보았다. 그 시선이 너무도 낯설고 어색했다.

이날은 학교에 가는 마지막 날이었다. 고사쿠는 온종일 서먹서먹한 기분이었다. 교실에서도 운동장에서도 자신은 완전한 이방인 취급을 받았다. 34명의 동급생 모두가 슬금슬금 그를 피하면서도 멀찍이서 힐끔힐끔 시선을 던졌다. 그 눈빛 속에는 헤어짐에 대한 아쉬움과, 자신들을 버리고 떠나는 자에 대한 원망과, 도시 학교에 다니게 된다는 것에 대한 선망 따위가 뒤섞여 있었다.

출발 하루 전, 고사쿠는 하릴없이 따분한 시간을 죽이고 있었다. 볼일이 많으리라 생각해서 학교까지 쉬었건만 이미 어머니가 모든 준비를 마친 상태라 딱히 할 일이 없었다.

고사쿠는 오전부터 책상 앞에 앉아 아이들 수업이 끝나기만을 기다렸다. 3시 무렵 유키오를 불러낸 고사쿠는 구마노 산에 있는 할머니 산소에 가보지 않겠냐고 제안했다.

"좋아, 가자."

유키오는 단번에 고개를 끄덕였다. 그러고는,

"마지막 날이니까 여러 명 끌고 가자."

하고 덧붙였다. 즉시 아이들이 집결했다. 평소 누구와도 어울리지 않던 요시에도 팔짱을 낀 채 살그머니 조그만 몸집을 드러냈다. 집안일 돕기 바빠 좀처럼 놀이에 끼지 않던 가메오도,

"그동안 고짱을 위해 주던 할머니 무덤에 마지막으로 가 보는 것도 나쁘지 않지."

하고 퍽 어른스러운 말을 하며 어슬렁어슬렁 걸어 나왔다.

순식간에 하급생들 열댓 명이 모여들었다. 평소 고사쿠를 조무래기 취급하던 상급생들도 나타나, 집합소는 운동회라도 열린 것처럼 북적이기 시작했다. 아이들이 신작로로 나왔다. 슈쿠 마을 아이들도 도중에 몇 명 가세해, 구마노 산으로 향하는 일행은 무려 스무 명이 넘었다.

고사쿠는 유키오, 가메오, 요시에와 함께 좁은 비탈길을 올라갔다. 하급생들은 왁자지껄하게 떠들면서 까불며 뒤따랐다. 평소 세심하고 꼼꼼한 가메오가 언제 가져왔는지 물병과 향 다발을 교대로 하급생들에게 들게 했다. 그 역할을 일임받은 하급생은 엄숙한 낯으로 얌전히 뒤를 따랐다. 신성한 의식이라도 치르러 가는 사람처럼.

거센 바람을 헤치며 아이들은 무덤에 다다랐다. 한눈에도 며칠 전 새로 만든 것임이 분명한 할머니 무덤이 눈에 띄었다.

고사쿠는 그 앞에 서서 조용히 머리를 숙였다. 아이들이 쭉 둘러서서 그를 뚫어져라 응시했지만 상관없었다. 고사쿠가 물

러나자, 유키오, 가메오가 뒤따라 머리를 숙였다. 이내 유키오가 불을 피운 향을 무덤에 올리고는 임시로 놓인 묘석 위에 물을 뿌렸다.

그때였다.

"으악! 귀신이다!"

하급생 하나가 이렇게 외치자, 무리 안에 섞여 있던 유일한 여학생이 꺄악! 하고 비명을 내질렀다. 그러자 하급생들이 일제히 벌떼처럼 와글거리기 시작했다. 이곳에 왜 왔는지 까맣게 잊어버렸다는 듯이. 고사쿠는 담담한 눈길로 그런 아이들 모습을 바라보았다. 조금도 불쾌한 기분은 들지 않았다. 그러던 중 2학년 하나가 헐레벌떡 뛰어와 어디선가 벌집을 발견했다고 소리쳤다.

"정말이야?"

유키오가 눈을 빛내며 아이가 가리킨 쪽으로 부리나케 달려갔다. 아이들이 우르르 그 뒤를 쫓기 시작했다.

## 8장

　유가시마에서 보내는 마지막 밤이었다. 땅거미가 먹물처럼 짙게 내려앉은 흙집 마당에 요시에가 들어섰다. 유키오, 가메오와 함께 계곡 온천탕에 가자며 고사쿠를 찾아온 것이다. 마다할 이유가 없었다.

　1년 전부터 자기만의 껍질 속에 쏙 들어가 모두와 서먹해진 요시에가 작별 인사를 위해 이렇게 먼저 찾아와 주다니, 고사쿠는 감동했다.

　"어머, 별일이네. 양조장네 요시에가 다 오고."

　어머니는 눈을 동그랗게 떴다. 1학년 때부터 겉도는 구석이 없진 않았지만 4학년 2학기 무렵부터 폐쇄적인 성향이 한층 심해진 요시에는 학교에서 돌아오면 아예 집에서 한 발자국도 나오지 않았다. 공교롭게도, 요시에네 양조장의 양지바른 술 창고는 겨울철만 되면 아이들이 날마다 몰려드는 신나는 놀이터였다. 아이들은 찬 기운을 매섭게 내뿜는 겨울에도 부드러운 햇빛이 쏟아지는 술 창고에 집결해 앞마당에 놓인 커다란 술통 주위를 맴돌거나 창고 안에 들어가 놀곤 했다. 술 창고는 아이들에게 더할 나위 없이 매력적인 공간이었다. 서늘한 기운과 시큼한 향에 흠뻑 취한 아이들은 몽롱한 기분으로 창고 속을 탐험했다. 돗자리 다발, 크고 작은 나무통, 주걱, 계량기, 온도계, 쟁반, 작업복, 뚜껑을 누를 돌까지, 창고 속 물건은 무궁무진했다. 자갈밭에 무심하게 굴러다니는 평범하기 짝이 없는 돌덩어리마저 술 창고 안에 있으면 무언가 중대한 보물처럼 여겨졌다.

그중에서도 아이들의 호기심을 가장 자극하는 물건은 앞마당에 놓인 거대한 술 저장용 나무통이었다. 어른들은 그 안에 들어가는 것을 엄격하게 금지했지만, 아이들은 어른들 눈치를 살피며 툭하면 조리를 벗고 그 안에 기어들어 가기 일쑤였다. 나무통 안은 술 창고보다 한층 운치 있고 아늑했다. 그 속에 들어간 아이들은 마치 엄마의 자궁처럼 편안하고 신비한 분위기에 취해 한 번 들어가면 여간해선 밖으로 나올 생각을 안 했다. 다음 차례로 들어오려는 동무들을 기를 쓰고 밀어내는 바람에 종종 몸싸움이 벌어졌다. 그러다 자칫 싸움이 과격해지면 나무통을 아래서 지탱하던 나무가 빠져나가 나무통이 뒹굴뒹굴 굴러가는 일마저 생기곤 했다.

아이들이 자기네 집 마당에서 소란을 피우는데도 요시에는 방 한구석에서 그 모습을 가만히 지켜볼 따름이었다. 학교에서도 그는 늘 교실 구석에서 있는 듯 없는 듯 조용히 지냈고, 담임이 질문을 해도 눈을 내리깔고 입안으로 알 수 없는 말을 웅얼거렸다. 그는 점차 학교에서도 마을에서도 이상한 아이로 낙

인찍히고 말았다.

"양조장 집 아들내미는 어쩌다 저리 모자란 놈이 되었는지. 쯧쯧."

"아들이 저 지경이니 애비가 양조장 물려주기도 힘들 거다. 저래서야 어디 술이나 제대로 만들겠나, 썩히지만 않으면 다행이지."

사람들은 요시에를 두고 이렇게 쑥덕거리는 것이었다.

가메오도 1, 2년 전부터 얼굴을 보기가 부쩍 힘들어졌다. 다만 이쪽은 요시에와 사정이 좀 달랐는데, 몸집이 크고 힘깨나 쓰는 탓에 일찍부터 밭을 갈고 나무를 하느라 놀 새가 없었던 것이다. 일요일에도 작업복을 걸치고 어른들과 산으로 올라가는 모습이 자주 눈에 띄었지만 불평하는 기색은 조금도 보이지 않았다. 오히려 어른들 사이에서 어엿한 일꾼으로 대접받는 게 퍽이나 흡족한 기색이었다.

저녁 식사가 끝나고 고사쿠는 유키오 집 앞으로 향했다. 요시에와 가메오가 각자 수건을 오비에 매달고 큰길에 서 있었다. 바람이 매서웠다. 유키오가 집에서 나오자 네 명은 나란히 걷기 시작했다.

슈쿠 마을을 벗어나 계곡 비탈길을 올라가는데 문득 요시에가 입을 뗐다.

"이제 가면 고짱은 더 이상 못 볼지도 모르겠네. 도시에 가더라도 유가시마 잊지 말고 가끔 놀러 와."

고사쿠는 순간 귀를 의심했다. 어리숙한 말더듬이 요시에가 그토록 어른스러운 말을 하다니.

"당연히 오지. 정월이나 여름방학 되면 놀러 올 거야."

고사쿠가 진지하게 대답했다.

"다음번에 올 때는 중학생이겠네. 수준 안 맞는다고 우리랑 말도 안 하는 거 아냐?"

가메오도 어른스럽게 한 마디 했다.

"그럴 리가 있냐."

"모름지기 인간이란 그런 존재야. 하지만 고짱은 안 그럴 거지?"

건장한 체격의 가메오는 마지막 날이라 감상적이 된 모양이었다. 유키오도 옆에서 한 마디 거들었다. 다른 아이들과 달리 몹시 유쾌한 어조였다.

"고짱, 이런 촌구석에 다시는 오지 마. 우리도 2, 3년 지나면 탈출할 거다. 여기서 출세해 봤자 기껏 마을 대표 정도지. 두고 봐, 난 도시에 잡화상을 열어서 엄청나게 성공할 거야! 그래서 직원을 대여섯 명은 부릴 거다."

온천탕에 도착한 네 명은 욕조 턱에 앉아 오랫동안 이러저러한 이야기를 나누었다. 유키오는 목수가 될 거라면서 이 세상에 목수만큼 돈벌이 좋은 직업은 없다고 했다. 요시에는 가업을 이어받아 술 빚는 일을 할 거라 했다. 양조장은 욕심 부리지 않고 소규모로 하면 제법 실속 있는 사업인데 지금처럼 일을 크게 벌이면 일손이 많이 필요해 수지 타산이 맞지 않다고 강조했다. 다소 더듬거리는 말투였지만 내용은 놀라우리만치 조리 있고 야무졌다. 고사쿠는 평소 요시에를 깔보던 어른들에게 들려주지 못해 너무도 아쉬웠다. 분명 이 얘기를 들으면 코가 납작해졌을 텐데.

모르는 사이에 철이 들어 버린 요시에와 가메오와 달리, 유키오는 여전히 천진난만한 구석이 있었다. 도시에 잡화상을 열어 떼돈을 벌겠다며 어른스럽게 떵떵거릴 땐 언제고, 꼬맹이 하나가 욕조에 들어오려고 하자 장난기가 발동해 뜨거운 물을 끼얹느라 야단을 떨었다. 그 바람에 유키오는 물이 튄 어른들에게 된통 혼쭐이 났다. 머쓱해진 유키오는 남탕이 혼잡하니 여탕으로 가자고 꼬셔 댔지만 나머지 세 명은 떨떠름한 표정을 지었다.

"분 냄새 나서 싫다."

가메오는 이렇게 말했다.

"유키오는 아직 어려."

요시에는 무뚝뚝한 표정으로 어른스럽게 말했다. 어쩔 수 없이 유키오만 여탕으로 훌쩍 달아났다. 1초도 안 돼서 어느 아낙네의 노기 띤 고함 소리가 들려왔다.

"다 큰 사내놈이 여탕에 들어오다니 너 대체 뉘 집 자식이냐?"

"흥, 좀 들어오면 어때서."

"어떻긴 뭐가 어때. 빨리 저쪽으로 못 가냐? 음흉한 놈 같으니라고."

"치, 쩨쩨하게 굴기는."

"야 이 능구렁이 같은 놈아! 새파랗게 어린 게 벌써 마누라 갖고 싶은 거냐?"

"누가 그딴 거 갖고 싶대."

"얼굴에 떡 하니 써 있구먼, 뭘. 이 변태야!"

여자들 몇 명이 유키오를 잔뜩 놀려 댔다. 천하의 유키오도 나이 많은 부인네들의 공격에는 버티기 힘들었던지 이내 남탕으로 쪼르르 돌아왔다. 그러자 이번에는 오타키 마을의 한 노인이,

"너희들, 아까부터 보자 보자 하니 몸도 안 씻고 욕조에 들락 날락거리면 어떡하느냐! 얼른 나가지 못해!"

하고 대번에 불호령을 내렸다.

결국 네 명은 거의 쫓겨나다시피 욕조에서 나오고 말았다.

서늘한 달이 하늘에 걸려 있었다. 아이들은 축축한 수건을 매달고 계곡 물소리가 들려오는 비탈길을 저벅저벅 올라갔다. 고사쿠는 이날 밤을 영원히 잊지 않으리라 다짐했다. 친구들과 온천탕에 간 것도, 각자 미래에 대한 속마음을 터놓은 것도, 달빛을 한 아름 맞으며 비탈길을 걷는 것도, 고즈넉한 숲 속에서 계곡 물소리에 가만히 귀를 기울이는 것도, 하나도 빠짐없이 기억 속에 간직하리라. 그리고 하마마쓰에 가면 잊지 않고 친구들에게 편지를 보내야지.

큰집 앞에서 친구들과 헤어진 고사쿠는 집 안을 살그머니 들여다보았다. 조그만 화로 곁에 외할아버지와 외할머니가 둘러앉아 허리를 굽히고 무언가 이야기하고 있었다. 고사쿠가 문을 열고 들어가자 외할머니가 돌아다보았다.

"온천은 잘 하고 왔어?"

그러고는 방석을 가져와 화롯가에 놓았다.

"여기 앉아 차 한 잔 하고 가렴."

전에 없이 외할머니의 태도며 말투가 몹시 정중했다. 마치 낯선 손님이라도 대접하는 양. 고사쿠는 왠지 소외감이 들었다.

"할멈이 없어서 적적하냐?"

외할아버지가 물었다.

"아니요."

"그 사람이 널 너무 오냐오냐 키웠어. 사내답지 못하게 근성도 부족하고. 어디 야무진 구석이 있어야지. 앞으로 하마마쓰에 가면 고생깨나 할 거다. 그래도 유가시마에 돌아오겠다고 엄마한테 징징대면 못 쓴다."

"그런 말 안 해요."

"내 말이 맞나 안 맞나 두고 봐라."

여전히 퉁명스러운 말투였다. 평소 외할아버지가 자신을 마뜩잖게 여기고 있음은 알고 있었지만 유가시마를 떠나는 마지막 밤도 예외는 아니었다. 그러나 달라진 게 하나 있었다. 이제는 예전처럼 외할아버지 말에 화가 치밀지 않았다. 표고버섯 할아버지나 큰아버지처럼 존경에 가까운 마음은 아니었지만, 역시 혈육 간의 정이라고 할 만한 따스한 감정이 느껴졌다. 고사쿠는 어렴풋이 느꼈다. 무섭게 질책하고 꾸중하는 태도는 천성적으로 타고난 것이지 속마음은 다르다고.

"할아버지, 앞으로 오래 사실 거죠?"

원래는 건강 조심하고 오래 오래 사세요, 라고 말하고 싶었지만 차마 입에서 떨어지지 않았다.

"글쎄다."

외할아버지는 쓰디쓴 한숨을 쉬었다.

"네가 고등학교 들어갈 때까지는 살고 싶다만……."

"술 그만 마시면 살 수 있어요."

"멍청한 놈, 술 없이 무슨 낙으로 사냐. 술 못 마신다면 당장 내일 죽어도 여한이 없다."

외할아버지는 혼잣말듯 이렇게 내뱉고는 이내 너털웃음을 지었다. 웃는 모습을 보는 건 실로 오랜만이었다. 세상사 즐거운 일은 손톱만큼도 없다는 듯 노상 떨떠름한 표정으로 시뻘건 코만 수건으로 문질러 대던 외할아버지가, 이 순간만은 사뭇 즐거운 듯 껄껄 웃었다. 고사쿠는 일어섰다. 큰집을 나오면서 가만히 돌아본 고사쿠 눈동자에는 함께 의지하며 늙어 가는 외할아버지 부부의 모습이 사진처럼 찰칵 찍혔다.

어머니는 늦은 밤에도 구석구석 걸레질을 하느라 바빴다. 내일 이 집을 떠나면 의사 가족이 다시 들어오기로 되어 있어 깨끗한 상태로 떠나야 뒷말이 없다면서. 현관에는 짐 꾸러미가 가득했다. 큰 짐들은 큰집 식구들이 하마마쓰로 보내 주기로 했다. 자잘한 일은 큰집에 부탁해도 될 텐데도, 어머니는 굳이 짐을 줄로 묶는 일 외에는 전부 자신이 다 했다. 꼼꼼하고 완벽한 일 처리는 할머니와 완전히 딴판이었다. 고사쿠는 이런 어머니가 씩씩하고 야무지게 보이면서도 한편으론 그런 꼼꼼함이 숨 막힐 듯 답답하게 느껴지는 것이었다.

다음 날 아침, 어머니가 고사쿠를 평소보다 일찍 깨웠다. 아직 창밖은 어슬어슬했다. 1층으로 내려가니 외할머니가 일찌감치 와 있었다. 출발은 11시 버스. 그때까지 남은 시간은 대여섯 시간.

고사쿠는 도랑에서 얼굴을 씻고 곧바로 건너편 논두렁으로 나갔다. 걸음을 옮길 때마다 꽁꽁 얼은 물웅덩이가 우두둑 소리를 내며 부서졌다. 고사쿠는 입으로 연신 새하얀 입김을 불며 저 멀리 하얀 눈이 뒤덮인 후지 산을 바라보았다. 몇 년간 날마다 보아 온 후지 산과도 이별이구나. 금세 가슴이 뭉클해졌다.

고사쿠는 논두렁을 지나쳐 양조장 뒤쪽으로 돌아갔다. 그리고 나가노 마을로 난 큰길을 나와 헤이부치 계곡 방향으로 뚜벅뚜벅 걸음을 옮겼다. 작년 여름부터 한 번도 찾지 않았던 길이었다. 그 길을 2백 미터가량 걸었을 때, 고사쿠는 맞은편에서 천천히 다가오는 작업복 차림의 늙은 농부와 마주쳤다. 그는 고사쿠를 발견하자 발걸음을 멈췄다.

"오늘 떠나느냐."

1년에 한두 번 길가에서 본 적은 있지만 나가노 마을에 산다는 것 외엔 전혀 아는 바가 없는 노인이었다.

"네."

"할머니 죽고 상심이 크겠지만 도시에서 공부 열심히 해라. 부모님한테도 안부 전해 주고."

"네."

고사쿠는 무어라 대답해야 할지 몰라 그저 고개만 주억거리며 짧게 대답했다. 소박한 생김새의 노인은 고사쿠의 얼굴을 지그시 응시했다.

"……혹시라도 다음번에 유가시마에 돌아올 때는 아마 난 이 세상 사람이 아닐 게다. 지금이 너와 마지막이구나. 아가, 공부 열심히 해서 훌륭한 사람이 되어야 한다."

말을 마친 노인은 천천히 발걸음을 옮기기 시작했다. 어릴 적 마을 사람들이 고사쿠를 '아가'라고 부른 적은 있어도 최근에 들은 적은 한 번도 없었다. 노인의 말마따나 이게 마지막이라고 생각하니 모처럼 작별 인사를 한 그에게 제대로 말 한마디 못 한 게 마음이 걸렸다. 고사쿠는 도중에 되돌아 달렸다. 노인은 아주 천천히 걷고 있었기에 단숨에 따라잡을 수 있었다.

"할아버지!"

노인은 천천히 다리를 멈추고 힘겹게 뒤를 돌아보았다.

"왜 그러냐, 아가."

"할아버지도 건강하세요."

노인은 놀라면서도 기쁜 듯 눈을 가늘게 뜨고 미소를 지었다.

"착하기도 하지. 노력해 보마."

고사쿠는 계곡으로 가는 발걸음을 돌려 노인의 옆을 그대로 지나쳐 집 쪽으로 후다닥 달리기 시작했다. 지금까지 이처럼 어른스러운 인사말을 입 밖에 내 본 적은 한 번도 없었다. 하고 싶어도 도저히 할 수 없었던 말이 오늘 아침 아무렇지도 않게 쑥 나와 버렸다. 진심으로 기뻐하는 노인의 표정을 보자 고사쿠는 가슴이 부풀어 올랐다. 이토록 쉬운 말을 왜 한 번도 할머니에겐 하지 못했을까. 늘 자신을 아끼고 사랑했던 할머니에게 고마워하는 마음을 전한 적이 한 번도 없었구나. 파도처럼 후회가 밀려왔다. 바보 같은 것.

"고짱, 어디 갔었어?"

마당에 들어서자 어머니가 고사쿠를 보며 잔뜩 낯을 찌푸렸다.

"근처에 잠깐……"

"안 그래도 정신이 없는데 맘대로 이리저리 놀러 다니면 어떡하니!"

고사쿠는 놀다 온 게 아니라고 항변하고 싶었지만 이사 준비를 돕는 아낙네들 모습에 그만 입을 다물고 말았다. 집안은 그야말로 난장판이었다. 고사쿠는 사람들이 북적대는 와중에 허겁지겁 밥을 입에 밀어 넣었다.

10시가 되자, 집 앞은 한두 명씩 모여든 사람들로 웅성거리기 시작했다. 외할머니는 사람들에게 차라도 한잔 대접해야 한다고 했지만 어머니는 딱 잘라 거절했다.

"바빠 죽겠는데 차 대접할 겨를이 어디 있어요? 이 판국에 차 달라는 사람이 뻔뻔한 거예요."

"아무리 그래도 일부러 여기까지 온 사람들인데……."

외할머니는 기어들어 가는 목소리로 간신히 반박했지만 어머니는 들은 척도 하지 않았다. 때마침 일요일이라 아이들도 잔뜩 모여들었다. 고사쿠와의 작별이 커다란 마을 행사라도 되는 양 아이들은 와자지껄하게 떠들며 이곳저곳을 마구 뛰어다녔고, 그중 하급생 몇몇은 고사쿠를 보자 함성을 내지르며 우르르 달려왔다.

"고짱, 아직 멀었어?"

마치 무슨 대단히 즐거운 일이라도 생기리라 기대하는 모습이었다. 반면, 유키오는 먼발치서 이쪽을 멀뚱멀뚱 바라볼 뿐 고사쿠에게 가까이 다가오려 하지 않았다.

11시가 되기 조금 전, 어머니와 형제들, 그리고 고사쿠는 마침내 집을 나와 마을 사무소 옆에 위치한 버스 정류장으로 향했다. 아낙네들이 짐을 들었다. 배웅하는 무리들 사이에서 고사쿠는 단연 인기였다. 많은 이들이 영웅이라도 되는 양 고사쿠의 이름을 부르며 연호했고 박수를 쳐 댔다.

"부디 건강 조심하고!"

그중엔 예의를 갖춰 인사하는 사람도 있었다. 정류장에 도착했을 때, 아키코가 헐레벌떡 뛰어나왔다. 정신없이 달려온 탓인지 얼굴이 벌게져서 거친 숨을 몰아쉬면서,

"이거, 작별 선물."

하며 조그만 보자기를 내밀고는,

"나이프야."

하고 재빨리 덧붙였다. 어머니가 고사쿠 대신 감사 인사를 했다. 아키코 어머니도 모습을 나타냈다. 고사쿠는 아키코와 퍽 오랫동안 말을 하지 않았다. 싸움을 한 것도, 의식적으로 피한 것도 아니었다. 그저 남학생과 여학생이 서로를 데면데면하게 대하는 나이가 된 것일 뿐. 구태여 주변의 놀림을 감수하고 아키코에게 말을 걸 이유도 없었다. 그런데 이날만은 달랐다. 아키코는 남이 보든지 말든지 고사쿠를 똑바로 쳐다보며,

"중학교 가면 꼭 편지 보내. 난 아마 도쿄에 있는 여학교에 가게 될 거야."

라고 말했다. 고사쿠는 가슴이 벅차올랐다. 그동안 아키코에 대한 동경과 선망, 오해와 적의 등 양 극단의 감정 사이에서 혼란을 겪었지만 지금은 자기에게 작별 인사를 건네는 그녀가 그저 멋지고 눈부시기만 했다. 한 살밖에 차이 나지 않았지만 자신보다 훨씬 성숙하고 당당한 아키코.

"공부 열심히 해서 중학교 꼭 합격해. 하마마쓰 아이들한테 지면 안 돼. 알았지?"

고사쿠는 가만히 고개를 끄덕여 보였다. 요시에와 가메오, 그 밖의 다른 아이들도 고사쿠 주변을 에워쌌지만 유키오는 여전히 어른들 뒤에 서서 이따금 시선이 마주치면 머쓱한 미소를 지을 뿐이었다.

텅 빈 버스가 도착했다. 운전수나 여 차장 모두 마을 사람이라 주민들은 그들을 편하게 대했다. 부인네 중 한 명은 짐을 들고 버스에 오른 김에 의자에 털썩 앉았다.

"아이고, 편하다!"

그 말에 모두 웃음보를 터트리자 더욱 기가 살아서 창밖으로

얼굴을 내밀고 장난스럽게 손을 흔들었다.

대합실 안에 들어가 있던 운전수와 차장이 버스에 탔다. 다른 승객들은 고사쿠 가족이 먼저 타도록 입구에서 조금 물러나섰다. 어머니와 형제들이 먼저 올라타고 고사쿠는 가메오 어머니가 건넨 신문지 뭉치를 보따리 안에 집어넣느라 제일 뒤로 밀려났다.

이윽고 버스가 부르릉 소리를 내며 덜덜덜 움직이기 시작했다. 아이들이 와르르 입구에 몰려들었고 고사쿠는 버스 운전사 옆에 서서 아이들을 내려다보았다. 2학년 땜통 머리 하나가 정중히 고개를 숙였다. 상관에게 마지막 경례를 하는 군인처럼.

버스가 움직였다. 고사쿠는 한참 고개를 숙이고 있는 2학년 아이를 바라보느라 정작 유키오나 요시에, 아키코 쪽을 보는 걸 깜박했다. 미처 인사도 다 하지 못했는데 허무하게도 버스가 스노코 다리를 건너 버렸다. 고사쿠는 아쉬움에 가슴이 먹먹해졌다. 마차와 달리 버스 안에서는 사람들도 집들도 구마노 산도 쏜살같이 시야에서 사라져 버렸다.

버스는 순식간에 이치야마 마을을 빠져나갔다. 이치야마에 사는 동급생 소년 네 명이 재봉소 앞에 서 있다가 버스가 다가오자 일제히 손을 흔들었다. 고사쿠도 얼른 창문으로 얼굴을 내밀어 손을 흔들었다.

버스는 이치야마 마을 변두리에 있는 정류장에서 멈췄다. 동급생 소녀 두 명이 보였다. 수줍은 듯 빙긋 웃을 뿐 아무 말도 없었다. 고사쿠도 그에 답하듯 싱긋 웃어 주고는 괜히 민망해져 반대쪽 창가로 얼른 시선을 돌렸다.

이치야마 마을을 벗어난 버스는 사가사와 다리를 건너 가도노하라 마을에 진입했다. 큰아버지와 큰어머니, 도헤이가 길가에 나란히 서 있는 게 눈에 들어왔다. 어머니가 벌떡 일어나 창밖으로 정중히 고개를 숙였다. 고사쿠도 따라 했다. 큰아버지 부부는 무심하기 그지없는 얼굴로 어머니와 고사쿠를 바라볼 뿐이었다. 버스가 움직이기 시작했다. 그들은 버스의 뒷모습을 바라보며 언제까지고 우뚝 서 있었다. 고사쿠는 뒤쪽 창문으로 그들의 모습을 지켜보았다. 불현듯 눈물이 콱 솟았다. 유가시마에서 그토록 많은 사람들이 배웅해도 아무렇지 않았는데, 큰아버지 부부의 무덤덤한 배웅에 왜 이리 눈물이 나는 걸까.

고사쿠는 우는 모습을 들키기 싫어 황급히 뒤칸으로 자리를 옮겼다. 가도노하라의 익숙한 풍경이 잇달아 등 뒤로 훌쩍 사라졌다. 멀리 아마기 산이 보였다. 이제 저 산도 오랫동안 보지 못하겠지. 고사쿠는 가능한 한 눈을 떼지 않고 아마기 산을 뚫어져라 응시했다.

버스는 오히토 역까지 몇 개의 정류장에 정차해 두세 명을 태우고 다시 달리기를 반복했다. 한 정거장만 가서 바로 내리는 승객도 있었다. 버스에 탄 사람들 중 몇 명은 어머니를 알아보고 정중히 인사를 건넸다. 그중 50대 가량의 부인이,

"누이, 할머님 일은 참 유감이네."

하고 조의를 표하더니 곧바로,

"그래도 자네 이제 큰 혹을 떼었구먼. 그동안 그 할멈 때문에 여러모로 맘고생 심했지?"

하고 은근한 말투로 말했다. 그러나 어머니는 고개를 내저었다.

"사람은 죽을 때가 되면 마음씨가 고와지는 법이에요. 그분도 최근 2, 3년은 몹시 순하고 착해져서 마을 사람들이 돌아가

신 후에 얼마나 슬퍼했는지 몰라요. 우리도 평생 의지하던 사람을 잃어 몹시 적적한 기분이고요."

"허, 누이 할멈이 늘그막에 그리 착해졌다니…… 정말 다행이네."

여자는 탄식을 내뱉었지만 표정은 다소 김빠진 느낌이었다. 고사쿠는 속으로 몹시 놀랐다. 그리고 기뻤다. 어머니가 할머니를 두둔해 주다니. 그날따라 어머니 얼굴이 환하게 반짝거리는 것 같았다.

버스가 오히토 마을에 들어서자, 고사쿠는 어머니 옆에 찰싹 달라붙어 부랴부랴 짐 내릴 준비를 했다.

"벌써부터 유난 떨지 마."

어머니가 면박을 주었다. 고사쿠는 공연히 멋쩍어 뒤로 물러났다. 역시 어머니는 매정한 사람이라고 생각했다.


종점 오히토 역에 버스가 정차했다. 경편 열차가 출발하기까지 약 한 시간쯤 여유가 있었다. 고사쿠는 대합실에 들어가 어머니 옆에 앉았다.

"나, 이 아파."

고사쿠가 조심스레 입을 열었다. 심하진 않았지만 어금니 하나가 욱신거렸다.

"하마마쓰 가면 당장 이부터 고치자. 넌 좀 심각해. 우리가 원래 충치 같은 거 생기는 집안이 아닌데…… "

어머니는 한숨을 쉬며 고사쿠를 바라보면서도 끝내 할머니 탓은 하지 않았다.

"어릴 때부터 단 과자 잔뜩 먹었거든."

"그래."

"아침에 눈 뜨면 과자 먼저 먹었어."

"그래."

"이도 잘 안 닦았어."

"그래."

어머니가 그럼 그렇지, 하는 표정이었지만 이번에도 할머니는 입 밖에 내지 않았다.

고사쿠는 경편 열차가 오기 전에 오히토 상점가라도 걸어 볼까 생각했다. 그다지 인연은 없었지만 어릴 적부터 오히토는 활기차고 문화적인 도시 이미지를 가진 동경의 대상이었다. 경편 열차도 다니고 영화관도 있고, 역전 거리에 즐비한 점포도 슈쿠 마을에 비교도 안 될 만큼 많았다. 미시마나 누마즈를 갔다 오고부터는 막연한 동경이 시들해졌지만 2, 3학년 때까지만 해도 오히토는 고사쿠에게 가장 화려하고 떠들썩한 도시였다.

대합실 밖으로 나온 고사쿠는 광장을 가로질러 가게가 줄지어 서 있는 상점가로 향했다. 거센 바람이 도로에 먼지 소용돌이를 일으키고 있었다. 그때였다. 영화 홍보 악단이 요란한 소리를 내며 소용돌이 속을 헤치고 다가왔다. 큰북과 작은북, 피리를 연주하는 사내 세 명과 큼지막한 깃발을 하나씩 짊어지고 앞장서서 걸어가는 노인 두 명.

고사쿠는 길가에 멈춰서 악단 무리가 지나가는 모습을 물끄러미 바라보았다. 코흘리개 몇 명이 낄낄거리며 쫄래쫄래 그 뒤를 따르고 있었다. 몇 번이고 보았던 풍경이 그날따라 무척이나 낯설게 느껴졌다. 왜일까. 악단이 연주하는 떠들썩한 음악과 그들의 알록달록한 차림새에는 어딘지 모르게 퍽 쓸쓸한 구석이 있었다.

　처음이었다. 이런 모습을 보고 쓸쓸하다고 느낀 것은. 쓸쓸하다, 쓸쓸하다……. 고사쿠는 몇 번이고 마음속으로 이 말을 되풀이했다. 이 순간의 느낌을 언제까지나 가슴 속 깊이 간직하리라 다짐하면서.

　유년기를 보낸 정든 고향을 떠나는 날이라 감상에 젖은 까닭일까. 그럴지도 모른다. 다만 분명한 것은, 고사쿠가 이제 쓸쓸한 것을 쓸쓸하다고 느끼는 나이가 되었다는 사실이었다.

<끝>

옮긴이의 말

『시로밤바: 1915 유가시마』는 아름다운 온천 마을을 배경으로 순수하고 천진난만한 소년이 여러 가지 사건을 겪으며 어른이 되어 가는 과정을 섬세한 내면 묘사와 빼어난 서정적 필치로 그린 소설이다.

이 작품은 작가 이노우에 야스시의 유년기를 토대로 한 자전소설로도 유명한데, 작가는 이 소설의 성공에 힘입어 중학교 시절을 다룬『여름 풀과 겨울 물결(夏草冬濤)』(1964), 고등학교와 재수생 시절을 다룬『북쪽 바다(北の海)』(1968)를 잇달아 집필해 이른바 '성장 소설 3부작'을 완성했다.

저명한 문예평론가 우스이 요시미(臼井吉見)가 "이토록 서정적이고 품격 있는 성장 소설은 일본 현대 문학계의 크나큰 축복이다"라고 극찬한 이 작품은 1960년 첫 출간된 이래 일본 청소년이 읽어야 할 문학작품 목록에 빠지지 않고 선정되는 소설이자 이노우에 야스시의 대표작 중 하나로 손꼽힌다.

주인공 고사쿠는 소학교 시절을 보낸 유가시마에서 다양한 인간 군상을 마주하며 세상에 대해 눈뜨고 성장의 아픔을 겪는다. 특히 흙집에 함께 사는 할머니는 고사쿠의 인격 형성에 중대한 영향을 미치는 인물로 그려지는데, 작품의 제목이 '백발의 노파' 다시 말해 할머니를 뜻하는 '시로밤바'라는 점도 이를 짐작게 한다.

자전소설인 만큼 작가 주변에 실재했던 인물들이 작품 속에 다수 등장하는데 흙집의 할머니 역시 실존 인물을 모델로 삼은 것이다. 이노우에 야스시는 여섯살이던 1913년, 부모 품을 떠나 유가시마에서 '가노'라는 이름의 증조부 첩에게 맡겨졌으며 1920년 그녀가 숨을 거둘 때까지 단둘이 함께 살았다.

서로 피가 통하진 않지만 가족 못지않게 친밀한 관계. 그러나 두 사람을 둘러싼 속사정은 그보다 훨씬 복잡하다. 고사쿠는 어릴 적부터 함께 지낸 할머니에게 살가운 유대감을 느끼지만, 아이러니하게도 바로 그 이유 때문에 힘겨운 갈등 상황에 직면한다. 이는 고사쿠의 또 다른 인간관계의 축이라고 할 큰집 식구들(그리고 어머니)과 자신을 끔찍이 아끼는 할머니가 서로 날카로운 대립각을 형성하고 있는 까닭이다.

피치 못할 사정으로 할머니 손에 맡겨졌지만, 그로 인해 자신도 큰집 식구들에게 어색하고 꺼림칙한 존재가 되어 버린 고사쿠. 그는 스스로의 의지와 무관하게 만들어진 상황 속에서, 할머니를 집안의 수치로 여기는 큰집과 자신에게 집착에 가까운 애정을 쏟아 붓는 할머니 사이에서 끊임없는 혼란을 느끼며 조금씩 세상을 알아 간다.

이노우에 야스시는 성장 소설 3부작의 뒷이야기를 담은 수필 『어린 시절 이야기(幼き日のこと)』(1972)에서 "손자와 할머니의 관계라기보다는, 남자와 여자의 애정 같은 것이 우리 사이에 존재했다. 할머니의 무덤에 있으면 마치 오랜 애인이 묻힌 자리에 서 있는 기분"이라고 표현한 바 있다. 고사쿠는 할머니에게 증조부의 또 다른 모습이었다. 기생 신분으로 비루한 삶을 이어가던 자신을 화류계에서 데리고 나와 평생을 함께한 증조부는 그녀에게 은인과도 같은 존재였으리라. 고사쿠에게 끊임없이 증조부의 모습을 투영하려는 할머니의 노력은 이를 뒷받침한다.

무조건적인 사랑과 헌신을 보여주는 할머니와 달리 고사쿠의 마음은 좀 더 복잡 미묘하다. 초라하게 늙어 가는 할머니를 보면서 고사쿠는 경멸과 부끄러움을 느끼는 한편으로 연민과 서글픔에 사로잡힌다. 그리고 찾아온 할머니의 죽음. 고사쿠의 마음에 한층 복잡한 파도가 일렁인다.

전에 없이 물욕이 심해지고 늙어 추레해진 할머니가 밉고 귀찮았다. 부음을 들었을 때도 무덤덤했다. 하지만 할머니의 관이 떠나는 순간, 주체할 수 없이 뜨거운 눈물이 흐른다. 그러나 동시에 이제 미련 없이 유가시마를 떠나 새롭게 시작할 수 있다는 생각에 마음이 후련해진다.

할머니의 죽음을 계기로 고사쿠는 어른의 세계에 한발 들어섬과 동시에 유년기와 작별을 고한다. 마을을 떠나는 날, 기차 대합실에서 흥겹고 떠들썩한 악단 무리를 바라보며 쓸쓸함을 느끼는 마지막 장면은 고사쿠가 다시는 순수했던 시절로 돌아갈 수 없음을, 어른이 되어 가고 있음을 단적으로 보여주고 있다.

시로밤바가 대체 어디서 날아오는지 아는 이는 아무도 없었다. 어둠이 내리면 시로밤바가 나타나는 건지, 시로밤바가 나타나면 어둠이 내리는지도 아리송했다. 하지만 누구 하나 궁금해하지 않았다. 땅거미가 지면 어김없이 나타나는 희뿌연 곤충 무리를 아이들은 그저 당연하게 받아들였다. (본문 9~10쪽)

정월이나 여름방학이 되면 놀러 오겠다고 말한 고사쿠는 과연 동무들과의 약속을 지켰을까? 유년기를 벗어나 새로운 삶을 시작하려는 고사쿠에게 유가시마에서 보낸 시간은 낡은 앨범 속에 담긴 빛바랜 사진처럼 기억 저편에 남겨질 것이다. 누구도 그 이유를 궁금해하진 않는다. 그저 자연의 이치처럼 당연하게 받아들일 뿐. 어스름이 깔리면 푸르스름한 빛을 반짝이며 나타났다가 때가 되면 홀연히 사라져 버리는 시로밤바처럼.
그러나 시간이 지나 고사쿠는 깨닫게 될 것이다. 할머니, 흙집, 유가시마…… 남루하게만 보였던 그 모든 것들이 평생토록 잊을 수 없는 그리움과 애정의 씨앗이었음을.

유년기를 보낸 이즈 유가시마야말로 나의 진정한 고향이며, 그곳에서 나라는 인간의 근본이 되는 모든 것이 만들어졌다.
— 『나의 자아 형성사(私の自己形成史)』중에서

그러므로 이 소설은 이노우에 야스시가 고향에 바치는 절절한 연애편지인 셈이다.
번역 대본으로는 신초문고판(2008)을 사용했다.

옮긴이 나지윤

숙명여자대학교 언론정보학과를 졸업하고 일본 아오야마 가쿠인 대학 대학원에서 국제 커뮤니케이션학 석사 학위를 받았다. 잡지사 기자를 거쳐 현재 전문 번역가로 활동 중이다. 옮긴 책으로는 『Eat & Love』, 『도쿄 냠냠』, 『스위트 인테리어 인 뉴욕』, 『파리지앵의 스타일 키친』, 『여자의 실수』, 『내 손을 잡아요』, 『죽음을 앞둔 사람의 말』 등이 있다.

시 로 밤 바: 1915 유가시마

ⓒ 이노우에 야스시, 2015

2015년 4월 30일 초판 1쇄 발행

**지은이** 이노우에 야스시
**옮긴이** 나지윤
**펴낸이** 우찬규, 박해진
**펴낸곳** 도서출판 학고재
**주 소** 서울시 마포구 양화로 85(서교동) 동현빌딩 4층
**전 화** 편집 (02)745-1722 영업 (02)7404-2810
**팩 스** (02)3210-2775
**홈페이지** www.hakgojae.com

ISBN 978-89-5625-275-9 03830

이 도서의 국립중앙도서관 출판예정도서목록(CIP)은 서지정보유통지원시스템 홈페이지(http://seoji.nl.go.kr)와 국가자료공동목록시스템(http://www.nl.go.kr/kolisnet)에서 이용하실 수 있습니다. (CIP제어번호: CIP2015010495)